プル族

Peuls

チエルノ・モネネムボ

石上健二 訳

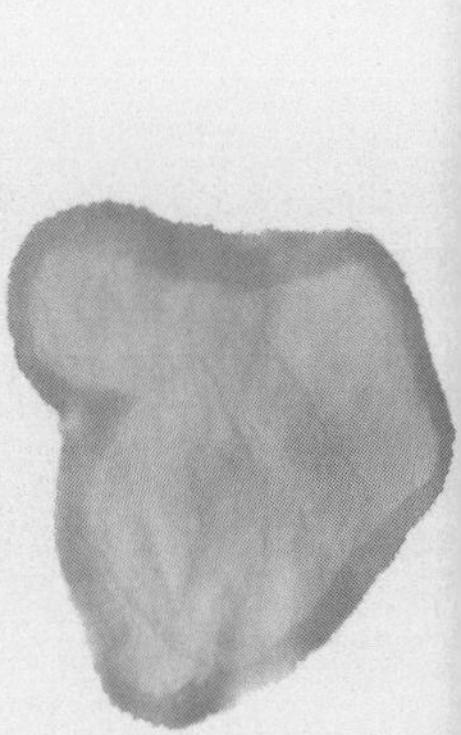

現代企画室

それは惨めな異邦人。定住せず、脚を休めずに道を行く。ホルス〔エジプト神話、オシリスとイシスの子、隼の頭の人間〕の時代から、戦い続け、勝利してもいないが、敗北もしていない。

マルタン・ブベーによって引用されたエジプトのタブレット（モーゼ）

プル族は驚くべき混合。黒い水の国の白い河。白い水の国の黒い河。気まぐれな旋風が東方で吹き、東から西にほとんどすべての場所に広がった、謎に満ちた人口増加。黒い国で、熟れた果実を破壊する蟻たちに似て、許可なく定住し、別れを告げずに野営を解く、水と牧草の状況に合わせて到着と出発をたえず繰り返す、饒舌家で曲乗り好きな歩兵たちの種族。

アンパテ・バによって引用されたバムバラ族〔西アフリカ、ニジェール河上流に住む黒色人種〕のからかい文

プルは自分を知っている。

バムバラ族のことわざ

プルは牛の寄生虫

ジルベール・ヴィエイヤー

物書きは、最初に入手し取り上げた文献を、好むなら自由に使うことができる。文献はそれ自身では何の利点もなく、与えられた解釈によってのみ価値を成す。すべての小説は、たとえ外見が《客観的》であろうとも、作者の横顔であり、作者の内部の世界の法則にのみ従う。

ゾエ・オルデンブルグ

マンゴネ・ニャンへ

シラディウ・ディアロ、
アンパテ・バ、
ウィリアム・サシン、
伯父、マッカ、
アブ《ポプ・ラシオン》カマラの追憶に

それらセレル族のおろかものたちへ

目次

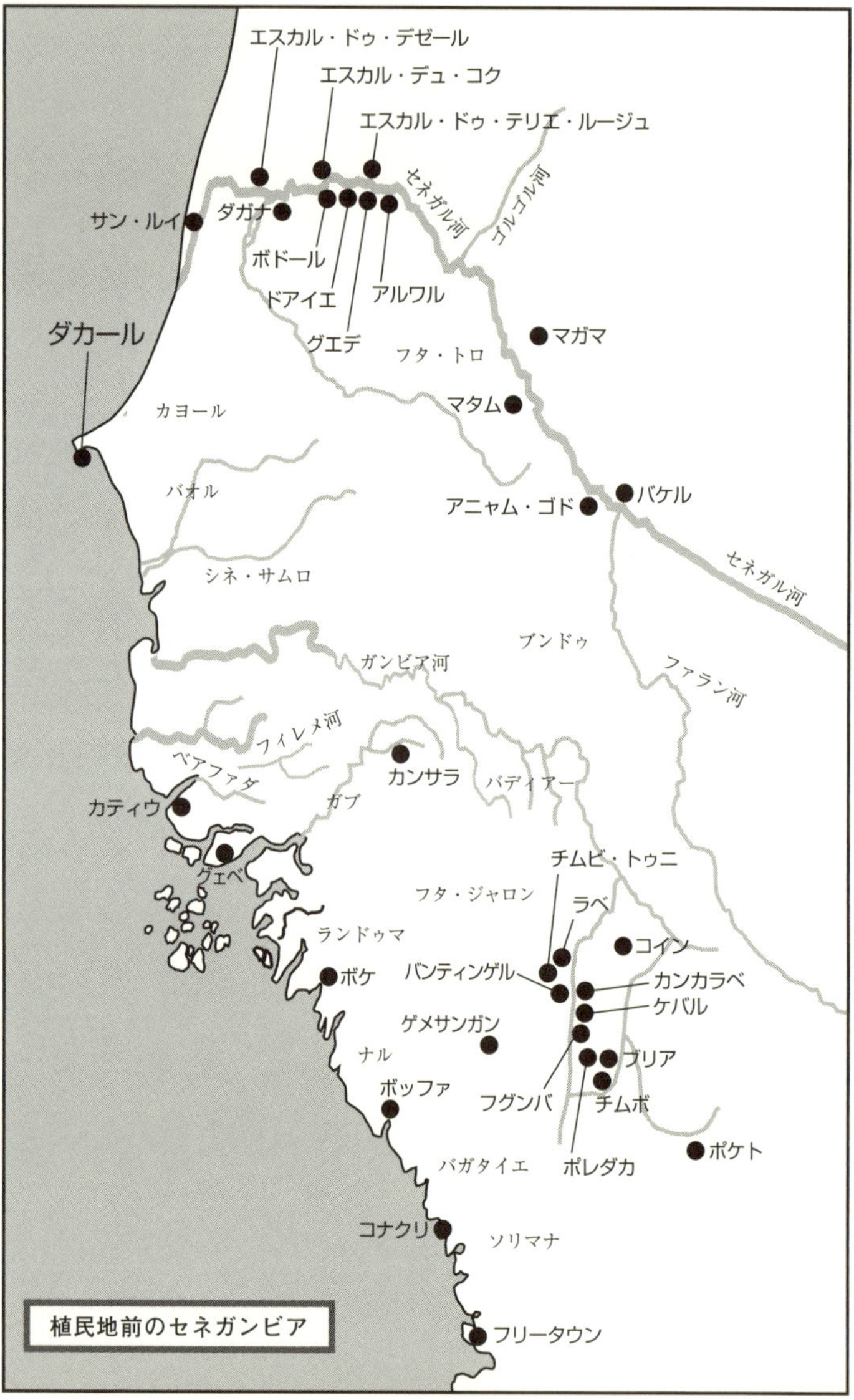

植民地前のセネガンビア

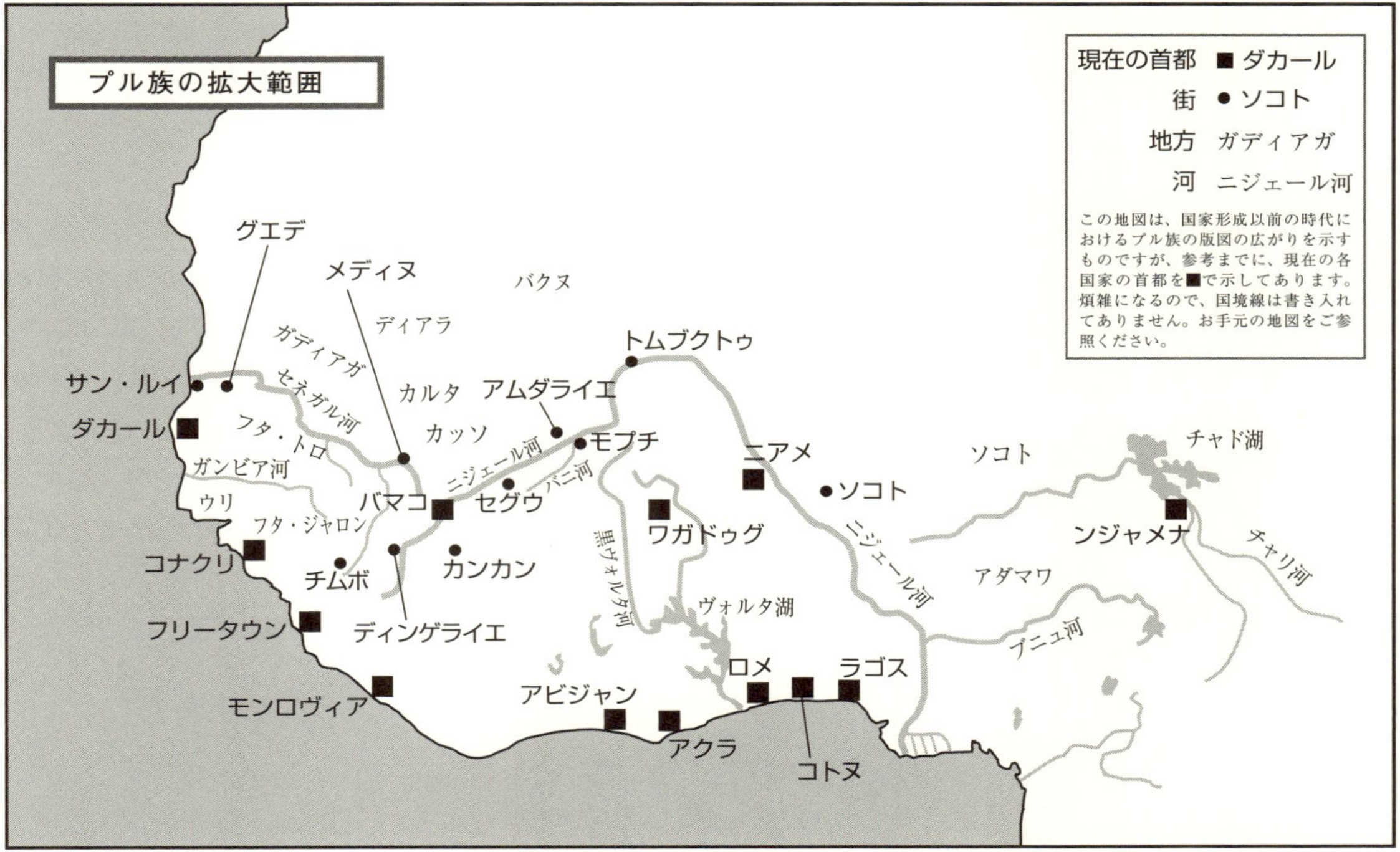
プル族の拡大範囲
現在の首都 ■ダカール
街 ●ソコト
地方 ガディアガ
河 ニジェール河
この地図は、国家形成以前の時代におけるプル族の版図の広がりを示すものですが、参考までに、現在の各国家の首都を■で示してあります。煩雑になるので、国境線は書き入れてありません。お手元の地図をご参照ください。
グエデ
メディヌ
バクヌ
ディアラ
ガディアガ
トムブクトゥ
サン・ルイ
セネガル河
カルタ
アムダライエ
ダカール
フタ・トロ
カッソ
モプチ
ニジェール河
ニアメ
チャド湖
ソコト
ガンビア河
バニ河
ソコト
ウリ
バマコ
セグウ
ワガドゥグ
ンジャメナ
フタ・ジャロン
黒ヴォルタ河
ニジェール河
チャリ河
コナクリ
カンカン
チムボ
アダマワ
ヴォルタ湖
フリータウン
ディンゲライエ
ブニュ河
ロメ
ラゴス
アビジャン
モンロヴィア
アクラ
コトヌ

初めに、牝牛。

永遠者グエノは先ず牝牛を創った。続いて女を創り、その後にプルの男を創った。女を牝牛の後に置き、プルの男は女の後に置いた。牛の創世記にそうあり、牧人の聖トリニテが為したことだ。あらゆるもの、混沌と光、中身が詰まった卵と大空間の創造者の勝利。

ミルクの一滴から宇宙を抽出し、牝牛の乳首から言葉を噴き出させた。放浪の言葉、信じ難いプル族の冒険を語りまた語るため、砂漠と森林の間に蛇行をくりかえすミルクの長い河。

メリア河〔ナイル河〕とフエリシテ海〔紅海〕の間のエリとヨヨに[1]祝福された国で、遠い時代の一夜から始まる。それは東の炎暑の中、ヘブライ人ブイトリング[2]がバ・ディウ・マングに出会ったファラオン王たちの太

1　実際、移動を余儀なくされて、プル族は彼らの起源の国の名を忘れた。ヘリとヨヨは彼らが悲惨な状況のときに繰り返される擬音詞である。「Mi héli yô, mi boni yo」は、「先祖の地方を離れて以来」を暗示しつつ、「ああ、私は壊れてしまった。ああ、私は疲れきってしまった」を意味する。

2　Bou-iw-Tôr-ing　語彙的には「遥か彼方のトーから来た人」プル族はエジプトの黒人と、エジプト進入前にシナイのトーに長い間居住していたヘブライ人フー（Fout）族との間の混血から生じた。ある文献は彼らは四〇人であったと言っている。従ってブイトリングは実在の個人ではなく、伝説の人物である。

古の土地である。白人男は黒人女を美しく見、黒人女は白人男を良く思った。彼は彼女の手を取った。グエノは請われ承諾した。エレレ、マンガイ、ソルフォイェ、エリ・バナ、アニャ、トリ・マガが生まれた。エジプト人の古代式文によれば、六人の少年は、心神喪失と聖なる病〔癲癇〕からまぬがれ、レエスの貴婦人セクメは彼らを戦争から守り、第一の滝の女神アヌクシスは溺死から守った。六人は皆生き延びた。成長し子孫を作った。孤独を好み自尊心に満ちた、必ず他とは違った風に行動する、捉え難い魂の、弱々しくて好戦的な、謎めいて気難しい存在から出た敬うべき子孫である。汝、プルのうすのろ！

それは遠い時代の一夜から始まる。人間は未だ地上で真新しく、山々は発達途上で岩はカリテバターのようにほとんど固まっていない。

それは遠い時代の一夜から始まり、決して終わることはない。

*

プルの男は言う、「牝牛はその奉仕するものによってあらゆる被創造物に勝る。牝牛は魔法、妖精よりも不可思議。現れると砂漠は返り咲く。鳴くと平原は和らぐ。体をぶるっと震わせると洞窟は輝く。食料を供給し、守り、案内する。道をつける。牝牛は運命の扉を開く」と。

プルの男は言う、

「神は宇宙のすべてを所有し、プルは牝牛を所有する

サバンナは象を所有し、プルは牝牛を所有する
断崖は猿を所有し、プルは牝牛を所有する
荒野は牡鹿を所有し、プルは牝牛を所有する
海は波を所有し、プルは牝牛を所有する」

＊

それを言ったのはおまえだ、プル。私は繰り返しただけ。おまえはうわごとを言う権利はあり、誰もおまえを信じようとはしない、おぞましいさすらい人。帝国と雌鳥のどろぼう。伝説がそう言っているので、私たちはいとこだ。たぶん同じ血、同じ種類。否、おまえは卑劣な羊飼いで、私は高貴なセレル族。おまえにはみすぼらしい羊飼いと嘆かわしい田園詩。私には狩人の勇々しい賛歌。おまえには乳を搾る小鉢と九個の結び目がある縄。私には粟の種蒔きの鍬。おまえにはミルクのひょうたん。私にはやし酒の水筒……先祖はあらゆる権利を私たちに与えた。戦争の権利を除いて。私たちはこころゆくまで騒ぎ、気に入った悪口を吐くことが出来る。私たち、プル族とセレル族の間ではすべての無作法が許される。村にこのための言葉がある。親類縁者はひやかしの的。さあ私の視界から哀れなおまえの群れとおまえのこうもりの耳を除けてくれ。おまえには何も言うまい。おまえの道を行け、ちっぽけなプル、ほかのやつに言え、虚弱で赤い猿。知りたければ昔の筆耕屋を生き返らせろ。おまえの先祖の魂に加護を祈れ。おまえの歴史は牛の歴史。どうし

たらそこに私を見つけられようか？　普通の人々ではすべての中心に男が占める。愚か者のおまえにとって、牝牛が世界を照らす星。おまえの母親は乳母か？　牝牛。おまえの歴史？　その足跡。おまえの国？　牝牛が踏みにじる土地。牝牛のため、おまえは砂漠と原野を略奪する。牝牛のため、おまえは耐え、疲れきる。剣と火薬、それは王国を従わせ富を蓄えるため。だがおまえは武器を取るときは山積みの干草のため、数アルパンの牧草地のため。セレル族は正しい。「プルを見つけたいなら堆肥の方を捜せ」

＊

私の視界から消えろ、吐き気をもよおさせる牧人！　おまえの行き先？　恐ろしい混乱。おまえの生涯？　厄介な事件だけ。私は知恵を絞るに都合の良い立場にいるが、どこから始めたらよいかわからない。ササイエ〔消えうせろ〕、放浪者。空気の流れを止めるほうがおまえの歴史を話すより楽だ。ホルスの時代から荷物もなく、目標もなく、眼下でもたつく木靴のほかは羅針盤も持たず、おまえは彷徨う。季節のリズムで妄想のままに野営し、そして野営を解く。あたかも虫がおまえの脳みそをかじったかのように、あたかもおまえのおしりに火が付いたかのように。

＊

おまえは誰だ？　どこから来たのか？　おまえの牛飼いの小部族は無から噴き出て、セネガル河の土手に乗り上げたのか？　六、七、八世紀に？　これを言えるやつはとても利口なやつだ。

皆はおまえがそこに長居しないよう期待した。皆、おまえは通過するだけだと、私たちの粟をたっぷり食べたなら、私たちの女を残し、おまえの家にすぐに戻ると思った。おまえたちの奇妙な格好に唯一ふさわしい、想像不可能な悪魔と気違いが住む地方に。

ところが、否、呪われたやつら！　おまえはもはや私たちから離れない。私たちの河を汚し続け、私たちの畑を荒廃させ、私たちの村と私たちの夜に取りつく。断りもせず掘っ立て小屋を建てて景色を破壊した。私たちが目を開けたときはすでに遅すぎた。通過しながら、おまえは隣人に、次に招待客に、次に婿に、次に純正の土着民になった。これらすべて一瞬のうちに。

なんたることだ！

*

一体どうやっておまえは彷徨える犬の状態から帝国の創始者に、不純な淫蕩から狂信的なイスラム教徒に成り上ったのか？　このような謎を解くに十分に大きな頭を私は持っていない。おまえたちは最初の跡をテクル[3]に残した。私が知っているのはそれだけだ。テクル、それは、セネガル河の谷間へのおまえの侵入から少し後、ディアア・オゴ朝〔プル語で鉄の師、テクルに一一世紀頃まで君臨した〕によって興された国だ。

そこは動物たち、馬たちで満ちあふれ、琥珀と金があふれていた。邪な所有欲を直ちに引きつけた天国の一角であった。一一世紀、アルモラヴィドと同盟を結び、彼らの王子と兵隊をアンダルシアの戦いに送った。一三世紀にマリ帝国によって占領されるまで、ソニンケ族の古い帝国であるガーナと長い間張り合った。マンディングの支配は長い低迷の始まりを告げた。おまえの放浪の民は棒切れと鉄の責め苦を知った。運命に見捨てられ、マリ帝国に仕える残忍な外人傭兵、トンジョン族に追われ、三つの河の国々の端から端まで目的なく彷徨った。

マンディング族の支配から解放されたのは、かなり遅く、一六世紀になってからだった。不純物から派生した金塊のように、救世主がおまえの夜に姿を現した。その名はコリ・テンゲラ、おまえの曲がりくねった歴史の四世紀に、彼の偉業とその後の分裂とが記された我慢ならないヤラルベ族のバの氏族のプルの男。一五一二年、彼はマリの首かせを取り除き、テクルの廃墟の上に広大な国――恐るべき帝国、デニャンコベを手に入れた。デニャンコベ帝国、それはおまえの記憶の中心、がむしゃらな過去の心棒。良かれ悪しかれキリスト教徒とイスラム教徒に抵抗しつつ一七七六年まで続いた。その帝国は、以降、イスラム教の霊感を得たプル族のとてつもない覇権への跳躍台の役目を果した。一八世紀から、モーリタニアからチャド湖に押寄せ、一九世紀の終わりにヨーロッパ人の植民地主義と重なりあって完成したプル族の覇権。

これがおおよそのところだ。私が物語らなくてはならないおまえの不確かな歴史だ。おまえのところ以外も決して単純ではない。おまえのアイデンティティは疑わしく、おまえの種族は多国にまたがる。おまえの道は、空白と影の区域に、込み入った交差点に、意表をつく迂回にあふれている。放浪の常習者。

*

デニャンコベの帝国はこの物語の始まりにはまだ誕生していなかった。宗主が君臨し続けたテクルのいくらかの地方を除き、おまえのしらみの涌いた祖先は、定住民族の長の慈悲で、国を持たずに生活した。コリ・テンゲラ以前に蜂起が試みられたが、そのたびにてひどい処罰を受けた。とりわけ一五世紀、戦士たちが組織される兆候があったが、敵の重みと、自らの三百代言の結果に崩れた。三百代言、おまえたちはそれしか知らない。人の眠りを妨げるやつら！　三百代言と彷徨に生きる。おまえたちのオッガーとタシリの滞在以前、フェザン横断以前、エリとヨヨの神話の国からの出発以前からすでにそうだった。

このエリとヨヨの神話の国について話そう。おまえの考えでは、二二人のプルの王が王座に即位した幻想の宝の国だ。二二、それ以上でも以下でもない。初代はイロ・ヤラディと呼ばれた。サロモン王と同時代人で、彼同様、ダチョウを飼った！　おまえの厄介な伝説によれば、偉大なる七の国だ。七つの山、七つの湖、七つの金山、七種の穀物、七つの誕生とそこで幸せに過す理由。

3　テクルはアラブ－ベルベル起源の言葉。この地方のプル語の名はニアミランディ（Niâmirandi）。「豊かな国」を意味する。

やれやれ、私の記憶が混乱してしまう。唾液が足りない。私の舌が老いて衰えたトカゲのように喉の奥でぐったりして倒れ込む。私には十分な力はないだろう。おまえは要求するが不可能だ。ちっぽけなプル、私を放っておいてくれ！　誰かほかの人に頼んでくれ！

＊

私のちっぽけなろくでなし、おまえがしつこいから、おまえが私に、おまえの種族の皆と同様にしつこくて頑固な男に差し向けたのだから、私が知っていることを話すべきであろう。もし誰かこのことについて私以上に思い巡らす者がいるなら、私はその後に並ぼう。

しかし、ぼやき屋、おまえは私が口を開けるに値しなくてはならない！　タバコ、コラ。それに七歳の牡牛をくれ。おまえが誰かを言ってやろう！

ミルクのために、そして栄光のために

1400 – 1510

ナザレの一四〇〇年頃、周囲を略奪して荒らしつつ、野生の稲と酸っぱいミルクに満たされて生活しながら、赤い遊牧民プルはバクヌ地方を彷徨った。おまえのおしゃべりの言語で「王子」に相当するアルドは、ヨゴ・サディオという名で、ディアロの氏族名にふさわしい、喧嘩と、女たちと、蜂蜜酒に夢中の、飾り玉とダチョウの羽根に覆われた長髪の不格好な大男だった。ヨゴ・サディオ・ディアロはアルドの完璧な容姿に化身した。大胆不敵で、ずる賢く、残忍で、正しい。きれいな横顔で、口達者で、美しい妻を持ち、大きな家畜たちを持つ。その群れは無数であった。朝から晩まで七つの谷と三つの平原の草を食べた。彼の妻はウェラ・オレといい、幸運をもたらす妖精だ。彼女が野営地に近づくと、人々は金の延べ棒を急いで隠した。その美貌の輝きは、貴金属の輝きを永久に失わせるとみなされていたからだ。

ある日ヨゴ・サディオは、彼と同じにすぐれた牧者かつすぐれた騎士であって、同時にたいへんな畑荒らしでも女たらしでもある二人の兄弟、マガとディアアディエに意中をうちあけた。

「翼が黒いハゲワシとまだらのハイエナを夢に見た。目覚めたとき、閃光と雲の形を見て取った。グエノは献芹も要求せず、私をいらだたせる。神よ。この国は私たちにとって暗すぎる。私は数えた。流産二回、突然の死三回、らい病一件。群れは健康がすぐれない。子牛たちはダニに噛まれている。脳出血で乳牛はくたくただ。今までこれほど多くの子牛の死産はなかった。そしてここから二日のところにペストが猛威をふるっていると聞いている。私たちは出発したほうがよいようだ」

「出発だと？」ディアディィエは驚いた。「地上はどこも同じだ。どこだって、トンジョン族、飢饉、さそりだらけ！」

「私が言ったとおりだ。グエノは任務を容易にはしてくれない」

「私には神の言外の意味が解る。世界は錯乱しており、誰も救われるに値しない」

「おまえの意見も同じか、マガ？」

「おまえの従臣たちに尋ねてみろ、ヨゴ・サディオ！　いま移動するのは全くばかげたことだ、と答えるだろう。地方は燃え、各種族とも興奮状態だ。マリの皇帝、マンサ・スレイマンが死んでから、どこもひび割れている」

「ああ、まあ、おまえは正しい！　牧者の生活は苦難の道、どこにでもそれはある。ともかく私たちは出発しなくてはならない。この地方は忘れよう」

「おまえは私たちの兄だ。マガと私の。決めてくれ、従うから。私たちはプラク〔プル族の倫理〕を敬う。でもお願いだから、先ず占い師に相談して、そしてアガ〔牧場の主、遊牧の秘密の管理人〕に託して」

占い師は亀の頭、アンチロープの角、それに古い壷をもってやって来た。彼は確認した。前途はアロエの水薬よりも苦く、ヒマの色よりも黒いようだ。生け贄を課した。

「《両肩に銀白色の斑点》、あなたのお気に入りの牝牛！　それが神の要求です」

ヨゴ・サディオは怒りに震えた。

「私の《両肩に銀白色の斑点》を、だと？　私よりむしろ神を呪え！」

ヨゴ・サディオは一週間後、弟たち、アガ、占い師、そして種族のすべての長老を招集した。皆は彼がより良い気持ちを取り戻したと思った。しかし彼が口を開いたとき、何かが決定的にひび割れたのが判った。

「皆、私が意見を変えたと思ったのだろう？　いや、そうではない。私は言ったことを堅持する。私たちは出発し、私は《両肩に銀白色の斑点》を取っておく！　私の意向は述べた。神も同様にするだろう。早く馬と牛を準備しなさい。荷役たち、子供たちを起し、群れを解きなさい！」反論を何としてでも遮るために、こう命令した。

その後、弟たちを近くに来させると、呟いた。

「もし私に何かが起こったときは、妻ウェラ・オレはディアディエのものに、《両肩に銀白色の斑点》はおまえ、マガのものになる」

彼は原野に駆け込み、およその見当で南に向けて進んだ。氏族の皆は彼の後について歩いた。不満だが、我慢して。

一週間後ヨゴ・サディオは、ナツメの近くに野営して、アシナガバチに刺されて死んだ。

＊

アルドの位に就いた最年長のディアディエは、ヨゴ・ザディオに入れ替わって、占い師、アガ、長老の皆を招集した。

「あなたたちの英知に委ねる。私たちはどうするべきだろう。冒険を試みるか、あるいはトンジョン、マラリア、らいにめげずに此処に残るか？」

「グエノは彼自身でその僅かな寄付を選ぶことで問題を解決した。私たちはこの地、バクヌに留まるべきだ。神がヨゴ・サディオの血を流させたのは此処だ。そして神が私たちにその寵愛を授けるのは此処だ」

老人たちは同意し、白い髭の中で何ごとか呪いをつぶやいて、すべてが収まった。

ミ　エリ　ヨ！　ミ　ボニ　ヨ！
グエノはプルの苦しみを和らげた！
良き運命の方に導き、
啓示と恩寵を与えたもうた。

部族は飢えた牛を押しながら、いつものように神へ哀願しながら、彷徨のリズムを取り戻した。日ごろ対抗していたサカコレ族の行商人たちと、マンディング族の農夫たちとの死闘に舞い戻っていった。サカコレ族とマンディング族は、おまえの卑劣な種族が穀物置き場を空にし、ガブから持ってきたコラとやし酒で商人を貶め、動物たちが畑を荒らすままに放置し、聖なる池と森を冒涜したことを非難した。プル族のほうは、群れを屠殺され、野営を燃やされ、牧草地に入る許可と引き換えに土地の長が婦人たちの初夜権を要求したことに文句を言った。ナイフを使っての攻撃、棒の連打、投石、弓矢が、星の明かりか河の流れのように、バクヌの日常にちりばめられた。

おまえの飢えた影が通り過ぎるところすべて、岩が転げ落ち、家族が仲たがいし、原野に火が点く。おぞましい扇動者、赤みがかった牛飼い、哀れな不安の種蒔き人！

それはまるで神の怒りが持続しているようであり、呪いと不運の香りが部族に執拗につきまとっていた。二人の兄弟はウェラ・オレの所有をめぐって争った。槍を振り回しナイフを研いだ。殺し合いが避けがたくなった。長老たちが圧力をかけ、修復不能となるのを避けるために彼らは別れを選んだ。

嫌悪したウェラ・オレは両親が遊牧生活を営むガブに帰った。

マガとその信奉者たちは東に、つまりマリの中心部を横切る通路を押し破り、まっすぐに行った。それまでなら、無謀な者数人しか到達できなかった、ニジェール河の湾曲部にまで達した。それがおまえの彷徨う民族が三つの河の国々で生き永らえることになる集団移住のはじまり、最初のフェルゴ[1]だ。数世紀後の名高いマシナの帝国の源であろう。

一方、ディアディエはといえば、そんなに運に恵まれなかった。彼は西に向かった。途中、信奉者の多くは、性格が汚いディアディエを見放し、マンディング族の言語と習慣を取り入れつつ、そこに定着した。ディアディエはひとりでガディアガまで進み、新たなプルの遊牧民と混ざり合い、その姓の者と結婚した。

これがテンゲラ王朝の由来である。

＊

これらプル族は、バの氏族、ヤラルベの亜氏族から生じた。おまえのところでは氏族がとても重視されていることを知っているか？　プルは言う。《永遠者、グエノは唯一性を示し、牛の角は一対でそびえたち、プル族は四つずつ進む》

おまえのとっぴな種族の四つの氏族は四つの基本方位に、四つの本源要素に、四つの自然色に、ミルクを攪拌する聖なる棒の四つの股に相当することが知られている。


ディアロ氏は、長男、東の血筋を引き、黄色を掲げ、空気を求める。

激情的で戦士の弟、バ氏は西に、赤い血と火に捧げる。

ソウ氏、これら偉大な先導者は南に、なぞでいっぱいの黒に、牧草地の供給源の土地に一体化する。

末っ子だが最も気高いバリ氏は、北に、乳白色の白に、そして水に調和する。

ヤラルベ族は従ってバ氏族、つまり、力と熱狂の印、の支配下にある。恐るべき野蛮、これらの人々はお

1　Fergo　集団移動。プル族の集団移動は脅威、圧力の優れた手段であった。ときに歴史的転覆の原因となった。

まえたち遊牧民のすべてのうちで最も野蛮である。ヤラルベ族が近づくと、犬たちは地面に伏せ、村々にはひと気がなくなる。

酔っ払いで喧嘩好き、肌は赤みがかり、動物の毛皮と黄土色の幅広のチュニックを着て、真珠、子安貝、ダチョウの羽で飾った三つ編みの髪、暗闇から真っすぐに出てきた悪魔を思わせる。皆は天使のように美しく、神のように聡明で、悪魔のように意地悪だと言う。矢、投槍、槍で武装し、野獣をつかまえ、穀物倉庫と金の壷を強奪し、若い娘たちを強姦し、子供たちの耳を切り落としては、地方から地方に牛を追った。バクヌ、ガディアガ、ブラクナ、そしてアウケを略奪した。そして、草はいつでも緑で、金がほこりほどに月並みな八種の土地の国、テクルに下って放浪した。

ヤラルベ族は、血縁によって、あるいは遠い昔の臣従義務の協定によって結びついた、セネガル河中流のデルタに散らばった三十ほどの家系から成る。彼らは年に一度、ニュースを交換し、紛争を鎮め、誕生と結婚を祝い、若者たちに秘儀を伝授し、動物を祝福し、天然ソーダの分配を更新するために、野営している者すべてが集合する豪奢な儀式、ヲルソの時に再会する。集まった者たちの内に自分の祖先の形跡があるのを納得した後で、それぞれの氏族は自分たちの一隅に移牧し、残りの時間を懐疑心と嫉妬心を胸に秘めたまま生活する。その恨みの傾向は、家畜と設備器具、宝石類の他にグリグリ〔魔除けのお守り〕、をも遺贈品とする手筈を、死ぬ前に整えるのが習慣であるほど徹底している。当時のアルド、ディアディエ・サディガは、他より少しばかり頑なでなかったので、分別があって好いと言われた。怒りっぽくてすぐにナイフで片づけるのが長所と考えられていた騒がしく多様な人々を、ディアディエ・サディガは、良くも悪くも導こうと努力した。彼は最も極端な場合にしかその権力を用いず、優しさと用心深さを示すことを知っていた。それは、いつも王座をねらって彼の命令を巧みにかわすことを気の利いた楽しみとしている気難しい野営の長たち、ディオム・ヲロたちとひと悶着起すのを避けられなかった。

ドヤ・マラルはそのひとりで、いつも口をとがらし抗議し、戸をばたんと閉めた。彼は自分の男らしさと、たくましさと、牧者としての巧みな手段とに誇りを持っていた。彼の妻は、そのうち七人は体のがっしりした少年である一二人のすばらしい子供たちを彼に授けた。おまえたちの奇抜な伝説では、これが世界の人口増加の起源となったという——すべて同じ母、同じ父、ニアガラ、キカラから生まれた七人の少年と五人の少女から。グエノ自らその藁布団を祝福しに下ったと信じられていることだ。長兄は双子だった。ビロムとビラヌと云う。

午前中の半分だけビラヌより早く生まれたビロムは、長男という羨望の地位を皆が彼に与えるよう要求し、棍棒を持ち出すまでの果てしない喧嘩となった。長男の権利は、おまえたち愚かなプル族のうちでは空しい言葉ではない。プラクは尊敬と配慮に囲まれた最長兄の特権を行使し指揮する。特選肉片と最もクレーミーなミルクは彼のものだ。兄弟たちを戦争に連れて行き、アガ、アルド、ディオム・ヲロの資格を継承するのは彼だ。今回だけは運命は曖昧だった。午前中の半分、それはわめくことを習得するには十分だが、年取るには不十分だった。ビロムとビラヌは同じ背丈で、脚も腕も同じ力を持っていた。同じ速さで走り、格闘でも、競走でも、弓矢でも同じ能力を示した。勇気、自尊心、美、狡猾さ、すべてにおいて同じだった。

二人の対立と非難合戦に疲れきった長老、ドヤ・マラルは子供たちに言った。「私の後継問題に決着をつけることにした。ビロムとビラヌ、おまえたちに試験をする。勝ったものが長男だ。ムーア人のところに行って立派な雌らくだ一〇頭と壮健なサラブレッド一〇頭を捕まえて来い」彼らはムーア人のところに行き、それぞれ立派な雌らくだ一〇頭と壮健なサラブレッド一〇頭を捕まえて来た。「原野に行き、二頭のたくましい雌ライオンを縛って、傷つけることも殺すこともなしに連れて来い」ふたりともその通りにした。「ふたつの籐の籠がある。それぞれ生きた一万匹のミツバチで一杯にせよ」これも同じく果たされた。「今度は、おまえたちが知っている私の好物、コラだ。男の奴隷一〇人をおまえたち自らの手で捕らえ、コラの籠一〇個をガブから運ばせてきたら、そいつが長男だ」さらにすごい試験が積み重ねられたが、裁決されるに至らなかった。

そこで、ドヤ・マラルには、謎かけをしようという考えが浮かんだ。

「私は奇妙な小さな少年。私を使いに遣ったら帰ってこない。私は誰だ?」

「いたずら小僧。食料を買うために子安貝を持たせたら、そいつは品物と共に消え去るから」ビロムが答えた。

「矢。弓を引くとそれは戻らず、獲物のなかに留まるから」ビラヌが答えた。

「ビラヌ、おまえはより想像力が勝る。おまえが長男だ! 私が世を去ったとき、私たちの氏族の記章、六角星の赤めのうはおまえに帰する」

＊

次の雨季、長老、ドヤ・マラルは南の大雲が裂けて消えるまで、皆とゴルゴル河の河岸に野営することを決めた。しかしビラヌは意見を変えさせた。

「父さん、皮袋を調べました」

「それで?」

「三日分の塩しかありません。粟の瓶は半分空で、革紐はすべてぼろぼろで、綿布はシロアリに喰われてます」

「目的に向かって真っすぐに行け! 何を私に提案するのか?」

「ディオヌルの市場はここから歩いて一日です」

「息子よ、私が間違えたと悟るのは好まぬが、おまえの考えは無視できない。従って私たちはディオヌルに買出しに行き、ゴルゴルはそのあとの楽しみとしよう。ビラヌ、おまえの良識は私の最後の迷いを取り除いた。ビラヌ、おまえはまさに私の長男だ。誰よりもたくましい、誰よりも抜けめない」

「父さん、それは公正ではありません。ビラヌが口を開きさえすれば父さんはそっちに付く。どうしてそんなに大きな迂回を? 真っすぐゴルゴルに行きましょう。そこに着いたなら、サカコレ族の行商人から食糧補給できるのだから」

「おまえのその調子は好まぬ、ビロム! さあ、ビラヌが言ったようにしよう。私の長男はビラヌだ! 私の息子として留まりたいなら、おまえは彼に従わなくてはならない!」

この小さな出来事が家系を崩解させることになり、暴力的な混乱が拡大し、数年後には、三つの河の帝国と王国を揺るがすまでになるとは、ドヤ・マラルは思ってもいなかった。

*

ビラヌの意見に従ってディオヌルの近くに野営し、家畜市場でより良い場所を得るため、明け方最初の微光がさすとすぐに出かけた。ヤギ、ミルク、強壮煎じ茶、駆虫煎薬、バルサム鎮痛剤、湿布剤、すべては太陽が空の真ん中に来る前に売れていった。塩三袋、ブランデーの壷ひとつ、やし酒のひょうたんふたつ、コラの籠ひとつ、サンダルと綿布を得た。その後婦人たちは、宝石と台所用具の商人のところへ散った。少年たちはアクロバットと音楽家たちに加わった。男たちは飲物屋に押寄せた。その後で氏族は樹の下に集まり少しまどろんで、長い旅路の開始に備えた。石切り場の方で大騒ぎが起こったのはその時だった。ドヤの家族は、手足のしびれを取り、新しい昆棒とパチンコを試すに良い機会だと思って、駆けつけた。そこでは、上半身裸で指で触れなくともあばら骨を数えられるほどにやせたすらりとしたひとりの男を、きちんと並んだ一二人のぼろを着た牛飼いが囲んでいた。彼はふやけたサンダルからはみ出た、小石とギョウギシバでひび割れした、並外れた足をしていた。琥珀の腕輪一式と子安貝を嵌め込んだ皮のグリグリが彼の腕を締めつけていた。牧者の帽子は竜舌蘭の紐で首に止められ、うなじと背中の大部分を覆っていたが、三つ編みに束ねた、砂と粘土が付着した長い髪が見えていた。ほお骨とほおのすべての肉をなめ尽くすかのような突き出した鼻のあるごつごつした顔だった。易者や預言者がするように彼は話した。彼の容姿が何か滑稽な、というよりはむしろ哀れなものを発しているので、ドヤ・マラルは長い間眺めて、独り言を言った。「こいつは、歯だけが救いだ。他にはなにもない」長い、尖った、整って並んだ、とりわけ茜色の肌の中央に輝く光沢のある白い歯だった。彼は皆をじろじろ見、競技場の格闘技のチャンピオンか奴隷を前にした領主のように、言葉の音節を区切って発音し、わざとらしく指で示した。他人が彼より大声で話すのを嫌悪したドヤ・マラルはかっとなった。右の隣人を摑まえて激しく揺すって言った。

「おいおまえ、石頭、この幽霊は誰だ！　早く言え！」

「幽霊？　おまえはうぬぼれの強いやつだな、プル。そこにおまえが見ているのはデュロ・デンバの右腕、ヤラ・チョゲルその人よ。幽霊だと！　ヤラ・チョゲルをそう言ったのは初めて聞いた！」

「ヤラ・チョゲルって誰だ？　デュロ・デンバって誰だ？」

「おまえ、どこに住んでいるんだ？　雲の中か、洞窟の底か？」

　これはドヤ・マラルの怒りを増幅させた。ともかく、ドヤ・マラルは掴んでいた隣人を解放し、人々を押しのけて最前列に出た。ヤラ・チョゲルは、これ以上はないであろう復讐の怒りの宣言を終え、叱責と説教を続けていた。ニオロのプル族を押しつぶす、軽蔑されるべき状態と、ガブで捕虜となったことの煩悶と、マシナとフタ・ジャロンで危険を冒した勇気を挫く千と一の課税と屈辱とを強調した。最後の言葉を次のように語り終えると、女たちはすすり泣き、男たちは恥で震えた。

「消耗しきったプルの男よ、今ではおまえは、数々の大洋によって、プラクの規範から離された。かつてのおまえと今のおまえの生き方の基であるプラクの規範から……」

小道から、高い草の中から、ギョリュウと竹の藪から、他の者たちが到着した。彼らは馬と荷牛をカポックの幹に、あるいはバラニットの切り株に繋ぎ、人込みのほうに騒々しく進んだ。投げ槍を地面に刺して新たな円を形作り、そしてプル族の汚い口を開き、不協和音と反目が加わった。短刀と斜めに腰に帯びた矢のがちがちさせる音、長い歩行によってひどく疲れた体のきしむ音、つぶやき、咳、ひやかし、そして中傷によって、怒りといらだちからぎくしゃくした声をあげた。

「何をすればいいのか私たちに言え、ヤラ・チョゲル！　早く言え！　プル族の不幸を聞いてめそめそする以外にもやることがあるんだ」

「猿の小川からでも聞こえていたぞ」黒い雌馬に乗って野原から現れた男が言った。「なぜ此処で集まっているんだ、プル族！」

「何ヵ月もプル族に力説したかったのはこうだ。立ち上がれ、武装せよ！　土地の長は私たちの子供を飢えさせる。土地の長は私たちの牛ののどを乾かす。私たちは対決しなくてはならない。立ち上がれ！」ああ、誰も聞いていない。

「従って、おまえ、ヤラ・チョゲルはデュロ・デンバの勢子？　おまえの師のことはよく耳にした。トロの田舎では有名でラアウでは聖者同然。しかし私が尋ねたいのはどうして未だにひとつの地方も従っていないのかということだ。皮と骨の土地の長を見るに、準備が整っていないということだろう、間違っているか？」

「デュロ・デンバはあとで挑発に答えるだろう。土地の長を殺し、その奴隷たちと子供たちの耳を切り、彼らの偶像と聖なる森を荒らした後で。今は、新月から、マガマの崖岸内に集まるよう要求している」

「くだらぬ話よ！　かっとさせるぜ。先週、ジョロフでラアマン〔ウオロフ族の土地の長〕がプルの野営を蹂躙し、牛の喉を切り、女たちを彼のハーレムに連れて行き、男たちをポルトガル人に売った。おまえのデュロ・デンバはどこに居たんだ？」

「ジョロフはとても遠い！」

別な者が付け加えた。

「すぐ近く、ギライエでのことだ。一昨日、タムバカラから逃亡したトンジョンのグループがアルドの首を切り、男たちを鞭打ち、群れをマリに持って行った。私の知る限りではデュロ・デンバという名はこのあたりでは一切聞かなかった」

長い沈黙が続いた。今となっては、演説者は狼狽し、宗教裁判官のような大衆の視線の下に頭を低く保っていた。ドヤは周りの人たちを肘で押して近づいた。

「おい、おまえ、ヤラ・チョゲル！　おまえの軍に加わったらいくら出す？」

「おれは払わない！　それどころか、おまえの血を流すことを要求する！」

「払わないだと！　本当か？　それでは私、ドヤ・マラルはここには用はない」

＊

しかしながら、ドヤは新月に近づくと苛立ってきた。ある晴れた朝、皆が動物たちを牧草地に連れて行く準備をしていたとき、彼は子孫の運命を賭けて、馬に鞍を掛け、ロバと牛に荷鞍を付けるよう命じた。

「カルバスを集め、籠をならべろ！」彼は命じた。

行列はゴルゴルの谷を離れ北に動き始めた。

「マラルの子、ドヤ、私たちはどこに行くのでしょうか？」グリオのオコルニが聞いた。

「一言も言わず、咳ひとつすることもなく、ただついて来い！」大男はうなった。

「ドヤ、マラルの子、私たちをどこに連れて行くのか？　一度だけ言ってください。そうでなければ私はここを動きません！」グリオが威嚇した。

「オコルニ、おまえはよく言った！」アガ、コイネが同意した。

「グリオ、おまえはよく言った！」他の皆も肯定した。

「いいだろう」ドヤ・マラルは譲歩した。「デュロ・デンバに加わることに決めた。トンジョンと戦うことを決めた」

＊

沼の近くで、ディアディィエ・サディィガとばったり会い、驚いた。

「ドヤ・マラル、こんなところで何をしているんだ？」

「訊かれるまでもない！　私はデュロ・デンバの呼びかけに答え、土地の長たちと戦うのだ」

「おやおや！」

「他に請われてするのではなく私自身の意思でそこに行くのだ。すべてよく考えた末のことだ。谷のプル族の皆に臆病者と見られたくはない」

「ヤラ・チョゲルの前で、おまえは恐怖にさいなまれていたのを隠すために、高慢な風を装っていたんだな。河の谷のすべてでプル族はそう言っているぞ。そして今、おまえは皆が言うだろうことに恐怖しているのだ。だから来たのだろう、違うか？」

「今、より良き日に私がいる幸せを思ってくれ」

「おまえの乳牛、おまえの婦人たち、おまえの子供たち、……それらは同時に私のものか？」

「おまえがここにいない限りすべてはうまくいっている。おまえのほうは、テンゲラとヤラディは大きくなったか？」

「ふたりとも頭ひとつ私より大きくなった。おまえのビロムとビラヌと同じに違いない。私たちヤラルべ族はライオンの子の力を持って生まれ、竹の高さと同じまで育ち、皆血にまみれて突然死ぬ。弟、近づくのを許せ。私の部下たちと私は喉が渇いており、私はおまえの子孫を急ぎ抱きしめたい」

「おまえが彼らに会いたいと望むのはめったにないことだ！」

「おまえがヤラルべ族から離れているのは私の責任か？　おまえの父である私の叔父マラル・ボデワルはよく繰り返した。『家族の争いほど不運を呼ぶのものはない』と」

「ヤラルベ族、それは私だ！　六角星の赤めのうを所有しているのは私だ！」

「おお、六角星の赤めのうに関しては後で話そう。ドヤ、私たちに加われ。おまえの場所は私たちの内にある」

「ディアディエ・サディガ、おまえがアルドというよりはむしろ……おまえは良く知っているとおり、それは私に帰属する地位だ」

「忘れろ。今ではすべて過ぎ去り、十数年になる」

「いいだろう。今のところはトンジョンと戦おう。戦争が終わったら、おまえをふたつに分かち、私の権利を回復するとだけ約束しておこう」

　結局、口づけを交わし、ニュースと食料を交わした。統一されたキャラバンが形作られマガマの断崖に向かった。棘のある植物と奇妙な蟻塚が沿って続く赤みがかった道を黙って進んだ。――牝牛のうなり声、木靴のカタコト、強情な家畜たちを静めるための鞭の音、そして木の枝や石に濡れたぼろぼろの服があたるビシャバシャ等の騒音――。そしてグリオのオコルニは、ホドゥ〔一弦ギター〕を取り出し、自分のためにだけ、彼の心を潰すほどの苦しみの重みを和らげるために他の騒音より高い声で歌った。

ハイタカよ、友よ、
ヨゴ・サディオのドラマをおまえに打ち明ける
アルド、ヨゴ・サディオは寡婦を残した

美しい婦人を二人の兄弟に
ディアディエは言った、私のものだと
マガは言った、私のものだと
兄弟は仲たがいし離れた
道が二つに別れるように
一方はテクルの奥深く
他方はマシナの小さな巣窟に
それからは、プル族の間では、
兄弟のものは避ける
自分の血を引くものは殺す
ハイタカよ、どんなグリグリが必要か教えてくれ
これら悲しきヤラルベ族のために
おお、ヤラルベ、おまえたちはいったいグエノに何をしたのだ
そして惨めな私オコルニはあなたたちのために何をしましょう？

デュロ・デンバは三百代言的な物言いも、敵意も、習い性になっていた不信感も、多世紀に渡る恨みをも乗り越えて、セネガル河の谷のすべてのプルの族、部族、亜部族の大義を結集させた。驚くべき量の武器と乗用動物を備え、南に向け動き始めた。ペテ・ペンダ・ジョウーで、軍を二分した。一部をふたりの兄弟、エンビ・デンバとナヲ・デンバに任せた。ひとりには新たに征服した公国を導くため谷の後方守備に留まるよう要求した。ふたりめは多くの支持者大衆が加わるであろうブチオルへ押し進む。アルマディ〈間に合わせの小船。湿った藁で作られた〉に乗り込み、彼の無数の兵は河を渡りウオロフ族の地に進むことに成功し、簡単に勝利した。シヌ・サロムとガンビアへの道が開かれた。

プル族は三つの河の国々にイナゴの大群のように押し寄せた。当時そのあたりをぶらついていたポルトガル人、アンドレ・アルバレス・ダルマダによれば、彼らは多くの馬、牝牛、らくだ、それにロバを持っていた。大胆不敵な騎手の数は多く、矢と蜜蜂の群れで武装していた。ガンビア河を渡るのにそれぞれが石ひとつ持つだけで事足りたと、彼は付け加えた。《そこらの国でかような集団を見たことはない。マンディング、カサンガ、バヌメ、そしてブラムの地を、一五〇里以上も通りながら、すべてを破壊し荒廃させた……》[2]彼の同国人、ジョアンオ・ドゥ・バロスも状況を確認している。《プル族は出会う河のすべてを干上がらせるほどに多数だった》そしてフェルゴは最終的に単なる力の誇示だけだったと結論した。その数と装備を見て、多くの王は戦いを放棄し、あまりにも興奮している牧者の徒党の熱を冷ますようグリオを説得して、兵士たちを耕作に行かせるか、あるいは狩に行かせるかを決めた。これに乗じたウオロフ族が解放され、ガンビア河の右岸を占領し、マリ帝国の威厳がはなはだしく損なわれた。

数多くの勝利に自信をつけた、しらみが湧いたおまえの種族は、富を略奪し、住民を火と鉄の拷問にかけながら、牛の群れ、粗野な戦士たち、世代の違う牧者たち、ぼろを着た子供たちの一団、おしゃべりで自己陶酔気味の女たちとともに、さらに南に突き進んだ。ガンビアの後では止める者とてなく、戦争賛歌をわめきながら、カザマンス河を、ファラン河を、グエベ河を、グランド河を越えた。しかしマングローブ、コボとカチュの間、ギニオラとビサオの間などで、ベアファダ族に出会った。

ベアファダ族は少数だったし、十分には武装してもいなかった。だがマングローブの勇敢な小男たちは、おまえたちの恐るべき騎士たちを分断した。プルよ！　彼らはおまえたちの弓の部隊を打ち破り、蜜蜂の調教師と投げ槍の投げてを潰走させた。デュロ・デンバを捕らえ、勝利の首を王に送り、その血をむさぼり、残りをワニに投げ与えた。

敗北から、おまえたちの精神を取り戻し軍を立て直すのに五〇年以上を必要とした。

ざまあ見ろ、変り者！　ぼろを着た意地悪な僻地野郎！　オー　キン　ア　コー！（これはセレル語のほうが語感がいい）

2　A. Alvavares d'Almada, *Tratato Breve*, 1841, chaptre V, p. 33.

数年後、プルの騎兵がボウェ〈現在のギニアビサオの国内の一地方〉の市場に行き着き、瓶とひょうたんを粉々に砕き、売り子と犬を恐怖に陥れた。長らしきものが若いミルクの売り子の前で止まり、彼の乗用動物の背に乗ったまま、刀を揺さぶって言った。

「若い娘よ、すばらしいミルクではないか。おまえの肌の明るさほどに白く、おまえのからだほどにまろやかで。正に私のためにあるようだ。おたまいっぱい私にくれ」

「私はこれを、おたま一杯一子安貝、カルバス一杯は一〇子安貝で売っています」若い娘は歯をアカシアの枝で掃除しながら答えた。

若者は笑いはじけ、急に荒っぽく手綱を引いて彼の黒い馬をいななかせた後、同伴者に話した。

「おい、友よ、この子は美しく清潔でバラの水とエンネの良いにおいがするが、少しあつかましいようだ。私は間違っているか？　私にミルクを売りたいようだ。それを聞いたか？」

「私たちが誰であり、世界で何が起こっているかを知るには若すぎるに違いない」

「そうだ！　アビ、そうだ！　そうに違いない。まだ若すぎる。では説明しろ。たぶん解るだろう」

「どうやって説明するんだ？　私たちのことなど聞いてはいない。私たちに気をつけてもいない。歯を磨いていて反対側、ほろほろ鳥とロバを売っているところを見ている」

「ではおまえ、セルウ、やってみろ」

「それが何になるのか？　私たちは市場では決して支払わないなどということを誰も知らない辺鄙な場所にいるんだ」

「若い娘さん、聞いただろう？　私たちは別な種類の人間なんだ。好きなものを取っても、決して支払わない」

「おたま一杯、一子安貝。カルバス一杯、一〇！　誰にでも同じ値段」

「実にほっそりしていて、しかもなんと美しい。だが、話し方を知らないな。蛇のようにシュウシュウ言いやがる！」

「ベアファダとの戦い以降、プルは落ちたものね。今日、馬の上に乗るのは戦うためでなく若い娘にうるさく言い寄るためなのね」

「そうじゃないよ。おまえと話し、そのおいしいミルクを飲むためだけさ」セルウという者が答えた。

「私たちは互いに何も言うことはないわ。あなたの道を行きなさい。さもないと兄弟たちを呼ぶわ！」

「兄弟を呼ぶって！　きれいな娘さん、おまえの兄弟はなんと言う名だ？」アビという者が言った。

「名前は教えないわ。ほら、市場のみんなが走って来るわ」

二人の若い騎士の荒々しい到着で声がさえぎられた。

「私たちの妹、クロ、誰かがおまえに悪さしたがっているらしいな？」しばらく前から準備していたように声を合わせて言った。

「このよそ者たちは、あたかも私が、父も兄も保護してくれるひとが誰もいない、取るに足らぬ人間であるかのように、支払おうともしないで私のミルクを飲みたがっているの」

「河のほうに行こう！　向こうは平野で広い空き地だ。容器を壊したり、無知で壊れやすい被造物を傷つける心配もない。男と男同士、話そう。おまえたちが生きて戻れたら、私とミルクと妹の手を捧げよう」

「なんだと？」そこへ、雌ラバの上に跨って、葉っぱのようにかすかに震えている、皺に覆われた老人がどこからともなく現れた。「何が起こったのだ？　馬から降りろ、ビラヌ、そして説明に来い！　おまえの役割は解りやすく説明することだ！」

「この喧嘩は私たちのせいではありません、父さん。通行人が知らせてきたとき、私たちは丘で家畜の群れに牧草をやっていました。この不良どもはミルクを盗もうとしたのです」

「ほんとうか、クロ、私の牝牛ちゃん？　おまえの兄が言ったのはほんとうか？」

若い娘は小さく頷いた。

黒い馬に乗った男は乗り物から降りずに老人のほうに進んだ。

「察するところ、あなたはこれらの若者の父上ですね。尊敬すべきご老人、敬意を表します。あなたは同じに私たちの父でもあるかのように。ただ、あなたのお子たちは決闘を申し込みました。私たちはそれに応えなくてはなりません。私たちの氏族では、決闘を申し込まれたら応じるのです」

「何の決闘を申し込んだのだ？　先ず、あなたの氏族は何だ？」

「私たちはバの氏族、ヤラルベの亜氏族です。おじいさん、あなたのひよこたちは河の近くで私たちと戦おうと誘いました。ヤラルベに立ち向かうと、どれだけ高くつくか、そいつらに示してやります」

「だまれ、ペテン師！　ヤラルベ族は私たちだけしか残っていない。他のすべてはベアファダの沼で、そこの野蛮人どもに虐殺されたか鰐に喰われて死んだ。彼らの女と子供は飢餓と狂気にとらわれ、野営から野営へ彷徨っているに違いない」

　黒い馬に乗った若者は同伴者に馬鹿にした視線をやってからせら笑いをしながらも、けわしい表情をした老人のほうに再度向き直った。

「笑わせようとして言っているんでしょう？　私たちが最後のヤラルベです。他はカシュの潟で死にました」

「どうして知っているんだ、若者！　その日、どこにいたのだ？」

「正に反対側、コゴンの沼にです。私の父、アルド、ディアディィエ・サディィガとです」

「息子よ、おまえはテンゲラという名ではないのか……？　あるいはおまえはヤラディィ、私の兄のディアディィエ・サディィガの次男」

「そうです。確かに私はヤラディィ・ディアディィエ、ディアディィエ・サディィガの息子、テンゲラ・グエダル・ディアディィエの弟です」

「近くに来なさい、ヤラディィ！　私はおまえの叔父、ドヤ・マラルだ」

＊

ドヤ・マラルはしばらく動かなかった。引きつった顔の真ん中に貧弱な線を引いたような、黄色味かかった半ば閉じた目で、ヤラディの顔をじっと見つめた。老人は何か言いたかったが、結局口を開けて、熱のある指で甥を指し示すだけに甘んじた。ヤラディは進み出て、ドヤ・マラルが鞍から降りるのを手伝った。

「ここに留まっていないで野営地に入ろう」老人が言った。

女たちは泪ぐみ、子供たちは何が起こったのか、どこからともなく現われ、野営地を悲しみに沈めるためにだけ来たような、これら奇妙なよそ者は誰なのかと尋ねた。

皆は夜まで待ち、フォレレ入りクスクスの周りに集まって過去を思い起こした。対立と暴力と敗北と憎悪の歳月が続いたことにため息をついた。夜は広大で暗く深い。その神秘なること、それは言語を絶する苦悩を抑える。昼は明るすぎ、明確すぎ、壊れやすい。昼は物語は禁止だ。昼は、姦淫も献酒も禁止だ。気分を害する耐え難く不都合なものを、――とりわけ死を――思い起こすことは、昼は禁止だ。

「どんなふうだったんだ、ヤラディ?」

「なにが、ドヤ叔父さん?」

「おまえの父さんの死だよ。私には知る権利がある。私たちはいつでも理解しあっていたわけではないが、私の兄だ。彼の死の詳細を知ることは、彼の墓を建てるようなものだ。生きていて与えられなかったことを、彼の死の内にしてやらなくてはならない。森でか、潟でか?」

「森でです。潟ではグリオのケシリ、アガのディアン、それにその他の父の連れが」

「ああ、息子よ、運命は私たちにも寛大ではない！ベアファダ地方を出た時、私には誰も残っていなかった。私はササ〔プル族の牧童が食糧のみならず、武器やグリグリを保管しておく鞄〕と投槍を埋めるまでに失望していた。運良く妻と最も小さな子供たちはガブに避難できた。ビロムとビラヌは後になって見つかった。ひとりはブンドゥで足をけがして。もうひとりはフェルロで砂ノミに咬まれ発熱して。私たちは皆と同じにナルかフタ・ジャロンに行こうとした。結局、物事が静まったのでここに留まった。そしておまえたち、アルド、ディアディエ・サディガの孤児たち、何たる酷い劇に投じられたことよ」

「私たちはフタ・ジャロンの山中に逃避しました」

「それはどこだったのだ？」

「到達できない場所、ゲメ・サンガンです」

「何だって？　皆が話すそのテンゲラは、おまえの兄、私の兄ディアディエの長男と同じか？」

「そのとおりです。ドヤ叔父さん。確かに私の兄です」

「石壁で囲まれた街を作り、軍隊を形成し、王を自称していると言われているが」

「実際、そこではプルのすべての氏族が忠誠を誓っています。そしてディアロンケ、ナル、バガ、ランドゥマ、スス、マンディング各種族と固い同盟を結んでいます。今すでに王となっていなくとも、そうなるには遠くありません」

「王！　ひな鳥のテンゲラが王！　おまえたちディアディエ・サディガの種を誰様だと思っているのだ？私たちにこそその称号は帰する。六角星の赤めのうは私たちのものだ」

杖を捜しながら、怒りに囚われて水瓶をひっくり返した。彼は数歩小屋のほうに歩いてから考え直し、戻って座った。恨みと嫉妬で憎悪して、額に汗かき力が抜けて。

「ああ、私は生涯をうまく行動しなかった。許してくれ、息子、ヤラディ！　おまえの父と私がいつでも互いに理解しなかったのは私のせいだ。おお、喧嘩に疲れ切った性格の悪さに蝕まれたヤラルべの種族！　もう止める時期だ。テンゲラが王になった？　いいだろう、グエノが彼の君臨を祝福されん！　神が権力を授けたのはおまえたちの血統の手の内にだ。兄、ディアディィエ、今、悔恨の時、なにものも往年の過失を修復できない」

彼はオコルニに何かを渡し、オコルニはヤラディィの方に向き直った。

「ディアディィエ・サディィガの息子、この六角星の赤めのう、大いなる不和のオブジェ、ヤラルべの権力の永遠のシンボルを、ドヤがおまえの手に渡す。生涯の道で彼を見張れ！　魔法使いに会わないように、盗賊が彼に触らぬように！　ゲメ・サンガンまで、テンゲラの手の中に渡すまで彼を守れ！　グエノがテンゲラの君臨を祝福されん！」

「ドヤ・マラル、私たちの父！」ビロムがうめいた。

「ドヤ、父さん、何をしているんです？」ビラヌが心配した。

「塊金をそれにふさわしい者に渡しているのだ！」

＊

グランド河の戦いはプルの誰もが忘れてはいないとおまえも考えるだろう。おまえたちそれぞれの口の中に熱い大きなイニヤム芋の塊のように残っている。飲み込むことも吐き出すこともできずに。おまえの悲惨な種族は、歩み続け、分散し続け、怨恨を反芻し復讐を夢見る。そして今突然、様相が変わり運命が彼に微笑む。正に天の恵み。三つの河の国々で同時に急速に弾丸のように崩れ落ちた暴力的な出来事の中心に、テンゲラは突然出現した。二、三回季節が巡るうちに彼の名は、皆がそれを話しているが誰も見たことがない白いハイエナのように有名になった。

テンゲラはビラヌやビロムよりはるかに年上だった。だがグランド河の戦いのときはまだ少年であった。奇跡的に戦地から危機を脱し、フタ・ジャロンの支脈に避難しようとしていた負傷者、飢えた者たち、やもめ、孤児の軍勢に加わった。そこで彼は成長し円熟した。彼はぬきんでていた。スス、ディアロンケ、マリンケ、バガ、ランドゥマ、そしてナルの土着民の暴力行為に対抗して家畜飼育者たちを守るため、同じ年頃の若者で自衛団を組織することから始めた。初めは小さく分散していたこれら小団体は、土地の長たちに疑いを抱かせることなく、急速に強力な軍隊に変わっていった。次第に彼の権威はプルのみならずその他にも認められるようになった。その権力の絶頂で、ゲメ・サンガンの要塞化された街を築いた。この近寄りがたい要塞から、征服の実現を夢見た。

爆発は一五一〇年ころ起った。彼はディアラのほうに、息子、コリ・テンゲラはウリのほうに押し寄せた。三つの河の国々の歴史の流れはすっかり変わった。

1512 – 1537

プルよ、これらの年のうち、一五一二年が最も災難の多い年であった。月々が長く感じられた、不安定な黎明期であった。間違いなく今度はグエノの怒りは限度を越えていた。寄付金にも信心にも神は長い間冷やかだった。巫女たちと占い師たちを失望させ、飢饉とマラリア、略奪と逃亡が低地の平原でもフタ・ジャロンの高地の台地でも、打撃を与えた。前の雨季に、荒れ狂った暴風雨が家畜の群を襲い、収穫物を運び去り、穀物置き場とかまどを壊した。そして今、いきなり拳骨をくらわすようにやって来た、邪険な継母のように過酷な乾季は、ぬかるみと沼を干上がらせ、背の高い草を焦がし、ミルクを出なくさせた。高地では腹をへこませて暮らし、粟のお粥のために奴隷のように身を売り、空腹にうずくライオンの群が住居地に侵入し、リカオンとハイエナが腐った死骸の骨を奪い合って殺し合い、渡り鳥の群が渇きで力尽きて地に崩れ落ちた。

三つの河の国々は良い状況でなかった。集団移動と戦争があちこちで起きた。どこでも飢餓による精神錯乱が見られ、死んだ動物の臭気がした。市場に買い物に行く場合も戦場にいるようであった。原野で枯れ木を集めるため、奴隷たちを力ずくで黙らせ、隊列の真んなかにまとめて繋いだ。見たところ、世界は燃え尽きようと準備しているようであった。

聖書の黙示録に似たこれらの状況のさなか、プルのキャラバンはセネガルのさらに少し湿った牧草地に向けブンドゥを出た。キャラバンはフェルロ河の化石の平原を横切るため数週間前から苦労していた。迂回していたとき、先頭を歩いていた者が小さな叫び声を上げて止まった。

「無駄に警戒させてしまったようだ」彼は詫びた。「テンゲラの軍隊でもなければ奴隷主義者たちの隊列でもない。おとなしいライオンが水を飲んでいるだけだ」

「テンゲラの軍隊はまだ此処までは来ていない。奴隷狩り人はこんなに大地の内に遠く冒険するのは稀だ。心配は要らない、アルド。ただ、私たちはかなり前から歩き続けて来て疲れている！　考え、少し力を取り戻すために幸運にもめぐりあったこの泉の周りで数日休もう」アガが答えた。

「もうすぐ荒野には棘と乾いた藁しかなくなる。残っているミルクを飲んで牝牛たちに草を食べさせよう。少し涼しくなり次第歩き始めよう。これが私の意見だ」

ビラヌはナイフを取り出し、アカシアの枝を削って槍を作り始めた。ビロムは、今ビラヌが言ったことは聞いていなかったように確信をもった雰囲気で馬の手綱を洗っていた。ビラヌは少ししてから槍の製作を中断してビロムを鋭い視線でじっと見た。

「ビロム、どう思う？」

「私、ビロムは兄の後に順位つけられているのでそれ以外の選択はない」率直に答えた。「運命が私をアルドに任命していたなら、すでにフタ・ジャロンの緑地に向けて引き返していただろう」

「ビロム、おまえはほんとうにプルか？」

「髭から、胸から、すべておまえと同じだ！」

「それでは、言ったことを取り消すよりはアルドの任務を解かれるほうがいいと私は思っていることを、おまえは知るべきだ。不満なら、他の道を行け！」

「そんな昔話は忘れろ。父さんは結局許した。おまえも許せ！」

「絶対に許さない！　六角星の赤めのうがテンゲラの手中にある限りは。大アルドの任務を取り戻すのは私だ」

「ボウェを出発してから、他の氏族が私たちに加わり、すべてがおまえに忠誠を誓った。それで十分ではないか。もし六角星の赤めのうにこだわるなら、実際におまえが行かなくてはならないのはゲメ・サンガンだろう。ゲメ・サンガンのやつらが怖いのか？」

《道は遠く、飢えが捉え、渇きに息を詰まらせ、死があちこちに徘徊するというのに、ふたりは幼稚なことを繰り返す！　私はもうだめだ。グエノ、ドヤの息子たちの家系を守ってくれ》コイネ老人は祈った。

数日前、彼は仲裁を試みた。ふたりは曖昧で儀礼的なきまり文句で巧みにかわした。固執するのは無駄だとわかった。その氏族をかくもしばしば分裂させ、子孫たちを分散させたヤラルベの悪しき血を知っただけだった。彼は祖父マラル・ボデワルの統治の時代を生きた。父、ドヤ・マラルに牝牛の乳絞りと紐の結び方を学び、いとこ、ディアディエ・サディガに対して抱き続けた怒りを共有した。アルドの地位獲得に失敗した後、その神経を静めた事件であるムーア人との戦いに彼は同行した。ドヤ・マラルは馬一〇頭と優秀な槍騎兵五人を失った。そして昨年、年のせいでふたつに折れ曲がったが、平和な地方ボウェを離れ先頭に立ち、石弓と弓を持って樹のなかに潜り込むことを誰よりも良く知った裸の小人たち、コニアギ族の穀物を略奪しにバディア山の森のなかを冒険した。彼は毒矢を心臓に受け、一週間の酷い苦痛の後に死んだ。これら過去の憎悪のすべて、不幸のすべてはふたりの兄弟を近づけるはずだったと老コイネは思った。だが、偶然見つけた稀な泉の辺りで夜にテントを張ったときも、隣同士には張らず、たまたま出会った市場や見捨てられた貯蔵庫で苦労して集めた粟なのに同じ小鉢で一緒に食べることも、冗談を言うのも避けた。最初から雷と死の雰囲気が支配した。ブンドゥの平原を出発して以来、テンゲラの軍隊はその地方にも及んでいた。略奪、飢餓、集団移動が倍増していた。

一部の者たちはフタ・ジャロンを勧めた。《そこは全く危険がない。太陽は輝き泉は涸れることなく、テンゲラがすでに数年前から君臨しているので、そこで戦争をする必要はない》しかしビラヌはテクルのほうに導くべきであると決めた。いつもの通り占い師や長老たちの意見は聞かないで。ドヤ・マラルの死以降、氏族の生活は同様に辛いものとなった。アルドは長老たちに相談せず、慣習に照らし合わせることもせずにふくれつらするだけだった。天体のメッセージを知らずに結婚式の日を決め、優先権の規則を無視して牧草地を分配し、禁止事項を無視してロトリ〔栄光を称える儀式、プル族の新年〕の水浴のための池を一人で勝手に決めた。

アガ、コイネは深い傷を感じたが、父親の道具一式を分け与え、聖なる洞窟で秘儀伝授をしたこの洟垂れの前によりいっそう屈服するのを恐れて、表には出さなかった。アガ、群々の長、秘密の保持者は彼だ。以前、些細な移動牧畜でも彼に相談した。ああ、ビラヌがその父の跡を継いでから規則が形骸化した。《愚かにも、ドヤ・マラルに逆らわず、小僧の前でしょげかえった自分を見出すことになってしまったのはなぜだろうか？》アガ、コイネはよく悲しみに打ちひしがれて自問した。もちろん約束したからだ。コニアギの森から出たとき、腹に矢を受けてドヤ・マラルが崩れたのは彼の腕のなかだった。死の数秒前、最後の言葉を彼の耳元でつぶやいた。「私の血をおまえに託す。コイネ、割礼の日、一緒に流した血の名の元に。おまえは長生きするだろう。私の子たちを、私の子たちの子たちを、悪魔から、人間から、とりわけ彼ら自身から、守ってくれ。私たちは皆気が狂って生まれてきた。おまえはそれを良く解っている。もう一つ！」彼は絶える寸前に付け加えた。「ファラン河の源、大蟻塚の近く、そこに私のササと投槍を埋めた。それらを取り出しに行くのはこれらの戦争がすべて終ったときだ。それが家族のうちに魂の平和を導くであろう」

もちろんビロムは正しかった。あらゆることが、移牧先はフタ・ジャロンが最適であることを示していた。そこは水が不足することはなく、平和が取り戻されている。セネガルの谷は逆に水源は半分に減り、収穫が極度に細り、テンゲラがディアラを征服してから人々は武器を研いでいる。平素はとても豊かなテクルの穀倉を征服しようとしているプル族の侵入を恐怖して待ちながら、フォニオと野生の奨果で命を繋いでいる。

*

三週間目、ディエリ〔高地〕の斜面を目指しフェルロ河の棘のそそり立ったラテライトを出発した。そこは乾燥がそう厳しくない。少し探せば渇きを癒し群を甦らせることもできるだろう。バラニットとナツメの実を摘み、クラム・クラム〔野生の稲〕の種、睡蓮の球根、あるいはパピルスの茎を掘り出せるであろう。それは家族に多少の喜びをもたらすだろう。若者たちのために夜遅くまで月夜のダンスが続く格闘技の試合を企画する労をとった。「物事がうまくいくようになるだろう」老コイネは言った。河に近づいていた。あと五日歩けばワロ〔河の谷、洪水が起こる部分〕に着くだろう。過度に厳しい乾季の気候に加え、ワロでわずかに残った牧草地を見つけられなければ倍の呪いとなろう。永遠のグエノは常に氏族を見守らなくてはならぬ。そのとき、河の土手の上で、渇きを癒し、牛をふたたび元気にさせ、市場と港を訪ね、すべて収まるであろう。

ある穏やかな夕、それまで彼らの宿命であった埃がいっぱいの、シバムギとイチジクが小さな斑点になった起伏に比べ、夢みるばかりの天国のような場所に――やせ細っているが、切り立った峡谷が水脈の上で池のように広く閉じられた、冬の水源のように澄み切った河原の周りのタマリンドの森――人と動物たちはそこにそれ以上は乱れることもないほどになって殺到した。今度はビラヌの意見を聞かずに、皆は子牛を放ち、ヤギの皮とむしろを開いた。タマリンドの実を飽きるまで食べ、ふたたび力を取り戻すために酔って眠った。翌日の夜、ビラヌは老コイネを呼び、皆を集めるよう要請した。

「皆に言いたいことがある。ここが皆気に入ったようだから、牛を再び肥らせ子供たちに哺乳する間、数日ここに留まろう。私は周りを調べた。蟻塚の後で道はふたつに分かれ、いずれもワロに続いているようだ」

「よりよい道はどちらなのかを知るために、占い師に亀の頭に話させるのはどうだ」ビロムが間に入った。

ビラヌは双子の弟を視線で射すくめてから、変わらぬ尊大さで続けた。

「それはもちろん北側のだ。そちら、崩れた高炉の後には、遠くに冠状のカポックの樹々があり、そこでは搗き棒の音に似た何かが聞こえる。たぶん村だ。反対側、蟻塚のほうでガゼルかアンチロープの足跡を見つけた。記憶が確かなら、最後に皆が肉を食べたのはフェルロ河に着く前だった。これはきちんとした食事をする唯一無二の機会だ。ディエブ、おまえはここで一番の最古参だ。一〇人のはつらつとした娘を集めてくれ。明日、ほんとうにそれが村ならミルクを穀物と交換しに行かせよう」

彼は一時黙り、故意にあざけるような声でゆっくりと再び口を開いた。

「おまえ、ビロム、おまえのような体格の若者を数人集め、明け方から大きな野獣を狙え。その間私は家族を訪ね、群の状態を見る。その後、老コイネと原野に薬草を採取しに行こう」

「狩はおまえ自身で行ってくれ」ビロムが答えた。「私が老コイネの供を勤めよう。昨日、棘をうっかり刺してしまって、足の親指が腫上がっているのだ」

「皆聞いたか？　私の弟は足に小さな傷があるから狩には行けない！　私が死んだとして、悪天候のなか、敵の領土を横切ってガブからフタ・ジャロンへあるいはガディアガからマシナに皆を導かなくてはならないときにも、そのような口実を言うのか？」

「解ったよ。兄は私を狩に行かしたいのだな？　よし、行こう。でもそのまえに皆は私の足の親指を見て、嘘をついていないのを確かめてくれ」

「何もするな、ビロム、ドヤの息子」老コイネが激しく主張した。「自分で行くがよい、野獣を食べたいならば。おお、ヤラルベ、あなたのアガを許したまえ、その過剰な卑劣さを。もっと前に私が話しておくべきだった」

「自分のササは自分で持ち、自分の所持品は自分で洗うべきだ」誰かが叫んだ。

「この男はもはや従うに値しない」もう一人が付け加えた。「アルドの三つ編みを切れ、グリグリを、投槍を、ササを取り上げろ！」

「誰も私、ビラヌが解任されたとは言わないだろう。真のプル族なら平原に私と一緒に来い。槍で私を負かした者が私の後に君臨する」

「その男は名誉の死に値しない。三つ編みを切れ。投槍を取り上げろ。牛もグリオも武器もなしで彷徨え。その男はプラクの規則に背いた。プルの名に値しない！」

「その通り！」ひとりの婦人が声を限りに叫んだ。「プラクから出よ。軽蔑と孤独のなかで終れ！」

「アガ、コイネ、どうすべきか言ってくれ」オコルニが哀願した。

「命は助けてやろう。他の種族のところに行って人目を避けて暮らせ！　この場合の方法は明らかだ。若い牝牛一頭と牡牛一頭を残し、家族は取り上げる！」

ビロムがコイネに合図した。

「アガ、あなたさえ良ければ、私は兄の提案に賛成だ。王はバラニットの幹のように、人はそれを打ち倒し、服従させることは出来ない。アガ、その男はドヤ・マラルの子孫であることを忘れてはならない。跳ね返ったすべての恥は私の人格の上に及ぶ」

「もう十分に話した。おまえはどうしたいのだ？」

「従って、平原に行くということだ！」

「まだ戦うに値するとおまえはほんとうに思っているのか？　その名誉を承知するのか」

「私は受けよう。兄が勝負したいなら、勝負しよう。良かれ悪しかれひとりは抹消され他は氏族を支配する。それはグエノの決定だ」

翌朝、平原で皆は輪になった。おなじ大きさでおなじ色の槍が渡された。彼らは日没まで戦った。正午、ビラヌはビロムの片目をつぶした。たそがれとき、運が急転した。失望のうちに突然奮起してビロムが上位を取り戻した。彼の槍は兄の喉のなかで震え、彼の血をすさまじい勢いで空にした。

＊

ビロムは双子の兄に溢れる泪を注いだ。大タマリンドの樹の下での名誉の葬儀を要求した。その樹の下で王たちは冠を授かる。そしてその聖なる根の下にグエノは彼の魂を受け取る。その後、棒、王のシンボルである三つ編み、偉大なるササ、そしてその他の記章を丁重に置いた。

「おお、ヤラルベ、私の行動を許せ！　だが、片目の斥候を得るためだった、この不実を覆すことは出来ない。神がおまえたちを守られる。いや、私はおまえたちを放棄しはしない。災いを除くだけだ。私はおまえたちの仲間に値しない。行かしてくれ。私を運命に委ねさせてくれ。そしてヤラルベの運命に！　私たちの生命が賭かった次から次への戦争に、あるいは私たちの最も美しい時代を一掃してしまう死に。三人の子供を幼年のうちに失った後に子宮外妊娠となった可哀相な私の妻バンビがどのように死んでいったか！　この移動牧畜の終わりに私は再婚しようと思う。兄ビラヌも家族に関してはより幸せであったことはない。長男のガルガは、道に迷った牝牛を追って家を出た。死んでしまったか、思うがままに原野を彷徨っているのか誰も知らない。ガルガにきちんと言ってくれ。おまえの父を殺したのは私だと。私を呪うなら、神はおまえの望みを適えるだろう！」

プルよ、テクルに引き継がれたすべての王朝は河の辺に首都を置くよう留意したことを学びなさい。すべて、ディア・オゴ朝、マンナ朝、トンジョン朝、ラムタガ朝。ラム・トロ朝は例外。最初にディオム・ガラに住み、続いてガンダ湖のグエデ・ウロに住んだ。グエデの聖なるタマリンドの樹の周りに街を建てることを勧めたのは、めくらで当時のカード占い師の牧師であった。かくして王朝は千年続き、プル族は星々の生命と同じほどに続いた。そこに君臨しアラーとその預言者たるモハメッドの力の加護を祈るため、宮殿、市場、それにモスクを建てた。北の池を干し陶工に言った。「ここに住み、白土と粘土をこねよ。輝く壷、洗練されたお椀、絵とアラベスクで美しく飾られた瓶を私たちは望む」南の山を与え、鍛冶に言った。「炉を設置しここに住め。風を制御し鉄を打て。ポルトガル人のカラベル船を貫く投槍を、壊れない槍を、二つの尖鋭な先がある銛を、千本の鉤を、悪魔の軍隊を後退させる長投槍を私たちは望む」続いて次々に宝石屋、砂金採取者、機織り、靴屋、商人、井戸掘り、それにアルビノスたちと占い師たちを招集した。漁師たちにはチエエルの小島を割り当て対処した。牧童たちには王の牛のために保持したガンガ湖の周囲を除くすべての草地を。市は毎金曜日に開かれた。そこで羊毛、赤銅、真鍮、それにアラブの彩色ガラス細工が売られた。カルタとギディマカのなめし皮、マリの綿織物、ジョロフの貝殻。蜂蜜とミルクは溢れて流れ、金は豊富でサンダルとパイプをそれで作った。アレグからあるいはチジルマサから塩のキャラバンが来、お菓子、やし酒、パーム油、タバコの包み、コラの籠を過剰に積んだマンディングの行商人が行き交った。皆は取引のためだけに来るのではなかった。富を賭け、美人を口説き、馬を見定め、そしてナイフの闘いで不倫と負債のけりをつけた。軽業師もいれば預言者の賛辞を歌う者もいた。グエデでは皆よく祈った。またよく酒を飲んだ。宮殿の周りと商人の地区に閉じこもるイスラム教徒は稀だった。他方、規律は柔軟で、皆、轟く声で祈り、魔術が盛んで、即効の毒が盛られた。トムブクトゥやジェンネのいくらかの聖者を除き（アドラあるいはマラケシュからはさらに稀だ）、ほとんどのビスミライ〔イスラム教徒〕は文盲で、彼らの勤行は手短で、信心は浅かった。

家族を離れたビロムは先ず、グエノが彼の人格を嫌って生命を、少なくとも精神を剥奪することを望んで洞窟のなかに入った。なにも、野生の奨果の種さえも飲み込まず、五日の間細々と暮らし、その後、荒野を長い間彷徨った後でグエデに舞い込んだ。乞食の乞食、しらみだらけのビスミライたちの目にそう見られた乞食。それ以上の恥はなく、それ以上の辛さもない、成り下がった存在。イスラム教徒に手を差し出すのを非難されない存在。逆にそれは悔い改めるため、神性への帰順、ほとんど選ばれた者のステータスであった。《おお資産家たちよ、報いを受け、謙虚になり、貧民たちと孤児たちに与えよ。神はあなたたちの行動に天国での千日を分け与えるだろう》祈祷師と説教師は昼夜繰り返した。この長広舌を聞いて、ビロムは力づいた。彼は、モスクの出口でコインを投げてもらうための挨拶だけを身につけたターバンを巻いた不幸な者たち、より断固としてより高慢な、より生まれの良いものの世話になって暮らす困窮した卑劣漢とは違った。ポルトガルのドブラス銅貨や金粉の粒をポケットに十分詰めて、チエエルまで駆けて行き、川岸で手足を盛んに動かしている漁師の一団に加わり、セレル族やレブ族の小船を眺めた。夕方、早々とトーチで照らされた暗い居酒屋の酔っ払いたちに加わった。粘りソース付粟をたらふく食べ、やし酒、あるいはマンディングの商人たちがジャグランシュラの港のポルトガル人のところに行って買い求めたタフィアと呼ばれる強い安酒で酔った。グエデでは夕方の最初の祈りの後、皆眠る。チエエルでは夜明けまで活気が続く。理屈に合わないが、ブリミ、チンゲッチあるいはトムブクトゥから来たイスラム教の聖者たちが寄り添うのもそこである。しかし新たな宗教はそこに場を占めることは難しい。街は、セレル族の物神崇拝者たち、プル族の牧童たち、レブ族の漁師たちで大部分が占められていた。昼間のきつい農耕作業の後、売春婦と若き寡婦を随え、太鼓とヴィエール〔手回し琴〕の音を聞き気ままに過す。明け方、朦朧とした頭とまだ性欲を感じている体でビロムは荒野に行き、猟師や牧童たちが資産を放棄した小屋々々のひとつのなかでまどろんだ。笛の音で目覚め、茂みを引っかき回す群の騒音が彼の心を耐えがたいノスタルジーでいっぱいにした。鼓膜が破れるほどに叫び、毒にあたった動物のように樹から樹へと走った。「やっと、気違いになれる！」と彼は言った。しかし苦痛の極限でシトロンの樹のしたに崩れ落ちたとき、思考がひとつひとつ元に戻り、消し去ろうとした過去の上に、期待に反して投影されたまばゆい厳しい光が、彼の精神を輝かせた。そして河まで小さな歩幅で歩き、泥と、芳香性の根の臭いがする自分の臭いを嗅ぎ、忘れ去ることを期待して、何も無い砂漠の涸れた河を思い浮かべた。

チエエルの南に、周囲を白い砂で囲まれた岩で半分冠状になった尖峰があった。ビロムはそこが好きだった。彼はそこで、生命が強く息づく静寂を容易に見出せた。数羽のミサゴがいる以外そこはいつでも殺伐としていた。ある日、砂の上で寝て田園詩を口ずさんでいたとき、若い婦人が土手のほうに歩いて来るのを見て驚いた。彼女はインディゴのパーニュを着、琥珀の大きな珠で三つ編みを飾り、金の耳飾りを付け、銅の輪を踝に付けていた。裸の乳の間に崇高に輝く首飾りと臍にまで届く繊細に彫刻された輪の、すばらしい銀製のペンダントが胸をふさいでいる。彼女は背丈ほどの高さのところを挨拶もせず、咳払いすらせずに通り過ぎた。洗濯物のかごを置くと彼に視線を送りもせずに洗い始めた。彼は口ずさむのを止めて肘をついて観察した。洗濯が終ると、岩の上に洗濯物を広げ、ためらいなくパーニュを脱ぎ、洗濯物が太陽で乾くまで泳いだ。そして彼女は、静かに土手に戻って来た。突然、ビロムが耳をそばだてて聞き取れるくらいにささやいた。

「市場であなたを見たわ。モスクの前でも見たわ。ビスミライに手を差し延べて。それが生活の方法なの？ほんとうのプルはそのようにはしないわ。それにどうして乞食や港の酔っ払いと一緒にいるの？　ディアカは、飲ませて欲しいと望む人には十分な飲み物を持っているわ。そしてディアカは、男たちが言うところによれば、悪い情人ではないわ。私の小屋は大カポックの樹の近くにあるわ。広場の刺繍職人に聞いて。サカコレの女、ディアカがどこにいるか知っているから」

彼女がいなくなって、ビロムは長い間目をこすった。今度はよこしまな精神が彼に働いた。この若い娘は魔女に違いない。彼は深い混乱に襲われてグリグリに触れてみた。彼は急いで服を脱ぎ、身を清め、クメーン〔牧場の神〕の保護を頼むため水のなかに潜った。その晩彼は、グエデの要塞を避け、まっすぐに洞窟に行き思う存分眠ることに決めた。グエデに行けば、それが婦人であるならばその美に魅了され、あるいはそれが悪魔であるならばその不吉な力に呪われるだろうと思った。

河を離れたらすぐ彼の足が向いたのは刺繍職人たちの納屋のほうで、洞窟に向けて道が続くなめし場のほうではなかった。陽が傾き、早く行わなくてはならなかった。屋根が尖った小屋の周りを三回まわってから、そこの五人の男たちの傍に座った。

「何が望みですか、プル?」一人が聞いた。

「正直なところ……」混乱して早口でしゃべった。「ここを通って、そして……」

「この男はディアカの家を探しているのだと賭けてもいい。プル、間違っているかい?」もうひとりが言った。

「ディアカの家を探しているのかい?」三人目が言った。「大カポックの樹の下の屋根が竹で冠状に覆われたのがそれです」

彼は夜になるまでそこを動かなかった。彼は刺繍職人たちが帰っていくのを待った。それからやっと小屋のほうに向かい、入る前に一〇回ほど回った。調理用の火がかまどに燃え時々の咳払いとやわらかく口ずさむ昔の歌が人の存在を示していた。しゅろでできた戸を押すと、半ば裸でベッドに寄り掛かって土間に座っている彼女が見えた。彼女は、野獣の肉が数片浮いた、バオバブの葉のソースを添えたモロコシのクスクスの小鉢を差し出した。彼はよく食べ、彼のためにとっておかれたやし酒を瓶半分飲んだ。そして彼女の近くに滑り込み、かまどの傍に作られた土間のベッドの上に彼女を抱え上げた。

一月後、彼はそこを逃げ、戻らないと決めた。彼女は美しく良き情人であった。グエデを通ったすべての男のうち、みすぼらしい片目男しか見つけられず、彼があたりを歩いた一月だけ彼女は知ったということだ。彼はただ、世話になって暮らすことを望まなかった。それはあまりに卑劣だから。

彼は、河を渡り、峡谷と蜃気楼に出会える砂漠に行く夢を見た。そこでは確実に簡単に死ぬことができるだろう。あるいは神々によって消滅させられるだろう。彼はわざとそうしたのではなかったが市場に出た。偶然そこに彼は導かれ、運命が決まる前に、彼はきちんと飲み食いした。その日は金曜日、定期市と祈りの日であった。売り子たちが粟のクスクス、クリームとミルクのひょうたん、魚と鳥の鍋、タフィア〔サトウキビの焼酎〕がたれた歪んだ皮容器、それに、やし酒が並べられている陳列台のほうに向かった。しかし、聖なるタマリンドの樹を通り過ぎたとき、宮殿のほうから大きな叫び声が上がった。ロバの上に乗った黒い縞のある厚手の白い袖なしチュニックを着たムーア人が埃を上げ、野次馬たちの列が続いた。ムーア人はまるで取付かれたように大きな身振りで興奮して叫んだ。

「彼らは悪魔を殺した！　彼らは悪魔を殺した！」

ビロムのところでさらに大声で叫んだ。

「彼らは悪魔を殺した！　彼らは悪魔を殺した！　起こるべくして起こったことだ。神が思し召した。讃辞を神に、その預言者に！」

ビロムは彼の襟をつかみ馬から降ろした。

「不吉な鳥、どの悪魔のことをおまえは話しているのだ」

「彼らは、悪魔、邪教の徒、テンゲラを殺した。悪魔は武装してイスラム教徒を襲った。それは昨日、ディアラで起こった」

ターバンを巻いた男がモスクのなかから駆けつけ、そのムーア人を解放し、ラム・トロ〔トロ地方の王〕の宮殿内に連れて行った。ビロムは宮殿の壁のなかに消えていくのを見ていた。そして汗にまみれた額にさわって、壁のように倒れ込んだ。

*

ビロムは小さな土のベッドのなかで、バジリコの強い匂いのなかで目覚めた。彼は目をかっと開き、暖炉の炭火の上に置かれた古い鍋に身をかがめているディアカの影がわかった。

「皆はあなたは死んだと思ったわ。皆は誰かあなたを知らないかと尋ねた。皆、あなたがこちらを彷徨いあちらで寝ていたのを見たけれど、誰もあなたが誰なのかを知らない。あなたの退廃した魂が場をけがさないうちに埋葬してしまおうと誰かが提案した。幸運にも、広場の刺繍職人のひとり、モディがそこを通りかかったの」

「死ぬこと、それは私が数ヵ月前から求めていたことだ」

話すのを妨げようと、彼女はバジリコの煎じ薬をしゃもじ一杯、彼の口のなかに押し込んだ。

「皆の前であなたが首を絞めようとしたあのムーア人が誰だか知っている？　シャー・イブン・タアル・ベン・アビブ・ベン・オマルよ。モスクのイマム、ラム・トロ、エリ・バナがひいきの裁判官よ。

そして今、きれいなシーツのなかにあなたはいる。あなたは私を知らないと彼らに言うべきだったわ。心配しないで、すべてうまく行っているから。ラム・トロはあなたを殺そうと望んだけれど、ムーア人が何もしないよう頼んだの。モディの兄弟の一人が宮殿の兵士で、彼を通じてそれを知ったの。そのテチェニエラの死は大いに混乱させたということね！」

「テチェニエラではない、テンゲラだ！」

「どうして興奮するの？」

「いったい誰が殺したのだ？　そしてその呪われた街、ディアラはどこにあるのだ？」

「河を越えて、東に数日馬に乗って行かなくてはならないわ」

「そしてそのターバンを巻いたお化けはそれがどんなふうになったと話したのだ？」

「ソンガイ朝の皇帝、アスキア・モハメッドが、彼自身がマリから取り上げた地方のディアラを占領したことを罰するために殺させたの。彼はその弟、クムファラン〔トンブクトゥのソンガイ総督〕、アマー・コムディアゴを送ったの。コムディアゴはティンディルマ〔現在のブルキナ・ファソのファダ・ングルマ地方〕から来てテンゲラを殺し、その首を持って戻っていった。テンゲラは十倍も軍備されていたというのに、神の思し召しということかしら？」

ビロムは潰れている右の目に軽く触れた。暖炉の上を飛び越え、籐の扉を通り、両手を空にかざし怒鳴った。

「お前たちがヤラルベを呪ったなら、今度はヤラルベがお前たちを呪う番だ。聞いたか、卑劣な神々」

ディアカは彼を捕えようと後を追った。

「ああ、ビロム、私のプル族、きちがいになるときではないのに。私のおなかのなかにはあなたの子がいる!」

ビロムが狂気の苦悶にもがいている間、コリ・テンゲラの衛兵がデニイ湖[3]の辺で見慣れぬ不審人物を捕えた。周辺の森のなかを嗅ぎ回っているところを捕えた。

「おまえは誰だ？　ここで何をしている？」衛兵は彼を地面に投げ倒して質問した。

「この馬をどこで盗んだのだ、与太者？」彼に縄をかけたもう一人が続けた。

「おまえは誰の元で働いているのだ？　マリのマンサか、ディアラの強奪者、ソンガイか？」

「この小僧はまるで徘徊症のようだ。どうして両親の元を離れたのだ？」

「私はガルガといいます。ガルガ・ビラヌ、ビラヌ・ドヤの息子。私はゲメ・サンガンの厩舎で働いています」

この言葉を聞いて、皆は武器を取り下げた。疑いを捨てきれない衛兵たちが彼に近づいた。

「そうです、ガルガ・ビラヌ、私はヤラルベの種族、コリ・テンゲラの近親です」

「コリの近親！　その小僧の頭は首に付いていないのではないか！」

「おまえをここに連れてきたのは誰だ？」

「私は兵士に志願して来ました。戦争が終わり次第、私は父の仇を討ちに行きます」

3　Le lac Dény（ある資料ではデニイ沼）は、現在のセネガルのリュフスク地方らしい。

「父の仇？　いったい何なのだ？」

「ある者が私の父を殺しました。こんどは私の番で、そいつを殺さなくてはなりません。でもこれは私個人のことであなたたちには関係ありません。今は、すぐにコリのところに連れて行ってください」

「おまえをコリのところに連れて行く？　大牛のところへ？　それだけか？」

「ずうずうしいやつ、おまえは大牛が誰だか知っているのか？」

「私の親戚です。言ったでしょう、私たちは皆ヤラルベ族です！」

彼は遊び半分の態度を改めたが、そのあまりの図図しさに、衛兵たちは敵意を取り戻したのだった。

「マディエ、見た限り、その子供はわれわれをばかにしている！　すぐにディアガラ〔准曹〕のところに連れて行け」一人が叫んだ。

酔っ払って、ヒマ色の皮膚の、マングローブの住民のしきたりに従って口、耳、そして歯を削ぎ落とした大男が列から出て、マディエの両足の間に投げやりを突き立てて言った。

「小僧、もしおまえをここに連れてきたのがテンゲラの殺人者、ソンガイのハイエナたちだったら、顧問の意見を待たずにおまえの頭を砕いてやる。おれはペンダッサという。ペンダッサ、ランドゥマだ。おれの名をしっかりと覚えておけ、われわれランドゥマの内ではココ椰子の実を割る方法はひとつしかない。両端を持って支え、両手で押しつぶすだけだ」

彼をその三つ編みで捉え、ディアガラのところへ連れて行った。

「昨夜、森のなかでこの若者を、馬と武器とともに捕えました。彼の馬は南の厩舎に、武器は私の小屋の隅に置いてあります。ディアラガに報告すべきと思いました」

「武器だと？　事は私を越えている。すぐにマウド・チエド〔大将〕のところに行こう」

彼らは、どちらかと言えば精彩のない男の小屋に着いた。ガルガは落胆した。彼にとってコリ・テンゲラの軍の将軍は神のごとき顔をし、衝撃的なまでの武器を持つ卓越した好漢でなければならなかった。ところがそいつはプルの顔立ちではあるものの足は短く老けはじめたようで、鼻先には天然痘の跡があり、マングローブ生まれの人のような身なりであった。それは、プラクを外れ、バディア山の身なりを捨て、小部族共を集めた原野のプル族、軽蔑すべきフラクンダのひとりに違いない。しかも彼は裸足で何の武器も身に付けていない。だが、ペンダッサがドヤ・バディアに挨拶するために槍を掲げたとき、ガルガは賛美して目を輝かせた。

ドヤ・バディア！　テンゲラの最も勇敢な将軍たちのひとり！　デュロ・デムバのフェルドに参加した。テンゲラ・ディアディエという若い准曹と知り合ったのはそこだった。以降、彼らは常に一緒である。続いて彼は多くの遠征で勝利を重ねた。ココリイで、ガブで、ソリマナで、ディオラドゥ、その他で。その名にすべての偉大なグリオたちが讃辞を浴びせている。ガルガはその権利がないことはわかっていたが口のなかを勝手に動く舌までは止めることができなかった。

「すみません、おじいさん、あなたはほんとうに偉大なるドヤ・バディアですか？」

ペンダッサは怒りを爆発させ、牛の靭帯を取り出し、ガルガの尻を叩いた。

「このガキはまったく慎みがない！　年上に対する敬意が、最も勇敢な人たちに対してもない！　聖域に靴を履いたまま上がり神父たちを仰天させ、偉大な王様たちの、その禿頭をばかにするだろう！　ウフフ」

「鞭をしまいなさい、ペンダッサ、そしてこの若者は誰なのか言いなさい！」ドヤ・バディアが叱った。「子供よ、おまえは誰なのだ？　ここで何をしているのか言いなさい」

「このはなたれはヤラルべ族で大コリの近親だとさえ言っています。そうです。そう言いました。ゲメ・サンガンから真っ直ぐに来、私たちが戦争するのを助けるのだと言いました。純血種の馬とほんもののチェド〔テンゲラの兵士〕の武器で！」

「おまえがゲメ・サンガンから来たことを何が証明できるか？」

「これでは？」ガルガは有頂天になりながら、ポケットから奇妙なものを取り出した。

ドヤ・バディアはそれを捉え、目を疑った。高ぶりを抑えらず、それを頭上に掲げた。

「ひえー、六角星の赤めのう！　ヤラルべ族の記章！　一週間以前、シネ・サルムへの遠征の折、コリが私に言った。彼の父がディアラに出発するときゲメ・サンガンにそれを忘れて来たと」

＊

翌日、コリ・テンゲラに紹介された。会うなり、コリ・テンゲラは陰気な怒りを発した。

「ここに冒険に来る前に許可は取ったのか？」

「いいえ、お兄さん〔プル族では父方のいとこは皆、兄弟とみなされる〕」

「ウリに行くためゲメ・サンガンを離れたとき、厩舎に戻って私の若い雌馬たちを世話しろなどと、私が誰に言ったというのだ？」

「私にです、お兄さん」

「おまえの父の最も立派な牝牛を道に迷わせた後に家出しただけでなく、ゲメ・サンガンの厩舎からも姿をくらませようとした。おまえの過失は非常に重大で、鞭打ちでもなく焼殺でもない。さらに重大な罰をおまえに科す。明日、夜明けとともにおまえの馬に乗ってゲメ・サンガンに戻れ。おまえはこの略奪者と野獣の国を、とりわけ今年のような荒々しい雨では、生きては二度は渡れないことを知るだろう。おまえの父に起こったことを知っているだろう？」

「私の父の敵を討とうとグエデへ行く途上でした、父テンゲラの死を知ったのは。そのとき、あなたの傍で戦おうと決心したのです。ああコリ兄さん、その機会を与えてください！　もし私が死ななくてはならないなら、ジャッカルや溺死者や無名の強奪者の犠牲となって死にはしない。ミルクと勝利の道の上での死を私に与えてください！」

「すべてのヤラルべはばかだ。普通、それは年とともにやってくるが、おまえは揺りかごからだ。そのがきをここから立ち去らせろ、ペンダッサ、そして明日、彼の馬を返してやれ。食料の割り当てを監視しろ。一週間分だけだ。一日の余分もだめだ」

大牛は立ち上がり、彼の小屋に向かった。予想に反して、ペンダッサは言った
「私はあなたの活力にすがる。あなたの力に。おお大牛、おおテンゲラの誇りの長兄！　この子供は札付き

のうそつきで、サルの欠点を持ち、トガリネズミの汚い振る舞いをする。だが勇敢で、同じ血筋の偉大なる戦士たちへの崇拝の情をあなたに示したと私は思う。人は、理想的であるか、あるいは信念に基づく意義がなければ、すでに行ったことをやり直さない。彼の望みをかなえてやってくれ、その小さな機会を与えてやってくれ！」

コリは立ち止まり、少しためらった後、明言した。

「まあいい、ペンダッサ！　おまえの父トウルはニュネズの水田で、私の父におまえを与えた。以来、おまえは奪うこともだますこともせず、嘘もつかない。道を嘆くこともせず戦いをためらわなかった。こんどは私の番で、この子供をおまえに与えよう。割礼し、教育し、戦士の素質を確かめよ！」

少しして、最後にガルガに確認した。

「六角星の赤めのうは私が再度要求するまで持っていろ。決して忘れるな。もしなくしたらおまえの首を砕いてやる」

物乞いし、彷徨い、喧嘩し、河辺の飲み屋で気ままに暮らし、ビロムはグエデでの滞在が一年になろうとしていた。生活のために刺繍を習い、市場が立つ日には、オクラを買う足しにするためにコラと塩を売った。

ある日、高地から降りてきたひとりの羊飼いに彼が売る塩の品質を説明していると、金銀細工商の路地ぎわから騒ぎが起こり、彼は思わず飛び上がった。何が起こったのだろう？　好奇心に駆られた人びとがその方向に向かった。ビロムは香辛料と採油植物をほったらかして、急いで彼らに続いた。ビロムは背が高いから、見世物に興奮している野次馬たちの輪の真んなかに、襟首をつかみあってくず物商のように叫びあっているムーア人とプルとを識別できた。ビロムは彼らのところまで人をかき分けながら行き、やっとのことでふたりを分けることができた。

「何が起こったのだ？」彼は質問した。

「先月、このプルは金粉の壷と引き換えに私から馬を買った。半分は銅の破片が詰まっていたのだ。この男は泥棒だ！　裁判官を呼んでくれ！　ラム・トロの所へ一緒につれてってくれ！」

「それではその金を見せろ。お互い確認しよう！」ビロムは、偏見に満ちたプルの訛り口調で怒鳴りつけた。

「だけど……」

「だけど？」

「つまり、私たちのキャラバンは通称《ジャッカルの安らぎ》と呼ばれている略奪者たちに攻撃されたのだ。彼らはすべてを持って行った。お金、銅、錫、そして塩。旅を続けられるようらくだ一頭と老いた奴隷ひとりだけを残して」

「おまえの刀はどこに置いてあったのだ、不幸なムーア人？　皆、聞いたか？　ムーア人が財産と馬と奴隷を奪われた、だと。おまえの強奪者はまったく気前がいい、おまえにターバンと髭まで残して。このムーア人は私たちをだまそうとしているのだ。わからないのか、皆！」

「チエエルの港に行って聞いてくれ。北から来た者は皆、私の災難を知っている！　それをコーランに誓ってもいい」

「コーラン、ここでは私たちのなかにそれを信じているのは多くはない。鍛冶の火[4]を舐めるのを受け入れるならおまえを信じよう……いやか？」

「いやだ、コーランだ、聖なるコーラン、後生だから！」

「そのジャッカルをこきおろし終った今、私にとっての真実を言わせてもらおう。その男は確かに私に馬を売り、私はラム・トロが保管しているのと同じ輝きで純粋な金の粉二杯を支払った。こいつらブラクナのやつらの裏工作を知らない者がどこにいる？　彼らは塩の棒一本を綿布一〇クデ〔肘から中指の先までの長さ、約五〇センチメートル〕で、銅一サ〔穀物と金を計るのに使った単位。一サは一一つかみ〕を乳牛二頭で、びっこの馬を一五人の若い奴隷で売る。彼らは皆の頭に唾をひっかけるだけでらい病とてんかんが治ると主張する。だが彼らが売るお守りはキンケリバの煎じ茶よりも効果がない。北岸では誰も彼らとは商売しようという気にならない。もうここグエデしか残っていないのだ……」

「ラム・トロがどうしたのだ？」誰かが叫んだ。

「ラム・トロ？　彼はムーア人の支配下に置かれてプル族を放棄した」

「なにを言っているのだ、錯乱した魂よ？」大きなターバンをつけた老人が哀れんだ。「テクルではほとんどがプルだ。われわれは複数の頭をしているが同じへそだ。ただ、ほんとうの家族を、アダムとイブのそれを忘れないだけだ。われわれはアラーの天の下、その預言者の天幕の下に皆、兄弟姉妹なのだ」

賛同のどよめきが一方に上がり、他方では抗議の声が起きた。

「おまえたち、ターバンを巻いたプル族はムーア人ほどにひどい！」

「そうだ、まったくおまえの言う通りだ。私をだます兄弟よりも敵のほうが千倍ましだ」

「結局、嘘っぱちの兄弟で、牧童の先祖、イロ・サディオの血を裏切り、グエノの奇才を他の神性に与えたのだ」彼らは悦に入って笑った。

「神以外に神はおらず、モハメッドはその預言者だ！」

「われわれはグエノの息子たちで、あきらかにムーア人の神の、ではない！　間違っているか？」

「アラーは最も偉大だ！　子をつくらなかったし、子として作られなかった」

4　Lécher le feu du forgeron　被疑者に鍛冶の魔法の火を舐めさせるアフリカの古い習慣。罪のあるものだけがそこに舌を取られるとみなされている。

「ラム・トロはムーア人の神に祈る。ラム・トロはプル族か？」

「自分を幸せだと思っているのだろう、宮殿の異端者として！　テンゲラは卑怯者の矢の犠牲となってディアラで倒れた。そうでなければ今頃はオアシスのなかでナツメ椰子を恵んでもらっていることだろう」

「テンゲラは死んだが、彼の息子はデニイ湖で軍を寄せ集め、テクルの門を押し破る前に、ガラムへ、そしてディアラに進軍の準備をしたぞ」

「アラーは邪教の徒の道の上に炎を吐いて怪物を鍛えるだろう」

「そしてビスミライの肉体で、コリは一年間河のワニたちを飼うだろう！」

興奮して、あまりに熱くなった者たちが罵詈雑言を口にしたが、その声にかぶさるような声が響いた。

「気をつけろ！　宮殿の騎士が来たぞ！」

喧嘩好きのほとんどは逃げた。ビロムとその他数人は宮殿に連れて行かれ裁判官に突き出され、裸の胸に一〇回の棒打ちと、金一〇メスカル、あるいは綿織五クデ、あるいは家禽五匹、あるいは最初のアニエラージュ〔子羊出産〕に達した年の雌羊一頭、のいずれかの支払いの判決を受けた。

これらは一〇本程の木製の根太とタイルの柱で支えられた天井の低い暗い大きな部屋で為された。皆は奥にある土でできた長いすに座らされた。反対側の端にはじゅうたんとござの中央に置かれた長いすの上に裁判官が控えた。オイルランプの弱い炎が彼を照らしていた。

ビロムが棒打ちを受ける番が来た。裁判官は合図して守衛たちに彼を赦免させた。なぜだろう？

「さあ、プル、」彼は心のもやもやがすっきりしたような笑いを浮かべた。「友達がわからなくなったのか？

もしおまえがメッカの広場で巡礼者に変装していたとしても私だったらわかるだろう。私はおまえに一切恨みを保ってはいない。だが、おまえが気をつけなくてはいけないものが三つある。バジリコの臭い、赤毛の徘徊者、そして這う動物たちだ。気をつけろ、これら三つに。プル、気をつけろ！」

宮殿を出たとき、モディに出くわした。

「どこにいたのだ、友人、ビロム？　市場と食堂を探した。ディアカが出産したが、おまえはぶらつくことしか考えていない」

＊

見るのが嬉しくなるような、元気でふっくらとした男の子だった。しかし、背中に蝶の羽の形のあざを持って生まれてきた。地方を縦横に走って魔術師を訪ねたが無駄だった。ディアカはムーア人のところに行くことにした。

「どこに行っていたのだ。ディアカ？」ビロムは非常に心配して聞いた。

「ムーア人に会いに行っていたの」

「何だって……？　あの訳のわからない裁判官、ラム・トロのいかさま師？　それで何しに行ったのだい、ディアカ？」

「私たちの子のことを相談に行きなさいって皆が勧めたの。シャー、イブン・タアル・ベン・アビブ・ベン・

オマルの奇才を信じる人は今では大勢いるわ。あなたのようにその聖者を軽蔑する人はあまりいないわ。私がそこに行かないようにするだろうと思ってあなたには黙っていたの」

「ディアカ、頭がおかしくなったのじゃないのか……？　彼はなんて言った？」

「『おお、これは至高な神秘！　アラーはお気に入りの彼の創造物に刻印を押した……これは病気でも悪い予兆でもない……でも、あなたの夫と一緒にまた来なさい！　あなたの夫がいなければ私はなにもできない』と彼は言ったわ。一緒に来ると約束して、ビロム、私たちの子に関わることなのよ！」

「そのような侮辱に耐えるぐらいなら三人で死んだほうがましだ！」

「彼の何を非難しているの？」

「彼がムーア人であることは許せる。だがビスミライであることは決して許せない！　このことはもう話すのをよそう、ディアカ、決定をすでに下したのだから」

＊

翌日、ビロムは蛇に噛まれ、翌週はバジリコの葉を摘んでいて古井戸に落ちた。それから一月経たないうちに真っ昼間、狐色のジャッカルが彼の露店に入り込み、長い間彼の足を舐めてから蜃気楼のように消えて行った。

夕方、ディアカはすぐに彼の心の動揺を悟った。

「あなた、まるで駄獣の額と遭難者の目をしているわ」

「なにも心配することはないさ、ディアカ。長く昼寝をした後のような感じがするだけさ」

彼の状態が改善されないまま数日経った。奇妙な感じがしたままだった。「誰かと魂を取り替えたみたい」ディアカが嘆いた。そしてある晩、ディアカは予期していなかったが、ビロムが尋ねた。

「おまえ、今でもその、なんとかに会いに行きたいのか？　なんて言ったっけ……」

「決心を変えるのね、ほんとうに？」

「早まらないで！　私はビロム、ドヤの息子だ。今でもビスミライもムーアの仲間も嫌いだ。でもおまえがそのシャーに会いに行きたいなら、ついていってやるよ。私が一緒に行くことに拘っているのだから。おまえはただこう言えば……」

「ただどう言うの？」

「話すのはおまえで、私はムーア人には一言も言うことはない」

「あなた、あなたは私に、ディアカに男たちの集まりの前で口を開けと言うの？　彼らを誰だと思っているの？」

「それは考えなかった……でも私は何を言ったらいいのだ？」

「こう言うのよ。『シャー、私を守ってくれ、私の妻を守ってくれ、私の息子を守ってくれ』簡単なことよ。何も束縛しないわ」

「おまえの口のなかでは簡単さ。私には火を飲み込むことほどに……易しい」

＊

一週間のうちでも、シャーが最も空いている土曜日を選んだ。ふたりが着いたとき、まるでシャーはふたりを待っていたかのように、大きな笑みを浮かべ、隣の長いすを勧めた。そして老いた虚言症者を検診してから守衛たちを下がらせた。

「さて友よ、結局は決心したのだな？　最後は理解しあえるのはわかっていたけど」

「えーと、」ビロムが口ごもった。「実のところ、ここに来たのは私ではなくて……」

「既婚の婦人とふたりだけで向かい合うのは何だから……それで一緒に来るように要求したのだ」

「誤解は避けよう、シャー！　私はグエノの無限の力、プラクの武勇、そしてミルクの聖なる価値を信じるプル族だ。ただ私の神は今、少し私にむくれているようだから、もしおまえのアラーが何か少し私にしてくれるなら、御礼を言ってそれによっておまえの宗教を理解するのはかまわないと……」

「アラーはすべての彼の創造物を見張っている、たとえグエノの信奉者でも。しかしその無益な会話はそこで止めよう。私はおまえを改宗させる意志は全くない。プル、もしそうしたいと望んでもおまえほど強情なやつを改宗させる力をどこで見つければいいのだ……？　それは神に任せて、おまえたちがここに来たのには訳がある。その問題に集中しよう。おまえたちの子供のことだったな、たしか？　母親がすでに私に話したが、もう忘れてしまった。私には鶏ほどの記憶しかない。宗教家としては酷いことだ！　その子供を渡しなさい、婦人！」

裸にし、頭の形と手の線を注視した。ディアカに手渡して言った。

「神が行ったことに偶然はない。アラーは奇跡を並べ、精神が単純な者たちは不思議に思う。この子は怪物でも不具者でも地獄に落ちた者でもない……アラーは彼のものはわかっている。存在を選んでは、彼の刻印を押すのだ……」

彼は目を閉じ、長い間彼の数珠玉をひとつずつ鳴らし、子供を再度受け取ってその背中に三回唾を吐いた。

「この痣を消そう。それによって私ができることをおまえたち自身が確認するだろう。後になって元に戻すかもしれない。私の良き意思次第だ。おお、モハメッド。おお、奇跡よ！」

痣が消え、ビロムは、皮膚あるいは指の爪を剥がしたような苦しみの短い叫びを上げた。

「おまえの力は偉大であることを認めよう、譲歩して。シャー」ビロムはまさしく唖然とした。「でもかような奇跡に立ち会ったのは初めてではない。私たちプル族も広範な魔術を知っている。ブンドゥで、老人が、威嚇しているライオンをロバに、また他のところで泥棒を植物に変身させたのを見た。単純な魔術さ。どこにおまえのアラーがいるというのだ？」

「おまえたちは魔術書を操るが、私は祈りを捧げるだけだ。結局は私は何もしない。すべては神の意思による……おお、プル、おまえは全く頑固だけど、神はさらに頑固だ」

「それは確かだ。おまえのアラーは私に付きまとってばかりいる。数週間来、はっきりとわかった」

「ああ、プル、おまえに言っただろう。『バジリコの臭い、赤毛の徘徊者、そして這う動物たちに気をつけろ』

と」

「どうして私にそうしたのだ？　おまえのアラーがそんなに私を愛しているのなら」

「イブン・タアルは何も知らない。神は彼の哀れな被創造物には相談しない。彼は決定する。それだけだ……誰にもわからない。多分おまえを試したのではないか、雌ラバの頭のプルを」

「そこまでで止めておこう、ムーア人。契約を結んで、それぞれ神がなさったことを崇拝しよう。おまえが行ったことに対して私は何を支払おうか？」

「粟、布、コラ、あるいは金。おまえの好きなように」

「七歳の牡牛をあげよう。それがプルとして最低渡すべきものだ」

＊

ディアカは急いで新生の息子（彼女はこの状況に適切な表現を見つけた）を隣人たちに紹介した。編み物屋、香辛料屋、居酒屋の常連、皆ビロムを祝し、シャーの力を称えた。

「ああ、シャーは哀れな奇術師に過ぎないさ。今、戦争がないならば息子をブンドゥに連れて行ったのに。ここの占い師たちには不可能だけど、ブンドゥでは最初に出合った魔術師が、息子の悲惨な痣を消しただろう」

ビロムの揚げ足取りの性格と、伝説的ともいうべき大言壮語癖を知っている皆は反対しなかった。だがまるっきり同じではなかっただろうと皆は指摘した。刺繍のアトリエで、それ以上なにも見聞きしたくないと示すように突然話を中断し、彼は長い放心に浸った。通りすがりの人々の挨拶にも答えず、馬や犬の糞にも注意しないで、遠方に視線を投じて、背中に両手を回して街を時々散歩した。

家では、彼のおかしな態度は、ディアカを不審に思わせるというよりむしろ驚嘆させたようだ。粟のクスクスの料理を食べているときにディアカは、病的なまでの臆病心を乗り越え、夫の遺伝的な短気な性格を覚悟して、話を試みた。

「強情を張るのも良いけれど、シャーの贈り物はあなたを深く驚かしたことは認めるべきよ。誰もあなたが解らない。妻のディアカでさえ。そうじゃない？」

「だまれ！」乱暴にも、足蹴りで粟のクスクスの皿をひっくり返して怒り狂って答えた。

そして翌日の夜中に、ビロムがチュニック、帯、帽子を身に付けるのを見て彼女はびっくりした。

「どこへ行くの、あなた？」

生涯を通して毎晩それしかしていなかったように自然な調子で彼は答えた。

「シャーに会いに行く」

「こんな時刻に？」

守衛たちは彼が来たとき目を疑った。

「シャーはモスクに行った。いつも、戻るとすぐにベッドに入る。だから平穏に家に帰ってこの美しい星空の夜を奥さんのそばで過ごすことを勧めるが。二度私たちといざこざを起こしたが、三度目はおまえに不幸が訪れるぞ」

「彼と話さなくてはならないのだ！」

「私たちプル族は皆横柄で頑固だが、おまえは誰よりも酷いな。プル、おまえはどこの氏族だ？」

「おまえの前にいるプルはバの氏族、ヤラルベの亜氏族だ」

「ヤラルベの息子、喉を突き刺しておくべきだった！　おまえが身体障害者だから命が救われる。おまえの種族は皆、火刑に処すべきだった。フタ・ジャロンを制圧し、ソリマナ、ココリイ、ガブ、バガタイ、ディオラドゥ、ディアラ、そしてジョロフを強奪した。テンゲラの死はおまえたちを止めることなく、今はここガラムに居る。そのコリ・テンゲラはテクルの聖地を独占したいというのは本当なのか？」

「噂ではそう言われている。私が氏族を離れたのはずっと前のことなので、私は何も知らない」

「ヤラルベ、テクルの地は私たちの良きラム・トロ、エリ・バナの所有だ。もしおまえのコリ・テンゲラがプル族なら、エリ・バナもそうだ。コリがバならエリ・バナはさらにそうだ……よし、おまえはシャーに何が望みだ、不注意な片目の男？」

「神の耳を除き、シャーと私だけに関することだ」

「それでは、私が槍でおまえを刺す前に退却しろ！」

「シャーに会うまではここを動かない」

守衛たちは彼を押しのけ、門から遠ざけようとした。彼は竹の柵にしがみついた。守衛たちは彼の足を取って持ち上げ、背中を鞭打ったが、彼は掴んだものを離さない。この合間にシャーが、詩篇を熱狂して歌う長い数珠を持った信奉者たちと門弟たちとともにモスクの道から現れた。

「おやおや」シャーが心配した。「何が起っているのだ？」

「ご覧の片目は宮殿の門を力ずくで越えようとしているわけです。あなたに会いたいと言っています」

「それでは、私に会いに来させなさい！」

「ラム・トロが私たちに住居とぜいたくな食事を与え、もっとも美しい綿織物を着せ、私たちのポケットをコーリ、銅貨、金貨で埋めるのは、彼の大きな屋敷の品位を落とす向こう見ずな行為を防ぐためです」

「よろしい！　しかし、今からは、この男が私に会いたいのではなく、私の長いすで打ち解けて話し合うために私が彼を招待する」

小さな中庭の迷路と狭い天窓が開けられた練り土の小屋を通って、じゅうたんと絹で飾られたお香とミルラ樹脂の香りがする広い部屋のなかに、シャーはビロムを案内した。シャーは香りのいい煎じ茶と蜂蜜のお菓子を振舞った。

「おまえの本を教えてくれ！」場に付く前に、お菓子に触れる前にビロムははっきりと言った。

それは、まさにその瞬間に言われるべきであった。後になっていたら意味が言葉から漏れ、効果を失っていただろう。

ムーア人の顔に驚きが現れるだろうと思っていたビロムは、彼の顔をじっと見つめた。しかしシャーは驚くよりもむしろ楽しんで、半笑いを浮かべただけだった。手の裏でじゅうたんの毛を無意識に撫でながらシャーは話した。

「私はおまえを待っていた、プル！　これらの蜂蜜のお菓子はおまえのために特別に作らせたものだ。ゆっくりと休み、腹いっぱいにしなさい。一晩中私たちは話せるのだから」

＊

「さて、イスラム教徒になるのを望むには、控えめにカーテンを引き、悪魔と以前の生活の無分別な行動の上に厚い黒の幕を被せ、昔の時代から首を断つことを知らなくてはならない。放棄し従う、それがアラーの決まりが要求することだ。人は、うぬぼれと卵白で腫れあがった悲惨な肉、無知と罪のうちに住む貪欲な動物でしかない。イスラム以前は暗黒の夜、預言者以前は堕落。太陽は世界中を照らすが、めくらにさせ幻覚を起こさせる幻想の玉である。光に騙される不敬虔な者たちにどの明りが照らされるべきかを賢者は知っている。闇の広がり、苦悩と泪の谷、森と砂丘の煉獄、実際はこれが世界だ。人は地獄の炎のなかに消える前にグロテスクな迷路のなかで苦しみ迷う。選ばれた者たちは僅かだ。恩寵は点滴器で配られる。実際、一般の人たちのポケットのなかに金塊は稀である。天の高いところから来た光線で額に後光が差している者は幸運である。だが彼らは一方で、知と天国の甘美な果物に達する前に、昼夜悔い改め謙遜を示さなくてはならない」

ビロムは明け方までムーア人の話を聞いた。平穏で澄んだ喜びを経験して家に戻った。夜中じゅう不安を乗り越えて門のところで待っていたディアカは、こう言って出迎えた。

「宮殿で何があったのか知らないけれど、とっても幸せそう」

彼はシャーの家に翌日も、翌々日も、五夜あるは一〇夜続けて出かけた。シャーがコーランを読むのを、法律の原則を巧みに操って判決を下すのを、弟子たちの前で不安をかき立てる説教をするのを聞いた。それでも、彼の好奇心と熱心さを目にしながら、シャーは彼にアルファベットの文字も教えず、モスクのなかに皆と行くこともさせなかった。ビロムは師の言動を意外に思った。老狐は手を彼の頭に置いて厳かに言った。

「結婚することから始めなさい、ビロム、ドヤの息子！」

支度金を払うための十分な富を集めるとすぐに、コラと織物を贈り（コーランの唱句によって彼を結婚させるシャーとその門弟たちに）、信徒たちと乞食たちをおいしい料理でもてなし、ディアカと結婚した。その後、高貴な三つ編みを切って、縁なし帽かあるいはビスミライにとって大切なターバンで覆われる輝く頭の様式にした。彼はお守りとコーリを捨て、小さいとき、腸のなかでうごめくサナダムシを駆除するために母親が飲ませたアロエの煎じ薬よりもさらに濃く、さらに酷い味の得体の知れない混合液をシャーから受け取った。その混合液は、彼が生涯の長きに渡って飲んだアルコールを吐き出させ、舌の先に悪魔が置いた嘘、淫蕩、悪態、それに冒涜を掃除する効果があるとされていた。シャーはまた、真夜中、河の水で清めるのに立ち会った。彼はそこで悪魔でけがれた体を、冒涜的な霊薬の跡を、それに姦通の罪を始末しなくてはならなかった。

彼は水曜日にシャハーダ〔信仰告白〕を宣言し、木曜日に読解の書字板とアブダラーという名を受け取り、金曜日にシェシア帽を被りバブーシュを履いて青い綿織物のゆったりしたブーブーで身を包み、グエデの大モスクのなかに入った。

そこから出たとき、シャーは彼を隅のほうに連れて行き、あることが忘れられたままだが、それは許されないことであり、ふたりを罪に落とすと言った。それでビロムは最後の貯金を出してきて、再び牡牛、コラ、服、それに食糧を買い、息子ビラヌの洗礼を行った。

「良きイスラム教徒は息子を七日めに洗礼しなくてはならない」シャーが指摘した。「おまえのは八ヵ月めだが、遅れてもしないよりはましだ。ところで、何と名付けたいのだ?」

「タアル、我が大切な師、タアル!」

「タアル……?　まあ良い名だ!」

開始されたばかりの歴史の衝動的な胎動は激しく揺れ続け、テンゲラの死によってブレーキがかけられることはなかった。デニイ湖の彼の隠れ家ではコリ・テンゲラが平穏に継承した。馬と槍を集め、プル族、マンディング族、セレル族、ウオロフ族、そしてディォラ族の新たな地方から兵を徴募し、攻撃のための最良の時をうかがっていた。最初の減水時、彼の軍は、火山の溶岩のように抑えがたく怒り狂って噴き出た。それはセネガルとガンビアの盆地に広がった。嵐が森を一掃するのと同じやり方で首を切り、冠、宝物、奴隷たちを奪い、王国を一掃し、泥土の河口の奥まで大地を揺るがせた。

五世紀の後、その偉業は、あたかも昨夜に起こったごとく熱意ある精神のみずみずしさで、おまえたちの惨めなわらぶきの家のなかで詳細に語られた。サ・サイエ、ファア・ディア〔セレル語、「浮浪者、消えうせろ」〕、醜いプル族、惨めな羊飼い……!

彼はガラムを荒らし、ディアラに入り、王、ダマ・ンギレ・モリ・ムッサの首を切った。

河川、沼を敵の血で赤く染め、通過したすべての地方を支配下に置きつつ、生存者たちをトムブクトゥの門まで追った。父の仇を討ち、ついに遠い祖先の生地であるテクルの征服を成し遂げることができた。彼はガディアガのソニンケの地方を通って東から侵入した。グレル・アイレ、ガウデ・ボフェ、そしてファディアを次々に包囲し、そこの王、ココレン・ファァレンを殺した。チロヌでファァルバ・エレンを、オレ・フォンデでブモイエ・ムベヌ・ギレン・タスを殺した。チウでファルバ・ンディウムを寸断し、ムバルでファー・ムバル・マラル・サゴを、サルム・ファラでファルバ・ワラルデを首吊りにした。さらにダムンガとボッセヤの地方を通り、大胆にも大権力者、ラム・トロ、エリ・バナ・バに従っているトロの地まで押し進んだ。エリ・バナ・バはパダラルまで押し戻した。そして再度押し戻されたオレ・フォンデに再び立ち現れた。エリ・バナは偉大な戦士だった。無敵だった。危険なまでにずる賢いが、良きプルのコリ・テンゲラは、彼とは以降戦わないことを誓う協定にサインした。「私はテクルの東の地方で満足しよう。中央と西はおまえのものだ。そこは一アルペンも手を出さない」誠意を証明するため、その娘、ファヨル・サルを娶った。ファヨル・サルはコリに完全に夢中になった。愛は父の秘密を暴露するまでに理性を失わせた。「髪の毛のなかにグリグリを隠しているの。そのグリグリを持っている限り、誰も彼に勝てないわ」「それで、おまえは何を待つというのだ?」大牛が怒った。彼女はすぐに父を訪ね、寝ている間にお守りをかすめとった。

コリ・テンゲラは翌日攻撃した。

*

同じ婦人のふたりの情夫は、ベッドのなかで心の健康を保てない！　立派な爪と歯を持つ二頭の動物の雄は、同じ洞窟を占有して遊びはしない！　ライオンが負けたとき、その恥は他に隠さなくてはならない！　このように、欲求は勇者の規律である……！　エリ・バナは自らの高貴な三つ編みを切らせた。彼は最後の忠臣たちとともに海岸地方の奥深く入り込んだ。ウオロフ族のなかに根を降ろし、その習慣と言語を取り入れた。

＊

これらすべては、プルよ、コリ・テンゲラは勇気を持っていなかったのみならず、ずる賢かったということを示している。勇気は要塞を倒すには十分だが、おまえのようにひねくれた怒りっぽい人たちのうえには君臨できない。槍や矢は君臨を永続するには不十分だ。協定も同様に不十分だ。正統な血の絆によってのみ、長い君臨が可能だ。コリ・テンゲラは征服したすべての王の娘を娶るという明晰な考えを持っていた。ファヨル・サルの後に、ボセヤのムバルの王の娘、ディエオ・ファー・ムバルを、ギミのアルドの娘、バムビ・アルド・イェロ・ディディを、ジョロフのブルバ〔ジョロフの王の称号〕の娘、タバラ・ジャソー、その他を娶った。そして、その君臨の印をきちんとしるすため、大牛は地方の名を変えた。古テクルはフタ・トロ[5]になった。彼のため、また彼の後裔のために新たな称号、恐るべきサルティギ[6]を創設した。首府をグエデからボセ

5 Fouta-Tōro　明らかにコリは有名なフー族（Fout）を喚起させるためにその名を選んだ。プル族によって征服された土地はすべてFouta（フタ、Foutの地方）の名がついていることは興味深い。Fouta-Kingui, Fouta-Bhoudou, Fouta-Temès, Fouta-Djaron, Fouta-Mâcina, Fouta-Sokoto, Fouta-Adamawa その他。

6 セレル語で「一味の長」を表すSaltiguiからか、あるいはマンディング語で「ガイド＝道の師」を意味するSilatiguiから。

ヤ地方のアニヤム・ゴドに遷した。北の国境を閉鎖してムーア人の侵害から守り、南の占有地との中継基地を構築した。テクルは彼にとっては思い出と祖先の土地であり、一一世紀以降拡散したプル族の発生地として象徴的な価値があった。その後、オアシスのなかに潜入し、トゥラルザとブラクナを脅えさせ、その辺りで遊牧生活を送っていたムーア人のすべてに彼の記章と法律を押しつけた。一年以内に彼の権威は数ヵ国に及び、大西洋からセネガル高地まで、モーリタニアの最後の砂丘からフタ・ジャロンまで連なった。その隣人たちの最大の不幸、デニャンコ帝国〔デニイ湖の共謀者たちの帝国〕が誕生した。ああ、神よ！　ロ・オ・ヤアル〔セレル語、「ああ、神様」〕！　ああ、非難さるべきプルよ！　ロ・オ・ヤアル！

＊

十年後、麦藁帽子をかぶった騎士が河から来て、グエデの北の門に入った。彼はフロマジェの樹まで行った。そこで、道は三方に別れる。金銀細工師たちと織物師たちの区に繋がる右の道。バンタン〔フタ・トロ特有の日陰の公共広場〕とタマリンドの老木の前を通り市場に繋がる、モスクと旧宮殿への中央の道。そして編み物のアトリエと陶器商と靴屋の区のほうに曲がる左の道。彼はグエデを知らなかった。ようやく馬の興奮を押さえたが、長い間ためらったままでいた。じりじりして足を踏み鳴らす馬の荒い鼻息に気を引かれるように、近くのサレ〔中庭の周りに円形に集まった数個の住居からなる土地〕からひとりの男が出てきた。

「どこから来たのだ、プル？」

「ガオルから！」

「ガオル、すぐ近くじゃないか。そこの生まれならすでに知っているはずだが」

「そこに住み始めたのは、少し前からだ」

「そうだと思ったよ。私のサレに来て喉をいやしなさい」

ふたりは食事しコラの実を分ち合った。

「どこの牧草地で育ったのだ？」

「ブンドゥで生まれてフタ・ジャロンで育ち、十数の地方への道々を荒らした。それでも旅と知識欲を満たすことはなかった。」

「牧者、貿易商……？　たぶん説教師？」

「ぜんぜん違うよ、友人。一定の仕事を授かろうとは決して思わない、抜け目のない範疇に属しているのさ」

「職業をなんだか白状したくないからそう言っているのだろう……君は僕の客だ。客にはなにも強制しないよ！」

粟のビールは冷たく、クスクスはクリームが多くて、邸宅はすごく快適だった。

「粟の皿を分ち、数時間話して君を解ったと言うのではないけれど、見たところ、君は何か大きな秘密を隠しているな。君をグエデに来させたのは些細なことではないのじゃないか？　私は間違っているかい？」

「プラクは食事と宿を与えてくれる人に嘘をつくのを望まないが、ただ……」

「ただ何だ？」

「私はそれを隠していたい。些細なことではない。善意でもないのだ」

「解った……！　君は誇り高い態度だ……王子、そうだろう？　私も王子だ……結局はそうだったということだが。物事は変わった。私は良くない陣営にいた。ラム・トロの軍の騎士だった。サルティギの時代になって、常に太陽は照っているけれど、テンゲラたちのためだけに」

「ラム・トロの騎士……！　平穏な小屋のなかでラム・トロの騎士の前で、いつもそうだったかのように実を分かち合って話をしている。おい！　どの戦いに行ったのだ？　騎士、私の友人」

「アイレを攻撃し、ドゥングエルを守り、ディオヌルで、すべてが終ったことを理解したとき、槍を折った」

「ディオヌルで……？　どっちのほうに逃げたのだ、ギライエへ、あるいはサアデルへ？」

返事する代わりに、あるじは口ずさんだ。


どこに逃げても、捕まった。

ギライエで、吊るされた。

サアデルで、ぶら下げられた。


長い幻想のなかに身を委ねるうちに、悲しみが、すっかり見違えるほどまでに顔色を変えたが、やがて友好的でひょうきんな調子に戻った。

「おい、見知らぬ人！　このグエノはおかしな料理人だ。昨日はイチジクの味、今日はヒマの味……！

君もディオヌルに居たことに賭けるよ。ラム・トロ、エリ・バナの騎士だったなら、君のことは分っただろう。正解はひとつだけだ。テンゲラの側だったのだろう。言いたくなかったのはそれだろう？　違うかい？」

「私は恥ずかしい。王の家に招待されて私はそこでしらみをさらけだす。私はほんとうにチェドで、ディオヌルに確かに居た。それは認めよう、友人。君は私より百倍も率直で立派だ。すぐに君の名を聞かせてくれ。それを称え、祝福しよう！」

「アマ・サル。エリ・バナの父方の甥、皇室騎士の旧ディアガルだ。私はそんなに狡猾ではないことは知って欲しい。私の敵が通ったのを見かけて私が何をした。率直に食事に招待した。どうして君たちがこの戦争に勝ったのか理解できるよ。かくも早く、かくも容易に！」

「サル！　このような名を横取りするのは代償が高くつく。プル族に関わる親族はサバンナほどに広いと言われるが、若い豹の臼歯ほどに接近し連帯している。サル氏は私たちヤラルベ同様、バ族だ。従って私は同様に君のいとこで、しかも君の友人だ。ブンドゥの君の親戚と握手してくれ！」

　カポックの樹の下に敷いたござのうえでの、当然するべき昼寝に加わったとき、アマは彼が犯したばかりの許しがたい軽率な行為を自ら咎め、額を叩いた。

「ああ、なんと愚かなこと。私の親戚がなんというのかを聞く礼儀にも欠けていた」

「ガルガ！　ビラヌの息子、ガルガだ！」

「それでグエデに何しに来たのだ？」

「ある人を殺しに来た！」

「君が誰かを殺しに……？　ほんとうに。まあいいだろう、友人。君は少なくとも人を笑わすことを心得ている！」

＊

翌日、ガルガはあるじを放ってビロムを捜しに街のなかに消えた。数ヵ月前にワラルデで会った牧童が、うっかりと彼の叔父の足跡を明らかにした。「何度もの移牧の間に、ブンドゥの人たちと知り合った。グエデでビスミライの家の前で物乞いしていたのがいたよ。物乞いするプル、きちがいになったに違いない！今話しているそいつは全く心神喪失者みたいだった。皆は彼が彷徨っている犬に話しかけ、洞窟で寝ていると言っていた。でも数年も前のことだ。コリ・テンゲラはまだガラムを占領していなかった。そのむこうみずの名はなんだったっけ。すべてを覚えているグエノがすべてを忘れさせる……?!　ええと、ビロム、たぶんそうだと思う！」

怒りが彼の心のなかに満ちた。父を殺したのが彼の叔父であるなどということも、今は叔父がそれほどに落ちぶれているということも、もとより望むはずもなかった。田舎者も乞食も、彼の家系には決していなかった。この恥を最初にもたらした者は死に値する。これしかないという考えが、年老いた牧童と別れたとき頭を駆け巡った。グエデに急ぎ、ビロムの頭を断ち、ハゲワシに投げ与えるという考えが。だがその時期、コリ・テンゲラの軍隊は帝国の四隅を動き回って、新たな地方の長たちを配置し、河の交通を管理し、隊商に規律を守らせ、悪徳商人たちを骨抜きにし、戦争で逃げた牧童たちと漁師たちを家庭に戻し、不服従兵たちを屈従させ、王室の宝を構成する金、牛、奴隷、種子、そして馬を供給させていた。それほど大規模な仕事をきちんと行うには十年はかかるだろうと思われた。幸い、地方の多くは決着が付き、軍備が整っていた。間もなくすべてが平常に戻った。服従した部族は納税の義務を果たし、ビスミライたちはコーラン学校とモスクにとどまることを甘受した。砂漠からフタ・ジャロンまでかすり傷も負わずに巡回できるほどに平和になった。大牛は望むなら目を瞑っていても君臨できただろう。

ガルガは、デニイ湖から始め、地方から地方を剣で戦って走りまわり続け、ついに休息の時を得た。ガオルの要塞の指揮官に任じられた。それは、思わぬ二重の幸運であった。先ず、平安を味わった。河の交通を守り、陰ではラム・トロの望郷の陰謀を、また、予想もつかないあらゆる悪事を予防するためビスミライを監視するのがその役割だったので。そしてとりわけ、父を殺した男が引きこもっているとされる、皆がよく話すかの有名なグエデの街に遠くないところに住んだことだ。これらを彼は、戦争の後、まるで母親のように付きまとうようになった老婆、オラに、さらには彼の新たな友人アマに、うっかり話してしまわないように気を配った。当然、到着以来、すれ違う人たちの顔を密かに見続けた。伯父、ビロムをわかるかどうかは確かではなかった。彼が故郷を出たとき、ガルガは一〇歳、せいぜい一二歳であった。それから一〇年は経ったが、家を出た理由を彼は完全に憶えていた。いつものように彼は父の家畜の群れを守って原野で日中を過ごしていた。正午近く、若い牧童たちが、蜂蜜酒を飲み小唄を歌うのに誘った。そのとき、父、ビラヌがプルの誇りを捨てて家畜のすべてとでも躊躇なく交換したであろう若い牝牛、ラ・シュブリム〔崇高〕が雌ライオンに襲われた。夕方野営地に戻るとき、彼はすでに父が宣するであろう言葉のすべてが判っていた。「先ず、ラ・シュブリムを私に返せ。その後でなら、おまえは私の息子に戻ることができる」父に反論するのは無駄なことだとわかっていた。かくして彼は、幼少時代に語られた伝説によって知っていた、遠い祖先であるテンゲラの形跡を追って出発した……

数年にわたる自責の念と苦悩の後でも、ガルガが目的とする敵討ちを白紙に戻すことは誰にもできないだろうと自らに言った。彼が父、ビラヌに似ているのを憶えていた。ヤラルベは皆似ていたが、ましてはふたりは双子だった。額がふくらみ、足がひょろ長く、鼻がまっすぐで、コニアギやマンディングの隣人たちが女性の腹からでなくやし油のたらいから出たと言った赤みがかった顔色。ビロムの体のすべての特徴は、冒険の沼地のなかでも変えられないだろう！　いずれにしろ、彼は特有の目印を持っていた。ガルガはデニイ湖の道で聞いたのだが、ビラヌは最後の息を引き取る前にビロムを片目にしたことをワラルデの牧童が確認していたのだ。

思いに没頭するあまり、鉱山の石切り場から遠く離れていたのを気づかなかった。ヤギたちを守っている子供を見つけ呼び止めた。

「おまえはグエデの子かい？」

「いいえ、ディオウデ・ディアビの生まれです。ここには三ヵ月前にシャー、イブン・タアル・ベン・アビブ・ベン・オマルのところにコーランを学びに来ました」

「ここに来てからブンドゥの人に会ったことはないかい？」

「友人のタアルがブンドゥです。彼はここで生まれたから、正確には彼のお父さんがブンドゥ生まれです」

「そのお父さんはなんていう名？」

「アブダラー！　コーランを教えるためシャーの助手をしているのが彼です。老アブダラーは偉大な博学な人です！　ここでシャーのもとで学んだ後モーリタニアのチンゲッチでアル・ダイ大師のもとで知識を深めました」

「アブダラー、アブダラー！　そのアブダラーは他の名前はないのかい？」

「いいえ、他の名は知りません」

「彼はどんなふうだ？」

「とても背が高くて、とても淡い顔色で……」

「片目じゃないかい？」

「どうして知っているのですか？」

コーランの学校は、モスクに隣接したところにあった。一方はモスクの壁に囲われ、他方は籐と竹の半球型の柵で、小屋ひとつと、灰の堆積を中央に置いた小さな中庭とで構成されていた。天気は良く、鼻汁を鼻にためたいたずらっ子たちが、焚き火の明りで唱句を判読するため外に群がっていた。天気が悪くなると彼らは、火災から守るためにバンコで作られた机が並べられた藁屋根の下に急ぎ、堆肥の土塊とヒマ油のランプに火を点けた。ガルガは息を止め、背伸びして籐と竹の柵の上から監視した。あふれんばかりの根強い憎しみが彼の心を焼き、顔を歪ませ、下唇を振るわせた。彼は先ず、宿命的な終りが近づきつつある敵のシルエットを確認したかった。神の呪いが、成し遂げなくてはならない仕事を始めさせたかのようだった。怨恨のすべてを込めて、嫌悪して止まなかったその血族の、傍系家族の頭をねらった。体のどの部分を最初に攻めるのが効果的であるかを先ず知るべきである（良き猟師は跳びかかる前に長い間獲物をねらい、どの部分が最も食べやすいかを推算する）。疑いなく、ただひとつ残っている片目を潰すことから始めるだろう。永遠の暗闇に沈む前にこの世の明りを享受するのを止める！　続いて、ランドゥマのペンダッサが教えたように、心臓を一撃する。その後で、当然、喉を切り、腹を開き、匂う腸をハゲワシや大蟻に投げ与える。同様にジャッカルに、かび臭いねずみに、豚、猪、イボ猪、不純で悪臭を放つ、高貴なプルの目には食するには不潔な、すべての野獣たちに。彼の刀は抜け目なく準備完了し、力の及ぶ距離にあった（わに革の鞘に入れられ帯に下げられている）。

彼は柵の後で見張った。一〇〇人ほどの子供たちがひしめき、鼻と髪の毛を引っ張り合い、いもとバッタを焼いて一口々々食べていた。そして喉を引っかくような大声がモスクのほうから聞こえた。混乱がすぐに収まり、それぞれ書字板を取って自分の場所に着いた。ガルガはその辺にあった丸太の上に乗り目をかっと開いた。はっきりしないふたつの影が壁の一部に浮かび上がった。杖をついた老人に少年が手を掴まえられていた。冴えない状態にかかわらず、男はどなりつけ、思いもかけないほど激高して子供たちを叩こうとした。

「黙りなさい、わんぱく小僧たち！　書字板を取りなさい、呪われた小さな白蟻たち！　私が背を向ければすぐに、おまえたちは神の言葉を打ち捨てて騒ぎまわる！」

彼は突然少年の手を離しパパイヤの樹のほうに行き、ヒステリックに一連の棒打ちを始めた。

「おまえ、ディオウェル、これらすべての原因はおまえであることは判っている！　皆が書字板を放り出したのはおまえのせいだ！　皆を興奮させたのはおまえだ！」

「でもそれはディオウェルじゃないよ。パパイヤの樹だよ」

生徒は彼の思い違いをわからせようとしたが、彼はわめき続け絶え間なく叩き続けた。光景に耐えられず、ガルガは熱い泪を流した。彼は乗っていた丸太から降り、少しの間ためらってから刀を帯から外し、鞘から抜こうともせず背の高い草のなかに投げ捨てた（マクアナの血塗られた戦いで勝ち取った記念品だったにかかわらず）。

彼はアマに別れを告げ、すぐにガオルに帰った。

*

時の知識はアラーのかたわらに。そして救済の雨を降らせるのは彼だ。アラーは母胎のなかまで何があるかを知っている。だがひとは誰も明日得るだろうものはわからないし、どこの地で死ぬかも知らない。しかしアラーは全知で完全に知っている。

ルクマーンの章はこのように終る。罰するため、神は人間を、悪魔が悲嘆と苦悩を科すこの地に追放した。

最後に肉体は土に返る！　それぞれが倒れたところに埋葬され、腐り始める前に土がそれを包む！　ビロムはその創造者の決まりに従った。彼は明け方亡くなり、夜になる前に埋葬された。

一月前、アマからガルガの奇妙な訪問について知らされた。それは金曜日、大祈祷のときだった。シャーと信者たちの前で、彼は、打ちひしがれて泪を流すのを止められなかった。シャーは賢者の言葉と、忘我と励ましに富む唱句とで彼を慰めた。そして輿を頼み、頑強なふたりの信者に命じて家に連れて行かせた。

祈祷師たちはディアカの狭い小屋のなかで夜中じゅう彼を見守った。ビロムは明け方に亡くなった。峡谷のかえるたちとジャッカルたちが黙りこくった。鳥小屋のニワトリたちもそれに続いた。

＊

翌月、五マスト船がガオルの水域に錨を下ろした。オラはポルトガル人たちがいるのに乗じてハーブを蝋と交換したが、激しい苦痛の泪を流しながら市場から戻ってきた。

「おまえも僕と同じに誰か大事な人を亡くしたのかい？」ガルガが尋ねた。

「息子を亡くしたとしてもこんなに泣きはしないわ。悲嘆は乗り越えられるけれど、さげずみはだめ」

「泣きじゃくるのはやめて、僕がいるから！　気を取り戻して。おまえを苦しめたやつの名を僕に言いなさい」

「そいつらには名前はないの。実際には人間の格好もしてない。目は多色で髪の毛はオクラのビュレのようにねばねば。まるで白い霧のなかで彷徨っている魂のよう」

「ポルトガル人だろう、違うかい？」

「そう、そいつら！」失敗を白状させられた子供のようなふんいきで彼女はささやいた。

「おまえを攻撃した生まれの悪いやつは、どんな風なのだ？」

「帽子とパイプを持っているやつ。間違えることはないわ。その悪魔の仲間たちのうちで一番若くて一番ずうずうしいやつ。顔を見るだけで秤を細工してごまかしているのがわかるわ。普通、サージ織五クデのためには蝋三メスカルかゴム二個なのに、彼だと二倍なの」

ガルガは馬を出して市場に急いだ。動物の展示場で五マスト船を見つけた。茶色がかった船体、多色の艤装、それに白人の船員とブリッジで動いている黒人かランサドス〔黒人とポルトガル人の混血児〕。香辛料の列と綿織物の列の間に五人以上のポルトガル人がいて、リキュール、彩色ガラス細工、水時計、それに日時計を売っていた。それぞれ皆帽子を被っていたが誰もパイプを吸っていなかった。なめし革商たちの真んなかで、使い古しの紙を飾りひもと交換しようとしているペテン師と三人の赤毛を見つけた。

「おまえの秤を見せろ、嫌な白人！」

当然、それは細工してあった。皆は彼を縛り上げ司令官の所に連れて行った。ポルトガル人たちは投獄され商品は押収された。そこの司令官も、ほとんどの地方の長たち同様にヤラルべの氏族、デニャンコべから枝分かれした従兄弟であった。従兄弟たちは、アニャム・ゴド同様無限の権力を持つ、先祖を誇りにしている者たちであった。彼らは、船と奴隷の隊商を強奪しながら、領地を思うままに統括し、良い土地を独占し、最良の動物の群れを取り上げた。ガロというそのうちのひとりはとりわけ貪欲で、ガルガに対して大きな敵意を抱いていた。当初から彼はガオルでのガルガの存在に呪いの目を向けていた。「ここはおまえの場所ではない。内地の奥に送るべきだった。河は我々ヤラルベ、あるいは我々の従兄弟、サボイェベに帰属する」そしてガルガは説明したが、徒労に終わった。「デニャンコベ、ヤラルベ、サボイェベ、そして私たちマラルベは皆、同じ血を出目とし、実際に私たちは皆ヤラルベだ！　私たちは皆、大牛の君臨のために戦った」

ガルガが僅かな象牙や金粉を集めるのに成功すると、彼は分け前を要求して衛兵を送った。ある日、ガルガがムーア人の隊商かららくだ五〇頭、奴隷二〇人、金粉一〇〇メスカルを取り上げたとき、彼は取り分を要求に自らやって来た。

「シレの息子ガロ、今回は私の戦利品を享受させてくれ」哀れなガルガは懇願した。「先週、おまえがガディアガの行商人から瓶二杯の金を、またフェルロの牧童から千頭の牛を取って財産を増やしたのを知っている。私は住居を建て、家族を興そうと思っているのだ。私は半生をコリ・テンゲラの後を走って過ごし、鍛冶屋が火を維持するように戦争を維持してきた」

「一部をおれに、一部を大牛に、残りがおまえだ。これが慣例だ！」

「今回は別の慣例に従う！」

「そんなことを言って、おまえは誰様のつもりだ？」

「ヤラルベの息子、コリ・テンゲラの戦士だ！」

「よし、そうなら、この先長くは、そのようではいられない！」

再度、ガロはアニャム・ゴドのもとに、悪口を浴びせて彼を逮捕させるために、あるいは少なくとも罷免させるために密使を急がせた。若い頃、その遠い親戚の甥の勇敢さを憶えていたコリ・テンゲラは、その呼びかけに応えなかった。

行政官は、ガルガが、びっくりするほど大掛かりな軍備一式で押しかけるのを見、それらに興味を持っていた。今回は絶好の機会となった。

「非常に大変なことだ。それはおれの器量を超える。大牛に委ねなくてはならない。大牛がどうするのがふさわしいか指示するまで、彼らを捕え、商品を押収する」

三日後、倉庫の扉がこじ開けられているのが発見された。商品は蒸発していた。

盗みで告訴されたガルガはアニャム・ゴドに召喚された。

「ガルガ、」宮殿のグリオが言った。「おまえに多くの不満を説明するために、王位継承者である王子がおまえを呼んだ。おまえがガオルの指揮を執ってからというもの、事態はあるべきようには何もなってない。河の上流の人たちは不満を漏らし、デルタの平底船は彼らのところまで来ない。どのようにしてジョロフの魚を、ポルトガルのワインを、トルコの銅を、そしてインドの生地を入手できるのか？　それだけではない。大牛がおまえに任せた街々からは十分な税金が入らない。おまえの部隊からの脱走者たちが報告されている。だがこれらはまだ良い。おまえの司令官は、おまえは商品倉庫のすべてを強奪し、ポルトガル人の貿易商を不法に逮捕したと言っている……司令官がおまえに不平を言うのはこれが初めてではない。ただコリ・テンゲラとおまえが血族関係にあり、戦場でも勇敢であったことから問題にしなかっただけだ。今回は行き過ぎで、誰もおまえになにもできない」

彼は鎖で繋がれ独房に入れられた。オラとアマの便りがないまま六ヵ月間そこで過ごした。そしてある晴れた日、いつものフォニオの皿を運んできた衛兵が顔の半分を覆っていた帽子を脱いで彼に言った。

「怖がることはない、私だ、ドヤだ。デニイ湖のことを憶えているだろう……おまえはとばっちりを食らったのだ。老女オラが私に通報に来た。おまえの司令官はペテン師だ。カラベル船の倉庫をかすめ取り、ポルトガル人をアルギンのほうに退去させて証言できないようにしたのは彼だ。今頃彼の憲兵隊長はアニャム・ゴドにいるだろう。彼は後継者の王子にすべてを白状するつもりだ。そしてそれは大コリ・テンゲラに伝えられるだろう。私たちは皆、おまえと一緒だ。マディエ、ドヤ・バディア、老ペンダッサ、それに私だ。マディエ、ドヤ・バディア、老ペンダッサを憶えているか?」

しかしながら釈放までにさらに三ヵ月かかった。償いとして、グエデの要塞の長に任命されドナイェからハイレまでのすべての土地の行政官となった。

*

ある日、ダイエはガルガをマディエの家に連れて行った。

「マディエは他の将軍とは違う。後継者の王子の腹心であり、大牛はとても高く評価している。グエデのおまえの新しい任所で必ず役に立つ。デニイ湖でのおまえのことはぼんやりとしか憶えてないそうだ。新たな任所に就く前に思い出を明らかにしておくのが好ましい」

彼らは家の後で粟をついている若い娘たちのグループに話しかけた。

「この住居の主人はどこにおられるか？」ダイエが尋ねた。

「知りません」きれいな小さなカドネットに編んでこめかみにたらした最も年上らしい娘が答えた。

「おまえの母上もどこにいるか知らないのか？」

「ルガン〔菜園〕でオクラとなすの草取りをしていると思います。呼んできます。待つ間、このござの上に座ってください」

少し後になって、お臍から膝までパーニュを巻き、タロ芋とセイヨウワサビの束を持った婦人とともに戻ってきた。彼女はふたりの男におじぎをして挨拶してから井戸のほうに行った。手を洗っている間、乳鉢の周りに群がった、杵をつきながら歌い、冗談を言っては笑う友人たちの喧騒のなかに加わった娘に呼びかけた。

「ミルクと漿果をお客にお出ししなさい、イナニ！　おまえの年では、お客をどうもてなすか知ってなくてはだめ。おまえを嫁にもらう人が気の毒だわ。グエノが私を甘やかさなかったというだけでは不十分。小さな妖精を待っていたのに、神は大きなガチョウを下さった。ああ！」

「私たちにお構いなく、イディ！　それよりも、ご主人がどこにいるか教えてください」

「少年たちと、それにカヨールから来たかの名士と狩に出かけました」

「それでは噂で言われていることは本当なのか。カヨールのダメル〔カヨールの王の称号〕はここに？」ガルガが聞いた。

「そうだ。彼はジョロフのブルバに逆らい、私たちのところに避難したのだ」ダイエが答えた。

彼らは固辞したが、娘たちはミルクの入ったひょうたん、フォニオとご飯の皿、蜂蜜と生クリームの壷、ネレ〔ミモザの実〕、なつめの実、いちじくの籠を運んできた。そして遠慮がちに乳鉢のほうに遠ざかり騒がしいおしゃべりを続けた。イナニという娘は彼らのそばに残り、彼らの足を洗い、額をぬぐい、だちょうの羽根の団扇で風を送り、場合に応じて、塩、センナ、あるいはマラゲッタを手渡した。

彼女は一三歳、あるいは一四歳であった。年の割には彼女の体は早咲きの女らしさを放ち、純真無垢な官能性はどんな男も放っておかなかった。そこを通る者は皆、マディエに挨拶するかイディの健康を伺うかの口実で蔦の扉を越えて来た。イディは騙されてはいなかった。ひそかに視線を彼女の娘に巡らす貪欲な者を目の片隅で観察していた。野雁の卵のような、輝く白い大きな目をした栗色の卵形の完璧な顔。成人女性のように長く密生した漆黒の髪。芳香を放つ金褐色の汁気の多いふたつのパパイヤのような、飾り玉の首飾りで打たれる軽快で締まった乳房。彼女は何も見ていないかのように気持ちを抑え、彼らを牽制するため、それらよこしまな者たちの気をそらして、増水した河に、コリ・テンゲラの厩舎に、あるいは船の競争やレスリングの次回の勝者に、関心を向けさせた。彼女は娘が飾り立てるのを思いとどまらせようとしたが空しかった。「おまえは悩みを呼び込むたぐいの娘だよ。おまえのように着飾ったら、天からすべての雷がこの家に落ちるわ」彼女は警告した。「私はもう大きくなったわ、お母さん！　同じ年頃の娘たちがするように着飾らせて！　あなたの娘が下女みたいにほったらかしだったら、街では何というかしら？」イナニは相変わらずそう答えた。そして九歳からずっと続けているように、眉墨、カリテバター、アンチモナイトの粉で化粧した。母親の非難を無視して、彼女は頭を貝殻と琥珀で、また足と手をエンネで描いたきれいなアラビア模様で飾るのを止めなかった。そしてまた、彼女のそれぞれの動きでチリンと鳴る、小さなパーニュの上にあからさまにはみ出した多くの飾り玉の首飾りを腰に結びつけるのを忘れることはなかった。動物の群れ、狩、それに軍の仕事に没頭していた父と兄弟たちは、彼女が大きくなったのにも気づかなかった。ある日、あらゆる危険を防ぐため、イディはマディエに言った。「私の娘をボッセヤの母のところに連れて行くわ。そこのほうが彼女は良く育つわ」

何も疑うことのないマディエは少しためらったが、議論の末承知した。《良い羊飼いになり、向こうでは結婚せずに、私の兵隊たちのひとりのためにとっておくことを条件に》

わずか数ヵ月後、イディの母が亡くなった。兄弟たちはイナニを連れて戻り、預かり続けられないことをイディに詫びた。「おまえの娘は私たちの季節移動に付いて来られない。街の生活で精神が腐ってしまい、原野のことを理解できない」

かくしてイナニは、出て行ったときよりもより成熟しより魅惑的になって両親のもとに戻った。「いいでしょう。彼女は今、年頃だし、マディエが彼女を兵隊に与えさえすれば良いのだから。さもなければこの家はスキャンダルと恥に包まれるでしょう。このことは、神グエノが私に知らせたの！」彼女はマディエに一〇回にも渡って注意したが彼は刀と矢を手入れするばかりで、逃げ腰で答えた。「その兵隊を選んで、結婚式は雨季の真んなかにはできないから次の収穫の季節を待つだけだ！」

待って、待って……イディが思うとおりに明らかに、毎日が過ぎていった。——第六感は見かけ以上に信頼できる——危険が差し迫った。その日、ふたりの訪問者の到着を知らせに娘が菜園に来たとき、心臓が胸から飛び出すと思われるほど高鳴った。ふらついた彼女は、タマリンドの枝にしがみつき、目眩がする頭を押さえて娘に聞かれないようにつぶやいた。「呪われた日がやってきた。この日が来るのはわかっていた。おおグエノ、わが師、なぜこれほどの恐怖と苦痛を？」

ダイエを彼女は知っていた。グエノが悪魔の誘惑のすべてを宿らせた彼女の娘の体に、友好的で父性的で健全な、稀なまなざしを投じるのは彼ひとりだけであることを。ラブラブの茂みのうしろで体を洗いながら、見知らぬ人の反応をうかがうことにした。彼女は、見知らぬ人のしぐさが活気づき欲望に目が輝いたのを見た。霜のように無感動にではなく、猫のように隠した情熱を外に現し、うわべの恥らいのなかに視線をそらしてイナニが彼に仕え、冗談につつましく答えている間、彼が笑みを浮かべ、三つ編みを整えるのを見た。そして帰りに彼らが蔦の扉を越える折、ガルガがダイエのほうにかがんだのを見たとき、ガルガの頭のなかをかき回した感情のみならず彼が言っただろう言葉を、イナニは正確にわかっていた。

「ダイエ、結婚することに決めたよ！」

「ばかもん、でも誰とだ？」

「イナニと」

ダイエがわからなかったと思って付け加えた。

「マディエの娘！」

ラム・トロにならって、ガルガはグエデの周辺に、彼の兵士たちが住む区画の真んなかに、家を建てた。動物の群れ、厩舎、ムーアのじゅうたん、貴重な籐とイグサのござ、瓶、壷、それに多くの金貨の引越しに三週間もかかった。そして彼自身が最良の軍馬に乗って、オラ、忠臣アマ、それにガルガが選んだ新たな冒険に加わる一〇数名の補佐たちとともに到着した。そのとき、デニャンコベがフタ・トロに刀で法を押しつけてから二〇年が経っていた。ときおり、遠い地方で叛徒たちが背き、いくつかの王室では領主が爆発寸前となったが、司令官の策謀と兵士たちの急襲ですぐに抑圧された。それを除けば国の中心は特別に平安であった。これらデニャンコベの横領者たちの君臨は皆が好んだわけではなかった。土地の所有者はワロ〈低地〉の収用を、当然にも快く思っていなかった。動物の群れの飼い主は、税の形で動物の一部を譲らなくてはならなかったことをひどく悔しがった。ラム・トロの子孫たちといえば、その怨恨を申し訳程度に思い巡らすだけだった。横領者たちの一団が勝って、エリ・バナがジョロフのなかへの逃亡を選んでからは、権力に返り咲く可能性が全くないことを彼らは知った。結局、軍事力と明らかに勝る政治感覚によってバ家が他のバ家に替わり、デニャンコベはより良くことを行ったとの考えを甘受するようになり、以降、プル族の影響はムーアの地方にもセネガルの谷のすべてにも及ぶようになった。アマにならって、あばら家から直接に宮殿のふかふかしたじゅうたんに向かったそれら原野の遊牧民を嘲笑することで、ラム・トロの子孫たちは満足した。

軍隊はもう戦わず、王室を安心させ、いらだった人たちを思いとどまらせるだけになった。ビスミライたちを監視し、地所の争議を調停し、隊商と動物たちの群れの移動を調整し、河の激しい交通を管理した。ガルガが行なったのはこれらがすべてだった。

最初に心に浮かんだ考えはタアルとディアカを訪ねることだった。アマとオラはこの悲しい訪問に付き添った。

慣例のあいさつの後でアマが言った。最も強靭な魂をもぐらつかせる力のある、このめぐり合いはあまりにも悲しすぎた。「ディアカ！　しっかり立っていなさい、タアルの母、私の横に居るこの男はおまえの夫、ビロムの双子の兄、ビラヌの息子だ！」

ディアカは悲鳴を上げて気絶し、一方で、小ビラヌとタアルはそこに宿った火の玉のようなものを消そうと胸を叩いた。正気に戻させようとバジリコの葉を嗅がせた。続いてオラとアマは心置きなく泣けるように、刺繍のアトリエのなかに彼女を連れて行った。お返しに彼女は、サラコレ族の料理、バオバブの葉をカリテバターで煮てスムバラ〔ネレで作った香辛料〕で調味したソースを添えたご飯を振舞った。彼らは食べながら、ヤラルベの波乱に満ちた運命に心を動かし、大移動と戦争を、グエノが創造した下界の者たちの土地の過酷な条件を痛ましく弁じ、不幸な双子の痛恨さを思い起こしつつ、お悔やみを述べた。

「今、私たちは再会し、ドヤ・マラルの血統を立て直さなくてはならない！」石鹸水のなかで大きな音を立てて手を洗いながらガルガが叫んだ。「タアルと私はできるだけ早く世界の端まで同族のメンバーを探しに出かける。私たちを分かつものは、もはやなにもない！」

ディアカは悲しみに鼻をすすりつつ同意し、何かが毛布の下で体を揺すっている小さな土のベッドのほうに向き直った。彼女は青白い縮れた新生児を取り出してガルガに儀式張って差出した。

「おまえの新しい弟よ！」泪に濡れた笑いのなかで口ごもった。

＊

ビロムが亡くなってから四〇日め、シャー、イブン・タアル・ベン・アビブ・ベン・オマルは数珠をたぐりながらモスクから力強く出た。宮殿の扉から一〇〇歩ほどの、聖なるタマリンドの樹のところに着いたとき、彼はディアカを娶らなくてはならないという天啓を受けた。くつばみを噛んだ馬のような唐突さで、彼は止まった。「ラ・イラ・イララー！」高い声で少なくとも一二回繰り返した。そして、宮殿の扉に目もくれずに、彼の後を歩く信者たちがひどく驚くのも構わず、バブーシュを道の砂利に軋ませてさらに進んだ。

ディアカの戸は開いていた。いくらかの薪が暖炉の真んなかに赤くなっていて、彼女がまだ寝ていないことを証明していた。

「ディアカ！」中に入りもせずに叫んだ。「おまえを娶ることを決めた。実際は決定したのは私ではない。おまえの亡き夫のメッセージあるいは神の天啓のようなものが私に灯された。従ってもうひとりで生きることはなく、私はついにすべてに勝る祝福、第四婦人を獲得する。ヤ・アラー・ヤ・ラビ！」

三ヵ月後、モスクでコーランを読み上げさせ、羊の喉を切って殺した。夕方、輿を担いだ男たちがディアカを迎えに来、エメラルドをはめ込んだ靴の先とエンネと緋色染料で飾られたくるぶししか見えないように厚いサージ織のヴェールで包んだ。グエデは河を増水、減水と移り変らせ、粟を撒き、収穫させ、続く乾季の真んなかで、小イッシェム・ベン・タアル・ベン・アビブ・ベン・オマルが生まれた。

同じ日、蝶の羽の形の痣がタアルの体に再度現れた。

＊

ある夜、ベアファダ族との戦争以来片目でしか眠っていない老女オラは、何か動くものの気配を感じた。ガルガが中庭で馬に鞍を付けていたのだ。

「どこに行くの、こんな時間に、ビラヌの息子?」

「シャーを殺しに」恐怖に捕らえられたように静かな口調で答えた。

「どうしてシャーを殺したいの?」

「ディアカは私の母だ。わかるだろう?　そのビスミライのらくだ野郎に汚されたままにはしておけない」

「息子よ、良く聞きなさい。誰を殺そうと、その前に私の喉を切りなさい。あなたの刀を研ぐつもりで。もしあなたの言う通りディアカがあなたの母なら、シャー・ビン・マタルーババビブは……」

「イブン・タアル・ベン・アビブ!」

「どういう名だろうと……はあなたの父です。あなたの弟、タアルは成人している。再婚に異議申し立てもできたのに、反対に、むしろ光栄なこととした。なぜあなたはいつも粗忽な人を演じるの？」

「弟のタアルは、モスクに頭をやられているのだ。シャーを殺したい理由には事欠かない。あいつの視線ですら、吐き気をもよおさせる。ディアカの名誉を救い、タアルを真のプルの自然に戻すのだ」

「不幸なヤラルベ、いつグエノはあなたたちの心のなかに僅かな平和を承諾するのでしょう……？ もう眠りに行きなさい。二度とシャー、ビブン・マアタルバビブ……のことは私に話さないで！」

そこでガルガは不吉な計画を放棄したが、夫婦を別れさせ、街のムーア人たちを追放しようとあらゆる策略を用いた。先ずタアルに彼の母を説得するよう要求し、ディアカに直接話し、イスラムが決定的に精神を離反させたことの不満を述べた。そして意識的に権力を利用してムーア人を攻め立てた。税金を過剰に課し、モスクの増設を禁止し、デニャンコベが権威に就く前からずっとその住居であったラム・トロの宮殿の従属者たちを追放した。

これらすべてをやってみたものの、シャーを揺るがせないと確認するや、彼の地方のすべてのビスミライを迫害するために特別中隊を組織した。さらに、ムーア人の隊商が街を通過すること、イスラム教徒皆がアイドの祭日に羊を殺すこと、巡礼者たちがメッカに行くこと、祈祷時報係がミナレで明け方の祈りを呼びかけること――これらすべてを禁じた。

このような我慢しがたい受難が続いて三ヵ月め、シャー、イブン・タアル・ベン・アビブ・ベン・オマルは新月に乗じて逃亡を図った。ディアカとタアルを含む彼の家族と取巻きの信者たちと、長い隊列を準備し、河を、谷を、高地を越えて祖先の砂漠のなかへ出発した。忘れ去るために。

＊

眠れない夜を幾晩も過ごしているうちに、オラの頭のなかに、ある考えが芽生え強固になった。翌日すぐにアマに打ち明けた。気づかれないようにして、ガルガの穀物倉庫を空にし、保管されていた金を取り出し、二〇頭程の牝牛と一〇頭程の馬に縄を付け、すぐにゴルゴルの谷に赴いた。オラとアマは、一〇〇人ほどの兵隊と一〇人ほどのグリオと長い道のりのあいだに配った肉団子と金貨に引きつけられた千人ほどの野次馬たちとともに、白装束で、首飾り、腕輪、それに金の垂れ飾りで頭から足まで覆われた、白い馬に乗ったアリという若い娘を連れて戻ってきた。そして、ジョロフはもちろんガブにまで、フタ・ジャロンはもちろんフタ・トロにまでその名声が定着した名高いラマ・オレ一座を、その魔術の芸人と音楽の達人たちとともに招待した。

ガルガは奥地を回って、毎日のように対立している家畜飼育者と定住者の数え切れない紛争を調整してから帰ってきた。兵士の野営地から市場周辺まで、笛と太鼓の音で祝宴となった大衆のなかでオラを見つけるのは困難だった。

「何が起こっているのだ？　クメーンの出現を祝っているのか、それとも王の新たな勝利をか？」

「そんな顔をするものじゃないわ。ガルガ、ビラヌの息子の結婚式に！　そしてそこにいてはだめ。アマの所に避難して。そこで二〇人ほどの若者たちとあなたを待っているから。彼らがあなたの初夜のためにここまであなたと一緒に来るのよ。そのときまで男は新婦と会ってはいけないことを知っているでしょう」

オラは優しくガルガを馬のほうに押し、絶え間なく話し続けてガルガが口に挟めさせなかった。

「グエノが男をより良く静めるために招待することが、結婚だということがわかるわ。優しいアリが、アニャム・ゴドのおてんばを、あなたが考える以上に早く忘れさすだろうことは計算に入れなくても」彼が鞍の上に座ったとき、彼女は断じた。

祝宴が終ってガルガは、絹のシーツ、トゥアレグのじゅうたん、サルムの青の綿織、それに竜涎香と線香の煙とでオラが注意深く準備した婚礼の部屋に妻とともに下がった。夜明け、女たちは手を叩きながら歌い、男たちは矢を放ち刀をぐるぐる回して喜びを表現している間、オラは屋敷の小塔から真んなかに真紅の血痕が染みをつけた処女性の証しとしてのパーニュを、じりじりしている大衆に示した。

一月後、厩舎で乗馬を準備していたガルガを、オラが喜びにあふれて訪ねた。

「私たち女の話にあなたに鼻を突っ込ますつもりはないけれど、もう秘密を保てないわ。八ヵ月後、あなたは父親よ。マラルの樹が再び緑になる、ガルガ、ビラヌの息子！」

同じ日の晩、バムブクの金の差配を独占しようとしたコリの軍隊が、ポルトガル人に強く肩入れされたマリに酷くやられたことを知った。マディエと大牛の多くの将校たちはそこで命を失った。ガルガは彼の前軍事長の家族にお悔みを述べるためアニャム・ゴドに行かなくてはならなかった。

イアニとの再会はアリが静めた悪魔の炎を再びよみがえらせた。若き娘は突然熟れ、喪は普通とは逆に彼女をより女性的に、より魅力的にさせた。

グエデに戻って、彼はアマの家に急いだ。

「友人、オラはおそらく私を火刑に処すだろうが、おまえはわかってくれるだろう。私はドヤに私の名のもとにコラを差し出しに行くよう頼んだ。私はイナニとの結婚を申し込んだ！」

「その娘はおまえに損失をもたらす。後になって私が言わなかったとは言うなよ」

アリの息子、イロがピーナッツを蒔く時期に生まれた。コリ・テンゲラは粟の収穫時に死んだ。

ガルガは喪が明けるのを、また新たなサルティギ、ラバ・テンゲラの就任のための八日間の祝日が終るのを待った。河の減水が始まったころイナニを娶った。婚礼の翌日、泪で目を赤くして、友人アマのところに行った。

「おまえがその名を私に言ったその日に、私は彼女は処女ではないとの予感がした」アマは憤慨した。

それはガルガにとって最初の驚きだった。信じられないほどの出来事が続き災害が彼の家を見舞い、神の摂理がアマの予告とオラの暗い懸念を最も早く実現させるのを決めたかのようだった。先ず、膿加疹の流行が最も立派な七頭の馬を死なせ、続いてハゲワシの大群が鶏小屋で大量殺戮し、雄鶏一羽と数匹のひよこだけが残った。これらはガルガに特別な動揺を引き起こすまでにはならなかった。フタ・トロでは、流行病、洪水、猛禽とバッタの侵攻、猛獣の攻撃、それに、人も焼け死ぬ野焼きはいつものことであった。だが乾季の穏やかな日に風の一吹きで厩舎の屋根が飛び、雷がコラの樹に落ちたとき、彼はグエノに献芹した。そして悪しき霊から身を守るためケルスドラの樹皮の煎じ薬を飲み、ンゲロキの葉を薫蒸した。そして占い師と降霊術師の小集団を泊めて、雲の形、星の光度、亀の頭、犬の目やにによって将来を占わせた。「気にすることはない、ガルガ、ビラヌの息子。あなたの一生は長く、長く、昏迷の生涯だ」彼らは言った。

なにも見逃すことのないオラは、魔術師たちが出発した一週間後にガルガに意中を打ち明けた。

「あなたにさらに心配事を加えるつもりはないのだけれど、ガルガ、ちょっと心配なの。イナニがセンナの軟膏と湿布薬を作っているのを何度も見たの」

「それで?」

「それで、彼女は痔疾に苦しんでいるのだと思うのだけど」

なにか大事なことを言うときいつもそうするように彼女は、くちびるを鳴らし、空を見、両手を腰に当てた。そして、しばらく沈黙して重要性を強調してから再開した。

「ガルガ、ビラヌの息子、あなたの新妻は気分がすぐれないのを気づいてないの?」

「いいえ」井戸の近くに座って古くなった綱を修繕しながら率直に答えた。

「私の考えた通りだわ。その夢魔女は、あなたがわからないうちに糞を食べさせられるほどにあなたの魂を曲げてしまったのだわ……従って、イナニがよくめまいを起こし吐いているのを知らないのね?」

「あり得ない! グエノが私にそんなことをするなんて。神が望むなら、せむしでも受け入れよう。でも、私の家に私生児は受け入れられない」彼はわめいて倒れ込んだ。

「離縁しなさい!」アマが一撃を加えた。

「もっといい考えはないかい?」

「では、どうしたいのだ?」アマが不平を言った。

「彼女の母の家に出産に行って、子供はそこに残す！　誰も疑わないわ」オラが勧めた。

「それはいい考えだ、オラ。それを捜していたのだ！」ガルガは元気を取り戻して感嘆の声をあげた。

＊

ラマ・オレ座が二年後ふたたびグエデに現れた。街と放牧の野営地と陶器商と漁師たちの村々とを回り終わったとき、イナニは銅と金の一部をくすねてから、ラマ・オレ座の笛吹きと一緒に逃亡した。

オラの態度は今回は全く平静で超然としていた。彼女はこう言うに留めた。「彼女は戻ってくるわ。問題は、それがいつかを知ることだわ！」アマのほうはなにも特には言わなかった。イナニのことも、そのスキャンダラスな失踪も思い起こさせることなく、訪問し続け、また、訪問を受け続けた。だが、まなざしもしぐさも表に出さず、悲しみも、怒りも、無念の思いも、哀れみも示さないことは、ガルガを大きく狼狽させた。沈んだ淵のなかにひとりで放っておこうと皆が決心したことをガルガは理解した。気まずさに苦しみ、近臣たちにあえて事を打ち明けることもせず、援助を請うこともしなかった。彼は怒りと屈辱の苦悶をひとりで受けなくてはならなかった。超人的な努力を払ってやっと、蝕まれた内部の火を隠したまま、要塞の長、兵隊長としての義務を遂行できた。彼は兵士たちの病的な同情心に染まった皮肉な視線に、むしろ良く耐えた。盗難、姦通、あるいは牧草地や土地の分配から起こる裁判のために、地方の高官たちと毎日開く際限のない会合の際には、非常な努力をして気力の衰えた精神をもとに戻し、自然な感覚で権威を保った。キャラバン生活の笛吹きに寝取られたばかりなのは、大タマリンドの樹の下で悲惨な陳列台を張っている名もないコラの商人ではなく、それはまさしく彼なのだということを暗に言うように、多くの者が目をこすって見直した。ガルガは、馬に乗る時でも胸をまっすぐに、頭を高くして散歩した。こうして、子供たち、ロバ引きたち、洗濯女たちが声高く歌い、冷やかすのが聞こえていないふりをした。

底なしの空間に投げ飛ばされるのを感じるのは家に帰ったときだった。彼はフォニオを急いで飲み込み、タロイモ、オクラ、ニエベ、それになすがどれだけ伸びたか見に行くと言い訳けして菜園のなかに消えた。実際は激怒に駆り立てられて、汗をかくままにするためだった。ある日チエエルで、少し忘れようと河岸でくつろいでいると、誰かが呼ぶのが聞こえた。

「へい、おまえ、プル、へい！」

振り返ると、大きなパイプを持った乗馬服の白人が見えた。ガルガは人違いしているのだと思い、曖昧な態度を続けた。

「へい、おまえ、プル、おまえに話しているのだ！」ポルトガル人は強調した。

「青白い皮膚のかわいそうなやつ、私に何の用があるというのだ？　おまえの種族には何の借りもない。顔の色さえも、おまえたちと共通のものはなにもない。だから、おまえはおまえ、私は私だ！」

「おまえはまだ怒っているわけではないだろう！　おれはもう忘れた。つまり、出来事をだ。おまえの顔ではない。おまえを見つけたとたん、自分に言った。『こいつだ、おれをガオルの牢獄に投げ込んでおれの商品を押収したのは』」

「おまえをあそこでかびが生えるままにするべきだった。髭をどうしたのだ？　気取った野郎？」

「あれ以来、力をつけたから髭はもう要らないのだ。河岸にカラベル船をつけている。上がって一杯やらないか？」

「ということは、おまえたちが人を喰うというのはほんとうなのか？」

「ほ、ほ、おまえの地方ではおかしな伝説が駆けているのだな！」

「真面目な話だ！　おまえたちの畑で使うためでなく肉を食べるために奴隷を買っていることは私たちはもうわかっている。不注意におまえの船に乗っかる黒人は、皆おまえたちの鍋のなかで終るのだ。間違っているか？」

「いいだろう。おれの瓶を降ろして地べたで飲もう。プルたちの真んなかではまさかおまえを喰えはしないだろう！」

　彼らは一日中ワインで酔い、いわしとビスケットを腹いっぱい食べた。イナニという名を発することがない誰かと話すのはガルガにとって良いことだった。

　帰るとき、ガルガはふらつき、馬に乗るのに苦労した。しゃっくりで途切れる声で言ったことは、ポルトガル人には良くわからなかった。

「おまえたち白人を私はあまり好きでない。だがおまえはもてなしてくれたのだから私も同様にお返ししなくてはならない。今度グエデを通るときにはガルガの要塞を訪ねてくれ……おまえの名はなんだっけ？」

「ジョアンオ！　ジョアンオ・フェレラ・ディ・ガナゴガだ！」

アリはイロを離乳し、娘、ペンダを生んだ。そしてある天気の良い日、雨が強く打ち（雹が通行人の額にこぶを作り、風がパパイヤの樹とアカシアの樹を蔦のように捻じ曲げた）、イロは、オラが次期の種用に栗を選別している穀物倉庫に急いだ。

「避難したがっている人たちが蔦の扉の前に来ています」

「愚かな！　なかに入れなさい。暖炉の周りに案内しなさい！」

彼女は粟を選別し終わって、にわか雨のせいで外の仕事ができないこの機会に、いままで何度も自分に約束したように、穀物倉庫のなかを少し片付けようと考えた。モロコシと粟の瓶、ガブの米の袋、さつまいもとタロ芋の籠を整列し、床を隅々まで掃き、カメムシの跡とくもの巣を取り除いた。彼女は暖炉の側でまどろんでいたアリを呼んだ。

「雨が小降りになったなら、下に降りてかぼちゃの状態を見たほうがいいわ。雹がすでに芽を全滅させているかもしれないから」

「オラ母さん、私あまり動きたくないの。からだが痛くって。この雨はまるで私を鞭打ち刑にしたみたい。私は眠ってなにも考えないようにしたいわ」

「私たちは屋根の下で幸運だったわ。でもおまえの夫はこの時期にどこにいるのだろう？　グディリから戻るのは確か今日だったわよね、違う？」

「そうだと思うわ……こんなに遠くまで行ったことあったのかしら？」

「野蛮なマアル・チアム！　動物の群れを盗み人々を殺してから戻ったらしいよ。それで大牛はアマル・チアムを抹殺するか鉄鎖に繋ぐかの指示を出したの」

「心配だわ、オラ母さん。その強盗、マアル・チアムのことはもう話さないで。雨の日、暖炉のすぐ近くで座っていると眠気を誘うわ」

「それではきちんと布団をかけて。湿気が多いから、筋肉痛になってしまうよ！」

穀物倉庫から離れるとき、綿を紡ぎ綱を繕うために彼女の部屋に行こうと思っていた。だがアリが暖炉のことを話したのを聞いて、イロが蔦の扉の前で見た、おそらくはプル族の牧童たちかソニンケ族の行商人たちであろう通行人のことを思い出した。

それは婦人ひとりと三人の子供、少年ふたりと少女ひとりだった。婦人はアリの年頃。背中を向けて膝の上の最年少の子を抱いていた。オラは一瞥して皆の年齢を探った。「年上は四歳、二番めは二歳、最年少は未だに母の乳をしゃぶっているが三ヵ月は過ぎているだろう」扉の前で長い間詮索してから、喉をひっかくような声で話しかけた。若い婦人が振り向いて、大きな笑顔で言った。

「オラ母さん、あなたが安らかでいられますよう！」

「でも、この人は誰？」イロは不思議に思った。

「愚か者のように話すのではありません。近づいてあなたのお母さん、イナニにあいさつしなさい！」オラが叱った。

＊

これがほとんどすべてだ。イナニはかつて寝ていた土のベッドと竹のござを再び見出した。アリは僅かに残った彼女の下着類の荷解きを手伝った。彼女らは良き昔の時代のように冗談を言いながら、水を汲み、菜園の手入れをし、牝牛たちを世話し、ヤギやにわとりたちに餌を与えた。ただひとつだけ変わってしまったのは、もはや竹の裏で遊べないことだった。彼女らは成人の婦人に、尊敬すべき母になったのだった。はやし歌を歌うのは、土人形やなぞなぞで遊ぶのは、今は彼女らの子供たちの番であった。

ガルガが戻ってきたときには、イナニはグエデの活気のない単調な繰り返しのなかに自分の場所を取り戻し、子供たちはそれぞれ十分に慣れた。マアル・チアムの始末は予想した以上に困難であった。ジョロフの中心まで追い回さなくてはならず、そこの隠れ家で捕まったマアル・チアムの喉を兵士は槍で突き貫いた。

馬から降りてガルガは兵士たちと随伴者の奴隷たちに家に戻って休むように指示した。

「ある人があなたを待っています」扉の敷居に立ったオラが言った。

「では、もう少し待ってもらおう」彼が呟いた。「先ずこの泥を取り除き、乾いた着物に着替えなくてはならない。私の頭の上に三ヵ月以上も雨が降り続いた……その人はどこにいるの？」

「土のベッドがある部屋ですよ、ガルガ、ビラヌの息子！」

ガルガはあたかも背中に針を刺されたかのように突然歩みを止めた。思惑ありげな様子のオラをしげしげと見、テラスのほうに目を上げた。奇妙な儀式に牽かれるように、重い足取りで土の階段のほうに進んだ。小さな土のベッドに座ってアンチモナイトを噴霧しているイナニを見た。また、鼻汁でいっぱいの鼻と、剃った頭の真ん中にうなじから額に通る弓形の髪の長男を見た。また、赤ちゃんの形をした粟の穂を胸に押し付けている裸足の娘を見た。そして口の隅に睡蓮の球茎を噛んだ、土間に放っておかれた一番下の子を見た。

「イナニ、おまえのうえに平和を！」彼は暗い声で言った。

「あなたにも、ガルガ、あなたも安らかでいられますように！」あえて彼を見ることなく、彼女が答えた。

＊

彼は彼女になにも聞かなかった。彼女も説明する必要を感じなかった。それで黙ったままの奇妙な対面となった。イナニは土を食べたか針で遊んだかした子供たちを叱って、ガルガのくすんだ顔に、歯の欠けた口に、柔らかくなった腕に、そして白くなった髪に束の間の視線を投じた。ガルガは、子供たちのうえに、激しく音響する外の雨に、それに倦むことなく繰り返し何度も夢見た冷酷で欲望をそそるイナニの体に、うつろな視線を投げかけた。《そうだ、五年、彼女が出て行ってからもう五年になる。もしかしたら六年か》戸口に立ったまま、あごの中央にのばしっぱなしの弓形の小さな髭を無意識に引っ張った。

「イナニ、子供たちはなんという名だ？」優しい声で彼は言ったが、それに続く深い沈黙の中に木霊するようだった。

つめが長く伸びた、エンネで飾られた指でそれぞれを示しながら、やがて、はっきりと名を言うのを彼は聞いた。イロはテリという子より一年年長で、ペンダはモロという子とトリという子の間になることを彼は理解した。《彼女を運んでいった生活のなかではプラクが要求する三年間の禁断を守る精神すら存在しなかった。もし彼女が残っていたならば、彼女も同じにふたりの子があったはずだった》苦々しい思いで、彼は確認した。

ガルガは長い間見つめていたが、気まずい状態を打開するためになにか言わなくてはならないと思った。「アリの子供たちに会ったかい？」彼女は答えなければならないとは思わなかった。二〇日間もアリの子供たちを知る時間があって、千回も観察していたのではあるが。彼が続けた。「ふたりだ。男の子と女の子……もしおまえが残っていたなら、おまえの子供たちを違うように命名していただろう」

彼女はそれにはかまわずに軽く咳払いし、籠のなかをかき回してコラの実を取り出しふたつに割った。片方を彼に差し延べ他方をかじり、泪声で言った。彼のほうは息を詰まらせ、言葉を喉から出せなかった。

「私を欲しくないの、ガルガ！」

＊

彼はその日の夜に彼女を抱いた。アリはすでにガルガの部屋から、籠と行李と宝石箱、それに、蝋となめし革の取引人としてよく来ていたジョアンオがくれた丸鏡をこっそり出していた。イナニは子供たちがいびきをかき始めるのを待って、暗闇のなかで服を脱ぎ、短くきゃしゃなパーニュを身につけ、顔と腰と乳房に軟膏をこすり、腋の下と首に花とミルラ樹脂の香水をつけた。フエルトの足取りで湿った廊下を渡り、蝶番の音をたてずにガルガの扉を押した。

「おまえを待っていたよ」ガルガはささやいてから、彼女をベッドの真ん中にひっくり返した。

彼女のことを考えるだけで喉が締めつけられ神経が張り息が切れた手のつけられない欲望を、彼は六年間保った。そして今、彼女は、禁断の果物のように香るはだかの体でそこにいる。子供のとき既に彼女は、今の彼女が正にそうであるが、熟練した豊満な男たちを動転させることを知っており、今はやり遂げさえすればよかった。ガルガは、昼の光が彼らの戯れのうえに溢れるまで激しい襲撃を続けた。

愛を堪能し、ぐったりして、空に浮いて、手を髪の中に突っ込み、これしか言うことが見つけられなかった。

「神にかけてマアル・チアムの一味はおまえに比べれば無だ、私の激情的な牝牛ちゃん！」

おまえたち、ばか者たちは母親を乳用牛と呼び、愛妻は牝牛と呼ぶ！　その通り、セレル族は正しい。千倍正しい。《プルの妻は第二の牝牛だ》

フタ・ジャロンから新たに水が下り、河の底を洗い萌芽と収穫の次のサイクルが始まった。アルマタンが驟雨に替わり、失望が忍従に、欲望が同情に、仲たがいが詫びに、争いが和解に替わった。

イナニの家出のエピソードの詳細は地下の地層の中に仕舞い込まれて忘れられた。それをきちんと正当化できる奇妙な理由に関しては、誰も多くを知らなかった。寛容、倦怠、無頓着、あるいは迷信か？　同様に説明不可能な暗黙の了解が、要塞のなかの者たちとグエデのしたたかなおしゃべりたちの間に成り立っていた。皆は彼女が連れてきた子供たちを受け入れ、彼女がつけた名前を褒めるだけに留めた。誰も彼女が冒険した遠い地方はどこなのか、病気はしなかったのか、きちんと食べていたのか、長い年月の後、なぜ結局戻ってくることを決心したのか、聞かなかった。ガルガは、冷笑しながら指摘すべきであっただろう、悪評高い不良男のことさえも知らなかった。

「ところで、その笛吹きが何という名なのかさえ誰も知らない！」

＊

「グルザとの生活は一年しか続かなかった……」

「おお、グルザ！　そういう名だったのか、その笛吹きは」焼えたタロ芋を苦労してかじりながら彼はだどだどしく話した。

「グエデの後、私たちはジョロフとシヌ・サルムを回って、それから雨季に近づいた頃ラマ・オレ一座はガブに戻ったの。私が妊娠しているのを知ったら、私から宝石類を剥ぎ取ってディオラの女とバガタイエに行ってしまったわ。私は牧童として雇われ、耕作まで覚えなくてはならなかった！　テリが生まれてから、ガロに出会ってフタ・ジャロンについて行ったの。モロが生まれたのは彼と。ガロは少し後にガワルという地方で彼の妻と一緒に乱暴者に捕まって殺された。私は子供たちを連れて、牧童たち、行商人たち、それに強盗たちが行く道に沿ってブンドゥまで歩いたの」

「おまえは母親がアニャム・ゴドにいて私がここにいるにもかかわらず、追放者のような生活をしたのだ！　許しがたいことだ、イナニ、全く許しがたい……！　そのようにブンドゥに着いたのか、そして？」

「そしてブンドゥでは、ビスミライに落ちぶれるまでに頭がおかしくなった、あなたと私同様にプル族のあるディオムロ〈村人〉の罠に落ちた。彼は私を叩き、祈りを強制したわ。私はトリが生まれるのを待って逃走したの」

「大事なことは、おまえが帰ってきたことだ」

「戻って来たくはなかった。伯父がいるゴルゴルの谷に戻りたかったの。エロンの泉の近くを通ったとき考えを変えたの」

いずれにしろ、イナニの帰還に引き続いて起こった出来事は、あまりに多すぎる、運の悪い、酷い冒険物語を記憶から永遠に消し去った。それは最初の雨が、バンタンやタマリンドの樹の前年度のほこりを流すのと同じ健康上の効果があった。

*

それは全く予想していなかったガルガのジョロフへの出発から始まった。コリ・テンゲラの即位が発端となった河口の国の崩壊は明らかに最終的な段階に入った。コリのためらいを断ちきって、ラバは、カヨールのダメルがフタ・トロに逃亡して来てから要求し続けていたことを承諾した。つまり、ジョロフからカヨールを解放するための軍隊の授与、および彼の王権の復帰を。大牛はダイエに対し、ダメルに随伴し軍隊を指揮するよう決定した。この指示が出るや否や、ガルガに伝令を急ぎ送った。「友よ、準備してくれ。ジョロフに向かう！　かつてガラムとディアラの臆病者たちに対して私たちがしたように、河口の地方、ジョロフの兵隊たちを追い出し逃走させる喜びに一緒に浸れる瞬間がくることをを私は疑わない。それは次の減水のときだ。その間、武器を磨き、とりわけ最良の部下たちを選べ！」

「よい考えだ！　私の視力は落ち、私の馬たちは白いカポックの樹の周りを回り、私の体は間もなく自由がきかなくなるだろう。それはおそらく最後の遠征となろう。そのことに不満はない」この最後の戦いが終ったら、すぐに戻り、種蒔きに参加し、イロとテリの割礼をとりおこない、洞窟の秘儀伝授の儀式に託そうと思った。その地方から最も遠く離れた所に遠征する多大な負担から、また、何にも増して、イナニの苦い体験を遺憾に思って、心がいっぱいになり、ふたりが大きくなるのを見ていなかった。ふたりは彼のようにすらりとしており、敏捷で、激情的だった。今、薄髭がふたりの唇を覆い、成人に達し、始めてガオルに着いたときの彼の背丈になっていた。長期の遠征となったフェルロから戻ったとき、ふたりが要塞にいなかったので行方を尋ねると、イナニは答えた。その答えにガルガは仰天した。

「イロとテリ？　ふたりはそれぞれの家よ、あなた、いつも遠征していて不在な夫！　兵士たちの居住地に、同年兵たちと同様に、儀礼のいいなづけを迎えるための家を建てたの。[7]　末っ子も同じことをするのはもうぐよ。あなたみたいに仕事に忙殺されているとそれも目に入ってないでしょう」

ふたりは互いに見知らぬ人となっていた。不定期に家に現れ、下着を洗わせ、モロコシや粟の団子を頼んでひそかに飲み込み、しゃがれた声で話してから（まだほんの少し前にはより印象づけるためにわざと耳を聾するほどにしていたのを思い出す）、また消えていった。それはガルガを苛立たせた。奇妙かつ未熟であり、はっきりいえば教養に欠けていると思った。アマは逆に、ガルガの息子たちが要塞のふところで気ままに振舞い、自身の存在を明らかにし、完全に特別な人間となるように促した。アマは、ふたりが河の対岸に行くための馬を貸し、口説きたい女の名をグリオに歌わせ、金や動物の縄を投げて家柄と優美さを競う大勢の夜の集いであるイルデにふたりを参加させた。彼はまた、かけられた呪い、悪しき魂、性病、毛じらみ、

7　昔、プル族の伝統で、年頃になると各少年に若い娘を公認した。ふたりは同棲し、実際の結婚は必ず第三者と結ばなくてはならず、その折、少年とその氏族は若い娘の処女性の保証人となる。

蛇の噛み傷、そしてソロ[8]の遊戯で受ける暴力的な棒打ちから守るために使われる植物を一緒に探し、野獣たちを遠ざける妖術と若い娘たちの愛を引きつける神秘の魔力を教え示した。また、武器の操作の手ほどきをし、兵士たちに加わって国中を駆け回り、最も威信ある格闘の大会に参加するように勧めた。ふたりが順番で同年輩の若者たちのためにイルデを開いたときは、少なくとも一週間続く大宴会の食物を準備したうえで住居を提供した。

「男の生を生きるのだから！　おまえの場合は、戦争が青春を破壊した」あまりのごちそうと自由奔放にびっくりしたガルガにアマは答えた。

「近頃、ふたりは二倍も早く成長した。私が戻ったらすぐにふたりを結婚させることに決めた」

従って、カヨールへの遠征は減水と同時に終るだろうと説明していた。その軍事行動が七年もの長きにわたることなど疑ってもみなかった。結局、ジョロフから兵士たちを押し戻すだけではすまなかった（遠い以前のゲメ・サンガンの砦への突入以来、大牛の軍隊は三つの河の地方で最も強くなっていたので、残りは比較的容易であった）。彼はまた、従兄弟でライバルの家族を中立化させ、ビスミライたちのうごめいている少数派をおもいとどまらせ、ジョロフの支配者を追い出すのを手伝ってダメルを権力の座につかせ、フタ・トロの宗主権に従わせなくてはならなかった。

ガルガが戻ったとき、次のことを知った。ラム・トロの宮殿の袖に雷が落ちたこと、ポルトガル人のカラベル船がガオルとチエエルの間に座礁していること、織物商の地区をすごい洪水が持ち去っていること、モロとペンダが結婚したのは（モロはフタ・ジャロンで、ペンダはガブで）ずいぶん前であること、そしてトリが洞窟での秘儀伝授の支度をしていること――などである。それは彼が予想していた災難とは種類を異にしていた。遠い遠征で落ち込み、望郷の念が強まったとき、彼はむしろ火事と子牛のペストの流行をとオラの死を思った。牡牛に潰されたか、まむしに噛まれたか、あるいは河で溺れたかと想像した。ガルガは老女オラが彼の頭の中を読むことを習得したと思った。荷物を置いたとたんに彼女がこう質問したから。

「私が死んだと思ったでしょう？」

「どうして、死んだなどと？　いつだっておなじように元気だったし！」

「外見で判断してはだめ。私たちは皆全く元気な状態で死ぬの。私の血統よ」

二日後、ガルガはオラに、菜園に行ってピーナッツを土から出すように頼んだ。彼が甘えたいときに頼む相手はアリでもイナニでもなく、オラであった。ピーナッツを摘みに行ってもらうため、果物をもらうため、タロ芋を焼いてもらうため、あるいは熱い風呂を沸かしてもらうために。それは、自分の子供のように髪を結ってくれ、足を洗ってくれたガオルでの初めの頃を思い出させた。オラはそれら繊細な奉仕をする喜びに溢れた人間だった。ふたりの妻と多くの家族がいるのにかかわらず、ガルガが常にオラを評価していることの証だった。オラは鍬を取って、大蟻たちと家禽の上を滑空しているハゲワシの大群に向かってつぶやきながら竹の裏に消えた。その間、アルギンとアニャム・ゴドとの間を頻繁に航行しているジョアンオから贈ら

8　Soro　現在でもプル・ボロロ族で実践されている、勇敢さを示すため若い娘たちが見つめる前で笑みを保って裸の胸を棒で打たせる若者たちの遊戯。

れたばかりのインドの織物を持って、アマが要塞の三人の婦人たちとともに到着した。

「いい時に来た、友人！　皆が大好きな生のピーナッツがいまに来る……オラはずいぶん時間がかかっているが……」イナニのほうに向き直って彼が言った。「トリ、オラに急いでくれと言いに行ってくれ。おいしいピーナッツを今すぐ欲しいから！」

トリの叫び声が聞こえた。誰もが暴動でも起こったかと思ったほどに。ガルガが真っ先に竹の裏に駆けつけた。老女はニエベの植え込みのうえで足を開いて顔を泥に付けて倒れていた。

オラは前ぶれなく死んだ。

彼女の血統の誰彼と同じように。

*

二年後、ガルガがアマに言った。

「オラの死にこんなに簡単に慣れるとはとても思えなかった。時間は最も酷いことでさえ最小にする」

彼らはバムバラの納屋にいて、蜂蜜酒を飲み、長旅の牧童と奴隷の隊商が通るのを見ていた。

アマが夢想から覚めて言った。

「魔女とされたその老婆を皆が罰さなくてはならないのは今日だったろう？」

「そうだ。ラム・トロが夕方の祈りを終えたらすぐにだ」

「それに立ち会いたいなら急がなくては」

「要塞に寄ろう。先ず着替えなくては」

要塞では、イロとテリがンゲルのなかで胸は裸で棍棒を手に持って向き合って立っていた。

「おまえたちが戦うより、私を火の中に投げ入れよ！　今の私の立場で、さらに面倒をこうむるよりは灰の下に消え去るほうがましだ」ガルガがうめいた。

「簡単に騙されてしまうのね、あなた。若者たちはぜんぜん戦いたくなんかないわ。単にソロの遊戯で力を競いたいだけ」イナニは冷笑した。

「そうよ、テリは少し年下だけどイロより強いと言い、イロはそれを否定したの。ふたりは日中何度もやりあったの。それでソロの遊戯でそれぞれ子馬を賭けたのよ」アリが付け加えた。

「魔女を焼くのを見たければ急がなくては！」

アマが両方の握りこぶしを中心人物たちに差し延べた。

「銅貨を持っているほうを触ったものが最初に始める……おまえだ、テリ！」

「勝ったほうに、次にポルトガル人がアルギンに行くときに随伴する権利を与える！」ガルガが宣した。

「では私は、象の狩に私についてくる権利だ！」アマが競り上げた。

「私たちはふたりにマラゲットの粉で味を付けたにわとりのスープをあげるわ」アリが皮肉った。

皆は輪になって、イロは、両手を腰に、頭を誇らしく上げて、唇の隅に嘲笑的なゆるい笑いを浮かべて、真ん中に立った。テリは棍棒を振りかざし胸を叩いた。女たちは拍手を送り、彼のために勇士の歌を歌った。

血は出さず、飛び上がらず、泪も流さずに連打を受けた。

「おまえの番だ、テリ!」

惨事は五打めに起きた。それは他に比べてより激しかったわけではない。規則が要求するようにイロは同じ強度でそれぞれの叩きを行っていた。泪が目の片隅に輝き、頬にはじけ、あごと唇にこぼれた。

「年齢が物言ったのね! イロのほうが強いわ! でもあなたにもにわとりの分け前の権利はあるわ、私の息子、テリ!」イナニが感嘆の声をあげた。

「いんちきだ!」泣き言を言って、テリはなたを取りに食物倉庫のほうに走った。

テリの意図を察したイロは熊手を取りに厩舎に入った。女たちは泣き出し、アマはただ止めるように訴えるだけで、ガルガは動転して見つめるだけで、ふたりは菜園と井戸の間で戦い、メロンとなすを踏みつけ、竹やぶと蔦の塀を傷めた。ふたりを分けるのに隣人たちの助けと少数の兵士の仲介を必要とした。皆の力強い非難と説教と叱責でやっと静めることができた。すべてを忘れるため、にわとりを味見する前に、大タマリンドの樹の下で焼かれるのを準備された魔女を見に行くことにした。そのときイロがテリの顔に唾をひっかけて言った。

「私生児!」

この一言は、度外れて、思いもかけないたぐいのものだった。誰をも底なしの沈黙の中に沈めた。皆はもはや、雑音も、息も、竹のなかのカナリアも、パパイヤの樹のなかの憲兵鳥も聞こえなかった。

恐怖して動かなくなった皆の前で、テリは立ち上がり、彼の馬を解き出発した。誰もひとことも言わなかったが皆、彼が蔦の柵を通過するのはこれが最後であることを確信していた。

そしてガルガの打ちひしがれた声が聞こえた。

「おまえも行け、イロ。そしてもう戻ってくるな！」

＊

ガルガがひどく驚いたことには、アリはまた妊娠した。ある晴れた日、彼女の乳房が丸くなり、顔が赤く染まり、お腹が大きくなったのを発見した。彼は老年の過程に入っていたが婦人たちの小さな秘密に関してはなにも知らなかった。そしてこっそりと知らせてくれるオラももういなかった。彼はふたりの妻たちの態度の変化に気づいていた。目配せとひそひそ話の回数がより頻繁になり、より気づかった会話になり、ふたりはなにかと共謀するようになった。アリの極度な疲労感をマラリアのせいにし、めまいと嘔吐に利くスカンポのスープと薬草の煎じ薬をイナニが毎日数回作るのを全くに普通のことと思っていた。ガルガはもう、子供をもうひとり持とうとは考えてもいなかった。彼としては妻たちは子を産む年齢を過ぎていた。それで、明らかになったときアマのところに行って驚きを伝えた。

「あたりまえだ！　ふたりの妻は、娶られたときはまだ小娘だった。おまえの住居に足を踏み入れたのは一四歳のときで、一五歳のとき最初の子供を生んだ」

ひどく疲れる妊娠だった。アリの優雅な姿態を永久に一変させ、感じの良かった気性をとげとげしく変えた。彼女の高貴な出身とよき教養の魅力を最も評価していた人たちの目には、彼女は我慢ならないものとなった。激しい頭痛がし、飲み込んだものをすべて吐き、めまいで倒れ、汗にまみれた。皆は彼女が流産するかあるいは死産になると確信した。乾季になってある満月の夜に、イナニの助けですばらしいがっしりした男子を産んだ。ガルガは少しためらった後に、ビラヌと名付けて自慢した。

「私の子孫のうちに私の父を思い出させる誰かが必要だ。ビラヌは不吉な名だとは限らないだろう」彼はアマに説明しなくてはならないと思った。

疲れる妊娠期間にすでに見分けられないほど変わったアリは今、こけで緑色になり湿気で膨らみ、そこに猛禽が爪とくちばしでクレーターと溝を描いたような、古い蝋の彫像のようだった。胸に息苦しさを、手足に疼痛を、背中と胃に焼けつく痛みを感じた。燐光を発する傷口、胡桃のような黒ずんで大きなかさぶた。体はもはや愛の賦役にも家庭の仕事にも役に立たなかった。天候次第で彼女は、暖炉の近くかあるいは、──今はコラの樹がかみなりで倒されてしまったので──竹の下の陰で横になって、うじ虫や蝿に食い荒らされ、悪臭がする刺激臭のある空気に浸かった。腐敗中の人間のごみのようになって、ひゃっくりをし咳をしげっぷをし腹を鳴らし、顔だけが人間の様相を保っていた。不可思議な力が宿り、苦痛から、醜悪から、不潔から、そして最終的な滅亡から守っているようだった。アリが白い衣装で白馬に乗って、グリオたち、奴隷たち、それに白装束の戦士たちに囲まれてゴルゴルの谷からが連れて来られた日と同じ新鮮さを、同じ唖然とした子供の視線を、同じ神秘の美を、ガルガは保っていた。ガルガは、不器用だが常にみずみずしい感性を持って慰めようと、アリのほうにかがむとき、当時彼女を包んでいたミルラ樹脂とお香のかおりを今でもかぐことができた。

「くじけないで。もうすぐ治るから」説き伏せようと彼は努力した。

「誰があなたに私が病気だと言ったの？　グエデの空気が腐っているのよ。ゴルゴルの谷に連れてって。私を捕まえてきたところに戻して！」彼女は無邪気に言い返した。

水薬も湿布薬も、それに夫がサルムやジョロフにまで探しに行かせた数え切れない祈祷師たちの吸い玉と焼灼剤をも頑なに拒否するほどに、彼女は自分が病気ではないと思っていた。ある日、皆が監視の目を緩めたとき、思いもかけないエネルギーが彼女を覆い、瓶と宝石を集めゴルゴルに向けて出発しようとした。興奮し、あちこち傷つき血を流した彼女を、蔦の扉の前で皆が見つけた。

彼女の精神もまた悪化しているのがじきにわかった。ガルガ、アマ、イナニ、それに世話をしている奴隷の少女を彼女はわかった。が、自分の子供たちの記憶は失せた。出産後七日に行われるビラヌの洗礼の日、彼女は一日中綿を紡ぎ、多くの人々が押しかけたのを見て不思議に思った。

「ここでなにが起こったの？　皆、ラバ・テンゲラの死で来たの？」

「誕生のために来たのだ。死のためじゃない。ラバ・テンゲラは元気だ。熱の犠牲者はおまえのほうだ」皆は笑いを抑えて言った。

「まだ死んでいなければ、それはもうすぐでしょう」彼女は預言者の口調で結んだ。

その日皆は幸福感で包まれていた。彼女が菜園のほうに姿を消し、タロ芋を掘り出しナスを摘み、にわとりとほろほろ鳥の首を絞めたのを、誰も知らなかった。

グリオが子供の名を告げた。占い師がガルガの耳元で、その子の子孫を覆う暗澹としたものはなにもないとつぶやいた。アマは満足し、ため息をついて友と握手した。

「天恵がふたたび戻った！　ガルガ、神に感謝しよう！」

＊

それまでは、アリの顔は奇妙なことに苦しい腐食から免れ、吹き出物も疥癬もできていなかったが、やがて青ざめ痙攣するようになった。

視線が険しくなり、憎悪と羞恥が顔に浮かぶ気がかりな病状となった。口も醜くなり、病んだ心を通過したあらゆる非常識な言葉を選別せずに発した。イナニの恥ずべき遁走を思い起こさせ、その子供たちを私生児扱いし、ガルガを堕落者とし、オラを老魔女とし、アマを裏切り者とした。彼女の叫びは石切り場にも、牧童たちの野営地にも、チエエルの漁師たちの家にも届いた。

幸いなことに彼女の子供はひとりもそこにいなかった。ペンダとモロは結婚していた。トリは洞窟を出てからなめし革の貿易商となってオレ・フォンデに住んでいた。彷徨と愛の恐ろしい苦痛は、イナニからアリに感染することによって終った。イナニは神秘的な静けさと印象に残る威厳を兼ね備えていたので、好奇心が強い近隣の子供たちも彼女を敬して遠ざけたのだった。

「沼に行って睡蓮の球茎を取ってきなさい、子供たち！　アリが言ったことを誰にも繰り返してはいけません。アリが言ったのではないことはわかっているでしょう。病気がアリをおかしくしたのよ」

　ビラヌの舌のうえに最初の聖水を落としたのはもちろんイナニだ。体を洗い、マッサージし、おしゃべりすること、歩くこと、噛み砕くこと、それに遊ぶことを教えたのも彼女だ。彼女は蔦の扉の前に立って、ガルガがワラルベで見つけて連れて来た醜い乳母を遮った。

「私を殺さない限りここは通れないわ。私自身が授乳するわ、他のだれでもなく！」

「不要な騒ぎはかんべんしてくれ！　もうおまえはミルクが出ないのはわかっているではないか」ガルガが文句を言った。

「まさにそれがこれからわかることよ！」彼女は断固として反逆した。

　彼女は子供を取り、確信を持って乳を与えた。溢れるミルクが彼女の乳首から奇跡的にほとばしり、離乳しなくてはならない三歳に達したその日に涸れた。正気を失いすべてから離脱していたアリはその終りの日まで、イナニが四人めの子供を生んだと思っていた。

　厚い煙が東方に発ち、叫びが聞こえたのは、四歳になったビラヌが父の注意深い視線のもとで縄の結び方を学んでいるときだった。火は陶器商の区域を荒らした。皆はカルバスと瓶をつかんで、火災の消火に行った。あわただしさのなかでだれもアリのそばに残ろうとは考えなかった。戻ると、彼女は厩舎を焼き、井戸に身を投げていた。

　その同じ日の午後、彼女を埋葬しているとき、ラバ・テンゲラの死を告げるタバラ〔王家の太鼓〕が王家の七つの地方に鳴り響いた。

サムバ・テンゲラがラバ・テンゲラを継いだ。その即位の時、ビラヌは小さな家畜群を世話する年齢になっていた。母、イナニは彼をヲラルベ族のアガに託した。その野営地は午前中半分歩くほどの距離の石切り場の後にあった。イナニは朝早く起きて、シダとプルピエがピンク色にはじけるとき、井戸まで一緒に行って、顔と手をきちんと洗うのを確認した。続いて、指導にきちんと身を入れずにりすや鳥を捕えて遊ぶ、アガの不注意で軽率な性癖に不平を言いながら、牧童の服を着せ割り当て量のミルクを飲ませる一方で、洗面したばかりなのに鼻と目をふさいでいる最後に残った鼻汁と目やにを取った。タマリンドとなつめやしを彼のポケットに押し込み、ろばの上に乗るのを助けた。

やがて、アマの訪問の間隔が長くなった。ガルガは坐骨神経痛で腰痛症で、そのうえ、緩慢だが避けがたく迫る失明に苦しみ、忠実な伴侶、アマはヘルニアの押しつぶす重みと不名誉に耐えていた。アマにもガルガにも起こり得る病の急転に、――ひそかに進む失明と、腐食性の進行、起きていることがわからなくなる幻覚に――予断を許さなかった。死までの時間は告げられずに老いを宣せられ、暗闇の真ん中にふたりはたどり着いた。すべてはふたりの頭上で石が崩れたかのように突然現れた。グエデの街の入り口のカポックの樹の下で最初に出会った日から、今日、汚れた沼地の匂いがする減水の朝、ガルガの視線に最初の不安を感じたときまで、数日しか経っていないかのようだった。ふたりは墓の中まで忠実で誠実な友情を誓った。

そして絆は、ふたりの意思にかかわらず、生命そのものによって断ち切られた。ふたりは立ち枯れ、それぞれの隅で崩壊し、話さず、見ず、肉体的・精神的衰弱の状態を互いに推察するだけに留め、残された僅かな時間を過ごす毎日だった。妻たちは死に瀕したふたりの橋渡しをし、お互いの、危篤の病人に対する皮肉で辛らつな挨拶を伝えた。筋肉痛とめまいでそれができないときは、彼女らは治療師たち、布の商人たち、奴隷たち、あるいは乞食たちに託した。少しの力が残っていたガルガは、頭を上げ肘で身を起こし、奇妙な要望を繰り返した。

「私を待つようにきちんと言ってくれ。私たちはふたりで死ぬべきだ。それがグエノの意思でないならば、私が先だ。発熱と失明には慣れているが、友人を失うことには慣れてない！」

イナニは、この空虚で退廃的な時期に、みずみずしい情熱を覆った不純物と、自制できなかった計画を——それまで彼女の存在に組み込まれていた、その都度ためらいがちに現れた呪いを——あたかも排除できたかのように、落ち着いて粘り強く立ち向かった。彼女は、想像の亡骸のなかに不幸と悪習を片づけて、ふたたび悔やむことのない世界のなかに逃げ込んだようだった。今後は自分を元気づけ高揚させ、すべてをやり直すことだけを考える世界のなかに。彼女は男であったかのように、菜園と動物の群れを、家禽と厩舎を、モロコシの畑と農奴の村を注意深く見守った。もちろん要塞は、ガルガにまだ力があって、王にも顔が効くはかり知れない切り札を持っていたときほどには優雅でにぎやかな世界ではなくなった。ラム・トロの古い宮殿は、憲兵隊長たち、ソニンケの裕福な行商人たち、ポルトガル人貿易商たちの宿営地として残った。イナニは夫の死まで、彼のため、あるいは、彼の過ぎし日の威信を保つために、少なくとも見苦しくない外観を保つために奮闘した。夫を介抱しビラヌを教育し家族の領域で救えるもののすべてに対して払った彼女の努力は、グエデでの付き合いを保てるようにしたばかりか、皆の目に尊敬に値するとさえ映り、見る人の年齢によっては、イナニの若き日の無分別な行動を思い出させた。イナニはより自然な世界で、敬うべき祖母のステータスを手に入れた。女子割礼の儀式で、思春期の娘たちの助言者であり、将来の夫婦にとってデリケートな選択に際して氏族間の仲介者となるマトロン〔守護聖人〕の役を果たした。この仕事は特に収穫の季節に多く、ときにグエデから遠くディマやラアウの地方まで行くことになった。彼女はビラヌとガルガを老いた奴隷に託し、遠くに捜しに行けば行くほど治療効果が増すと確信して、新たな祈祷師を連れて戻った。瀉血と薫蒸、魔法の飲み物と芥子泥《かいしでい》にかかわらずガルガの状態は衰え、見た目にも、同じ日の日の出と日の入りとで同じではなかった。彼に宿った人食い鬼がペテン師のように話し、彼の肉体のある部分を食べて、彼の体がざらざらして皺のよった皮膚の下で浮いているような、レブ族が小船の船首に取り付ける、漁の神を従わせるための像よりも少しばかりゆったりと仮装した土像のようだった。今は右手と首も凝固し、体全体は厚い氷の中で不変のミイラのようだった。顔だけが唯一生気があった。しびれた舌はイナニだけが解釈できる歯音不全の発音を発した。オイルランプの弱い明りにも耐えられず、目はほとんど閉じたままになり、失神する瞬間だけに開かれ、広大な眼窩のなかに失われたふたつの血まみれの小さな眼球が現れた。ガルガはこの世を小さな歩幅で離れていった。そのとき飲み物を乞うて蔦の扉の前に止まったムーア人の隊商の御者たちのように。種の貯蔵庫と《話し合いの小屋》に沿って進み、聖なるタマリンドの樹と菜園とチエエルの門を通って河を渡り、グエデの半球形の屋根を最後に一瞥してから北の草原地帯のなかに消えて行った。

ガルガは抗いがたく彼の住居と近親者たちから遠ざかった。地震で破壊され、あの世の淵にくわえ取られた、手の届くところだがぼやけて見分けられないところで彼は動かず、彼のやりかたで遠ざかった。そして、身を清めるため、服を着せるため、小鳥のように食べさせるため、トイレに行かせるため、横になったり仰向けになったり、玉のように転がすために助けが必要になった。

その年、ポルトガル人が馬とラバと金の包みを、さらには奴隷たちを伴って蔦の扉の前に現れたとき、ガルガはそれが誰だかわからなかった。

「ガルガ、ジョアンオよ！　憶えているでしょう、あなたの古い友達、ジョアンオを？」イナニがよだれを拭いながら言った。

「ジョアンオというのはひとりも知らない」

「知っているわよ、ほら！　ジョアンオは金とアガデスの良質なセンナを私たちにガラムから持ってきてくれたのよ。アルギンに戻る前に数日私たちのところに留まるわ」

「アルギンへ？　それではどうしてテリと一緒じゃないのだ？」

「テリはジョロフのほうを回っている」ジョアンオが言訳した（幻想に委ねるのが彼に残された僅かな健康を保つ最良の方法だった）。「今の時期、取引が多いのだ。アルギン港には船が五艘ずつ着く。皆息をつく暇もない。彼はおまえによろしく伝えてくれと言っていたよ。雨季になったらすぐにおまえに会いに来るって。彼が来るだろうことを誓うよ！」彼は嘘をついた。

「ほんとうか、彼が来るのは……？　ではイロとはもう問題を起こさないのだな」

「彼、結婚したばかりなの知っている？」イナニが過去の悲しい思い出から注意をそらすために言った。

「誰が結婚したばかりなのだ？　ビラヌか？」

「ビラヌじゃないわ！　あなたの友達、ジョアンオよ、結婚したのは」

「じゃあ、誰とだ？」

「デニャンコの王女と！」

「ヤコの人々の王女だって……？　白人男は白人女としか結婚しないと思っていたが……ガラムから来たのだったらどうして蜂蜜を持ってこなかったのだ？」

「その季節じゃないのだ。ガルガ、おまえはよく知っているじゃないか」ジョアンオが言った。

「そうか、季節でなかったか……？　それじゃどんなニュースを持ってきたのだ？　以前、ガブやガディアガから戻ったときはいつもニュースをもってきたではないか」

「彼の精神に火が点った。もっと頻繁に話させるべきだった」ポルトガル人がささやいた。「ソンガイの新たな皇帝アスキャ・ダウがマリのマンサの娘を娶ってから、ソンガイとマリの間に平和が戻った。これがガラムの市場のなかで話されていることだ」

「そこでは今も多くのろばを売っているかい？　大コリの軍隊と一緒にディアラに戦い行くためにそこを通った。あんなに多くのろばを見たのは初めてだった。何という名だ？　おまえの……」

彼は失神し窒息する前に「何という名だ？　おまえの妻は」と言いたかった。イナニはバジリコのにおいをかがせ息を吹き返させた。ジョアンオは彼が土のベッドに上がるのを助けた。そこで彼は次々にうわごとを言った。ドヤ・マラル、ディアラの蟻塚、コリ・テンゲラの馬丁たち、ラマ・オレの魔術師の優れた技、そして子供の頃の思い出。

＊

翌週、もうひとりの訪問者が蔦の扉の前に現れたとき、彼は精神錯乱してかばとにわとりの鳴き声を真似していた。

「ガルガ・ビラヌという方が居られるのはここですか？」ビラヌに尋ねた。

「そうです。水と食料が欲しいのでしょう？　ここで待ってください。いま持ってきますから。父は病気で、あなたを通すわけにはいきません」

「私は物乞いではありません。あなたの父上が病気なのも知っています。だからこそ中に入れてもらいたいのです」

「その年で祈祷師の能力があると言うのですか？」

「私は占い師でも祈祷師でもありません。でも私を通してください」

そう言った後すぐに動き出し、扉を押し中庭の中央に向かい、まるで慣れ切った仕草で小包を降ろした。あわてたビロムはついて行くしかなく、椅子を勧めた。ビロムはしばらく、訪問者のムーア人のターバンと、その控えめな様子を見ていたが、母に知らせに要塞に入った。

「訪問者を受け入れるような時だと思っているの？　おまえのお父さんが死ななければならないとしても、野次馬たちの中ではないわ」

「それを防ぐためにできることはすべてやったのだ、お母さん。でもその若い男はかなり頑固で。それに通りすがりの見知らぬ人ではない気がするのだ。グエデからお父さんに会うためわざわざ来たのだと思うけど」

　ポルトガル人はガルガを拭っていた濡れた布を置いて、顔を見た。

「若者、ご存知か……」

「知っています」

「誰から聞いたのですか？」

「誰も私には話しませんでした。ガルガ伯父さんがこの世を去る準備をしているのを自分ひとりでわかったのです」

「どうしてわかったのです？」

「夢で」

「あなたは……」

「いいえ、私は魔力は持っていません。ただ、見た夢が確かだとわかるのです」

「あなたは誰ですか？　どこから来たのですか？」

「白い人、私の伯父のところに行かせてください。たそがれ時、正気に戻るとき、話をしたいのです」

不思議なことにすべて彼が告げたようになった。たそがれ時、ガルガはよだれをたらすのを止め、汗が引いた。引きつった顔は和らぎ、深みあるひそやかな喜びで輝いた。彼は楽に口を開き、たどたどしいが聞き取れるように話した。今回はビラヌとポルトガル人はお互いに言いたいことが理解できた。

「壷にいっぱいの蜂蜜が欲しい！」

「ミルクも？」イナニは気を配って訊き、何週間も前から失われていた喜びが戻った。

「いや、蜂蜜だけだ！　死んだ蜂も毒針も入ってないのを！　それから粟のクスクスを雄やぎの肉と一緒に作ってくれ。雄やぎの肉はもうずいぶん前から食べていない」

彼は食欲旺盛に食べた。その夜は、食物を噛み砕くのにいつものような哀れな困難をともなったものの、げっぷもせず、胆汁を吐きもせず、以前のようにイナニが口の中に指を押し込むこともなかった。これほど元気だったのも久しく、意識がはっきりしたのも久しかった。その間、部屋の隅のござの上で体を丸めてじっとしていた若い訪問者の存在に彼が気づくとは誰も思わなかった。食べ終わって習慣の削ったコラの実をもぐもぐ噛んでいるとき、彼はイナニに聞いた。

「友人のアマの息子かい？」

「いいえ、伯父さん、」若者が答えた。「あなたの甥、ビラヌの息子のディアバリです。父ビラヌはあなたの伯父ビロムの息子です」

ガルガは両目を開き、顔全体を振わせて大きく鼻で息を吸った。その見知らぬ人の声が聞こえたほうに視線を回す力がどこから出たのか誰も知らない。ガルガは夢中になってまばたきし、盲目の厚いベールを通してものごとを見抜く能力を奇跡的に得て、甥の今の姿を詳細に探った。そしてため息をついて言った。

「おまえが来ることは知っていた。血は糞ではなく、どうあっても血は捨てられない」

彼は三回続けて肯いて新たに長いため息をついて、預言者の口調で言った。

「おお、グエノ、からかいの最高神……！　結局……！　彼は戻った。ドヤ・マラルの樹に。そして今後は、その樹を倒すものはいない」

翌日明けがた、付近の平地で囲い地から戻る牧童たちの朝の声が聞こえるなかで、ガルガは亡くなった。

イナニは要塞の壁の塗装をしなおし、蔦の扉を補強し、テラスの床と厩舎の屋根を修理した。ビラヌにガルガの戦闘のチュニックを着せ故人の部屋に行かせた。そして故人のグリグリ、刀、および最良の軍馬を託した。「今後、ここの主人はおまえです。土地と家畜、栄光と悲嘆、すべてはおまえに帰します。おまえの父が筋を引きました。おまえがおまえの刻印を打つ番です」優しく愛情を込め、しかし厳粛な権威ある声で言った。彼女はもう優しい保護者の母ではなく、あらゆる種類の災難で損なわれた古い遺産の厳しい監視人であった。疲労困憊して負けるまえに、残されたものを守り成果を生み出さなくてはならなかった。ガルガの死は彼女を打ち負かさずむしろ活性化させた。悔やみ、泪する代わりに、確信持って、だが風の吹くままに、彼が到達した生活の果てに残したすべてをあらゆる防御手段を使って守れることは幸福だと彼女は思った。彼女は彼が亡くなった瞬間に誓った。ドヤ・マラルが失敗と勘違いで損なった、多くの枯れた枝と分散した葉で衰えた系譜を新たに建て直すために、付与されたものを小ビラヌに投じることを。蛇が卵を守るように彼女がそれを覆う、ガルガが願ったルネッサンスの源はビラヌであった。

当然、オレ・フォンデから、ガブから、そしてフタ・ジャロンからお悔みを告げに、みやげ物と配偶者と、泪と新生児と共にやって来た。数年来このようなことがなかったので家族の残った者たちすべてが喪の期間に集まった。皆はフォニオとミルクを分け合い、死者の霊を呼び出し、高官たち、商人たち、兵士たちそして農奴たちの泪にくれた訪問者を接待した。娘たちそれぞれに牝牛を一頭与え、男たちには規則に従って馬、牛、土地および多くの奴隷の村を分配するのに数週間かかった。

結局誰もその存在も経歴も意図も知らないディアバリは、そこに残ることにした。イナニはビラヌの隣に彼のござを敷き、ただ秘儀伝授と割礼をすでに受けていることを確認しただけで、それ以上聞かなかった。彼らの誕生を取り巻いた流行病、戦争、それに天候上のさまざまな出来事を比べ合わせて、彼はビラヌより一、二年、年下だろうと推論した。ふたりの少年は同じ頑強さと同じ背丈で、ドヤ・マラルの家系の乱れて騒がしい連中の特徴である（怒り、自尊心を傷つけられて汗をかく）赤紫色の長い顔であった。彼女は彼に（ビラヌが洞窟から出たときにそうしたように）ろば一頭、ササ、それに牧童のチュニックを与え、ヲラルベのアガに彼女自身が紹介した。「牧童に戻るのがやり直す一番いい方法よ。プルの男が牛と離れると、あらゆる災難に身をさらすことになるわ。グエノは牧者にしか心を配らず、その他は片目でしか見ない。私はふたりが兵士にも、商人にも、憲兵隊長にもならないことを、とりわけもう戦争が起こらないことを望むわ」

長い間、ガルガは彼の過去についての心中を打ち明けなかった。老女オラの死の後、アリが最初に狂気の兆しを現したとき、彼自身もまた老衰して、後戻りできない領域に数歩入ったときに、僅かに彼女に打ち明けた。彼は、過失と背信と回復不能な汚辱を告白するかのように、断片ごとにさりげなく言及しつつ、告解することから始めた。その時から彼女は六角星の赤めのうの話を、ビロムとビラヌの双子の兄弟殺しの戦いを、ビラヌ・ビロムの存在を、そしてシャー・イブン・タアル・ベン・アビブ・ベン・オマルの存在を知った。ただ、すべてを構成し、意味を理解し、かくも悲壮でばからしい悲喜劇を発生させた神秘の錬金術がいったいなんであったのか知ることはできなかった。主題はまだガルガのはらわたの中では焼き尽くされていないことを、また、彼がどう言おうと、その記憶のすべては不透明のままで残り、彼女の記憶とは完全に無関係であることを彼女はすぐに感じた。ディアバリに家族の生活のことと旅行の目的について質問を控えたように、それ以上聞かなかった（与えてくれた必需品一切にかんがみて、彼がその伯父に亡くなる前に会いたかったというのは理由にはなるだろうが、十分ではない）。

トリが、膿んだ腫れ物を潰すように、無比の無礼な言葉使いで、皆その見知らぬ従兄弟に聞きたかったがあえてしなかった質問をした。

「そのビラヌ伯父さんは今どこに住んでいるの？」

「僕、弟のイェロ、姉妹のサラとクムバ、そしてもうひとりの弟のガンドが生まれたチンゲッチです。ガンドは馬から落ちて片足が不自由になってしまいました。幸せなことに母はまだ元気で子供たちはすばしこく、より重要なことをしてくれるイッシェム伯父さんがいます。シャーと祖母が亡くなってからアウリルの塩山から離れて僕たちと一緒に住んでいます」

「おお、それでは僕たちは、会ったことのないもうひとりの伯父がこの地上に、モーリタニアにいるわけだ」

トリが言った。

「イッシェム伯父さんはおばあさんとシャーとの子供です」

「お母さんはなんというの？　僕たちと同じフタ・トロの生まれ？」

「デイェロといいます。フタ・トロではなく、フタ・チシの生まれです」

「君はビラヌ伯父さんと同じにビスミライになったのかい？」

ディアバリはターバンを直し、睡蓮の球茎を噛んで答えないままでいた。大人たちの気まずい沈黙が続き、子供たちの揶揄で区切りがついた。トリが質問して空気を和らげた。

「いちじくの横で草を食べているすばらしい栗毛の馬は君のかい？」

「そうです。僕のです」

「君たちはモーリタニアで馬を持っているのだ！　僕たちに持ってきてくれればよかったのに、ディアバリ！」

「伯父さんに子供がいるのを知らなかったから、ましては男の子が」

「きちんとした答えだ。今ではわかったわけだから次の機会に忘れないで。いつモーリタニアに戻るの？」

「えーと……！　そこに戻ろうとは考えていないのだ……人を殺して来たから」

＊

皆が帰途に着く日の前日の晩、イナニは遠慮からというよりも迷信から、これ以上は質問するのを控えた。好奇心が沸いて、聞いたばかりのことよりもさらに酷いなにかがわかってしまうのを恐れた。実のところは、毛嫌いと絶交、古い怨恨とナイフの一撃が、移牧と秘儀伝授などが、季節の移り変わりほどに規則的に、生誕から死までリズムをつけるヤラルベの暗い性に慣れていたから、彼女が思っていた以上に冷静にそのニュースが聞けたのだ。馬と小包を準備するために、彼らはひどい驚きの時を過ごしたそこに長居をすることはなかった。翌日、トリが、街の出口で別れを告げているときに、このことに話を戻した。

「君はモーリタニアに戻る必要はないよ、弟。ここは君の家だ。要塞は私たちのものであると同時に君のものだ……間もなくグエノが君を守る。ビラヌの結婚式のため、収穫の季節には皆ここにいる。これからの君の任務は、ここに慣れて誰も殺さないことさ。私たちヤラルべは皆、悪しき血の持ち主だ」

イナニはディアバリの馬を解き菜園から厩舎に入れた。行李と革袋を食糧倉庫に置き、ろば、チュニック、それにササを戻した。その後、ビラヌのためのフィアンセ、マタムの若い娘ルラを連れに行った。

「おまえのフィアンセはタイという名よ。すでに見つけてあるの。ただ、ビラヌの一年後に結婚して。私にとっては一年の年の差は重要ではないけれど、プラクの決まりは守らなくてはならないの。存在のすべての段階で、先ず最年長を敬うの」彼女はディアバリに言った。

＊

最初のコウノトリの羽ばたきが聞こえ、東の空に筋を付けた。雨季の終りのけたたましいかみなりがこだまして砕けた。河は減水という、年間にわたる長い過程を開始した。そしてオパールのような空でそよ風の吹くある日、グリオと兵士たちが歩き、馬に乗り、あるいはラバに乗って、小笛とタンブリン、投げやりと盾を持ってグエデの路地を回り、新たな王の即位を告げた。フタ・トロは、君臨の期間が二年だけだったサムバ・テンゲラの、それに釣り合った控えめな喪に服した。グエラディィオ・バムビの戴冠を記す八日間の祝賀は葬式の讃辞と泪を凌駕した。サムバはラバ同様、大コリの弟に過ぎなかったが、グエラディィオは、まさに大コリをそのまま写したような息子であり、王朝を長続きさせ、大コリの功績をしのぐ、膨大な宝を残した。

「祝賀の祭りに私を連れてって！」イナニが、気が狂ったかとビラヌとディァバリが思ったほど強く、また突然に哀願した。

「お粥を食べてから部屋に上がって休みなさい。祭りはもう年に合いませんよ。昨日だって心臓の痛みとめまいを訴えていたではありませんか。皆の前で倒れこんでしまいますよ」ビラヌが忠告した。

「子供は母が命じるときは従うものです。私に感謝されたいなら私を祭りに連れていきなさい。王の名はなんと言ったっけ？」

「グエラディィオ！」ムーア人のところに長く滞在したにかかわらず彼の民族の狂気の歴史を知っていることを誇って、ディァバリが明言した。「グエラディィオ・バムビ、コリ・テンゲラとバムビ・アルド・イェロ・ディディの息子。母親はテルメスのプル族のうちで最も高名なギミのアルド、ディアウベの娘です」

「そうかい、そのグエラディィオ・バムビの即位は、私がグエノの底なしの井戸に沈む前に見ることができる最後のものでしょう」

「明日、ダネオルに行って祈祷師を連れて来るよ……お母さんは普通の状態ではない。今度は病気と老衰が狂わせはじめた。どう思う、ディァバリ？」

「なぜだい？　祈祷師たちは悪魔の医者を呼び、頭の両目を要求する。ちょっとした軟膏にやぎ一頭、瀉血にはバサリ織物、薫蒸には馬一頭さらにはらくだ一頭。痛みは彼らが背中を向けるや否やまた始まる。私に任せてくれるなら、唱句を唱え、痛みを消す値は形式だけでたまご一個だ……」

「この家ではだめだ。そうはいかないことはわかっているだろう」ビラヌが、いかめしくさえぎった。

「ささやくのはよしなさい。もはや白馬を授かっていることへの敬意でしか身を守れない老婆を悪く言うのもよしなさい。新しい王のために踊りに行くから、杖を持ってきなさい。後継者の名もわからないままになってしまうだろうから！　まもなく私は死ぬ。あなたたちが考えているより早く」

ビラヌは今度はこれらのたわ言にはまったく注意しなかった。お粥を飲み込むよう強いて、ベッドまで連れて行った。

「よし、これで軽業師たちと馬のレースを見に行けるし、国の新たな師のことがすこし学べるぞ」

彼らは市場の広場に行き、酩酊して武器を使って曲芸をしている兵士たちを見てから、渇きを癒しにバムバラの東屋の下に入って座った。

そこを離れようと支度していたところ、少年が走ってきた。

「ビラヌというプルはいませんか？」

「ビラヌは私だ。なにが望みだ？」

「公共広場に行ってください。あなたの母上がそこにいます。そこで気を失っています」

＊

皆は手伝ってイナニを輿に座らせて要塞に運んだ。その間イナニは自身の運命を嘆き、グエノに熱狂的な祈りを捧げ続けた。「誰も彼女が病気だとは言いませんでした。知っていれば、誰も彼女ひとりでは外出させなかったでしょう。どうしてそれがわかったでしょうか？　一昨日、レラベの蟻塚まで行ってアロエの根を採ってきていましたがなにも起こりませんでした。神に誓って、老婆の健康がすぐれないことを知っていればひとりにしたりしていません！」回りの者が弁明した。

イナニは三日後に起きあがり、冗談を言いながら日ごろの雑役を再開した。

「いたずらっ子ども、そんなに突然に私が逝ってしまうと思ったのかい？　心配することはない、そんなに遅くはならないから。ただまだその日にはなってないだけ。私はカポックの樹にかみなりが落ちるのを見たし、疫病の大流行にも生き延びたし、コリ、ラバ、サムバそしてグエラディオの統治のもとに生きたし、ただその次を見ることはない。ともあれ、ビラヌの結婚に立ち会う前には死なないことだけだ。それはグエノ自身が私の耳に吹き込んだごとく私にはわかっている……ふたりとも、動物たちの群れを世話しにドナエに行ったほうがいい。ひとりで菜園の世話をする力と今夜おまえたちにスカンポのフォニオを作る力は十分残っているから」

イナニは、心配と落胆を乗り越えようと努力しながら、続く三ヵ月を過ごした。芋を掘り出し粟を刈り入れ片付け終わったとき、占い師を呼び、ヤラルベ族に於いて幸福な結婚式を執り行うのに最良な日を決めた。

＊

　ガルガの死後と同じように、トリ、モロ、それにペンダは混雑する要塞にふたたび来て、片隅に彼女らの荷物と家族を置き、張り合うことを楽しみながら、新婦に捧げる織物と金銀細工を広げた。三日間の祝典の後、皆が支度を終え帰途につこうとしたとき、イナニは扉の前にじっと立ち、きつい口調で言った。

「私が死ぬまで、ここから出てはならない！　心配には及ばない。そんなに長くは待たないだろうから」

　顔が震え、孤独と哀愁の悲しい表情に染まった。菜園と厩舎、なす、パパイヤの樹、蔦の柵、要塞のテラス、それに、まだトリが乳を飲み、テリとイロが割礼する前、かみなりによってぼろぼろにされたコラの樹があったところにぐるりと視線を走らせた。ひそかな、迷いから覚めた笑みが彼女のくちびるをかすめた。コラの実を削り歯の抜けた口に放り込み、噛んでいるのかあるいは秘密の理解不能な言葉をつぶやいているのかわからないほど、強烈に動かした。歩き始めた年の孫たちにも、厩舎と井戸の間をでたらめに飛び跳ねる小やぎたちにも、誰にも乱すことができない長い沈黙の時間が過ぎた。

「ルラ、私の娘、お水を頂戴！」突然空洞から出たように、あるいは、長い夢から覚めたように言った。

　ルラはランタニエの木陰の三脚の上に置かれた大瓶のほうに行き、木の小鉢に入れて戻り、短いパーニュで、小さな裸の乳房で、指を口に咥えて、慣習が要求する通りに義理の母の前でひざまずいた。

「断念するのは二度めの妊娠からにするように」イナニは飲み、ため息をつき、若い娘のお腹の上に熱のある指を向けた。

「この子にもまた、私は会えない」イナニは笑いはじけた。

「誰？　お母さん。誰のことを言っているの？　おなかの中にはまだ誰もいないわ。ルラは結婚したての若い娘だから。一週間にもならない……」モロが心配した。

「間違えているよ。まだ見えないだけ。でもすでにいるよ」優しく、だが、超然とした態度で彼女が答えた。

続く二週目の月曜日、皆は暖炉のそばで話していて、イナニはよりくつろごうとしてやぎの皮のうえに横になり、ついに眠り込んだ。

＊

義理の母の死によって、氏族再生に身を捧げる、家族の母としての全く新しい役割をすることとなったルラを助けるため、モロとペンダは発芽の季節まで滞在した。生前イナニが言った言葉を確認するかのように、雨季最初の雨に先立って起こる特有のものすごいかみなりの直前に、若い妻の腹に妊娠の最初の兆しが現れた。先ずビラヌが、そして皆が驚いた。グエデでは、月食、石切り場の地崩れ、チエエル港とエスカル・デュ・コクの間の難破事故、精神錯乱一件、洗礼式三件、不倫二件、その間に殺人数件が起った。

そしてある晴れた日、ひとりの商人が蔦の柵の前に現れた。

「行商人、帰ってください。なにも要りません！」モロがはっきりと言った。

「ほんとうに必要ないのですか?」男は、いまいましさを隠し、少しおどけた風に笑いながら、反撃した。

「そうよ、モロ、コラの実をふたつ欲しいわ!」ペンダがテラスから叫んだ。

「こんな早い時間からコラなんておかしくない? 心臓をいたわらなくてはだめよ」

「心配しないで、モロ、元気をだすにはコラほどいいものはないわ!」

くしゃみするほどの時間で、素早くかつごく自然にことは為された。そこで終わっていれば、なにも不都合なことはなかっただろう。行商人は、サンダルを履きなおし包みを抱え他の道のほうに行くはずであった。淀んだ生暖かい空気の上に、以前のような強い南風が吹くべきであった。だがペンダがこんな言葉を繰り返し言ったために、ドヤ・マラルの運命はふたたび不幸で不安定な方向に向かう破目に陥ったのだ。商人はそれを待っていた。そしてふたりの話を遮って言った。

「プルのご婦人、コラだけでなくてもっとすばらしいものがありますよ」

「他のものは要りません。妹の頭痛のためにコラを少しだけ!」

「この白い粉を見てください。乾燥させたでんでんむしの粘液です。化膿と痔疾に利き、隠さずに言えば妊娠した婦人を守ります……」

「ここに妊婦はいません」

「いることはわかっているくせに!」

彼女は、だまされた少女のようにしばしぼう然とし、吐き気をもよおさす所持品を片付けている男と、手に持ったコラと例の治療薬を、つぎつぎに見回した。片付け終わってから彼は小包をろばに乗せ、タマリンドの大木のほうに数歩進み、なにか忘れたように、突然蔦の扉のほうに戻った。

「ちょっとだけ、最後の質問です、プルのご婦人！　去年、ムーアの国ですごく感じのいいプルの若者と知り合いになりました。何といいましたっけ？　ディアルバ……ディウルバ……ディアバリ？　そうそう、ディアバリ！」

「そのディアバリに何の用？」

「何でもありません、きれいな奥さん……！　この琥珀の首飾りと絹のマンティーラを見てください。アルギンのポルトガル人のところで、若い奴隷ひとりと交換したもので、私はこれらを数ヵ月ずっと持っています。マリでは金粉一〇〇メスカルを、ガブでは象の歯五個を提示されました。私は断りました。誰にもこの首飾りとマンティーラは譲りません。これらは、ムーアの国で出会ったときに私に惜しげなく与えてくれた友人ディアバリの親切にお礼するためですので」

「ディアバリは私の弟です。動物の群れに牧草を食べさせに行っています。今晩たそがれどきに戻ってこられれば、彼はここにいるでしょう」

「ありがとう、プルのご婦人！　あなたのうえに、あなたの末代までの子孫のうえに神のご加護がありますよう！」

＊

馬と槍の衝撃的な騒音のなかで要塞がラム・トロの騎士たちに取り囲まれたのを見たとき、モロは、グリオたちが詳細に語るそれよりも凶暴で殺人的な戦争がふたたび炸裂したと思った。タマリンドの大木の下に集まった群衆の前で、判事が行商人を呼んで「彼に間違いないか?」と質問し、(枯れ木の束のように縛られて埃の中に寝かされていた)ディアバリを指して答えるまで、モロは理解できなかった。

「エスカル・デュ・コクの沼でグエト・ル・ルージュを殺し、金を盗んだのは彼に間違いありません」

ディアバリがここに連れて来られるに至った形跡を再確認する調査を長々とやって、おそらくはすでに陪審団を説得して、勝ち誇ったように行商人は結論した。

「なにも悪いことをしていなければ逃げはしなかっただろう。そうでしょう?」

騒々しい観衆は同意し、行商人は誇らしげにブーブーの裾をそろえてから座った。

「さて、ディアバリ、このうえ否認はできまい!」判事が振り返った。

「私はだれも殺していません、尊敬すべき判事、私はエスカル・デュ・コクは通っていません。エスカル・デュ・テリエ・ルージュを通って来ました」

「この行商人を知っているのだろう。すでに会っているのだろう、違うか?」

「父の所を離れて以来、数千人の行商人に会っています。すべてを憶えてはいません」

この、互いに相手のことを認めぬ会話は一週間以上続いた。毎朝太陽の祈りと乳搾りが終ると皆はタマリンドの大木の下に駆けつけ、面白い見世物に加わった。興奮気味のこの挿話は、チエエルの漁師たちと、河を走っていたポルトガルのカラベル船に乗っていた隊商の御者たちが始末をつけて終った。以下のように。

九日め、観衆の中のひとりが突然判事に言った。「ケルスドラの樹脂を彼らに飲ませよう。ケルスドラの樹脂は決して嘘をつかない。最初に吐いた者が有罪だ」

「鍛冶の火はどうなのだ?」誰かが反対した。「彼らに鍛冶の火を舐めさせよう。そちらのほうがより効果的だ。舌が燃えたほうが有罪だ」

「火の試験は耐え難い。フタ・ジャロンで哀れな男が灰まみれの口をして、妻と子供の前で糞と血と魂を返上したのを見て以来……」年老いた牧人がおびえた。「判事、穏当に。鍛冶の火ではなく、ケルスドラの樹脂に!」

判事には言い分があったが、一応納得した。

「ケルスドラの樹脂を持ってきなさい!」地面に司法官の杖を立てて、舞台の袖に向かって叫んだ。

ディアバリは最初に吐いた。彼は毅然として野次を受け、唾を吐き、群集に言おうとした。吐き気が少し治まったとき、顔の埃を拭き、超人的な努力をして肺を全開にしてやっと叫ぶことが出来た。

「いんちきをしていないと誰が言えるか? 私が吐くように、わざとこの樹脂に魔法をかけたのではないと誰が言い得るか?」

「ああ、彼は皆がだましたと思っている、惨めなろくでなし! それではひとつ証拠を示そう! グエト・ル・ルージュは額に星、尻尾に汚点がある栗毛の馬を持っていた。犯人はその栗毛の馬で逃げた。だから、要塞の厩舎を捜そう!」

騎士たちは要塞の厩舎に急いだ。すぐに栗毛の馬が見つかった。皆は興奮し熱狂し、これ以上はないほどの喧騒状態となった。

「静かに！　証拠が確定した。判事がこれから、この不幸な者に下さなければならない刑罰を告げる」弁士が言った。

「尊敬と税をささげるべき、当地方、各地方、および王国の王様、グエラディオ・バムビの名のもと、この街におけるその代理人ラム・トロの名のもと、私はディアバリ・ビラヌなる者に有罪判決を下し、原野はるかに連れていき野獣が彼の体を食べるまで樹の幹に繋ぐものとする。裁きは為された。解散！」

このとき、ポルトガル人たちのなかからひとりの男が立ちあがった。たっぷりした絹のアルシゼル〔当時流行のアラブ風のブルゾン〕のおかしな身なりで羽根飾りのついた幅広い帽子を被っていた。

「その男と交換に蒸留酒五瓶を提供しよう！」彼はこう言って、群集をいらだたせ、判事を微笑させた。

「誰が白人に話す許可を与えた？」弁士が言った。

「この尊重すべき会合にお詫び申します。当国の習慣では、判事の口述の後で話すことはふさわしいことでないことは知っております。ただ……」

「ただ？」

「ただ、弁士殿、この男をライオンに解放するのは愚かなことであります。私たちは蝋が自然に溶けてしまうほどに熱いこの季節に奴隷を探しにガディアガに行こうとしているのですから」

弁士は当惑して判事のほうに向き直った。

「取引は成立した！」皆を身振りで静めながら決定を告げた。

婦人たちには耐え難いほどの一撃だった。ビラヌはてんかんのように震えて泪を流した。

「どうなってしまうのでしょう？　おお、グエノ、わが師、私たちはどうなるのでしょう？」

＊

アニャム・ゴドで起こった信じがたい話について、皆は大きな喚声を上げながら、市場で、チエエルの港で、無駄な議論を重ねた。「白人、正真正銘の白人が、——皆さん聞きましたか、グエラディオ・バムビの娘を娶った同じそいつが——フタ・トロの首相に任命されました。大コリ・テンゲラの後裔が、ペニスまで乳色でさらには赤毛の下劣な水夫のベッドの中！　でもそれだけではありません。それだけだったら、普通の人だったら少しの良識を保てていたのに。丘はその底面上に立っています。しかし、今まで、ばかかきちがいの兆候を示していないグエラディオ・バムビが、彼の父が征服しふたりの伯父が先立って王座に就いた大地を、その貝殻と飾り玉の売人に服従させ実を結ばすように決めたのです。そうです、まったく悪ふざけのようですが、しかしながら事実です。どこにあるのか誰も当てられない国から来たひとりの白人がイルカか蛸のように突然海から噴き出て、大大臣に、フタ・トロの首相閣下に！　これはいったいなにを暗示するのでしょう？　今度はグエノが気を悪くして、びっくりするような不条理で、もっと酷くもっと驚くべき出来事を告げるのでしょうか？」

ビラヌも皆と同様にこの奇妙なニュースを知るに至った。皆と同様に初めは唖然とし、続いて、プル族に告げられた王国の運命と悲しい未来を心配した。そして、その見知らぬ首相が、受け取った資格の見返りに、帝国に対し数千の馬とポルトガル人の一軍隊を贈ったことを知ったとき、ビラヌは納得した。

そしてある日彼がチエエル港で塩を調達しているとき、セレル族とレブ族の小船の船頭たちの一団が最近アニャム・ゴドを訪れた時の様子を事細かく話していた。彼は近づいて耳をそばだてたが、大いに失望した。アニャム・ゴドのテンゲラの宮殿への白人の入場は、グエデやその他の帝国の内奥でのようには憤慨を引き起こしてはいなかった。ウオロフ族の地域では、デニャンコベが課している税金に抗議して、トラルザ、ブラクナ、そしてタガンのムーア人が群盗となって北部を襲撃していた。また、マリ帝国が割り当てを減少したままにしたことに報復の気持ちが現われていた。そこにプル族が次第に宗主権を拡大し続け、我慢できなくなってきていた。この状況のもとに皆はむしろ、射石砲とばね仕掛けの大弓を手際よく操作するすばらしい騎士たちの軍団を味方にしたことを喜んでいた。

「『ここでお前は統治できない。自分たちの船にふたたび乗って自分の国に帰るしかない』と、その奇妙なやつに言ってやるプルはそこにはいないのか？」ビラヌはよそ者なのに、気兼ねすることもなく質問した。

「ああ、誰もいない」

「考えられない！　バムブクの戦いのとき私たちに対抗してマンディング族を支えたのはその同じポルトガル人だったのを皆は忘れたのか……？　ところでそのおぞましい飾り玉の商人の名前はなんだっけ？」

「ジョアンオ！　ジョアンオ・フェレラ・ディ・ガナゴガ！」彼らが声をそろえて言った。

家に帰ってからビラヌは妻を呼んで言った。

「小包と乾燥芋と燻製肉の食料を用意してくれ！」

「藪から棒に、訳もいわずに、そんなことを言って、あなたはどこに行こうとしているのですか？」

「ばかな口答えはせずに、言う通りにするのだ！」

ルラは竹藪のほうに駆けて行き、その木陰で髪を編んでいたモロとペンダの足元に崩れ落ちた。

「ビラヌはどこかに行ってしまおうと準備していて、もう私を欲しくなくなったのか、彼がきちがいになったのかどうかを説明するのを拒否したの」

ふたりの姉妹は立ち上がり、家族を集め、ビラヌに説明させた。

「ビラヌ、氏族の新たな種とみなされ父と母イナニに希望を与えた長男であるあなたは、妊娠した妻と祖先のすべての財産を残して馬に乗ってどこかに消えてしまう準備をしているというのは本当ですか？」モロが最初に言った。

「おまえたちは何もわかっていない！　私は消えてしまうつもりはない。アニャム・ゴドに行ってジョアンオ・フェレラ・ディ・ガナゴガに会うだけだ！」

「誰と会うのですって？」モロは不安になった。

「お父さんのパートナーで友人だったジョアンオ・フェレラ・ディ・ガナゴガだ。その人は今日ではグエラディオ・バムビ王の首相だ。彼にディアバリの釈放を頼みに行く」

「それだったら、ビラヌ、弟、あなたの小包は私が準備します！」

彼はアニャム・ゴドで馬の鞍を外し、一五日間待った後で、やっと宮殿に通された。

「いいでしょう、先ず始めに、私の部下をアルギンに送りましょう。ディアバリがまだそこにいれば、こっそり解放させてソンガイかゴビに避難できるようやってみましょう」

そして思い直して額を激しく叩いた。

「くそっ、サンタ・アンナ号がサン・ヴァンサン岬に向けて出航することになっていたのは昨日だ！まだアルギンにいますように、我が優しいイエスよ！」

ディアバリの消息を知りたかったモロとペンダは、婚家に戻らずに、一、二季節過ごした。老巧化した要塞、消滅した厩舎、草取りをしなくてはならない菜園、それに、いくつもの野営地の、貪欲で怠慢な牧童たちと、彼らに任せた数千の牛。モロとペンダは、二〇歳のビラヌと妊娠したまだ小娘の妻を、苦悩と孤独の中に残すことはできなかった。ルラは男子を産み、氏族のメンバーそれぞれが何年もその影に引きずられた、忠実だが厄介な、猛烈で気むずかしい先祖の思い出に、ドヤと名付けた。グエデでは粟を種蒔きし収穫し、ラム・トロを埋葬し新たに任命し、一〇数人の若者を洞窟で秘儀伝授し、ムーア人の群盗の襲撃を押し返し、多くの結婚と割礼を祝った。そしてふたりの若い婦人はそれぞれの婚家に戻った。ビラヌは次の増水のときにと考え、しばしディアバリのことを忘れた。

新たなイマムがムーアの国から来てモスクの指揮をとり、アニャム・ゴドではグエラディオ・タバラがグエラディオ・バムビと替わった。フタ・トロでも同様に、増水が繰り返され、デニャンコベが王座を継ぎ、戦争と飢饉が季節のリズムで交互に起り、新たな支配の度に、新たな財産と新たな部族が地方に編入され拡大した。グエデのタマリンドの大木だけが変化しなかった。老齢にかかわらず、よく根を張り枝を広げ続けた。荘厳で動じず、自然の突然の揺れと人間の激動を幾世紀に渡って見下ろしていた。すべてを、来る日も来る日も、その木陰で起ったことを。戦争の準備と謀議、陰謀家の裁判と魔法使いと強盗の懲罰、王様の行列と移牧の牧童たち、塩の隊商とコラとマラゲットの粉の行商人、追放者たち、権威失墜者たち、金と奴隷の輸送隊、アルモラヴィドの縦隊とコリ・テンゲラの戦士たち。軽業師たちが来てそこで演じ、聖職者たちがそこに僅かな寄付をした。堂々たる大木は、田園恋愛詩を編みながら、厚い愛情の下で子供たちが育つのを見張った。裸の少年たちがペニスの長さを計りに来たり、幹に印をつけて背丈の伸びを見積ったりしたのはそこでだった。

プルは言った。「産まれるのに二一年、育つのに二一年、生きるのに二一年、そして死ぬのに二一年かかる」もちろん、おまえたちの赤貧の祖先たちが一〇〇年以上たくましく晴れやかに生きたらしいエリとヨヨの失われた国での、イロ・ヤラディィの祝福された時代だ。その時代グエノはプル族の運命を友人のように見守っていた。略奪も流行病もまだ存在しなかった。生命は星ほど長く続いた。そして突然、説明なしにすべてが（石が、丘が、存在が、そして元素が）震え、捻じれ、ぶつかり、崩れ始めた。プルは海と山頂の間に、砂漠と森の間に、崩壊と大移動の、彷徨と耐久生活の、争いと断絶の、突然の死の、それに断末魔の終りのないサイクルの中に投げ入れられた。

よくやった、ジャッカル！　ヤサム・セイタネ・ア・リソム、悪魔がおまえたち皆を連れ去りますように……！

「こんなのはもう家族じゃないわ、風に吹かれた花粉の山よ！」ルラはモロとペンダにさよならを言いながら泣き言を言った。

「私たちが大勢で健康でいられるなら、私たちがどんなに散り散りになろうとかまわない！」蔦の扉を閉めながらビラヌが答えた。

「なにかするべき時よ！　自分を放棄して妬んでいる人たちや悪しき呪いに引き渡してしまうつもりではないでしょう！」

「他になにができるというのだ。太陽に祈り、タマリンドの大木の下に献芹をしたし、バオバブ、フロマジェ、そしてケルセドラの幹に数百コーリと赤いぼろきれを結んだ。黄色い髭の小人、クメーンが現れるように願って原野で七週間黙想した。その代わりに虚無から噴出したのは不幸を運ぶせむしだった。ロトリの祭り毎に沼の水に塩のカルバスを投げ入れた。聖なる蟻塚にイグアナの血をかけた。イナニ母さんがグエノのところに行く前に勧めたすべてを私はやった」

「あなたはコラの樹を植えなおしてないし、生きたジャッカルを菜園の隅に埋めてないわ。それにあなたの黒い牛は年取ったわ。ほかのを買って」

ビラヌはコラの樹を前のと同じ場所に植えた。黒い牛を市場の白子に与え、より若くてたくましいのを買った。従って、もはや氏族に不満な不吉な力に捉えられることはないはずだった。彼は新たに占い師と相談しにドナイェの村に行った。占い師は亀の頭に訊いて、ほっとさせる言葉を発した。

「あなたの地平線は明るくなる。家に戻りなさい！　深夜、河の辺でコーリと塩を撒き散らし、チエエルの洞窟で野雁を生贄に捧げなさい。グエノの恩恵があなたの上に次の雨とともに降るでしょう」

「私の兄弟たちがどうなったか、今私に言えませんか？」

「七日間、肉食を断ち、あなたの妻に近づかないようにし、それからこれを顔に付けなさい（犬の目やにとアンチモワンの粉を渡した）。あとは自分でわかるでしょう」

彼は指示されたとおりにし、枯れた樹に囲まれた深い井戸の夢を見た。カメレオンたちとさそりたちが縁石の周りでうごめいていた。カウアン〔亀〕のように大きなかえるたちが樹の高いところから水の中に飛び込みパチャパチャと嫌な音をたてた。

彼は動転し、雷雨のなかのぼろきれのように震えて、ドナイェへの道をふたたび行き、すべてを占い師に語った。

「よく見て。あなたの亀の頭の奥のほうを！　あらゆる運が崩れ、もうどうしようもないとは言わないでくれ」

「落ち着いて、プル！　グエノの捉えどころのない世界には永遠のものはありません。今はあなたの道々は分岐しているけれど、時が来れば新たに合流するということです。あなたたちの生活は同じ囲いのなかに繋ぎとめられるようにはなっておらず、さすらいつつ交差するのです。どうしてこのような逆境にあるのか？私、ディアンは知りません。あなたがグエノに聞くべきです」

ルラは蔦の扉のところですでに、ビラヌの陰鬱な様子がわかっていた。

「今度はあなたの好きにはさせないわ」彼女は予告した。「二週間後、粟の刈り入れと脱穀が終る。今から次の雨まであなたはたいしてやることはないわ。だからこの際、あなたもためらいを克服するといいわ。塩辛い大水まで行って大亀を生贄に捧げ、続いてファラン河を通ってドヤ・マラルが彼のササと槍を埋めた泉を捜しに行きなさい。その先祖が死んでから誰もそこへの巡礼をしてない。それなのにあなたは、蜜蜂の大群のように不幸が私たちを追い回すのを不思議に思うわけ？　行きなさい、必要なら六、七ヵ月、あなたが戻るまでひとりでなんとかするわ。今から粟の団子と乾燥肉を準備しましょう」

　このときポルトガルのカラベル船がチエエル港に接岸していた。彼は、ポルトガル人たちを泊め、錫と銅の壷、綿織とサージ織の包み、ワインの樽、お菓子、それにブランデーを売りさばくのを手伝わなくてはならなかった。

「またいい口実ね。どうして隊商宿かラム・トロの家に泊らないの？」ルラが非難した。

「父さんのときから、ジョアンオと親交を結んでから、彼らはここに投宿する習慣なのだ。彼らは気分を害するだろうし、私は古い慣習に違反することになるだろう。父さんは私が墓に入るよう望むだろうし、隣人たちは私の接待の怠慢について悪口を言うだろう。もう少しよく考えなさい！　ここで少し休んでからポルトガル人たちは奴隷と金を調達に内地に行く。長くとも二ヵ月後には戻る。だから私は塩辛い大水まで彼らの船を利用しよう。ひとりで原野を渡って冒険するより安全だろう。道のりは確かではない。強奪者たち、牛の泥棒たち、奴隷の商人たちはあちこちにいる！」

　基本的に彼は正しかった。今回彼女は従ったが、次に出すだろう理屈のすべてははね返そうと誓った。ポルトガル人たちは奴隷たちの縦列と金、アラビアゴムそれにインディゴを積んだろばたちとともに戻ってきた。ビラヌは言い訳を考える必要はなかった。ルラは妊娠三週間であった。

　彼女は立派な男子を産み、ビラヌは、縛られてブランデー五瓶で売られた殺人者の叔父の名、ディアバリと名付けた。

「彼の命は長く、彼の名声は河々を渡るだろう！」その日両親は新生児の良好な発育のためにできるだけのことをしたので、占い師は真剣に宣言した。

「新たなコラの樹が最初に実ったときディアバリは二歳だったわ！」ルラがうっとりとした。「そしてトリの妻の一二人めの子の出産のとき、六歳。イェロ・ディアムが王位に就いたとき、一〇歳だった」ビラヌが続けた。それ以降、家族の歴史はディアバリの生活と混ぜ合わさった。彼は氏族の、記憶の目録、生きた版画、血統の代表となった。

皆はディアバリが成長するのを見てはきれいに飾り立て、それ以外のことには注意しなかった。彼が秘儀の洞窟を出る年になったとき、要塞と王国の中で誰ひとりとして気づいていないままに何かが変わった。皆は、すでに時代が変わったのを大きな驚きとともに確認した。動物の群れと畑の細かな仕事に時間を取られ、河の気まぐれと非凡な子供の変転にばかり注意して、時が経つのが見えなかった。時というのは幅広い、広すぎる平底船だ。上で座っているときには動きを感じないのだ！

さて、ある日ビラヌは目覚め、ポルトガル人が残していった鏡を見た。正面に見知らぬ誰かがいた。頬がこけ、灰の顔色で、歯が抜け、そして灰色になった髪の中央に噴火口の形をした大変な禿。「そういうことか！」悲嘆にくれたのではなくむしろ楽しんでつぶやいた。そしてふたたび子供のころを思い描いた。タマリンドの大木の下で跳ね、菜園で、バッタたちやりすたちの後を走った。年取って屈んだ皺だらけの父を思った。咳の発作、精神錯乱、めまい、転倒、それに長引いた昏睡を思い出した。あたかも竹の仕切りの後で父、ガルガが彼に話しているかのように、エネルギーと正気が失われるとその口から出た、あつかましく支離滅裂な言葉を、彼は聞いた。彼はその最後の瞬間を憶えている。ジョアンオ・フェレラ・ディ・ガナゴガ――グエラディオ・バムビの君臨以来誰も話しをしないので、今日、老いぼれたか死んだかあるいはその祖先の地に戻ったかわからない――の控えめで愛情のこもった存在。イナニの深いあきらめ。ディアバリの奇跡的到着。《皆はこれらが生命の全体だと思った。だがそれは、一場面に過ぎない！》倦怠感とともにため息をつき、初めて彼は死を思った。

彼は朝の洗顔をしていた井戸端を離れ納屋のほうに走った。そこをすぐに出てコラの樹を縁取っている砂利の上にいらだって行って座った。タロ芋、オクラ、なす、かぼちゃ、それに菜園の背の高い草を一瞥し、こけに覆われた要塞と半ば空の厩舎に視線を当てた。頭を振ってため息した。

「なんという時代だ！　ディアバリ、おまえの兄さんのニュースはないのか？」

「昨日も同じことを聞いたよ、お父さん、おとといも、さきおとといも……」

「それでなんと答えたのだ？」

「元気だよって。奥さんも、子供たちも。粟とコラそれに、菜園のなかに繋いでいるのがここから見える七歳の牡牛を送ってきたんだ」

これは彼の息子ドヤがダガナに定住し、ゴムを収穫し皮をなめしてポルトガル人に売りはじめてからのことだ。ビラヌはあたりまえ以上飲み、よく眠れず、にわとりが鳴く前に起き、まだ暗いのに納屋と厩舎の間を動き回った。彼は家族全員が目覚めるのをじりじりして待ち、怒って扉を開き、皆をせきたてて、馬を放ち、家禽たちとろばたちに餌を与えさせた。

テリとイロとトリとモロとペンダのときと同じにドヤも出て行った。ビラヌは河まで送って行き、こう自分に言っただけだった。「どうしていつも同じことを繰りかえさなくてはならないのだ?」彼は家に戻り普通に動物たちと馬たちを世話した。彼の態度がおかしくなったのはもう少し後だった。すぐには誰も心配しなかった。それら不運な出来事と悲痛な想いは多少は彼を不安にした。それは当然だった。彼が初めて竹の棒を手に足の革紐を反対につけて出てきたときは、皆はやさしく冗談を言った。「放牧に加わろうと急いでいたのはわかるけど、ビラヌ、槍と棒切れを混同してはだめよ」ルラが言った。ある日、雀たちがニエベをついばみに来たのだと思って、パチンコを武器に家禽たちの一部を虐殺したときは皆はあまり笑わなかった。菜園で草取りをするときに雑草と野菜を混同することには皆は慣れた。手にはたばこ入れを持っているのに、早く探してよ、とディアバリに命じることにも皆は慣れた。記憶はまだ正常で客の前では普通に振舞っていたので、それはひとつの笑劇あるいは一時的な障害に過ぎないはずだった。同じくある晩、コラの樹の下で夕食をとっていると、笑って言った。「皆、私がきちがいになったと思ったのだろう? 騙されてはいけない。冗談さ。この家は陽気さに欠けるから、そうだろう?」頻繁に笑うようになった。祈らずに食べて寝て、義務の草刈はして、穴の開いてない鉢の中に乳を搾り、夕方ゆっくり休んでいるときに話し、すばらしい睡蓮の花を刺繍し、そして野原で馬に乗って長い散歩をした。生活は快適になり、忍耐深くて洞察力があり、なにも忘れないルラはこの機会に、海亀とファラン河の泉の巡礼のことをふたたび話した。

「私たちの悩みの種はグエノの怒りによるのではなく、ドヤ・マラルの怒りよ。彼の墓は今、激怒で黒ずんでいて、それが氏族を苦しめているの。彼がササと槍を埋めたところにあなたがひれ伏すとき、私たちの心は安らぐ。そしてクメーンが現れ恩恵が私たちに回ってくる。父の失念を息子が償う！　ガルガが行けなかったファラン河の道を行きなさい！　あなたはもう一切の言い訳はできません。子供たちは大きくなったし、今は閑散期の真っ最中。乳絞りと綿を梳く以外にすることはありません。そしてそれらは女の仕事！　私は既に布織りのデムバに一緒に行くよう頼みました」

出発の前夜、ビラヌは六角星の赤めのうを取り出し、しばしためらった後、ディアバリの首に掛けため息をついた。

「私の手もとにいるのはおまえだ。だからこれを渡すのはおまえにだ」

＊

その間、フタ・トロは領土が広がり、強固になっていった。国境は安定し、国土は安全になった。穀物倉庫はモロコシと粟で溢れ、瓶は、金と塩、錫と銅、それに象牙とインディゴで溢れた。軍隊は増大し、動物の群れは増殖し、都市が河の全長に拡大し、市が花咲いた。血気盛んで激しい対立をものともせず、デニャンコベは、反逆と侵略の、ねたみ深い復讐に燃えた、悪事を企てる横領者の王権を守り続けた。そのとき、三つの河の地方で最大の王権国家を築いていた。

グエラディオ・バムビは四年君臨した。その弟、グエラディオ・タバラは一〇年、最年少のイェロ・ディアムは同じく一〇年だった（最もぱっとしないグエラディオ・ガシリは、暴力と騒乱に揺れた数年の空位の期間の後に指導権を取るはずだった)。イェロ・ディアムは、ジョロフとフタ・ジャロン、それにタガン、トゥラルザ、そしてブラクナのムーアの地方にその独占支配を強化した。減水の地を軍と貴族で分配する規則を定め、河の交通を活発にした。ビラヌが信じがたい遠征を企てたのはこの君臨のもとであった。

ビラヌが出発してから、何のニュースもなく七年八ヵ月と三日が過ぎた。ある乾季の晴れた日、ルラは要塞のテラスから、ラバの上でぐったりした、らい病の老人が蔦の柵に沿って進み扉の前で倒れたのを見た。ルラは老人がデムバだと判り、すべてを理解した。彼女はコラの樹の下に倒れ、昏睡から覚めてからわずかに泪を流した。ディアバリに助けられ、気と力を取り戻した彼女は、グエノに捧げ悲嘆を軽減するよう家の周りにミルクを撒き、身体不随の老人に新鮮な漿果、粟の団子、それに乾燥肉を柵越しに投げた。そして彼に哀願した。

「グエノにかけて、どんなふうだったのか言って！　もっとも酷い出来事を含めて、すべてを初めから終りまで話して！　私の年齢は気にせず、たとえディアバリが私のそばにいなくてもすべてに耐えられます」

旅と病気は不幸な布織りの声を消してしまっていたが、柵に空いた穴を通してルラにはっきりと届くようにデムバは努力した。塩辛い大水まではすべてうまくいった。そこでグエノに祈り、亀をいけにえとして殺した。白鷺が茂みから飛び立ち、すぐに終ってしまったが、空がきれいな虹で色づいたので神は満足したように思われた。ものごとが悪化したのはファラン河の道でだった。ビラヌはシヌ・サルムを横切る間に正気でなくなった。着物を放り出し、道ですれ違う牛たちすべてにげんこつをくらわした。デムバは彼の祖国マンディングから持ってきた古い魔法の処方箋を実施し、状態は少し良くなった。ただ、ガンビア河の辺で突然悪魔が目覚めた。

「火を焚こうと思って、アマドゥ〔きのこから採れるスポンジ状燃料〕を求めて荒地を探っていました。彼はその間に水に飛び込み、ワニたちやカバたちの真ん中に……『河の底で私を待っているクメーンが見える！』

これが私が聞いた最後の言葉です」

「そしてあなたは？」ルラが冷たく訊いた。

「私は彼の馬、武器、金、そして銅を取って、早く知らせようと走り出しました。しかし不幸が足にまとわりついていたようで、帰り道、シヌ・サルムですべてを剥ぎ取られ、囚われの身となりました。奴らは私の健康状態を知ると、外に放り出しました。一月前から身を引きずり、今ここに到着したのです」

彼はそれ以上言わなかった。ろばに乗って、らい患者たちを隔離しているディエリの洞窟に自ら向かった。

＊

通夜の折、ルラはひどいめまいがした。お悔みを受けている間、ルラはぼんやりと目を一点に固定し下唇を震わせていた。この上ないほどのひどい不幸は、大勢の群衆によるのではなく、頭上に落ちた雷のような知らせによるのでもなかった。それはもっと遠くから、刺激性のガスの匂いと胆汁の味とともにひとりでに出てくる腐敗した乱雑な思い出に満ちた彼女の存在の暗い忘却部分から来ていた。感情を伴わない陰鬱な微光の彼女の視線が——彼女を焼いた火のすべてが、炎、煙、そして火花とともに、内部に閉じ込められたかのように——周辺を巡った。彼女は菜園、井戸、コラの樹、要塞、それに革の上のコーリのように群集の中に散らばった彼女の埃の凝固物である、ドヤ、ディアバリ、そして長男がかくも短い時間に残した多くの孫たちを見た（暴風雨で落ちたパパイヤのように一回の処置で現れたようにみえる）。今、これらすべてが慣れ親しんでいるようでも、混乱しているようでもなく、疲れ切った、繰り返された、古びたものだと思えた。すべて、人々、物、そして話が。おもいがけず、新たな夫と一緒に来たタイの列席さえもこの印象を和らげることはできなかった。舞台は彼女の注意を引くように十分に演じられた。あたかも、長い間には表現の水準が下がり人々が辛らつさを失い華やかさで飾るかのように。彼女は今、物事が手の施しようがない方法で進むことを知った。イナニのときのように。

プルが遠方で亡くなった場合、もしくは水の中で行方不明になった場合、模造墓を造るのが慣習だった。従って、りっぱな黒い牡牛をいけにえとして殺して菜園の隅に埋葬し、そこに石の丘を築いた。それは、以降、彼女があたかもビラヌの体がそこにあるかのように、ひざまずき、支離滅裂なことを言い、泣くところである。疑いなく、彼女の番がきてそっと立ち去る前に残された最も大事な行動である。

日は経ち、彼女は泣くことなく、いつかまた来るかとも聞かず、ドヤとタイに別れを言った。彼女は末っ子ディアバリを結婚させることを考えたが、運命の良き法則のなにかを妨げるのを恐れて、最後になって放棄した。《すでに、ドヤは父の不在中に妻を娶ったのだから、すでに彼の最後の子が、デムバがひどいニュースを知らせに来た七日前に生まれたのだから……謎が解けるのを待ちましょう！》ダガナに向けて長男の隊列が動き出したとき、蔦の扉を閉めながら、彼女は思った。

＊

末っ子、ディアバリの態度になにか心配なことがあった。そしておそらくそのせいで彼をせき立てるのを恐れていた。洞窟に連れて行き、割礼し、ミルクの意味とグエノの神秘を秘儀伝授してからもう久しい。ルラは彼が少しずつおとなしくなり自閉的になっていったのを見ていた。同年代の若者たちから遠ざかり、飲み屋、ソロの遊戯、馬の競走、そして女たちから離れていった。毎日牛を世話し、菜園で作業し、あるいはコラの樹の下で古い牧童の歌を口ずさみながら靴と帽子に刺繍した。彼はいつだって刺繍が好きだった。ビラヌが子供たちに懸命に教え込んだ難しい高貴な技術を彼は最も良く吸収した。《それで得られたのは緻密でのろい魂よ。彼に力はあるけれど、戦争や指揮の力ではないわ。神様どうして……》

実際、ディアバリは男の仕事で単純で有用な行為を好んだ。ルラは安心してよいのか心配すべきなのかよくわからなかった。例えば、火を点けること、水を汲んで草木に水をやることを好んだ。とりわけ、ドヤが蝋と革を仕入れにフェルロに行った途上に、二日間要塞で休息を取った日から、園芸の誘惑が高まった。琥珀、飾り玉のいつものお土産の他に、その日長男は見慣れぬ種子、挿し穂、それに種の入った袋を出した。「これを植えてくれ。もう餓死することはない！　ポルトガル人たちがくれたすばらしいものだ。世界中の長い大旅行で接岸したあらゆる国々から来たものだ。これを見て！　トマトだ、これはマニヨク芋だ！　そしてとうもろこし、マンゴ、ソープ・プラント〔石鹸豆〕、それにスペインのインゲン豆だ。これら、うっとりするような植物は私たちの良質のフタの土地できのこのように伸びる。一度ダガナに来て私の庭を見なさい！」

ディアバリは菜園のほぼ半分に植え、粟の栽培に予定されている減水地に野菜畑を数アルペン整備した。そこを区画しダバとじょうろを備え、一巡に二日かかったこれら新たな植物が萌芽して、大いに満足した。

夜は、グエノを、二二のラレディ〔プル族のパンテオンの半神〕を、二八の太陰月を、それにプルが英知に達し牝牛の真の名を知るために通過しなくてはならない一九の林間の空地を称える神秘の歌をつぶやきながら、暖炉の傍で遅くまで夜更かしした。そしてある晩、グエロキの葉の煎じ水で身を清め、馬の薫蒸剤を噴霧した。続いてやぎをいけにえとして殺し、ササと槍を持った。

「どこへ行くの、ディアバリ・ビラヌ？」

「クメーンに会いに」

「私を泣かすためにそう言うのだったら時間の無駄だよ。もう泪は残ってないから」

「神に遭える原野の片隅を知っているのだ」

「ばかを装うのはよしなさい。それがどこにつながっているかわかっているでしょう！」

彼は平原を横切り、丘陵をまた丘陵を駆け降り、夜の中に入り込んだ。藪を、沼を、森を、ケルセドラとネレの列を横切り、真夜中、こおろぎたちの歌と星々の明りに届く唯一の森の空き地に到着した。

洞窟で得た秘密はどこでどうやって霊が人を丸め込むかを彼に教えていた。彼は大急ぎで運命の掘っ立て小屋を造り、中に入り、藁屋根から腕を突き出して、肉片を持って待った。

翌日、遅くなって眠り、疲れ切って目覚め、頭痛がし足が痛んだ。

「おまえ、少なくとも生きたクメーンが見えるのだろうね！」母が冗談を言った。

「クメーンは見てないんだ。せむしすら見ていない」そっけなく答えた。「でも母さんはわかっているだろう。また僕が始めることを」

六ヵ月間、彼は木曜の夜を森の空き地に、泉に、沼に、そして洞窟に費やした。それから彼は刺繍と園芸に戻ってきた。ルラは深く安堵し、あらゆる悔悛の念を、かのファラン河の巡礼さえも、頭から追い出すことが出来た。

「もし神々がまだ私たちに興味を持っているなら、ここに私たちを探しに来ればいい！」断固として彼女は結論した。

息子は一時、神秘主義、たわ言、それに極端な孤独で彼女を心配させた。しかし彼女ははねつけたり矯正したりはしなかった。彼女は占い師の予言がどのように実現されるかを見たがった。皆は息子は並外れていると言い、彼女は良くも悪くも待ちながら、成長を見守った。同様に、彼が三つ編みを切り、頭を剃った日、両手を下げるだけにとどめた。

「そうすると神がおまえをもっと良く受け入れると思うの？」

「クメーンはもういらない。ほんとうの道を見つけたのだ。イスラム教徒になることにした」

＊

その間、原野での六ヵ月の黙想に失望し、ビロムが数世代前にしたように、モスクのほうに目を付けたということだ。彼は何度も何度も門の前を通り、子供たちが唱句を朗唱するのを聞き、長いボイレの鞭を使って、子供たちの信仰を確固たるものにしている、新たにモーリタニアから来たイマムを見るため、コーラン学校のシダの生垣まで踏み込んだ。嫌悪感で唾を吐き、家に帰るたびに、心臓が恥で埋まった。そしてある晩、初めから彼のやり口を監察していたイマムは種の貯蔵庫までついて来た。

「なぜアラーの家の周りを回り続けるのだ？　そこで慈悲がおまえを待っているのだから、いっそのこと入ってみたら」

「おまえの宗教がひじょうにおかしいと思ったので近づいてみたのさ。猿の見世物があるときに皆が市場ですることとさ」

「まじめにやりなさい、プル！　ここに気晴らしに来たのではなくて、なにか引き寄せられるものがあったのだろう。そうだ、神の精神がおまえの上に漂っているがおまえはまだそれを知らない」

「そのように私を従わせることができるとは思うな！　けっして、私は乞食の宗教には改宗しない。私はプルだ！」

「わかっている！　アラーはおまえを揺籠から捜していた。拒絶するな！」

「私の道を空けてくれ、イマム、同じ霊を持っているのではないのだから、私たちは同じ神を持っているのではない！」

「ちょっと待ちなさい……！　これらの日のうち、初心者にとって最良の日は金曜日であることを忘れないよう。より良くはドーの祈りだ！」

彼は三週間待ってモスクの門に立った。四ヵ月後、菜園で土を鋤で掘り起こしていた母に近づいた。

「母さん、話がある」

「何に出会ったの、大預言者？」

「いや、嫁をもらいたい」

「おまえが空位を埋めるために指名した、不幸な被創造物はだれだい？」

「エリ、ディアバリ叔父さんの娘の！　私の妻になるのは彼女だ」

*

イェロ・ディアムの死後、その息子、ガタ・イェロが継ぎ、コリ・テンゲラの孫の権力就任の始まりとなった。ディアバリがエリを娶ったのはガタ・イェロの君臨の中頃であった。その当時、マリのマンサ、ママドゥはマシナのプル族の軍隊を立ち上げ、ソンガイに支配され続けていたジェンネの街を解放しようと試みた。トムブクトゥから駆けつけたマスケット銃で武装したモロッコ人の増援を前に、僅かの差で挫折した。イェロ・ディアムはこれに乗じて国境を東に展ばした。彼の先見の明と、比肩できる者がいない頑固さによって、フタの絶頂が始まった。彼が亡くなったとき、ディアバリはイマムの洞察力のある目のもとで、コーランに下った。つまり、聖なる本の唱句のすべてを学び、読み、書き、暗唱した。ディアバリは、ムーアの婦人ひとり、ウオロフの婦人ひとり、そしてガブのプルの婦人ひとりの三人をさらに娶って、アラーの結婚の規則に合意さえした。

彼女らは合計一二人の子供を産んだ。男七人、女五人。世界の始まりと同じように。「命がふたたび始まる。私の祖先、ドヤ・マラルと同じ子孫の権利を得た！」彼は有頂天になった。聞き違いも、嫉妬も、憎悪も、氏族が再生したこの細枝を折りに来ないよう、彼らすべてを同じ名から命名し、それぞれが実際の母の名がわからないように気を配った。「このように、同じ口の歯のようにひとつにむすばれている」とはっきり言った。長男のママドウ・ディアンは、エリから産まれたが、ウオロフのマム・クムバの息子とされる傾向があった。末娘のママドウ・マリアマはこのマム・クムバが母であるが、ムーア人のスアイルが授乳し、ガブから来たプルのデヲに教育された。系譜八番のママドウ・ボイはある日、デヲから生まれたのか、それともエリからなのか聞いたが、いらいらしたディアバリは彼の家族についての考え方を、これを最後にきっぱりと説明した。「おまえたちは皆私のものだ。それだけが大事だ。おまえたちの血族順位はこの世に来た順番で決る。同じ年に生まれた者たちはそのことが最も近親感を与える。おまえたちは皆ドヤ・マラルの末裔、皆ヤラルべで、皆同じ名前だ。そしておまえたちを聖別した預言者は、プルが群れの牛のそれぞれを監視するように、おまえたちを監視する。おまえたちそれぞれがよみがえったドヤ・マラルの末裔であることがわかるだろう。アラーもそれを望んでいる！」

1600 – 1640

ガタ・イェロは一四年間君臨し、弟のサムバ・サワ・ラムに譲った。サムバ・サワ・ラムは、長く続いた一連のテンゲラ朝のうちで最も輝く真珠を体現し、王朝の最大の権力、帝国の絶頂となった。一九以上の地方と王国が、王冠と宝、部族と軍隊を彼の革紐の下に委ね、三七年間続いた。アサバ山と南の河の間のすべての人々は彼を敬い、彼に従わなくてはならなかった。すべてのものが、すなわち流体、金属、存在、そして土地は、塩辛い大洋からトムブクトゥの周辺まで彼の財産目録に入れられた。フタ・トロ、ジョロフ、ワロ、ガラム、ディアクラ、タザン、トゥラルザ、ブラクナ、シネ、サルム、フタ・ジャロン、カッソ、ブンドゥ、バディア、ソリマナ、バガドゥ、ダガ、グンディウ、ワガドゥ、ディアカレル、その他のどこにあっても、それらの宝物が、穀物倉庫、厩舎、塩貯蔵庫、ガラス製品ともども財産に付け加えられた。《必要なら死のう。だが、恥はかかない。死によって、他者の嘲笑から逃れられるが、恥は本人を腐らせる》おまえたちプル族の愚かな牧童たちの一部では今日でも為されている、敵前逃亡の屈辱を避けるため戦争に行く前にパンツを石で一杯にする習慣は、これがもとになっていると言われている。

サムバ・サワ・ラムは、デニャンコ朝で最も威信がある王となった。彼の王座は最も高く、最も安定し、最も栄えた。戦争をせず、新たな征服をせず、一切の敵を押し戻すこともなかった。《テンゲラは最初に鞭、そして蜂蜜だった。サムバ・サワ・ラムは蜂蜜だけだった》グリオたちはリュート〔弦楽器〕の音で歌った。サムバ・サワ・ラムは、ピーナッツ、マニオク芋、トマト、とうもろこしの栽培と馬の飼育を奨励した。その時代、皆は平和に移牧し腹いっぱい食べた。粟が貯蔵庫に溢れ、金が召使たちの首にさえ輝いた。ポルトガル人たちとモロッコのスルタンたちとの金属と奴隷の貿易を優遇した。ゲメ・サンガンの略奪者だったテンゲラの家系は、皆に畏敬され支持される敬うべき領主となった。彼らの課題はその時、歴戦の軍隊と、保った地方を最終的に服させることだった。伝説と偶像を崇め歌う時であった。従兄弟でライバルのヤラルベのふたつの家系の関係は当初の戴冠の間に弱まり、血の記憶と先祖の思い出を消すまでになった。《グエノはヤラルベ氏族の一方だけに運を与えた。ディアディエ・サディガには富と勝利を、ドヤ・マラルには悲痛と苦悩を！》老いて衰えを感じ始めたとき、ルラは自らに繰り返した。しかしそれは年齢の重さだけがそう言わせたのではなかった。生活は苦く痛ましく、骨身にこたえた。すすんでユーモアをまじえ、懐疑的だが覚めた視線を人々に投げかけて、諦念の内にも幸せ感をおぼえた。それ以降、蔦の囲いの外は、多彩なばからしい喜劇が演じられる、騒がしくなる一方の無秩序な世界となった。今、彼女はたいしてすることはなく、野菜を収穫するか綿を梳くか、あるいは、テラスか新しいコラの樹の下で横になり、兵士たちと王子たちの行進を眺めながら事態がこのようになって良かったと自分に言った。《強くなり、幸せになる権利は彼らにある。ふさわしいのは彼らで、正にそのために彼らはいる！》悔しさや嫉妬心をすべて封じ込めて、彼女はため息をついた。彼女は彼らに好感と賛美の気持ちを抱くまでになった。兵士たちはさらによく選ばれ、王子たちはより立派でよりきれいに着飾れたと思うまでになった。だが、それでも彼らがあちこちで犯すあらゆる権力の悪用と乱用は耳に届いた。「優しい女主人、彼らは銃と馬で野営地とシテ〔邸宅地〕を脅かしていることを考えてください！」彼女の世話をするためにディアバリが買い与えた使用人、シラが思い起こさせた。「当然です」彼女は慎重に答えた。「欠くことができない存在は彼らです。王は彼らなのです」心の底で自身に言った。「もしその地位にいたなら、私の子供たちがそうしていたでしょう！」彼女はシラが王宮のうわさ話をするのを楽しんだ。まじないか悪魔祓いで動物の群れを奪い取った、あるいは美しい妻を奪うために高官を拘束したアルドをデニャンコの王子が訴えたのを聞いて、意外とも思わず憤慨もしなかった。出くわす馬のすべてを捕獲しようとして手綱に負担をかけ過ぎの兵士たちの嘆かわしい習わしにも慣れ、大コリ・テンゲラ以来、彼らに対し怒ることは、降ってくる雨に対して止めと叫ぶほどのことでしかないと言うにまでなった。兵士たちと憲兵隊長たちの傲慢を耐え忍び、ずっと以前から覚悟していたかのように従った。

それまで要塞は聖域であった。ラム・トロの宮殿の壮麗さはなかったが同様な敬意を抱かせていた。誰も招待されない限り、勝手に要塞に足を着けなかった。それはガルガの土地がイバラに覆われてから数年経ってから変わった。最初に起ったときルラは、思慮の足りない者たちの一群による偶発的な出来事で将来になんの影響も及ぼさないと思った。彼女は二度目の減水の後でやっと理解した。最初、兵士たちはいつものように塀沿いに、ろばや馬を伴って、チュニックで、三つ編みで、銀の腕輪をして、罵言を投じ、戦争の歌を歌いながら行列していた。菜園のパパイヤの樹を見て、彼らのひとりが叫んだ。「パパイヤの樹だ！」すぐに彼らのうちの一〇人ほどが飛び上がり蔦の柵の上を滑るように乗り越え、彼らのササをパパイヤで一杯にした。土塊を投げつけ叫んだシラに目もくれずに、彼らは歌い続けた。「あっちに行け、野蛮人！　ここは私有地だ！　ガルガ・ビラヌの！」「ほっときなさい、シラ！」ルラが命じた。「大牛の兵士たちはここでは当然よ！　悪いことはしてないわ。パパイヤを少し摘んだだけ……ガルガ・ビラヌは彼らを接待できて幸せでしょう。彼もコリ・テンゲラの兵士だから……！」印象付けようと最後の言葉は強く発音したが、彼らはそれにも注意しなかった。彼らは来たときのように、タロ芋とドヤによって作られた苗床を踏みつけながら戻っていった。「幸運にもドヤもディアバリも家にいなかった。直情的な彼らだからどうなっていたことか、神様！」

二回目は兵士たちではなくヤギの商人たちだった。市場への途上、用便をしに菜園に入り野菜と果物を摘んだ。ルラは杭で身構えたが目が泪で濡れた。彼女は杭を捨て、興奮しても何にもならないと認めた。運命は今、決定的に、永続的に、不愉快なものになった。しばらく前から、とりわけディアバリがイスラム教徒の地区に屋敷を建て、四人の妻たちと一二人の子供たちと、その原義が言う《過去から遠ざかり神に近づく》ようになってから、彼女はわかっていた。ただ、目の中のほこりを許さない頑固な霊のように、その当然のことを頭の片隅に押しやった。そして、「他の人たちのようになるのに何の恥があろうか！」と言うに至った。同様にラム・トロの人たちが一〇頭ほどの牛を要求して入ってきた日、彼女は租税について話したりせず、あたかもガルガ・ビラヌの家ではいつもそうであったかのように渡した。それ以降、すさまじい調子で続いた気苦労と屈辱を、ディアバリに知らせずに我慢しようと彼女は決めた。

しかしながら、兵士たちが来て包囲し、馬たちとろばたちを拘束した日は怒りを抑えられなかった。杖を取ってイスラム教徒の地区に跛行した。

「ディアバリ！」駆けつけた野次馬たちの前で叫んだ。「おまえがアラブの偶像の前で平伏してる間に、彼らはおまえの父の馬を盗っていったよ！　ひざまずいたプルはそれでもプルかい？　そいつら、アニャム・ゴドのデニャンコベに一言言っておくれ！　嘆かわしいビスミライになったとしても、ドヤ・マラルの子孫にそのような扱いはするなと。今すぐに行ってちょうだい。そうしないと縁切りですよ！」

ディアバリはすぐに出かけた。母の命令に従うために、そしてさらされたばかりの嘲笑から逃げるために。アニャム・ゴドでは誰も彼を知らなかった。彼は奴隷の地区に泊らなくてはならず、軍隊のまん中で生活している王が住む野営地の周りを何日も回らなくてはならなかった。そしてある日、我慢できず、入り口突破を試みた。

「望みは何だ、プル？」守衛が質問した。

「王に会うためにグエデから来ました」

「大サムバ・サワ・ラムに話したい重大なこととは何だ？」

「兵士たちが私の馬を盗って行きました。返してもらいたいのです！」

ディアワンド[9]がそこを通った。会話が険悪になり、彼は介入する必要があると思った。

「どうして大牛の家の前で大騒ぎするのだ？」

「この男は王の厩舎内に入っている馬を取り返すためにグエデから来たと言っています。このようなことは見たことありません。こいつが気違いなのか、私たちを挑発しているのかわかりません」

「名は何というのだ、プル？」

「ディアバリ！　ディアバリ・ビラヌ！　私も王家の一員です。卑しいウランコベ[10]にするように私の馬たちを盗る権利はありません！」

「おまえが王家であるなら、おまえの祖先を知っていなくてはならない！」

「私はガルガ・ビラヌの孫です。ガルガ・ビラヌは大ドヤ・マラルの孫です」

「私に金をよこせ、プル。私が直ちに解決しよう！」ディアワンドが言った。「私の金はアラーの真の被保護者たちである最も貧しい者たちにささげられるが、おまえたちのような陰謀家たちにではない！」

「私の道から立ち去れ、あさましいやつ！」ディアバリが怒鳴った。

「それではおまえの近い未来は暗い、プル！　棘と炭火をおまえに飲ませてやる。ディアワンドがなんだかおまえに見せてやる……！　衛兵、この男を逮捕しろ！　ドヤ・マラルの息子だ。先週ワレ・ディオントで牧童を殺して群れを奪った家畜泥棒だ！」

ディアバリは捕えられ、棒で打たれ、取り違えだと気づくまで一ヵ月間ケルセドラの樹の周りに繋がれた。そこを出たとき、ターバンも武器も馬もなかった。移動音楽家たちとコラの商人たちに付いてグエデにたど

9　Diawando　ディアワムベ（Diawambé）氏、プルの王の参事、「頭の回転が速い人」の意。ずる賢さとひねくれた精神で知られ、皆、彼らを警戒した。
10　Wourankóbé　「野営地の人」の意。この氏のメンバーはフタ・トロのプルクのように多少重んじられた。

り着いたとき、全くの敗残者であった。

彼のぼろ着と疥癬を見たときにも、ルラは泪を一滴も流さなかった。「わかっていたわ。王は親戚ではない！」後悔するのみだった。

彼女はこの言葉を最後に、病的なまでの無関心さに陥った。

＊

その日からルラは、話さず、食べず、要塞の敷地から出なかった。テラスあるいは新しいコラの樹の下で、あたかも何らかの神性が通常の事物の流れを取り戻すのを待っているかのように、井戸に視線を固定した。彼女の土のベッドに皆が運ぶまで、身震いすることなく、まばたきすることなく、雷や稲妻のような重圧にも無感覚に、そこで過ごした。ディアバリは住居を出、四人の妻が交代でルラの世話をするのを助けた。ルラは髪を櫛梳くことも身を洗うことも拒否し、シラがミルクかスープのおたまを差し出しても彼女の口はかたくなに閉じられたままだったので、たいしてすることはなかったが。これはロトリに先立つ一ヵ月間続いた。それはまるでグエノが密かに食物を与えているかのように、痩せもせず、昏睡状態にもならなかった。奇跡は、光が溢れ、乾いた花と綿の玉が旋風でいっぱいになったアルマタンの日に起った。突然、彼女は背筋を伸ばし左手を上げ井戸を指して、叫びたいかあるいは高笑いしたいかのように口を開いた。皆はついに彼女が治癒したと思った。そして薪のようにふたたび倒れ、楽観した者たちは言葉を失った。

皆は彼女を婦人たちの墓に埋葬した。ディアバリは石の丘の下に、菜園内よりはアラーにより近く、黒牛の骸骨が横たわる穴の横にと考えていた。ドヤは迷信から、不幸が要塞の周りで輪舞し続けることにはならず、また、牛の霊が彼女を苦しめることもなくなるので、それには不都合を唱えなかった。ドヤは婦人たち、子供たちを伴ってダガナからやってきた。オレ・フォンデ、ガブ、あるいはフタ・ジャロンからは誰も来なかった。「まるでこの季節が永久に閉ざされたよう……!」ディアバリが自らに言った。

ディアバリは四〇日間待ち、母の霊に添えるため、儀式で牛の喉を切り、モスクで祈った。その後要塞を焼き、黒牛を保護しながら出っ張った土地を踏み均した。続いてモスクの信者たちに、ガルガが試練と闘争でくたくたになった七〇年に渡る生涯で集めた金を配った。そして家族の家畜をソイナベの牧童に託してあるドナイェに行った。一部をメッカに向かう途中の巡礼の隊列に与えた。彼自身には、誉あるプルは動物なしでは生きられないと言われていたので、牝牛一頭と牡牛一頭を残した。残った動物を十分に名声のある導師に与え、身を清め、知識を深めるため、モーリタニアに向けて発った。

＊

一五年後、九〇フィートのカラベル船がチエエルの港に接岸した。安物ブランデー、錫、銅、サージ織、絹織を積み、制服とフロックコートを着た七人のポルトガル人と五人の黒人から成る一二人の乗船員が乗っていた。彼らはポルトガル語で騒がしく話しながら商品を陸揚げし、そして馬を借りてグエデに向った。カポックの樹の下に現れ、道を聞くことなく、モスク、バンタン、大タマリンドの樹に沿って進んだのが見えた。冷やかしの野次馬たちとぼろを着た子供たちが要塞の前まで付いてきた。かつて蔦の扉を支えていた土塊の前で、彼らは唖然として急に立ち止まった。フロックコートを着た黒人の一人が、わかりやすいはっきりしたプル語で呼びかけた。

「グエデで最近火災があったのですか?」

「火災はグエデではいつものことです」見下した風に誰かが言った。

「最後はいつでしたか?」

「先週ですが、それは靴直しの地区でした」

彼は小さな目をかっと開いて、長い眠りから覚めたように、ロバをあやしながら周りを回った。これはあくびするほどの時間だったが、その後つぶやいた。

「ここではないらしい」

めんどくさくなったエスコートが馬たちのほうに向き直り、ポルトガル語で何やら言葉を交わした。

「ガルガ・ビラヌの要塞はここではないのか?」プル語を話す者が帽子を脱ぎ、禿が進み灰色がかった髪を現して、額の汗を拭いながら質問した。

「ここでした!」白子が楽しみを見つけたように単純に言った。「今ではポルトガル人たちが投宿するのは隊商宿です……おまえ、後を話せよ」鼻が鼻水でふさがった頭を短く刈った少年に振り向いて言った。

「イマムに会いに行くのが一番です! 差し支えなければ、僕、シドが案内します」少年が答えた。

「親切にどうも。ベルランゴ菓子をあげよう」

逆の道を取って、藁の屋敷とイスラム教徒たちの地区を支えている石切り場に続くトーチの小屋々々の間を蛇行する、牛糞と腐ったメロンで汚れた砂質の小道を通って行った。シダで囲まれた五つの小屋の屋敷の前で止まった。丸い中庭で、ヤギの皮の上に倒れこんで男がブーブーに刺繍をしていた。

「この人があなたに話したいそうです、イマム！」誰かが叫んだ。

男は片肘で伸び上がって、興味深々の大勢の群衆に囲まれた乗船員たちを見た。

「泊るところなら、ミュエザン〔祈祷時報係〕のところかラム・トロの付属建物に行ってください」弱々しく彼は答えた。「隊商宿はすべて塞がっています。モーリタニアから来てフタ・ジャロンとガブに行く途中のふたつのザウィア〔聖者信心会〕が今使用中です」

「違うんです、イマム。これらのポルトガル人たちは変で、そのうちのひとりは白人特有のうめくような歯音不全ではないプル語をためらいなく話します」

「すみません、イマム、私たちはガルガの要塞を捜しているのですが、皆はここに連れてきました」フロックコートの黒人が言った。

イマムは刺繍を皮の上に置いて、両手を天に掲げた。

「全ての地が我が神を称えるだろう。一〇年前あなたが夢に見させたことが今私の眼前に……！」

そして、この奇妙な独り言を止めて訪問者たちに向き直り、皆に口づけするかのように大きく両腕を広げた。

「お入りください、私の父、ディアバリ！」詩篇を朗読するように歌った。「あなたが戻るだろうことは知っていました。でもこんな異様な身なりでとは！」

＊

最初の週は、感激し泣くだけにとどめた。二週目になると、苦痛を乗り越え、言葉に尽くしがたいことに手をつけた。

「あるときは洪水、またあるときは干害、そして特に、財布のなかが決して十分でないデニャンコべたちの、私たちモスクの人々に対する迫害！　幸い、私は所帯に関しては幸せです。イスラムの規則に従った四人の妻とプルの天地創造説に従った世界の始まりのような七人の男子と五人の女子の一二人の子供。この家ではふたつの神が結局承諾したかのようです。そして叔父さん、もう気づいているでしょうがあなたの娘、エリが私の最初の妻になりました。彼女はお尻を持ち上げるとき猫のように高くて……サラウ・アライ・マ・サラマ！　たぶん地上では地獄はそこから始まる……！」

「抑えなさい、ディアバリ、息子よ！　この瞬間を生きる幸せは過去のあらゆる不幸を消し去る。しかしながら、私の心に入ろうと急ぐ一〇ほどの喜びのうち、私の兄ビラヌがおまえに私の名を与えたことが最も大きいものだということを知りなさい。私は娘を残し、息子の妻を見出した。すばらしいことではないか？」

三週目、小ディアバリは牛たちと羊たちの喉を切り、イスラム教徒の仲間たちを大きな祭りに招待し、《私に残された唯一の父》である叔父を紹介した。

四週目、押し殺した声で、ため息まじりに、過去を語った。大ディアバリは、アルギンに滞在したときのことを、サンタ・アンナ、サフィ港、そしてマッサ、それからサン・ジャン岬を通ってポルトガルへに到着したときのことを、手短かに話した。彼はぞっとする手を見せて言った。「これは錫の鉱山でだ！」背中を見せて言った。「これはアントニオ・ギマラエス・マガラエスだ！」声は平静で、思いがけなくも笑い声さえ混じっていた。あらゆる種類の試練と、あらゆる種類の屈辱と、あらゆる種類の憎悪と、あらゆる種類の破廉恥とによって熱くなった目は、今ではほとんど冷め、穏やかで明るく、充血は消えている。子供が見知らぬ人に対するように、彼らは超然とした態度で、生涯のその暗い断片を聞いた。アントニオ・ギマラエス・マガラエスはアルガルヴ地方で最も裕福な地主のひとりだった。その所有地はグエデの領地の二倍あり、そこにあるすべてが彼のものであった。土地、地下、河、植物、鹿たち、七面鳥たち、まむしたち、そして人々。彼は毎月ファロの奴隷市場に来て買い物をし、そこでディアバリに当った。すぐに神父のところに連れられ、三つ編みを切られ、新たな名を与えられた。アミルカ。アミルカ・ギマラエス・マガラエス！　かくも意味のない名に決して慣れないだろうと彼は思った。しかし、鉱山と畑のなかで、ポルトガルの神と人々に接触して過ごした数年の後で、そのあだ名は、皮膚に刻まれた小さなこぶ状の星型の傷跡同様、彼の体に同化した。小ディアバリは叔父がこれを話している間、祈った。これらすべてがどれほどの時間を要したのかわからないと彼は言った。洗礼、落盤による骨盤の骨折、結核、ポルトガル人の女中との結婚、神秘主義への入門、八人の子供たちの誕生。「三〇、四〇年？　そうなら時を数える労は取らない。細々と暮らすだけだ」彼が来たのは初めてではない、ただ、今回、思い切ったのだと言った。解放されてから、船主はアフリカの海岸での通訳として彼を雇った。彼はプル語以外にサナジャ語、アサニア語、サカコレ語、そしてセレル語をなんとかやってのけたので。そうだ、彼は皆と同じに蝋を売ったり牛を育てたりしに戻って来ることも出来ただろう。しかし、彼の奴隷の古いステータスは顔の真ん中の鼻のように皮膚に張り付いていた。その名誉あるプルはそれを真面目には受け取らないだろうし、実のところは、教会の鐘が立ちはだかることのない地方で生きることはもはやできないと彼は感じていた。《信仰はコラのようなもの。それを味わうとやめられない》心の底では運命を受け入れる以外の選択の余地はなかった。三回逃亡を試みたが三回それが空しいことだと皆が証明した。路上の黒人は必ず脱走者だった。千回、白人たちの内臓を取り出し、アラブ人たちを去勢したく思った。《これらふたつの犬の類、残虐非道なふたつの小部族!》千回、風に放たれたかかしのように倒れた。だが決して自殺の考えは頭に浮かばなかった。結局、なぜかは良くわからないが生きることに意地になった。

「向こうにも風があった」詫びなくてはならないかのように彼は結論した。「私の若き同名異人、おまえのほうもまた運は強く吹かなかったようだな」

「何かが私たちを追いかけているようです、叔父さん! 一度触ったらその臭いを消せない森の花のように頑固で不吉ななにかが」

「私の伯父のガルガのようなことは言うな。『それは、ドヤ・マラルのとき以来!』」

これを言ってから黙りこくった。視線は小屋から、菜園の野菜の上に立つオレンジとマンゴの樹のほうへと彷徨った。彼の甥の神秘的なまでの激しい変容に関してはさらに知る必要はなかった。沼、洞窟、ビスミライの聖域への不可解な誘惑、コーランの見習へと、甥が次第に遠ざかって行ったのを察するには十分な彼の祖父の物語を完全に知っていた。モーリタニアへの儀礼巡礼、アター、チチ、ブトゥリミのマラブたちのもとでの研修とグエデへの帰還。帰還後、彼自身、皆が知っている幸福を達成し、イマムとして、コーラン学校の先生として、信者たちの裁判官として定住した。

「ああ、私たちはいつかは繰り返すことになる定めの家族なのか」

小ディアバリは母、ルラの言葉を聞いたと思った。多少の眩暈がして頭を振って答えた。

「今後は恩恵のみをアラーがもたらしますよう」

「おそらくキリストがそれを与えるであろう……要塞は?」

「雷ではありません、私がしたのです! 母の死はすべての死であらたな生命の始まりでなくてはなりません……私の兄弟たちについて話してください!」

「彼らは十字架を首にしている。牛に関してはなにも知らない。だが父、母、そしてミルクをプル語で言える。私にできたのはそれだけだ」

一季節が終った。粟を収穫し脱穀し、マニヨク芋とタロ芋を掘り出した。熱い季節が到来したのだ。河の水が低くなり、平原の草が黄色がかった。新たに狩人たち、行商人たち、カリテと粟の収穫人たち、そしてフェルロやディエリから移牧のために三ヵ月間降りてきた牧童たちなどの群が往き来するのが見られた。出発のときが近づいた。バケルに向かったカラベル船は流れが弱くならないうちに海に戻るつもりなら、今、戻ってこなくてはならなかった。大ディアバリのため、彩色ガラス細工の彼の割り当てと引き換えに、金一〇〇ドブラ、インディゴ八キンタル〔八×一〇〇キログラム〕そして男の奴隷三人を持ち帰り、彼はグエデで再度乗船する取り決めになっていた。三ヵ月、これ以上はないであろう哀しみを乗り越えるのに十分な期間であった。

出発の日、来るべきある日の再会を期してミルクをこぼし左手で握手する必要は感じなかった。船に乗った叔父が言ったのは次の言葉だけだった。

「もし私が死んだのを耳にしても、泪を流すな。ただ私を忘れないようにしてくれ!」

夜中、ディアバリは彼の蔦の扉を破ろうとしている酔っ払った一群によって目を覚まされた。そのなかに、牧童の帽子を被り、誰よりも酔っ払った兄のドヤがいた。

「通りがかっただけだ、弟。明日、ダガナに行く小船に乗る。今夜、おれとこいつら感じのいい仲間たちを泊めてくれ」

「私の家から出ろ、偶像崇拝者!」ディアバリは棒をつかんで叫んだ。

「おまえはプラクの決まりを犯すのか。グエノがおまえに罰を下すぞ、弟! おまえの住居はおれのだ。おれのがおまえのものであるように。だがそのばかげたアラブの神に引き込まれてからおまえは礼儀を忘れたようだ。いいだろう。おまえが追い出すなら行こう。おまえの家に二度と足を入れることはないと思え……おれたちの間に柵が閉ざされる前の最後の奉仕だ。チエエルに着き、そこで朝を迎えられるようポルトガルのお金を少しよこせ」

ディアバリは少しためらったが、ポケットに手を入た。

「ほら。する必要はないだろうが、おまえの冒涜の言葉と悪徳を私から払い除けるための対価だ……」硬貨を数枚投げた。

彼は突然話を中断して小屋に走り、木の行李のなかを神経質に捜し、戻って、路上のドヤに追いついた。

「ほら、これも持っていけ、邪教徒。私にはもう必要ない！」

ドヤは屈んで、地面に落ちたオブジェを拾った。満月の白い微光に手のなかで輝くそれを彼は長い間見つめた。

六角星の赤めのうであった。

*

息子のボカ・サワ・ラムが即位した時点では、イスラムはいくらかの狂信家の牧童と、恍惚の行商人向けの弱々しい控えめな小さなものに過ぎなかった。即位後、あちこちにモスクが出来、港と市場に説教師たちと、祭りを騒がしく祝うのをためらわない数珠とコーランを振りかざす新信者たちが溢れ、イスラムははっきりとわかる活発な現実となった。兵士たちは役務を倍増し、税を上げ、さまざまな抑圧を始めた。飛び地では、イスラムが脱皮を始め、支配者に不平を述べ、伝統的なデニャンコベの凶暴性に対する恨みの抵抗が再び組織された。叛乱はモスクの中で、イスラム教徒の地区の中で倍増した。続く鎮圧で、多くの信者たちは、メデルサ〔コーラン学校〕が月桂樹と薔薇の花束ほどに多くなったガンビアに移動した。ラム・トロは、進んで物事をする性格ではなかったが、彼自身イスラム教徒で、あちこちで多く見られたビスミライと権力との摩擦は、グエデでは頻繁ではなく、起こってもすぐに抑制された。

大ディアバリの訪問から二年後、叛乱は倍増し、互いにさらに怒り合い、モハメッドの共同体に様々な嫌疑をかけ、イマムの生命を脅かすまでになった。

不幸な事件が市場で、ディアバリとマラゲットの粉の商人との間で起った。ディアバリは商人からその貴重な消費物資を三壷購入しようとした。悪党が急いで彼の計量器の底をへこませたのを見て、ディアバリはその恥ずべき詐欺を告訴した。騒々しいやり取りの後、数人の野次馬が集まった。

「わかるかい、ひとりのビスミライを助ける値段にしろということだな」群集を証人にとって、てきやが言った。「それなら陶器商のところに物乞いに行け、イマム、私の時間を無駄にしないで！」

「善意につけこむのも今のうちだけだ、邪教徒！」数珠を振り回してディアバリは叫んだ。「もうすぐ、盗めず、嘘をつけず、思うようには犯せなくなる。神の法が間もなく近づき大罰が下る！」

腹黒いスパイたちが事件をラム・トロに伝えた。その日の夜のうちに騎兵隊の分遣隊がディアバリの住居に来て、直ちに召喚されたことを知らせた。

「私たちの偉大なイマム！」ラム・トロが茶化した。「私が聞いたところでは、おまえはフタ・トロをイスラムのターバンに、物乞いと説教師の法に服させる準備をしているとか。私がおまえを思うようにさせ、おまえの狂気をここに持ってこれると思っているのか？　デニャンコベが私たちの地区に育んでいる敵意を忘れたのか？　彼らがグエデの王座を私たちに残しているのはなぜだ？　エリ・バナに対する彼らの勝利にかかわらずまだ私たちを敬っているからであり、とりわけ、コリ・テンゲラが私の曾祖母、高名なイェロ・ディアムの母、ファヨル・サルを娶ってから私たちの血が混ざったからだ」

「私にはマラゲットの粉の値段を話す権利はないということですか？」

「ない！　モスクの周辺をぶらぶらするのも、大タマリンドの樹の下で予言するのも、偶像を造りブランデーを飲むという理由でチエルの罪のない漁民たちをしかりとばすこともだめだ。公の場で話すことを禁じる、ディアバリ！　今日からだ！」

「しかし、ラム・トロ！」

「それまで！」

だが、今一度市場で事態は悪化した。コーラン学校の生徒たちと酔っ払った兵士の一群の間で喧嘩が起きた。これは内戦に転じた。一〇人ほどの死者と一〇〇人以上の刀の負傷者を出した。

ディアバリは逮捕され大タマリンドの樹の下で裁かれた。皆はターバン、バブーシュ、残りのすべてを脱がし、ちっぽけな性器覆いだけを彼に残した。地面に寝かし柵板に繋いだ。半日鞭打ち、傷に唐辛子とコショウを詰め、日が傾くまで放置した。そして月が出るまで新たに鞭打ちを続けた。昏睡状態が三日続き、かさぶたは三ヵ月半続いた。それ以降、家に人を呼ぶこと、誰かを訪問すること、公に言葉を発することを禁止し、自分の家とモスク以外は出入り禁止となった。さらに、グエデのイスラム教徒たちは羊の祭りは街の外で行わなくてはならず、マウルードや運命の夜のようなその他の騒がしい儀式も同様になった。

投石器で武装した若者たちが何回もディアバリの住居を襲い、やぎやにわとりに石を投げつけて殺し、彼の妻と子供たちをののしった。イマムは断食とコーランの読解に引きこもり、挑発にも、妻たちの懇願にも無感覚になった。

「ジョロフに行きましょう！」マム・クムバが泣いた。

「むしろトゥラルザに！」スアイルが反撃した。

「デニャンコベの手はどこにもある。ジョロフでもトゥラルザでも望むところで私を待つ。私を待つことができない場所はひとつしかない。それは祈りと瞑想のなかだ」

「もしあなたの家を焼いたら？」

「もしあなたの家族を打ち殺したら？」

「それは神が思し召すことだ。私たちはそのために地上にいる。与えられた運命を最後までまっとうしよう」

「フタ・ジャロンにはすべてから守る山があるわ。そこではあなたにたどり着くのは難しいでしょう」エリが固執した。

「フタ・ジャロンにはイスラム教徒はわずかしかいない。プルのアルベとディアロンケの長は好き勝手に彼らを邪険に扱っている。ガンビアではイスラム教徒たちは千人づつ押しかけ、河の全長に渡ってシテを建設している」デヌが異議を言った。

「私はグエデのイマムだ。ガンビアでもフタ・ジャロンでもない。私の義務はここに留まり、神の言葉を広め、信者たちを見守ることだ」

「彼らがあなたを置いたこの状況では、あなたはだれも見守れないし、あなた自身さえ見守れないわ」

「マム・クムバは正しいわ！　あなたは全くひとりなのよ」

「私は神を頼みとしよう！　神とともにいれば世界全体が後から走って来れるだろう」

翌日、石切り場で凄い地崩れが起り、多くの死者と負傷者が出た。噂では、イスラム教徒たちの仇を討つために基盤を破壊したと、新たに改宗した砂金採集者たちの長を非難していた。ディアバリの屋敷の近くのあばら家に住む老いたござ編みが、それを確認するためラム・トロのところに自ら進んでいった。「祈り、陰謀を企てるために洞窟に集っています。彼らは暴動を起こす準備をしています」ござ編みは付け加えた。

ラム・トロがディアバリを逮捕し、彼自身でアニャム・ゴドに連れて行き、家畜泥棒、大犯罪者、逃亡奴隷、魔術で嫌疑をかけられた人たち、不正な秤と不良な品質の銅を国内に入れたかどで訴えられたポルトガル人たちと一緒に、三ヵ月間拘禁した。

その後、新たに公衆の面前で鞭打ちし、選択を迫った。折檻で死ぬか、永久追放か、を。今回はビラヌの息子は反抗せず、ためらわず、家族と財産を持ってガンビアのメデルサに向けて発った。

フタ・トロで、彼をふたたび見ることはなかった。

ボカ・サワ・ラムの統治下でディアバリがフタ・トロから逃亡したとき、おまえの下品な小部族は最終的に三つの河の地方に根を張った。そしておまえたちのぼろを着た牛飼いたちが、ずたずたにされた牝牛のためにライオンたちと取っ組み合って闘っているのを、あるいは長男の場合と同じ儀式で、同じ悲しみの叫びで、死んだ若い牝牛を埋葬するのを見て誰も不思議に思わなくなった。バムバラ族は身を捩って笑わなくなり、モシ族は憤慨して叫ばなくなり、ディオラ族は、角の下品な動物の詩を歌う間、耳を塞がなくなった。最も遠い部族たちがおまえの飢えて痩せたシルエットと数え切れない奇抜さに慣れるに至った。要するに、食べられる良い肉がたくさんあるというのに、フォニオを食べ腐ったミルクに中毒して飢えているこの《他に類のない特殊な種族》を、特に何かをすることがないとき、皆は彼らをからかったということだ。

皆は、おまえたちの悲惨な季節の移牧を、楽しい見世物と考えるようになった。道端で少し止まってわめいているのを聞くのは、きつい畑仕事の気晴らしとなった。《私はひ弱で誇り高いプル！　おまえたち、人と動物たち、道を空けなさい！　私は千頭の群のプル、輝く東方から来て、草の生えた南方に行く！》セレル族は正しい。《それぞれに分担があり、かくして神は世界を創った。シマウマには縞の服、マンディング族には愚かさ、プル族には頭のおかしい習俗》ファア・ディア・オ・カイナク忌まわしいちっぽけな牧童たち。

＊

おまえはエリとヨヨのそのすばらしい地方を離れるべきでなかった。そこでは満ち足りた魂と腹いっぱいの生活ができた。グエノはおまえに地震と戦争、飢饉、専断の重圧、狂気と早死、それに家族の争いまでがない土地を与えた。ただおまえはプラクの規則に違反しただけ。冒涜し、牛をなおざりにし、神聖なミルクを汚した。おまえは淫奔に、高慢になった。裸で散歩して、穀物の穂で尻を拭いて、献芹を忘れて、どこでもかまわずに姦淫し禁制を犯した。グエノはすぐに怒った。おまえをバッタの大群と投石器と燃える金属と一緒にナイル河の谷から追放した。[11]

＊

小さなグループになっておまえの民族は、洟垂れたち、自己陶酔で気取った女たち、そして脇腹のへこんだ牛たちの群れと共に、広がるパノラマのなかに僅かな草がある、タシリ、オッガー、あるいはアドラー・デ・ジフォラのほうに進んだ。サハラの非常な静寂と極端な気候は、おまえの禁欲的な気質と狂信家の傾向

11　伝説によれば、ナイル河の谷からプル族を追い出したのは悪の女神、インナ・バサル（Inna Bassal）である。アブバクリイ・ムッサ・ラム教授によれば、むしろペルシャ人。

を決定づけた。誰が新たにおまえをそこから追い出したのか？　ベルベル人か、フェニキア人か、ローマ人か？　あるいは単に孤独で彷うのが好きなおまえの先天的な感覚によって、自ら出たのか？

いずれにしろ、偶然がおまえを先ずチチのオアシスのほうに、そしてオダのほうに、それから漸次、アサバ、ブラクナ、そしてタガンに導いた。いつも単純素朴な、わずかな接触から始め、波のように繰り返し、津波のように急速に沸きたち、ついに氾濫した。現在のモーリタニアの地方からおまえは定住し始めた。そこで今でもおまえの痕跡が認められる。アイレ・コロ、アイレ・タクタク、ベリ・マロ、チアファル・コサム、ガラヲル、その他、墓である石の丘と、廃墟となった要塞化した街々。そこは多かれ少なかれ黒人たちの地方だった。コロ族、カラコ族、バフー族、ソニンケ族、セレル族、レブ族。しかし、おまえの到着時、ベルベル人もいた。サナジャ族、ラムトゥニ族、ジェダラ族、そしてアダ族。この地理上の、人類のるつぼのなかに、おまえの新たなアイデンティティが刻まれた。先ずテクルの王国を、続いてデニャンコベの帝国を通じておまえの真の歴史が展開された。

＊

テンゲラの王朝はドヤ・マラルの子孫の分散の後も君臨し続けた。しかし、衰退の前ぶれはサムバ・サワ・ラムの君臨から現れていた。

一六二一年、オランダ人がゴレに進出した。一四四八年に現れたポルトガル人のそれまでの独占に終止符が打たれた。新たな状況は、おまえが疑う通り、デニャンコベの任務を明らかに複雑化した。それ以降、それぞれが船、暗黒のもくろみ、独自の戦争機器と奸策を持った白人のふたつの種族に対処しなくてはならなくなった。ポルトガル人たちは、特に好きだったわけではないが適合し、そのうち、以前、敵、マンディングの同盟国であったころのすべての出来事を忘れるまでになった。オランダ人たちは……！　それはグエラディオ・バムビが彼ら出身の首相を起用してからだが、……そして一六五一年、イギリス人たちがガンビアにセント・ジェームスの要塞を建設し、一六五九年にはフランス人がセネガルのサン・ルイ島に住まいを置いた。セレル族は正しい、プル。《悪魔がひとりおまえの家に入ったら、祈れば神が助けに来る。もし数人の悪魔たちがおまえの家に入ったら、唯一の救いはおまえもそのひとりになることだ》

＊

アフリカの海岸に、かくも多くの青白い肌の者が来て、セネガルの谷のあらゆる生活風俗が大混乱した。象牙と金の貿易が増大し、それまで付随的な手仕事だった奴隷制度は、そのアルマダ〔海軍〕とその士官たち、その仲買人たちと大立者たち、その夜警たちと財務家たち、工員たちと職工長たちとで工業規模となった。人間狩りと反乱は三つの河の地方で倍増した。同じとき、アラブの遊牧民たちがモロッコのアトラス山脈から降りて来て、モーリタニアのベルベル人を支配下に置こうと試みた。純粋イスラム主義に回帰し、黒人奴隷主義者の君主政体とアラブの侵略者たちを排除するため、このふたつの要因が結合してサナジャ・ナスル・エル・ディヌの運動が生まれ[12]、ベルベル人と同様にフタ・トロとジョロフのイスラム教徒の内陸地でも教えが説かれた。絶頂期、セネガル河の両側でメッセージはきちんと理解された。そこからデニャンコベ王朝をはなはだしく揺さ振った聖戦が続き、一六九〇年、大マラブ、マリック・シイの指揮の下、フタ・ブンドゥのプル神権政治国家の建立を導いた。マラブ戦争はシレ・サワ・ラムの君臨のもとで絶頂期に達し、一六六九年、弟、ボカに引き継がれ、一六七四年、ナスル・エル・ディヌの死から後退した。しかしそれはウオロフの地方でのプルの宗主権支配を終焉させ、シレ・サワ・ラム後の長い間の後継者の危機を開き、フタ・ジャロン、フタ・トロ、ソコト、マシナ、それにアダマワの神権政治王国を出現させ、イスラム教徒のプル族が最終的に権力をつかむことになった。

ああ神よ、コーランと規律に敵対する伝統的に淫蕩な者たちが、意外にも、スルタン〔君主〕に、シャー〔王〕に、武勇の王子に、道徳と権利の獰猛な守衛になった!

セレル族は正しい、プルよ。《プル族の歴史、白痴の歴史、どのように始まるか誰も知らず、どのように終るか誰も知らない》

12　Le mouvement du Sanadja Nasr El Dine　セネガル河の谷の歴史を大きく混乱させたこの動きは Chor-bouba あるいはマラブ戦争という名で知られている。

槍とインク壷の領主たち

めくらの失われた目のもとでさえ、金は炭とは異なり、誰も金を炭だとは言わない。スムール〔小麦の粗粒〕は砂より価値があるのは確かで、グエノの御座は王座を凌ぐことも事実だ。地上では、結局、プル、物が同じ外観でも、それらは必ずしも同じ価値ではない。昔の老いた行商人たちが言ったことを聞きなさい。《見せかけはグエデの市場、満悦はディアムワリの市場》それら数え切れない部落のなかでディアムワリは、皆の意見として、文句のないブンドゥの真珠であった。確かにそこにはテンゲラたちの住居に近い河辺の街としての威信はなかった。路地にバオバブ、竹、ロニエ、それに大フロマジェの樹が並ぶ質素な隊商の宿場（二〇〇〇から三〇〇〇人）に過ぎなかった。だが、ガブ、マリ、フタ・ジャロン、ガディアガ、そしてモーリタニアへの道が結集するその場所は、すぐに金、銅、錫、蝋、綿織、そしてインディゴの取引の代表的な中心地となった。奴隷の縦隊、ロバ、馬、らくだの隊商がいつも入り口でひしめき合った。いま私たちは、ボカ・サワ・ラムの祝福された君臨のもとで、日中、ディアムワリにいると想像してご覧なさい。繁栄の伝説に惹かれて東から北から来た飢えた牧童たちの群々がそこらの小道を横切り、散らばった牛たちが菜園と中庭に被害を加え、住民たちと言い争う。物乞いたちが屋敷から屋敷へとのらくらし、飲み屋のなかではしゅろ酒と蒸留酒で酔った横柄な兵士たちがいて、説教師たちは兵士たちに気を遣うこともなく、半分目を閉じて熱狂的で猥雑な声で預言者の唱句を歌う。今日二度目、祈祷時報係が祈りを求める。騎士たちが強引に通り、フォニオあるいは粟の束を持って畑から戻ってきた女たちが転び、行商人たちは竹の垣根にしがみついてコラとネレの包みを守る。兵士たちは多少の規律を保とうと、雑踏のまん中で棍棒を振る。

市場の調味料の売り場で叫び声が上がった。

「その男を捕まえてくれ！」ヴィロードのバヌース〔フード付、袖なし外套〕を着、牧童の帽子を被った騎士が叫んだ。

唐辛子とマラゲットの袋を踏みつけ、乳製品のカルバスをひっくり返し、家禽と綿織の商人たちのなかをパニック状態にした後で、その男は市場の建物から這い出し、屋敷の間をすり抜け、柵に穴を開け、オクラとなすの野菜畑を踏み荒らした。

「その男を捕まえてくれ！　捕まえてくれよ！」騎士は繰り返した。

群集は犬に追われて逃げる男を見ているだけだった。しかし、部下に命じることに慣れた騎士の確固とした声は、意欲に欠ける彼らを刺激した。声は住居に、モスクに、種の貯蔵庫に、厩舎に届いた。皆は石、棒、瓶の破片、そして鉄棒で武装した。

「泥棒！　その男を捕まえろ、泥棒だ！」

若い男たちが市場の建物から飛び出て男を追った。男はもう遠く、厩舎の横にいた。その頑強さと信じられないほどの敏捷さで、皆から、野次馬たちから、牧童たちから、そして兵士たちからさえ逃れることができた。狩り立てられ、囲まれた水牛のような速さと力で彼は進んだ。越えられないと思えた障害も越え、群集を突き飛ばし、動物の群れのまん中を抜けた。捕えられることも、足を引っ掛けられることも、角で衝かれることも、馬に蹴られることもなかった。犬たちだけがすぐ後を追った。墓地のところで犬たちは彼のブーブーを捉えた。彼は倒れ、転がり、ブーブーを放り出すに至り、性器覆い、お守り、体の傷を現して、墓から墓に飛び移って森の中に消えた。犬たちはさらに彼を追った。

「遠くには行けないだろう。仕事に戻ろう！　犬たちが捕まえるか、散歩している誰かが見つけるだろう」

誰かが言った。

皆は市場の騎士の所に戻った。その間、彼は馬から降りてもいなかった。

「高貴な人よ、その縁起の悪いやつは、何を盗んだのですか？」

「その男が泥棒だとは言ってない。ただ捕まえてくれと言っただけだ。この街では誰もできなかったけれど」

「そんな風に話すとは、おまえは誰だ？」兵士が言い、皆は彼がいらだっているのがはっきりとわかった。

「私はディアン・ソウ、フェロベのアルドで、サブ・シレのディオム・ウロだ。その奴隷に香料と塩を買いに市場へ行くよう要求したら、あのように逃げたというわけだ」

「奴隷を手放さないためには鎖で繋いでおくべきだ！」

「家屋内の奴隷で繋ぐことも転売することもできない類の奴隷だ。彼は私の家で生まれた。メディンの奴隷市場で私が買ったのは彼の母親だ。私の兵士のひとりにしようとまで思っていた。それが、こんな風に私に報いたわけだ！」

「サルティギの行政官に会いに行きなさい！　彼が私たちに命じるなら、夜が更ける前におまえの奴隷を連れてこよう。奴隷は必ず見つかる、たとえ数ヵ月かかるとしても」

「私もそうしようと思っていた。行政官は私の友人だ」

そのとき、ぼろを着たふたり少年が到着し、会話が中断された。師の案内に従事し、神に仕えていることを証明し、食べるため施しを乞わなくてはならないすべてのタリブ〔コーラン学校の生徒たち〕がするように、手に持った小鉢を差し出し、詩篇を歌いながら来た。皆は奴隷のことを忘れ、門外漢たちの、また乞食たちの頬をも泪で濡らす高い情熱的な美しい調べに耳を傾けた。

彼らは、視線をそらせるようにしているミルクの売り子の陳列台の前に止まった。

「私たちを無視しないでください、高貴なプルの婦人！　神の愛のため、私たちの飢えを鎮めるため、ミルクを少しください！」

「私のミルクはあげるためではなく、売っているの。おたま一杯一コーリ、カルバス一杯一〇コーリ！」意地悪女は冷酷にひゅうひゅう言った。

「それらふたりの天使が望んでいるミルクをあげなさい、頑なな心の婦人、私のコーリで払いましょう！」

彼女の後で洞窟に響くような声が上がった。「少年たち、こちらに来なさい！」

ミルク入り粟のクスクスのカルバスの周りにうずくまっていたふたりの男が、近づくよう合図した。

「かくして天使たちに遭遇した。天にまで昇る必要なく！　おお、天が奇跡を私たちの道の上にもたらし、神のみがそれを離し得る」

年上らしいほうがミルクの売り子を叱り飛ばした。

「いじわる女、それらの敬神の若者たちに給仕するのに、何を待っているのだ？」

「名前はなんというのだ？」食事が終ったとき、彼らに尋ねた。

「これは兄のママドウ・ビラヌです。私はママドゥ・ガルガといいます」より抜け目のなさそうなほうが答えた。

「おお、あなたたちは兄弟でしたか！　天の奇跡！　同じ女性の腹の中のあなたたちのようなすばらしいふたりの少年！　セイディ、これらすべて、とても心がときめくことではないか？」

「ほんとうに。セリイ兄さん！」

　セイディという者は数珠をひとつひとつ鳴らしながら、保護者ぶった視線でふたりの若者をつつみ、アデランス〔着床〕の章の最初の数節を謳いながら微笑んで満足した。

「それほどまでの信仰心で私たちの主を称えることを誰があなたたちに教えたのですか？」続けて質問した。

「バンタンの横のメデルサを受け持っていた私たちの師、アマ・エリマヌ・カヌです。ああ、一年前、神が師を呼び戻して以来、毎日々々、それから……」

「それから？」セイディがいらいらした。

「説明しにくいことですが、私たちの師が亡くなってから、新しい師は私たちをいじめるのを止めません」ママドウ・ビラヌという者が続けた。

「私たちがブンドゥに来て勉強できるようにと父がくれた金を取りあげさえしました」

短い沈黙があって、続いてセリイとセイディは同じ声で《地震》の節を謳いだした。

激しい地震で大地が振動する時、
その日、人々は別々に飛び出し、それぞれの成果を見せられる。
ただ一粒の重みでも、善を為したものは、それを見るだろう。
そしてただ一粒の重みでも、悪を為したものは、それを見るだろう。

彼らのしゃがれた声は注意を引いた。何人かは指を鳴らしてリズムをとり、他の何人かは、こっそりと笑った。

セイディは手厳しく言った。

「神の言葉を愚弄する者たちは炎に焼かれるのに、あの世を待つ必要はない……これら呪われたテンゲラの君臨とそのバムバラの仲間たちは永遠不滅というわけではない！」

「兵士たちの激怒を誘う必要はありません。時期尚早です。この邪淫なる罪の地に、まだイスラム教徒は少ないので」セリイが言った。

セリイはコーリひとにぎりで支払い、槍とかばんを取り、立ち上がった。

「私たちの部族はここから数歩のところに野営しています。一緒に来ませんか、若者たち？」

「忘れてしまった数節を明らかにするのを手伝ってくれるでしょう。私たちイスラム教徒はだれでも、教典のすべてを知ってはいません」セイディが付け加えた。

「そして栗のペーストと干し肉を出しましょう。マシナからの道は長かったけれど、まだ多少の食料は残っています」

「それでは急がなくては、」ママドゥ・ガルガが同意した。「森の仕事のために、夜が更ける前に師のところに行かなくてはなりませんので」

野営地はネレの木陰に設営されていた。

「ここ、ブンドウに留まるつもりですか？」ママドゥ・ガルガが聞いた。

「いいえ、神、保護神がその恩寵を許されるなら、フタ・ジャロンに行こうと思います。そうでしょう、セイディ？」

「至上の神に聞き届けられますよう、セリイ！　もう私たちは三ヵ月間歩いています。私たちはマシナのセワレから来ました。牧草の不足、バムバラの王の課税、それにアルベの不寛容な宗教のせいで、そこの生活は不安定になっています。多くのプルは、一部は東の草原に、その他は南の山岳に移住しています。フタ・ジャロンは新しい天国です。皆は、山岳は緑に覆われ水源が溢れていると言っています」

「そうです、私たちはワスルでのバムバラとプルの止まない戦争のせいでブンドゥを通って迂回したのです」

「どれだけの時間、ここに留まるつもりですか？」

「穀物とナトロン〔牛に与えるための板状の原塩〕を補給するため小休止することにしただけです。明日の最初の雄鶏の叫びで野営を解くでしょう。あなたたちの親戚はまだご健在ですか？」

「祖父は前の減水時に亡くなりました」

「ミスキヌ〔アラビア語、「気の毒な」〕！　それでは、あなたたちはふたりだけで師の家にたどり着いたのですか？」

「いいえ、祖父が私たちの教育を師に託しました。祖父と師は一緒に異教徒たちと戦い、ガンビア河に宗教信心会を築きました。そして神の真実を伝播するために別れを決心しました。師は私たちとブンドゥに来て、祖父はシネ・サルムにメデルサを創り、そこで去年亡くなりました」

「あなたたちは新しい師に特別につながりがあるわけではないと思いますが？」

「いいえ、ありません。」

「それでは、」

「それではなんですか、セリイさん？」

「それでは、私たちと一緒に出発しても罪を犯すことにはなりませんね？」

「実際のところ、そういうことにはなりません！　でも、決めるのはママドゥ・ビラヌです。彼が年上ですので」

「それでは、いいでしょう。雄鶏の歌とともに出発しましょう」

彼らは子羊を生贄に捧げ、新たな共通の運命のために神に感謝した。そしてバオバブの葉のソースをかけたフォニオの料理で夕食を摂った。セイディが寝る前に最後の質問をした。

「ママドゥ・ビラヌ、あなたが長兄なので聞きますが、どの氏をあなたたちは名乗っているのですか？」

「バ氏、ヤラルベ家です」

「私たちはバリ氏です」

「あなたたちのその敬うべき人、お祖父さんの名はなんというのですか？」

「シャー、マンスール！」

「プルの名を持っていたでしょう？」

「ディアバリ！　ビラヌの息子のディアバリ！」

その時期、フタ・ジャロンへの進入は楽ではなかった。バディア山の切り立った傾斜をよじ登り、恐ろしい淵と絶壁を避け、岩、竹や蔦、要塞化した前線より緻密でさらに険しい森林回廊網の障害を乗り越えなくてはならなかった。地方は植物の防塞とさわやかな水の沼の聖域の評判にふさわしかった。サエルのラテライトの草木のない地方と反対に、水は一年じゅうどんな時期にも満ち満ちていた。季節的にそこに流れる水はあちこちに溢れ、牧草地を飲み込み、盆地と窪地から溢れ、深淵のなかにほとばしり、雷と雷鳴のもとで瀑布のなかに砕け、地表の些細な事故でも、死の危険が潜んでいた。急流は、奇怪な音を立てながら悪魔のような邪悪な精神の巣屈となって、階段の踏み板のように続いた。河は温和だが貪欲な爬虫類のように平原のなかに眠っているが、黒ずんで重い水は、無謀な霊も不注意な小鹿も飲み込もうとしていた。荒れ狂った急流は山脈の静かな側面から突然湧き出し、戦争中の野蛮人のように怒鳴り、通路の石、木立、収穫物、動物の群れ、大フロマジェの樹さえ持ち去った。ハイエナたちは暗い片隅に住み、夜、豹たちは樹の頂上で監視し、ライオンたちは背の高い草の茂みで爪を研いだ。一日の行進で、少なくとも一頭の牝牛が消えていった。死の溺水と墜落、蛇による噛み傷、にしきへびと猛獣の絶えざる危険は勘定に入れないとしても。さらに、そこは常にまだ消えていない火山のせいで地震と原野の火事の危険があった。原野では牛泥棒たちと奴隷商人たちがうろついていた。村々と野営地ではディアロンケの長とプルのアルベがのさばっていた。第一の、ディアロンケの長に対しては、その土地を通過するためにも、牧草地を利用するためにも、井戸で水を汲むためにも、家畜かコーリか、あるいは金か、時には初夜権で、支払いをしなければならなかった。第二の、プルのアルベに対しては、その加護を受けるために、血統関係と運命の共同性を長々と引き合いに出して、穀物と塩を譲渡しなくてはならなかった。その対価はただ、原住民との同盟を推奨し、新たな移動のために好都合な場所を教えてくれるだけだった。いずれの場合も、イスラム教徒は信仰を隠すよう要求された。コーランあるいは数珠を見せたり、大声で祈ると、危険はただならぬものとなった。首を切ることすら躊躇わない者もいた。最も寛大な者でも、街道筋の犬や追剥ぎたちをけしかけてから、夜になって信仰者たちを追放した。

一ヵ月の苦難の後、キャラバンはユクンクンと呼ばれるところに着いた。旅の間、何度も休止して確かめ、迂回しなくてはならなかった。通常、ディアムワリからユクンクンまで、普通に歩いて、あるいは早足で、一〇日間で十分だった。しかしその時期、カメレオンのような慎重な注意をし続けた者だけが目的地に到達できた。血気盛んなジャッカルたちはすぐに罠を見つけ出し、行程を止めた。セリイとセイディは、マシナ以来、家族の生命と、二〇頭の馬、三〇頭のろば、一〇〇〇頭の牛、それに穀物と塩の包みを保つためには、第二のよりは第一の対策を取るほうが良いことがわかっていた。皆は無事に到着した。下痢、捻挫、失神、セリイが槍ひと突きで排除したライオン、にしきへびに飲み込まれた子牛、そしてコニアギの戦士たちの矢による、幸いにも軽かった傷などには悩まされたが。

一〇年ほど前にジョロフから出たあるプル族の村から遠くないところに彼らは野営した。そのアルド、シムベは、陽気に私たちに語った。地方について詳しく話し、道を閉ざされないよう巧みに攻撃をかわし、現地の長に好かれるための策略を教示した。

「望むなら、そこに留まることができるでしょう。土着人たちは愛想良くなり、あなたたちに慣れれば受け入れるでしょう。しかし、より良い牧草は、皆が言うには、もっと遠くにあります。大河川の源のほうに一、二ヵ月歩かなくてはなりません。そこでは丘はよりゆるやかで、土地はよりやわらかく、草はより多いらしい。私は行ったことがありませんが、ガンビア河の源まで冒険に行った人を知っています。そこでは鳥たちが水滴の数ほどいて、道を開くために鳥獣が押しのけ合い、粟は自然に生え、果物が口の中に落ちるには少しあくびをすればいいそうです。そこは熱くも寒くもありません。あなたが望む時に雨が降り、命令し次第、太陽が白い柔らかな明りで輝きます。場所を変えたい欲望が私にないわけではありませんが、今は私はバディアの分野に専念しています。私はこうなのです。私の小鉢に落とされたフォニオの最初の一口で十分なのです。しかし、野望を持つあなたたちはそこに行くべきでしょう。ほとんどのイスラム教徒たちが選択する場所です」

「シムベ、誰が私たちがイスラム教徒だと言ったのですか?」セリイが憤慨した。

「あなたたちは頭を剃っているでしょう。そのため決して帽子を脱がない。頭を剃っているのはビスミライです」

「ディアロンケとコニアギの長たちはそれを知っていますか?」

「知っています。でも私は彼らを丸め込むことができます」

しかしながら、ある出来事が数ヵ月後に起り、群とヤギたちとやせこけた牛たちと共に逃げ出さなくてはならなかった。

皆はおまえたちひ弱な赤い猿たちに優しかったが、事件はそれでも起った。《プルを夕食に呼ぶとおまえの妻のベッドに滑り込む！》セレル族は正しい。おなじ空気を分かち合うにはほんとうに愛していなくてはならない、ごろつきの度し難い種族！　セディロ・プラネ・エケ恥ずかしくないのか、プル？　おまえがやりそうな悪事を少し見てみろ……！

ある日、同じ年の少年たちと一緒にママドゥ・ビラヌとママドゥ・ガルガは河に泳ぎに行った。そこにディアロンケの若者たちのグループがいて、彼らが来るのを見て肘で合図してくっくっと笑った。そして野生の果物の種を浴びせ、土手に置いた服に水をかけた。やられたほうも同じように反撃し、激しい喧嘩となった。パチンコで武装したプルたちはディアロンケの若者たちを追い払うのに成功した。彼らは茂みで再度結集し、不快極まりないプルの歌を歌いながら、石を投げた。

プル、穴の開いた革紐
プル、乞食のぼろ着
プル、すえた臭いのバターの香水
しらみの数は牛ほどに多く
貧困と牛糞の悪臭

おまえの迷える犬の道を行け
王たちや神々に願っても
村では眠れない

ママドゥ・ビラヌが最初に飛びかかり、その他が続いた。彼らは傲慢な者たちを山のふもとまで追い、パチンコで石を浴びせた。逃走者たちはそれでも、拳骨と蹴りの怒りを満足させられた不幸な三人を除いて、頂上に達した。そのとき棒で武装したディアロンケのグループが到着した。プルたちは服を取りに河まで逃げ戻ろうとした。途中、ダルダイェという少年が峡谷に落ちた。追っていた者たちのひとりが、彼が起き上がる前に棍棒で叩いた。男は竿ほどの背丈で三頭の牡牛の力があった。ダルダイェは最後の時が来たと思った。やっと起き上がってナイフを取り出したときは、失神する寸前だった。彼は腹のふっくらした肉を狙った。男は動物の叫びをあげ、カポックの樹のように倒れ込んだ。

戻ってきた彼らを見てセリイはすぐに理解した。「若者たち、どんな罪を犯したのか知らないし、その理由も知りません。後で私に説明し、改めるに値するなら改めましょう。今は、ここを出発しましょう！」

＊

一ヵ月後、崖から転げ落ちたり、地震に遭ったり、猛獣たちがいたりしたにもかかわらず、高い台地の上に九つのすばらしい泉がごぼごぼと音をたてている村に、元気で無事に着いた。かなり前から定住している住民すべてがプル族であった。ある者たちはマシナの出であると言い、その他のある者たちはブンドゥ、フタ・トロ、ジョロフ、あるいはガブだと言った。村はドンゴル・ランゲと呼ばれていた。彼らにとって嬉しい驚きだったが、住人たちのほとんどがイスラム教徒であったばかりか、モスクとして使っている粘土と藁の小屋を守っていた。イマムにとっても好都合であり、彼ら新たな信者たちは受け入れられ、よいもてなしを受けた。イマムは定住を認め、その場所と牛たちの養牧の区域を指示した。そしてすぐにママドゥ・ビラヌの天性に注目し、特別の計らいを承知し、モスクの保全とコーラン学校を補佐させた。一年後、セリイは弟に出発の意思を告げた。白装束の見知らぬ人が夢で言った。《コムバ河、クルントゥ河、そしてテネ河を渡り、七日間止まらずに歩け。白鷺、ジャッカル、それに三羽の雌に伴われた野雁が会いに来るだろう。そして巨大なフロマジェの樹が前に立っている。フロマジェの樹の高いところで鷲が七回叫び、羽ばたき、東に向けて飛んで行く。そのフロマジェの樹の下に村を建てよ》

「イマムにそれを話しましょう。不都合がなければ来週、金曜日の祈りの直後に出発しましょう……なんと気がかりな一致でしょう！　私が夢を見たのはこれで三回目です。私もまた、鷲がフロマジェの樹の上にとまりました」

イマムは彼らの旅を容易にするため牛を生贄にし、祈りの夜を企画した。しかし彼はママドゥ・ビラヌを一緒に行かせることは拒否した。

「この台地はイスラムの高尚な場所で、この若者は偉大な神の使いです。彼の運命はここに、私の側にあります。信者たちが偉大なイスラム教徒を必要としており、彼は家族をここに見出すでしょう」

＊

最初の日、彼らは白鷺を見かけた。二日目、ジャッカルが森から出てきてコムバ河まで彼らをガイドした。五日目、野雁とその三羽の雌はケバリの湿地で、周囲を気にせずに餌をあさった。七日目、何の兆しもなく、彼らは、気落ちし困惑し、沼の辺に野営することにした。太陽はまさに暗くなろうとし、厚い雲が南のぎざぎざの地平線に積み重なった。

「ああ、天から来たメッセージのすべてを受けるには純粋さが足りないようです。途上で私たちは罪を犯し、夢がかすんだのではないでしょうか」

「そんな風に話すのは間違っています、弟、セイディ。悪い考えを思い巡らせると、不運を運ぶハイエナの鼻の形がくっきり浮かびます。神の奇跡は永遠です。私たちは疑ってはならず、その神秘に私たちを委ねましょう。すでに白鷺、ジャッカル、それに野雁に会うのを承知したのだし、まだ一日は終っていません」

周りの枝々のなかで騒音が聞こえた。皆は投げ槍を急いで手に取り、豹かディアロンケの攻撃を待ち構えた。棘で裂けたチュニックと、頭が植物のくずで覆われたママドゥ・ガルガが、どこだかわからないところから出てきただけだった。

「あなたたちが話している間、群を再度勘定してきました。《金のまだら》と《優雅な背中》、その他はいたけれど、《フグムバ》がいませんでした」

「私の可愛い《フグムバ》、私の貴重な牝牛？　どうせなら私の両目を奪え！　皆、立ちなさい！　夜が更ける前に捜しに行きましょう！」セリイがうめいた。

峡谷を、藪を、洞窟を、池を彼らは捜した。睡蓮、葦、それにカリンと呼ばれる背の高い鋭利な草で覆われた沼に出た。少年ヌウが一歩進み、軟泥に飲み込まれて顎まで沈んだ。

「気をつけて！　動かないで！　水牛の群まで飲み込んでしまう動く泥です！」

ヌウは、かえるとかげが口の中に入らないように、抜け出して頭を上げようと、すこし体をひねった。

そのとき、彼から五クデのところに、おたまじゃくしがぴょんぴょん飛ぶ、泡に覆われた水たまりの上に、蝿の雲で囲まれてふたつの角が現れた。

「遅すぎたのではないかと心配です！」ヌウがつぶやいた。

バラナイトの木幹に縄を繋ぎ、壮健な者たちの腰の周りに結んだ。セリイは軟泥のなかに進みヌウの胴をしっかりと掴んだ。その他の者が一斉に綱を引き、若者を引き出した。

「《フグムバ》のためにはさらに厳しい！　彼女がいるところから出すためには村中全部必要でしょう」セイディが言った。

「もう疲れたと言いたいのですか？　おまえの牝牛に関することだったらそういう風には話さないでしょう。埋葬せずにそのままにするのは拒否します。皆ここで非業の死を遂げましょう」

「では、明日を待ちましょう！　たぶん助けが通りかかり、昼の明りで……」

羽ばたきの音が大きく響いて、彼の言葉を遮った。背後にある鬱蒼たる森から、それは聞こえた。振り返ると、巨大なフロマジェの樹が野ばらと蔦の上に立っていた。七回にも及んだ鷲の雄叫びを数えながら、彼らは泪した。鳥は木の葉を吹き上がらせて、ゆっくりとカーブを描いてから東の空に向かった。細かな雨がたそがれの色のなかにきらめき、皆は幸福感に溢れて夢中に祈った。

「おまえが正しい、弟、《フグムバ》は今いるところに留まるべきです。この貴重な時を私たちにくれるために、神が望んだ献上物です」

樹の根元にモスクを建て、村を建て、フグムバと名付けた。

＊

建てられたフグムバは、次第に大きくなった。数年の間に、起伏のある草原にマシナ、フタ・トロ、あるいはブンドゥから動物の群とともに来た移住者たちが定着した。そのモスクの威光はプル族のみならず、鉄腕に支配されたバディア山からタンキソ河右岸まで、アルベやマンガ[1]たちに嫌われるのを恐れてそれまで孤立した小集落に散らばっていたソニンケ、マンディングの博学者たちをも引きつけた。コーラン学校が建て

1　プル族の王子たちはアルベ arbé（単数はアルド ardo）と言われ、ディアロンケの相当する名はマンガ manga である。

られ、賢者たちのグループが構成された。説教師たちと注釈家たちが聖典を転書し翻訳するために、情熱を競い合った。街は牧畜の中心地となったばかりか、金と奴隷の商人たちの（人狩りに好都合な）森の保護地域に、伝説のボウレの金鉱を海岸の奴隷船の港に結ぶ絶好の休息地になった。

間もなく、新たに多くの不可思議な出来事が伝わり、人々の精神に火が灯った。マシナのディアラの街のソニンケの聖者、チエルノ・ママドゥ・スアレは夢の中で預言者の訪問を受けた。《神はプル族にバレヌル河〔「黒い河」、セネガル河のプル語名〕、コルバル河、そしてガンビア河の谷の中に広大な王国を承諾した。そこに大挙して行き、覇権を築き、イスラムを広めなくてはならない》と彼に告げた。毎日、牧者たちが、歩いてあるいは馬やろばに乗って、悲惨ではあるが同時に幸せな巡礼者の長い行列となって、丘に現れた。その数は膨大で、コーランを振りかざし賛歌を歌い、土着民の攻撃にはためらうことなく反撃し、断固とした信仰を持つようになった。

このような遍歴を重ねた後で、何事にも熱意をもって生活していたセイディは、兄を訪ねて言った。

「この異教の地に神の名を記してくれてありがとう、兄さん！　このメシアの仕事の仲間にしてくれてありがとう。でも、私は行かなくてはならない。そのことを言いに来ました」

「信者たちがひしめく中でモスクを建てたこのときに、おまえは気が狂ったのではないのか？」

「精神も肉体も健全なままで、あなたの前にいます」

「これこそ、おまえがしたいことだったのではないのか？」

「いらいらしないで考えてください、兄さん！　モスクはふたつしか存在しません。ドンゴル・ランゲとここだけで、バレヲルの谷にはありません！　そこにひとつ建てるために行かなくてはなりません。そうでなければ、どのようにして聖人の予言を実現できましょう？」

＊

セイディはバレヲルの谷に入り込み、チムボを建てた。屋敷を建てた後、菜園と野菜畑を区画し、牧草地と牛たちの牧養場の境界を決め、黒土とカオランでモスクのミナレを塗装し、ママドゥ・ガルガを結婚させ、メデルサを任じて祈祷時報係と裁判官の任務を与えた。チムボは、長、判事、プレヴォ、スパイ、それに死刑執行人に加えて、すべての人が必要な所としての大きな市場街となった。花咲く都市カンカンとシエラ・レオネと低ギニアの奴隷船の港との途上に存在し、タムバとソリマナのマンディングの強力な王国の隣国として、その発展が確実になった。そこで長年に渡って、コラ、塩、奴隷、金、布、そしてインディゴの最も裕福なキャラバンが交差する。ほとんどがイスラム教徒の貿易商たちは、食べて渇きを癒せる宿の主たちと、瞑想のためのモスクをそこに見出して嬉しく思った。そこの市場はすぐに豊かになり、拡大した。ブンドゥ、カカンディ、セグウ、そしてトムブクトゥから蝋、綿織、香辛料、エンネ、アガデスのセンナ〔健胃、下剤にする薬用植物〕、皮革、そして宝石を取引きしに来た。セイディが亡くなったとき、街には隊商宿三軒、コーラン学校一〇校、多くの厩舎があり、それに、宝石と動物たちを売ってから徒歩でメッカに赴いた数人の巡礼者がいた。てきやと牧童の宗教だったイスラムは、赤プルとディアロンケが敵対した過去の、不作法で恥ずべきものではなくなった。だが、セイディの葬式のためにフグムバから来たセリイは、深い悲しみを述べた。「めぐり来る運命の速度は非常に遅い。弟は予言を実現する前に死にました。私もまたそれを見ることはないでしょう。セイディより生き延びることは不要で、私も間もなく死にます。次の雨季は見ないでしょう」

彼はフグムバに戻り、七ヵ月と七日後に亡くなった。

＊

セイディは亡くなる前にキカラを生み、キカラはヌウ・シイとマリキ・シイを生んだ。ヌウ・シイはイブライマ・サムベグとも呼ばれたサムベグを生み、マリキ・シイはイブライマ・ソリイ・マウドとも呼ばれたイエロ・パテを生んだ。これがセディヤベ家である。

セリイの側は、エリとモディを生み、エリはサディオを生み、モディはサムバを生んだ。これがセリヤベ家である。

フタ・ジャロンの歴史はその多くの部分を、このふたつの王朝の歴史によって彩られている。

セディヤベ家は、すべてが理解されたとは言えないが、激しく揺れ動きつつも栄光に満ちた一三〇〇年に渡る王権を団結して担った。最後は、ベッカム行政官がラッパを鳴らしフランスの国旗をチムボの王室の家屋のうえに掲げた、不幸な金曜日を経験するに至る。

セリヤベ家は、法律の守衛となり、その領土、フグムバは、元老院が置かれた、尊うべき中心地となった。しかしその前に、この下品な祖先が、大胆かつ巧妙な策略を弄し、いかにしてアニミズムが根強いフタ・ジャロンにイスラムを植え付け、当時の最も輝く独創的な王国を創立できたのかを説明しなくてはならない。

イブライマ・サムベグの母はジバ・ジェウバといった。彼女は、新たに改宗し、ブリアの賢者、チエルノ・バムバの庇護のもとに生活していたツンカンのアニミストのプル、アマディ・モ・ラリ・ジェウバの娘であった。父、ヌウ・シイは、イブライマ・サムベグの生誕の折、洗礼の祝いのためのやぎをツンカンの妻の家族に懇願に行かなくてはならなかったほどに貧乏であった。帰り道、チムボから遠くないサムン河で溺れた。預言者モハメッドのように父なし子となったサムベグは、母方の家族のなかで成長した。同じ年ごろの子供たちの騒がしい仲間であるよりは動物の群れや詩の教練のほうを好む孤独な優しい子供となった。ゲレヌルやソロの男性的で、たわいない淫らな遊びから早くから離れ、成熟した博識者たちに近づいた。彼は、読書と習字、それにコーラン学校の生徒たちが詩篇暗唱を競う、長く激しい試合を特に好んだ。彼は、早咲きの信心と独自の知性により、ツンカンを離れてブリアに行くことになり、そこで長年に渡り、忍耐心と禁欲心をもって、プル語とアラブ語の文法を学び、コーランを修得し、「ル・リサラ」、「ル・ムアヤビ」、「ラクラリ」、あるいは「ダライラル・カイラチ」のような神学の作品に親しんだ。師は教え子の良き作風と精神の豊かさを評価した。教え子は師の深い学識と尽きない情熱と、繊細な教育法を高く評価した。サムベグはアルファ[2]の資格と、注釈家、文法家、修辞学者、そして説教師の確固とした知識と、宗教の師の深い愛情をもって、ブリアの沖積土の平原を離れた。上等な学識者となって信義の励行を深く厳格にし、チムボに戻り、そこで彼の名声はすぐに街に広まった。彼は、大きな群を持つ家族に牧童として雇われ、つつましく生活をした。昼間、牧草地のなかでひとりになり、牛たちが牧草を食べている間、預言者の栄光を歌う詩を、聖地の魔力を喚起する詩を、異教の支配を取り除き高潔な気持ちをふるいたたせる詩を作った。夕方には彼の小屋の前に火を焚いて、子供たちに聖典のメッセージを教えた。未亡人たちと孤児たちを手助けし、一〇の奇跡を為した。チムボは彼の説教と宣教に興味を持った。通過する外人たちは彼の神学概論と詩篇を複写し、ガラス細工とコラのキャラバン隊が行くすべての場所にそれを配った。

それから、あるマリンケの行商人に説得され、多くの博学者たちが住む聖なる街、カンカンに行って、知識を磨き上げた。そこで七年間、苦行しつつ勤勉な生活をし、マラブ信心会と裕福な貿易商の家族と有益な関係を結んだ。彼は、マリンケ語で《他を教える者》を意味するカラモコの称号を受けた。以降決して離れることがなかったカラモコ・アルファのあだ名はこれに由来する。

カンカンの後、コレンに滞在し、高名な師、アルファ・グルドのもとで勉学を完成した。従兄弟、イブライマ・ソリイ・マウドが彼だとわからなかったほどに彼は変わった。彼はチムボの誰もがお辞儀する、評判のマラブとなった。ある日、預言者が現れ、動物の群れを守っていた彼に言った。《汝のものから、祈りから離れよ！　異教徒たちを改宗し汝の国の王となる名誉を汝に与える》彼はエラヤ山に登り、頂上で七年七月七日間、フタ・ジャロン全体でのイスラムの勝利のために断食し祈った。

群は膨大な人数となり、豊かになって、おまえのぼろを着た祖先は、ディアロンケの長たちの重い税に、ますます機嫌を悪くし、宗教上の義務の遂行を拒否しはじめた。はじめは消極的に従順に身を守っていたが、今は、率先して対決することをためらわなくなった。あちこちでマラブたちは信者たちの詩篇と燃えるような祈りを奨励し、反逆を意識的に説いた。《数珠と断食の人たち》と《痛飲と興奮の人たち》との血まみれの摩擦が起きない日はなくなった。前者は、組織化されておらず、武器も少なかったため、後者の襲撃を抑えるのにとても苦労した。ドンゴル・ランゲの地方では、ディアロンケのトウフィと、プリ[3]のイェロ・ヨロとクムバ・ワガラリがモスクを焼き、信心に凝り固まった人たちを裸にし、祈祷時報係たちに無理に酒を飲ませ、猪を食べさせた。現在のギニアのキンディアから東セネガルに至る範囲を統治していた大物神崇拝者、ジベリはプル族の野営地の急襲に彼の酔っ払った戦士たちを投じ、彼の広大な領地のなかのすべてのイスラム教の入植者たちに警告した。ケバリ地方では、残酷なディアン・イェロが同様な乱暴に及んだ。チムボで、ブリアで、フグムバで、物神崇拝者たちが残虐行為を増し、イスラム教徒のプルたちの一部は、祖先の地、

*

2 alpha アルファ、あるいはチエルノのマラブの称号のもとに、フタ・ジャロンの神権政治家たちは王権を行使した。
3 Les Poulis 赤プル (Peuls-rouges)、異教徒のプルと土着民との混血のプル。

マシナ、フタ・トロ、あるいはブンドゥに戻ることを真剣に考えた。

この極限的な緊張のさなかに、アルファ・サリウ・バラの事件が起きた。アルファ・サリウ・バラは、ずっと以前にイスラムに改宗したデニャンコ出身の家族の末裔だった。チオロに生まれ、父、マラブ、エリマヌ・ウマーは早くから彼にコーランの固い教えを授けた。悲しいかな、酷い不幸が若き神童の運命に襲いかかった。従兄弟のひとりを殺してしまい、判決から逃れるためトムブクトゥに逃れた。そこで、モロッコ出身のマラブの大家族であるアル・ベッカイ家のもとで悔い改め知識を深めた。犯罪が忘れられるに十分な期間をそこで過ごしてから、ディアバ、マディナ、そしてサタドゥグを通ってフタに戻った。これらの地で、多くの物神崇拝者たちを改宗させ、彼の周りに小さな軍隊を構成した。彼はバラに定着し、そこからコインの邪教の王たちを襲おうと勇敢にも企てた。かくして、グナクラの洞窟で、パテ・ウロ・スムプラ、ンジャダル・グナカラ・シロルベ、ガレ・マリパン、ダウダ・ギリ・サムビア、サムバ・リムバ・ンディ・カバに導かれた、より大人数で、より良く装備された敵の同盟軍の策略に引っかかった。最後が近づいたのを感じつつも、カンカラベのアルファ・アマドゥに状況を通報することができた。アルファ・アマドゥはチムボのカラモコ・アルファとラベのアルファ・セルに知らせた。三者で、グナカラの罠からアルファ・サリウ・バラを救出するのに成功した。続いて彼らはカンカラベヌル河の辺のレムネ・タトイと呼ばれるところで秘密の会合を開いた。偶像崇拝者たちに対する戦いを調整し、ジハードを最終的に発するために、フタの偉大なマラブたちを集めることに合意した。

「ただ、ジハードは長い航海みたいなもの。前もってしっかり準備しなくてはならない。偶像崇拝者たちには弓と矢、石弓と刀、槍と棍棒を持った強い戦士たちがいる。私たちにあるのは、祈りと断食だけだ……！」アルファ・セルが指摘した。

「私に考えがある！」アルファ・アマドゥが叫んだ。「キャラバンを組んでフタ・トロに行き、牛を馬と銃に交換しよう。私たちの谷は群を十分に飼っているし、皆の言うところではフタ・トロでは馬が蠅の数ほどいて、少し粘り強くやれば河にうろつく白人種の邪教徒たちから銃を手に入れられる」

「何だって！　こんな時にフタ・トロに密使を送るだって！」アルファ・セルが憤慨した。

「オコロ・コバの森まで行くまえに、ディアロンケとコニアギのプリの仲間たちが密使を捕らえて殺すだろう。グナカラのキャラバンの事件以来、何人もの偶像崇拝者たちが私たちに対して立ち上がっているのを忘れてはならない！　先週出合った行商人たちが言うには、デニャンコべの血塗られた継承戦争が起こっており、同じデニャンコべとその同盟軍、バムバラ・マシシナベが、新たな信義の国を脅かしてブンドゥに侵略しており、旅行者たちにとって、とりわけイスラム教徒たちには危険だ。こんなときに誰かが密使を送るなどは考えられないが？」

「それにはちょっとした考えがある」カラモコ・アルファァがからかってささやいた。「群を集め始めてくれ。私は、珍しい鳥を狩り出すことにする！」

1726–1743

若い男がアルワルの道に突然現われ、注意深く石切り場に沿って進み、貯蔵庫の前でしばし躊躇してから、モスクの扉を押そうとしていた。グエデに着いてからというもの、彼は革紐の埃を叩かず、すれ違う人たちに挨拶もせず、立ち止まって水を飲んだり道を尋ねたりすることもなかった。バオバブの下に座ったり、柵に添ってまたは路地に小さなグループとなって立っていた人たちは、その男はここの出身でなく遠くから来ており、神経質に何事かを心配し、彼の若き肩には重すぎる、切迫した重要な計画に駆り立てられていたことがよくわかった。「グエデから来たのだろう」石切り場近くに現れてからモスクへ入るまで、かれのちょっとした仕草にも皆はしっかり目を注ぎ、人差し指で指差し、あちこちでひそひそ話の輪が広がった。すらりとした背丈とまばゆいばかりの美貌、とりわけ、右足に吊るしている彫刻が刻まれた革の鞘の長い刀、肩に背負った牧童の棒、そして空から見ればトーテムのようなアラー・アクバー、そしてアラーは最も偉大なりと刺繍された綿織の帽子は、注意を引かないわけはなかった。彼はここの出でなく、遠くから来た、セネガル河の谷より遠くから、ガンビア河の、さらにはファラン河の、グランデ河の谷より遠くから来たのだろうと、誰もが考えた。フタ・トロの皆は、過去数十年来の戦争時の不幸の記憶をまだ鮮明に保っており、憎悪にふたたび火がつけられるのを怖れていた。若い男がそのことをすべて無視しているように、皆は感じた。

皆はコー・ブバ〔マラブ戦争〕の終りと共に、サムバ・サワ・ラムの統治下のような、安楽な小休止の世紀が開かれたと無邪気にも思った。しかし、プル、おまえの種族とその犬の性格を、おまえは誰よりも良く知っている。おまえたちがどれほど神経過敏で怒りっぽいか、互いに嫉妬深く高慢であるか、おまえは知っている！ すでに祖先の王座を継承するのに多くの困難があったデニャンコベは、突然、新たにふたつの困難の前に立たされた。海岸の白人たちの急増と、モーリタニアに影響された、街のなかでのザウィア〔マラブ信心会〕の日常化である。マラブ戦争の結果締結された平和は短かった。多少の喜び、多少の小休止と和解があったが、何かにつけて暴力は暴力を呼び起こした。

一六六九年、シレ・サワ・ラムが兄、ボカを継承した。一六九〇年にブンドゥを喪失したことに加え、一六九七年、ディオヌルで、サン・ルイの砦の司令官、アンドレ・ブルエとの通商条約〔河の貿易において、フランス船がポルトガル船を次第に凌ぎ、フランスの入植を容易にした条約〕にサインした軽率さは、皆の好みに合わなかった。批判は側近の者たちまで険悪にした。それでどうしたか、プルの愚か者は？ 甥のサムバ・ボカ・サワ・ラムから後継者のタイトルを剥奪した。これは、明らかに何の役にも立たず、混乱をもたらした。サムバ・ボカ・サワ・ラムはギディマカのソニンケ族のところに亡命し、野心的で不満を抱えた多くの部隊と共に亡命先から、王座に座る伯父を威嚇し続けた。それでもシレ・サワ・ラムは、視力を失った一七〇二年まで君臨した。シレ・サワ・ラムは、重大な眼病を患った王子は王座を継承できないというコリ・テンゲラのもとで決められた規則に従って退いた。サムバ・ボカ・サワ・ラムが報復し、一七〇七年に死ぬまで君臨した。

サワ・ドンレが継承し、二年後、シレ・サワ・ラムの息子、ボカ・シレによって暗殺され、半世紀にわたる継承者危機の始まりとなった。これは、次第に確立されつつあったフランス人とムーア人のフタ・トロ内への口出しを有利にし、一七七六年のデニャンコベの陥落と、トロベのイスラム教徒王朝の出現を導いた。

ボカ・シレは三年の王座に就いた。しかし一七一〇年、従兄弟、グエラディオ・ジェギが剥奪した。グメルに逃れたボカ・シレは、その息子、継承権のある王子であるモクター・ガクをメクネスのスルタン、ムライェ・イスマエル（もう少しでルイ一四世の妹を娶るところだった）のもとへ援助を頼みに急がせた。ムライェ・イスマエルは一七一八年、軍隊を遠征させ、ボカ・シレを王座に戻した。一七二一年、彼はふたたび王座を失った。今度は甥、ブブ・ムサ、サムバ・ボカ・サワ・ラムとディアラのソニンケの王女、ムサ・ヤカレ・コイタの息子の番であった。ブブ・ムサは首都をディオヌルからツムベレ・ジンゲ（ゴルゴルの谷の中）に移し、フランスの締め付けを緩め、デニャンコベの支配地域を通り過ぎるブラクナ、タガン、そしてトゥラルザのムーア人たちと戦った。年代記は、最も高名な祖先たちである、テンゲラ・ディアディエ、コリ・テンゲラ、グエラディオ・バムビ、イェロ・ディアム、そしてサムバ・サワ・ラムなどに類した、この大王の勇ましいイメージを取り上げて、言う。《ブブ・ムサは、すべての敵に勝った、非のうちどころのない王として留まっている。彼の言葉は死んだ後も、陸の、海の、右の左の、東洋と西洋のすべての人に知れ渡った》

フタ・トロのなかでは、アイレ・ンガルのイスラム教徒たちの反乱を制圧し、街を焼き、住人たちを奴隷にした。そしてボカ・シレは、再度息子をメクネスに派遣し、権力を取り戻すための援助を希望するに留まらず、フタ・トロの先祖代々の敵、トゥラルザのムーア人のエミル〔首長〕、恐るべきエリ・チャンドラの味方をするのをやめるようムライェ・イスマエルに要求した。そのエリ・チャンドラは、デニャンコべの圧力と、ムーア人の種族の絶え間ない反逆によって、王座は常に脅かされていた。心配の挙句彼もまた、モロッコのスルタンの支援を求めた。サレの街出身の外人傭兵の軍隊であるオルマンが急派された。指示を超えて、セネガルの谷のムーア人と黒人が無差別に略奪され、非常に不評な税、モウド・オルマが課された。ムライェ・イスマエルは、全く意外なことに、エリ・チャンドラを失脚したままにし、一七二二年、ボカ・シレが王座に上がるのを助けた……しかし長くは続かなかった。それ以降は、両ライバルは季節のリズムで交代して継承した。ボカ・シレはまた一七二三年に姿を消した。報復したブブ・ムサは一年だけ王座を享受した。一七二四年、ボカ・シレの番で、翌年、ライバルに覆された。この王の交代劇によって、王朝と王国の威信は深く傷つけられた。デニャンコべはそこに多くの力を注ぎ込んでいた。いらだち、心配し、分裂したプル族は、その歴史のなかで最も悲劇的な時期のひとつを過ごした。フタ・トロはもはやひとつの国ではなく、ふたつに切られたマンゴであった。一方はブブ・ムサに、他方はボカ・シレに。連日の暗殺と騒動と陰謀で、それぞれの家族は悲しみと追悼に明け暮れて、終わりのない内戦に移行する危険があった。

よくやった！《ふたつのプル族が戦う時、切り離すのではなく武器を与えろ。戦いに勝った方は他に比べて少しばかり悪党でないだけだ》気丈な私たちの祖先はそう教えた。荷鞍を付けられたろばのおまえの親族の悪党たちは、わめき、殺し合い続けた。

一七二五年、王座に戻ったばかりのブブ・ムサは用心してふたたび首都をツムベレ・ジンゲからドンドゥに移したが、それにかかわらず、その父の後を継げないことに失望したグエラディオ・ジェギの息子、サムバ・グエラディオに殺された。毒殺されたという情報もあれば、黒魔術によって、という説もある。遺体はブブ・ボイという名の漁師によって河に捨てられた。彼はサムバ・グエラディオの指示によって、先ず死体が表面に浮かんでこないように石で重くし、そしてその記憶が永久に失われるように魔除けを付けた。サムバ・グエラディオはドンドゥの街を一掃し、そこの住民たちをサン・ルイのフランス人交渉人たちに売った。

しかしながらコンコ・ブブ・ムサが父の跡取りに指定された。サムバ・グエラディオは強力な軍隊を動かし、フタ・トロのすでにかなり腐敗した政治環境に徹底的に毒を撒いて、力ずくで王座に就いた。

しかし、これらすべてを私たちの若き青年は知らなかった。当時、ニュースはゆっくりとしか伝わらなかった。ラクダとロバのリズムで、しかも山と森の地区ではニュースに触れるとしても僅かだけで、過ぎていくのだった。三回の四半世紀の間、マラブ戦争による荒廃とデニャンコベの王子たちの死の対抗で、結局、それぞれの行動は根本的に変った。暗黙の裡に、非常に壊れやすい合意がビスミライたちとデニャンコベたちの間に成立した。前者はより控えめに、後者はより気ままに、自分たちを顕示した。すでに言ったように、このことを私たちの若き青年は知らなかった……

その木曜日、市と長い祈りの日の前夜で、モスクには信者たちは多くなかった。ターバン、棒、革紐、そして刀を置く場所も、清めてさっぱりするための水瓶も、彼は容易に見つけた。彼をじろじろ見る、敵対的と言っていいほどの冷たい視線を無視して、皆が寛大にも彼の挨拶に答えてくれたかのように、祈りに加わった。

祈りと説教が終わり、彼は最後の時まで待ってから、言った。幾人かは革紐を履き、家に帰る準備をしていた。

「すみません、イスラム教徒たち、謙虚な共同体を、あなたたちの平安を乱してすみません！　私はテーブルと宿を探している哀れな異邦人です」

彼はこれを、同年代の者に聞かせるように、視線を下げず、声を震わせずに言い、誰かが答えるのを待った。その調子からは、入ってきたときの尊大な雰囲気と相俟って、まじめで感動的な何かが皆に伝わった。皆の態度は、敵意から好奇心に変わった。しばらく重い沈黙が漂った後でイマムが口を開いた。

「どこから来た、プル？」

「あなたの前にいる男は、チムボから参りました」努めて礼儀正しく言った。

「皆はこの地のどこにチムボという名の街があるか知っているか？」困惑し、同時にばかにして、両手を挙げてイマムは言った。

若者は抗議し叫びたかったたが、柔らかいが確固とした声でイマムの嫌味な言葉を中断させた。

「チムボがどこにあるか知らない者は、間もなくそれを知るでしょう！」

「そこにプル族が住んでいるのか、あるいはピグミーの村か？」誰かが冷笑した。

「チムボはフタ・ジャロンのひとつの街です」狼狽せずに答えた。

「その遠いところにも、すでにモスクはあるのか？」祈祷時報係が叫んだ。

「それは聖セイディがそこに留まり、市場と厩舎の前にたてようと考えたものです。そして今日、神のおかげで私たちのモスクばかりかコーラン学校一〇校と図書館がひとつあります。昨年新たに、ためらわずに動物の群れを売って聖地に向った、新たに改宗した三人目の赤プルの巡礼者がいたことに注意を払ってください」

皆はさらに心を配って、観察するようになった。

「そのセイディというのは誰だ?」誰かが言った。

「疑いなく、プル族で最も高貴で最も敬虔な人です。神がチムボの聖なる街を創らせたのは彼です。偶像崇拝のくびきから信者たちを抜け出させた私の師、カラモコ・アルファはその子孫であるとすべての神託が示しています」

「若者よ、ほんとうにおまえはチムボからここまで来たのか?」イマムがとても愛情のこもった調子で言った。

「その通りです、イマム!」

「それでは、私たちのところまで来たのは何かを売るためだと思うがどうだ? 行商人たちによれば、良い蝋を見つけるにはおまえたちのフタ・ジャロンに行かなくてはならないそうだ」

「それはまったく違います。奴隷たちと牛たちです」

「奴隷と牛を売るためおまえはフタ・トロまで来たのか?」

若者は、返事する前に、立会っている者たちすべてのうえに疑わしげな視線を走らせた。

「あなたたちはイスラム教徒です。私もです。私はあなたたちを信じるべきですので、すべてを話しましょう」

彼は昼過ぎまで話した。誰一人としていらつく者はいなかった。話し終わったとき、彼の周りに大きな輪が形作られ、皆が、最も敬うべき者たちまでもが、彼に挨拶し接吻しようとしているのだった。イマムは強く抱きしめて言った。

「いま私たちはおまえの立派な計画を知った。おまえの名を聞かせてくれ、若者？」

「ママドゥ・トリ！」

「フタ・ジャロンのすべてのプルは他所から来た。おまえは、おまえの祖先はどこだ？　ブンドゥか、マシナか、フタ・トロか？」

「フタ・トロ！　今あなたが占めているその場所は、イマム、私の遠い祖先が占めていました、数十年前に。シャー・マンスールと呼ばれていました。プルの名はディアバリです」

「それでは、」長い苦しい息づかいで間を取ってから、祈祷時報係が続けた。「おまえは私たちの客だから、宿泊に適するのはタルの家だろう。おまえの亡き祖先の廃墟のうえにその家族は住居を建てた」

＊

タル家が指定した中庭の奥の小屋で体を洗い食事が終わると、女中が来て、イマムが話をしたい旨を伝えた。イマムを招き入れ、敬意を表して羊の皮を広げ、招待者を座らせた。

「長くは邪魔しない、若者、アル・アスーの祈りの準備をしなくてはならないので。ただ、モスクで聞いたことを繰り返してもらっていくつかの点を明らかにしたいだけだ。今、フタ・ジャロンではプル族の数は土着民よりも多いというのはほんとうに確かだな？」

「聖なる本にかけて誓います！」

「それら親族のイスラム教徒たちは今日、大多数となったことを私に誓えるか？」

「マシナから、フタ・トロから、そしてブンドゥから来た先回の波では、皆、アルコールと三つ編みと洞窟での秘儀伝授を放棄しました」

「アラー・アクバー……！　どこにおまえたちの奴隷たちと牛たちを残してきたのだ？」

「アルワルの平原で、旅の伴侶たちが面倒を見ています。今ではグエデが私を歓迎してくれたので、明日私は連れに行き、紙、本、馬、そして銃と交換しましょう。向こうではそれらの財は稀少です。神のメッセージを浸透させ信仰を広めるために、それらの道具がどんなに不可欠であるか、神がご存知です……！　私たちは毎日、プルとディアロンケの異教徒の攻撃を受けています。わかりますか？　私たちは地域、家族、そして群を守らなくてはなりません。同じ洞窟の中の二頭の雄ライオンは必ず一頭は姿を消さなくてはなりません。もはや戦争を回避する方法はありません。それがどのように終るかは、神のみぞ知るです」

「ここも同じだ、我が勇者、そう言えば、おまえが安心するなら！　それら邪教のデニャンコベが永遠不滅となるか、預言者の好敵手たちが勝利して終るか？　神にその神秘の厚さを委ねよう……タル家は礼儀に叶った宿主だったか？」

「私の宿主、アリ・ジェネ・タルは人に優しく、家は寛容さと信仰心に満ち溢れています。そこに私の必要なもののすべてがあります。クスクス、新鮮なミルク、熟れた果物、そして喜びが」

「私たちといてそんなに快いなら、留まったらどうだ。フタ・トロもまた征服すべき異教徒たちと、教育すべき若い精神が多い。向こうでそれほどに夢見たジハードをここで完遂するのを妨げるものはなにもない……」

「いいえ、私は戻らなくてはなりません。プル族は私を待っており、私は火薬のことを話さなくてはなりません」

「それでは少なくとも、アイ・デル・ケビの祭りを一緒にしよう。それは三週間ほど後で、旅人たちが危惧する雨は少なくとも二ヵ月先だ。心配しないでよろしい、どんなに大勢であっても、おまえのキャラバンのメンバーを泊めることはできる」

二週間後、イマムは夜中に彼を起こした。途上でターバンを失くすほど動転していて、幸せな気分で、すすり泣きながら言った。

「何が起ったか、敬虔な息子、当ててみなさい……？　先週ブンドゥの軍隊が侵略者たちの部隊を押し返したと聞いた。デニャンコべとその同盟軍のバムバラは一〇〇〇人の戦士を失った……祈ろう、気を抜かずに祈ろう。間もなく、プル族のすべての額に神の名が輝く。おまえたちがジハードを宣言しようと思ったのは良いことだ。今日はフタ・ブンドゥ、明日はフタ・ジャロン、マシナ、フタ・トロ、あさっては三つの河の地方のあちこちで。そう思わないか？　神は私たちと共に、わかるか？　尽きない光の源、それは私たちと共にある……！」

彼らは両手で互いを支え、小屋のまん中にうずくまり、夜が更けたにかかわらず宗教の歌を歌いだした。

別れの挨拶の前に、イマムは若者に近づき耳元でささやいた。

「おまえの宿主、アリ・ジェネ・タルは祝福者だ。彼に近づき、その祝福を求めなさい！　偉大な聖者がその子孫のうちに見込まれている。彼を私に託したのはメクネスから来たマラブだ。これは誰にも言ってはいけない！」

＊

三〇〇人の奴隷と五〇〇〇頭の牛を、デニャンコベの兵士たちの馬、モロッコ人たちの紙、チエエルに接岸していたフランスのカラベル船の銃と火薬に交換した後、トリはアイ・デル・ケビの終りを待ってから、フタ・ジャロンに戻る準備をした。出発の前夜、宿主、アリ・ジェネ・タルとの会見を依頼した。しばらく前から意識的にこの世の事象から遠ざかっていた彼は、とてもためらいながらも、苦行と瞑想のいかめしい姿勢を崩し、数珠と祈りの場を離れて彼の話を聞いた。

「長くはお邪魔いたしません、聖者。ただ、別れる前に、幸運をもたらすあなたの影響を受けさせて頂き、私のために祈って頂くことをお願いしたいのです。あなたの屋根の下で私は幸せでした。あなたのおもてなしは私に良い効果をもたらしました。あなたの信仰心においてはなおさらです。この場所は私を落ち着かせます。それを私の祖先ディアバリがかつて住んでいたからとは申しません。囲いを越えたときから異邦人の私を捉えた、この充実した印象は、あなたがもたらしたものであることは確かです」

アリ・ジェネ・タルは答えなかった。彼は自分の小屋の中にトリを連れ、二人は祈り続けて夜を過ごした。翌日、長い間手を握り、いくらかの唱句を唱え、祝福の流儀で頭の上に三回唾をかけた。そして彼はインディゴで染められアラブ語で字が書かれた古いチュニック〔熟年の男がブーブーの下に着るもの〕を差し出して言った。

「これを取りなさい！　これがおまえにふさわしい唯一の贈り物だ。これがおまえに良い効果をもたらすように望む。私はこれを着て得た力で真の神の名を修得した……」

「ほんとうにこれを頂けるのですか？」トリは感激した。

「今はおまえのものということだ。でもいつか私に返してくれ。それまで神のために尽くし続けよう！　真の宗教の君臨は近い。だが私はそれを見ることはないだろう。しかしおまえはおそらく……」

「あなた、偉大な聖者は、フタ・ジャロンもまた同様と考えますか……」

「フタ・ジャロンもその周りの地方も！　どこも、神の言葉が最後には君臨するだろう」

これですべてだった。イマムと信者たちの取巻きはトリとそのキャラバンをフェルロ河まで送っていった。そこでイマムは旅の無事を祈って羊をいけにえに捧げ、最後の助言を与えた。

「ブンドゥは南に迂回しなさい。行商人たちによればそこで戦争はまだ激しいらしい。前回の敗北に激怒して、その執念深いデニャンコベはイスラム信仰の地に対する襲撃を倍増している。幸いにもその都度神の手が彼らに襲いかかった。行きなさい。良い旅を！　私たちのことをよろしく伝えてくれ、おまえの師……に」

「カラモコ・アルファ！」

「そうだ、カラモコ・アルファとすべてのフタ・ジャロンの親戚に、私たちのことをよろしく伝えてくれ。ここで私たちが皆、プルの信義を拡大し、大地に大きな信者の王国を建設できるように神に祈っていることを伝えてくれ！」

フェルロ河の化石化した谷を、バサリ地方の蟻塚を、バディア山の樹の茂った傾斜を越えるのに約ひと月かかった。最初の雨がクログナキ河の河辺で降った。旅とマラリアで疲れ切って、旅を再開する前にオレ・クログナキの小集落の近くで数日野営することにした。そこで彼らはディアロンケの荒々しい攻撃を受けた。男五人、馬二〇頭を失い、多くの負傷者を出した。トリは、間に合わせの担架を作らせて担がせ、何人かためらった者もいたが、急ぎみなを出発させた。

「今ではすべての村が私たちの存在を知っている。異教徒たちはどこからでも現れて私たちを攻撃する。ドンゴル・ランゲに着くまではどこにも止まってはならない。ドンゴル・ランゲはすべてイスラム教徒で、皆が言うところでは、そこには私の家族がいる」

ドンゴル・ランゲは、七〇年前、彼の父ガルガと大叔父ビラヌがブンドゥから来てそこを見つけたときの小さな集落ではもはやなかった。一七世紀終りに再度、移住が盛んになり、創設の氏、アリアベ氏に多くの新しい血が注がれた。そこは、少なくとも二〇〇の屋敷、モスク、コーラン学校、種の貯蔵庫、囲い地、厩舎がある大きな村になっていた。

トリはドンゴラ河の辺に馬たちを囲い、牧童たちの小グループと村の入り口に立った。水を汲みに河に下りた、瓶を頭に載せた若い娘に出会った。

「良き教育を授かった娘、おまえはバ氏ではないか？」

「いいえ、私はディアロ氏の者です、高貴で尊ぶべき先輩。アリアベ家の皆はディアロ氏で、私もアリアベ家の出です」

「それは間違いなくおまえはドンゴル・ランゲの者で、私をここに来させた質問に答えられるということだ。大動乱の時期にフタ・トロから来たヤラルベ家のプルで、ママドゥ・ビラヌ・バの子孫を名乗る誰かを知らないか？」

「どうして私にわかりましょう。私の曾祖父でさえ大動乱の時代には生まれていませんわ」

「おまえたちのなかにバ氏は存在するだろう、違うか？」

「そこの大きな樹がわかりますか？　テリイと呼ばれています。その根元まで行くと、左手に屋敷があります。そこが村で唯一のバ氏が住んでいるところです」

彼の祖父、ママドゥ・ガルガはドンゴル・ランゲの親戚についてしばしば話した。彼がほんとうのプルでなかったかのように、特に血の絆を強調して話すことはなかった。偶像崇拝主義者の棍棒の下に降伏する前に、父、ママドゥ・テリは、稀にしか来なかった祖父からの手紙を読んだが、理解するにはまだ小さすぎた。リューマチと老齢のせいでチムボの敷地内に釘づけになるまで、祖父が毎年、兄を訪問する約束をしたのを、彼は憶えているだけだった。結婚式、割礼、宗教儀式、あるいは雨が降りすぎたか熱すぎたかで、旅は常に延期された。いずれにしろ、河川、山々、道の遮断、そして端から端まで引き起こされた精霊崇拝者たちとイスラム教徒たちの戦争のせいで、旅行は決して容易ではなかった。誕生と季節の移ろい、飢餓と激しい気候の積み重ねの中で、日々は急ぎ過ぎていった。そしてママドゥ・ビラヌは年取った挙句に眠ったまま死んでゆき、数年後、老化が移った弟もついには笑ったり話したりする代わりにらくだのようなげっぷと気懸りなひゅうひゅう鳴る音を発する、縮こまったちっぽけなものとなった。そしてコラの商人たちと説教師たちによって稀に届けられるいくつかのメッセージだけが、チムボのヤラルベとドンゴル・ランゲのそれとの連絡となった。

トリはナルゴル〔動物が入らないように村に巡らした囲いの、高所に作った狭い入り口〕を通り、緊張のあまり不安になった。レモングラスの茂みで縁取られ、小さな砂利で飾られた、テリイに至る小道をたどった。屋敷の戸口に着いて、三回喉を撫でてから慣例の文句を発した。「アス・サラム・アライクム」

「アライクム・アス・サラム」コラの老木の周りに半円状に座っていた五人のうち最も偉そうなのが答えた。ディアバリは彼より五、六歳年上のはずだった。彼は、そのうちのひとりは結婚適齢期であるふたりの娘と、ガルガと名付けられた四歳の息子の父であった。

「私たちもまた、おまえたちを忘れてはいない。私たちの血管を流れるその血に立ち戻るため、チムボに行っておまえたちと知り合いになるつもりだった」

「アラーはそういうつもりはなかったようです。今日より以前に私たちが集ることには。私たちの心をひとつにしましょう。過去には哀悼の意を表して、それ以外は、逆らい得ぬ創造主の意思に委ねましょう。あなたたちは何人ですか?」

「私の他にはここにいる子供たち。あとは言うべきことはそんなにない。叔母たちは結婚して、どこにいるか私は知らない。伯父たちは確か、レメ〔フタ・ジャロンのプル族でよく知られた擬似貧血症〕にやられて幼年のころに次々に死んだ。私は父、ママドゥ・イロしか知らず、私はそのひとり息子だ。現在、三人の私の姉妹がそれぞれの婚家にいる。長女はボムボリに、次女はサンカレラに、三女はブンドゥに。チムボのほうがより幸運がもたらされたと思うが」

「どこでも苦境を乗り越えられるのは稀なようです。神は病気と死をあちこちにばら撒きました。コレラ、黄熱病、それにドロ〔マンディング語、粟のビール〕を飲む者たちの悪魔の凶器は、私の祖父のすべての子供を殺しました。私の父、ママドゥ・テリはふたりの子供しか残していません。そして兄、名前は言いたくありません。彼は背教を断行しました。呪われたやつ！　シエラ・レオネを犬のように彷徨い、冒涜により変貌し、アルコールが滲み込んでいるらしいです。そこに陶器とお面の熱愛者たちと共にいます。神よ、一度だけでなく、一万回、彼に永劫の罰を下せ！」

彼らは歓迎のミルクを飲み、神と預言者マホメッドに、この思いがけない再会を感謝した。風に吹かれる花粉の粒よりも生活がもろくなったときに、アカシアと蜂蜜で甘みを付けたそのクリーミーなミルクが付け加えられたこの一日を感謝した。そしてディアバリが再開した。

「したがって、弟よ、神はおまえに、私たちの祖先の地方を見に行くことを承諾したというわけだな？　私にも、目が閉じる前にフタ・トロを見る機会を神が承諾されますよう」

「それは兄さん次第です。そこで私はひとりの聖者と知り合いました。私はジハードが終わり次第、また訪問する予定です」

＊

神のおかげでトリは、危険な遠征を無事に終えることができた。遅い時刻ではあったが、彼が波乱に満ちた旅を終えてチムボへ到着したことに皆が注目した。かくも若い年齢であえて多くの危険に立ち向かった大胆な若者を自分の目で見るため、誰もがたそがれの祈りをじりじりして待っていたのだ。彼がモスクに来ると、ささやき声があちこちに広がり、飛ぶ矢よりも速い速度で感嘆の視線が彼に集中した。祈りが終ると、カラモコ・アルファがイマムの教壇の上から、かすかな抑揚も聞き逃さないよう努めている耳と稀な優しい声で、トリに近くに来るように言い、代弁師を通じて、集った人々に言った。[4]

「あなたたちのうえに平和を、イスラム教徒たち！ 神が称えられんことを。信心会の使者が私たちのもとに戻ってきた！ 道が遮断されることも猛獣たちも恐れなかった、私たちの偉大なプルが、私の右に座っている。使命を果たして幸せな、新たにまた私たちと一緒になって幸せな彼が、ここにいる。天の祝福が彼に与えられますよう、アーメン！ ママドゥ・トリ、ママドゥ・ガルガの息子のママドゥ・テリの息子、任された任務はどのように展開したのか話してくれ」

「紙と馬は安く買えました、カラモコ。数少なく高価だった銃については、白人たちは、彼らに向けて使われることを恐れて売るのを渋りました。長い不在の後で母が息子を迎えたように、私たちは歓待されました。

すべては望んだとおりに進み、神は昼夜いつでも私たちの側におられました……あなたのご承諾のもとで、大イマム、今夜から私の任務の詳細をチムボの最古参たちに開示いたします」

「私たちがどんなにそれに興味を持っているかはわかっていると思う。その間、フタ・トロの私たちの親戚はどうしていたのだ？　そこに住む私たちの同僚のイスラム教徒たちは平和に暮らしているのか、あるいはまだデニャンコベの雷を我慢しているのか？」

「多くの点で、彼らの運命は私たちに似ています。人数は増え、教育は改善されています（コーラン学校の数を数え、学識者が発した説教の質を聴くだけで十分）。彼らのモスクはスタイルと数で私たちを凌ぎます。しかし、その三つの河の地方のイスラムの揺籠が、アルコールを飲む堕落した三つ編みの徒党に支配されていることを確認したことは深い悲しみです」

「預言者と同名のトリ〔ママドゥは預言者モハメッドの名のアフリカの発音〕、現在、デニャンコベの地方は誰が君臨しているのだ？　行商人たちによれば、シレ・サワ・ラムの君臨以来、もう二五年以上にもわたって平和でないそうだが。今日では誰だ？」

「状況はシネ・サワ・ラムの時代よりさらに雑然としています。サムバ・サワ・ラムの子孫たちは、彼らの高名な祖先の偉大さも高潔さも受け継いでいません。彼らの間では、陰謀とナイフの一突き、激しい毒とグリグリしかありません。フタ・トロは断崖の端で倒れかけた酔っ払いに似ています。公共の場所でサム

4　プル族では、王は直接に大衆に話さない。普通はグリオである代弁師を通じ、返答は王の耳元でささやく。

バ・グエラディオとコンコ・ブブ・ムサの支持者たちが憎悪しあい、興奮し、刀を研いでいます。裏では、一六六七年にシネ・サワ・ラムに加えられた敗北に復讐しようと、また、デニャンコベの侮辱、鞭打ち、過剰な税、それに追放から解放されようと、じりじりしたイスラム教徒たちが騒ぎ出しています。多くがジハードのなかに身を投じる準備をしていますが、リーダーがおらず、デニャンコベの野蛮人たちは、私たちのプリとディアロンケより打ち負かすのは難しいのは確かです。これらすべてがどのように終るかは、神のみが知っています」

「尽きない慈悲の神は純粋な者たちを見捨てはしない。それら邪淫で冒涜の土地に真の宗教を設立するのを助けられるであろう。しかし、私たちはいつまでもここにいて、幸せな出来事を喜んでいられるだろうか？」

＊

トリは、あまり深い考えのないひとりのフランス人の手から苦労して手に入れた二〇ほどの銃を持っていたことに加えて、とても多くの数の馬を連れて来ており、カラモコ・アルファはジハードを直ちに発する考えを持った。カラモコ・アルファは、自らが有する教養と道徳ゆえの優位性を盾に、すべてのフタ・ジャロンのイマムたち、説教師たち、学識者たち、そして祈祷時報係たちを含むフグムバの元老院を召集し、秘密裏に会合し、真実の勝利と偶像崇拝の絶滅に残りの生涯を費やすことを誓った。その日の呼びかけに応えたフタの選り抜きのインテリゲンチアたちのなかに、威信あるマラブたちがいた。ラベのアルファ・セル、カンカラベのアルファ・アマドゥ、ブリアのチエルノ・サムバ、コインのアルファ・サリウ・バラ、チムビ・トゥニのチエルノ・スレイマン、ケバリのアルファ・ムサ、フグムバのアルファ・サディオ、その他。天の特別な計らいを願って、七日間、断食して祈り、聖コーランをプル語に翻訳した。その後、神が彼らの筋肉のなかに奇跡を吹き込み、彼らのそれぞれの弾に雷と雷鳴の力を与えるよう、牛一〇〇〇頭、羊一〇〇〇頭、それにやぎ一〇〇〇頭を生贄に捧げた。

「今、私たちは信仰を磨き、預言者モハメッドの救いを喚起した」カラモコ・アルファが宣言した。「私たちの望みが届いたか見てみよう。皆、村の入り口に立つ節の多い大木、ドゥクケに注目せよ。もし私たちのそれぞれがそこに矢を打ち込めることができるなら、それは幸せの前兆だ」

彼らは弓矢を出してきて、交代に矢を放った。前腕の筋肉を引きつらせ、疲れさせ、震えさせた大きな緊張感にもかかわらず、すべての矢が的に達した。

彼らはすぐに、恐るべき赤プル、ディアン・イェロの領土、ケバリに赴き、良き占い師のもとで行動するように説得した。ディアン・イェロの首を切り、戦士たちのすべてを虐殺し、奴隷たちと財産を奪い取った。翌日、オレ・テネに行き、ブンドゥから戻ってきたディアロンケの偶像崇拝者たちのキャラバンを不意に襲った。すべての男を虐殺し、すべての商品を押収した。これらの勝利に刺激され、多くの兵士を徴募し、地方の端から端まで攻撃を倍増した。彼らの大胆さは敵の軍の中に大きな怒りを引き起こした。牧童と百姓の先祖代々の喧嘩を乗り越えて、赤プルとディアロンケは同盟し、協力して力強い軍隊を立ち上げた。バレヲル河の川岸に、チムボから歩いて半日のところに、要塞の街を建て、イスラム教徒の侵略者たちに対する最後の襲撃に備えて、数え切れない数の軍を集めた。この重大な脅威を払いのけるかのように、信義の兵士たちはカラモコ・アルファの従兄弟、非常に激情的なイブライマ・ソリイ・マウドの単一の指揮のもとに結集し、異教徒の要塞を包囲した。包囲の七日目、両者が戦闘を開始するつもりはなく動静を探っていたところ、壁に近づきすぎて危険を冒した斥候が背中に多くの矢を受けて戻ってきた。それが《モスクの人々》と《洞窟と聖なる森の人々》との間の最も血みどろの戦いの始まりとなった。

槍と砲弾を雨あられと受けながらも、イスラム教徒たちはバリケードを突き破るのに成功した。街の小道のあちこちで、《少しずつ、小屋ごとに、斧で、刀で、矢で、槍で、そして棍棒で傷つけ殺して、戦った。攻撃に対して異教徒たちは、最後の犠牲、最後のひとりまで戦うことを確信していた。戦いの真っ最中にブンドゥの男が石の銃を放った。爆音が雷のように響き、敵はイスラム教徒たちが神を呼び、すぐに雷を送って応じたのだと思った。この銃の一撃は、初めてそれを聞いた精霊崇拝者たちの列に弔鐘を鳴らした。そしてちりぢりになり、数の上で劣っていた信者たちが勝利した》と年代記作家たちは言っている。

皆はこの血塗られた戦いの場をタ・ラン・サンと名付けた。タ・ラン・サン、フタ・ジャロン誕生の最初の叫びのように！　タ・ラン・サン、弾の弾ける音、地震の大音響、雷、火山、雷鳴、あるいは石が転がる音！　タ・ラン・サン、古い世界の崩壊！

＊

かくしておまえの祖先たち、すなわち、したたかかつ猥褻で、信心に凝り固まったイスラム教徒に突然に変幻した、突拍子もない人たちが、フタ・ジャロンの師たちとなった。ガゼルがライオンに変身したのを、強盗が判事に任じられたのを想像できるか？　ああ、恥ずべき牧童、セレルは正しい。《プルのとっぴな振る舞いよりも、むしろ、おまえを巻き込むことは決してない愚か者がすることに注目せよ……》

フグムバの元老院の会合はこの後に閉じられた。それぞれのマラブは、互いに連絡を保ちつつ、それぞれの領土で最後の抵抗の源を潰すため戦いを続ける指示を受けて家に戻った。続く年々、タ・ラン・サンのよりは小規模の戦いが局地的に起り、マラブの指揮のもとで勝利した。ブリアではチエルノ・サムバがスムバラコの戦いで勝った。コインではアルファ・サリウ・バラがムキジギとマリパンで勝った。フグムバ、チムビ・トゥニ、そしてカンカラベでは特記すべき抵抗に会わなかった。ラベの地方でも同様であった。

その地区の信者たちを脅かし続けた、多くの強い偶像崇拝の王たちに対して戦う前に、自らの宗教教育が不十分で基礎程度でしかなかったと判断したアルファ・セルは、数年ブンドゥに行って知識を磨いた。その後、地方内で徴募したパルチザンたちと共にタムゲ山を越え、赤プルの長、イェロ・シラチギの首を切った。マリ山ではマンガ・タンガ、マナ・カニ、そしてママ・ダリとその他の赤プルの長たちの喉を切り、偶像を破壊しマリの街にモスクを建てた。ドンゴル・アモロヤベではママ・アモロを殺した。コベイェラタではママドゥ・アマドゥを串刺しにした。レイェ・ドンゴラではマンガ・モウミニを潰した。ンガナカではママ・サムバを抹消した。それぞれの地で偶像を焼き、モスクを建て、コーラン学校を開いた。彼はすぐにブンドゥと彼の生地レイェ・ビレルの間のすべての地方を統一した。続いてポポドラに、そしてディムビンに住居を移した。それらの土地が極度に水が不足するのがわかって、九つの泉の流れがドンゴラ河を形成している高台のドンゴル・ランゲのほうに向かった。彼はアリアベ族から奴隷ひとりと牝牛一頭と引き換えに土地を買い、そこに大きなモスクを建て、そこをラベと名付けた。

＊

どこも、偶像崇拝者たちは多くが改宗せざるを得なくなった。反抗者たちは海岸のサンガラ、ヲントファン、ソロマ、フィリアに追われるか、あるいは周辺の地に押され、拘束され、多くの税が課せられた。それぞれのマラブはモスクとコーラン学校を建て、法律を創り、領地内の称号と土地を大マラブ家族の間で分配することに専念した。

1750–1800

一七四三年、牧羊が拡大し、ミナレが急激に増加し、フタ・ジャロンが国の端から端まで帰順したことをはっきりと示していた。チムボの領地でカラモコ・アルファは、祈り、断食し、捧げ物をし、そして神の讃辞を歌って時間を費やした。彼の神託は実現し、祈りは望外の早さで十分にかなえられた。彼は長い祈祷を続け、歓喜を静め、謙虚な信仰の条件を見分け、運命の仲介を為した創造主に感謝を示した。《私に特別のはからいを承知されよ！　神よ、恵みを私に与え給え。あなたがトミネのさわやかな水をチムビの不毛な平原に降らせたように！　私があなたを恐れ、あなたの道を行くことに努めている限り、私の心を照らし、私の貧弱な腕を支えたまえ。『眉をしかめて、よそを向いたのは、めくらが私のほうに来たからか』（コーラン、「眉をしかめて」の章）それならば神よ、私から視力を奪え。私が道に迷ったり、中傷したり、冒涜したりするなら、手足を麻痺させ聴覚を妨げ、信者たちをあなたの光のほうに導く、より純粋で洞察力あるガイドを私の代わりに選ばれよ！》しかし彼は虚栄心と自己満足の陶酔に押し潰されるには敬虔過ぎ、十分に頭脳明晰な彼は、彼の企画はまだ始まったばかりで、成果を知るにはまだ早すぎ、神を喜ばせるには祈りが決して不足することはないことを知っていた。立ち上がり、槍を使うことも知らなくてはならない。さらに後で彼は祈りと断食に身を捧げるために退出する。今は、彼の戦いに対する熱意と貴重な洞察力がプル族には必要であった。

イスラム教徒の大王国の考えを温めながら、これをディワル〔各地方〕の六人の長たちに書き送った。《神は決定し、望んでいる。フタ・ジャロンはイスラムに捧げられた。創造主がその無限の寛容さで私たちを勝利に導いたので、イスラムの土地で私たちの子供は生まれ育つ。今日、信者たちは心配することなく読み、祈ることができる。額を付けて永遠の神に挨拶したばかりの地面を掃除することを、もはや誰も強制できない。しかし、偶像崇拝のディアロンケは森で反撃の機会を待っている。到達不可能な稜線で、赤プルの放蕩者たちはドロを飲み続け、贅沢に没頭している。神が私たちに託した仕事を完成させたいなら、私たちの七つのディウェ〔地方、ディワルの複数〕は、神の監視の元、預言者マホメッドの忠告の元に、共通の法律と単一の長の力強い連盟の国として統一されなくてはならない》協議の後、フタ・ジャロンの将来の最高の長、アルマミを任命するため、今度はチエルノ・スレイマンの領土であるチムビ・トゥニに集まるのがふさわしいと思った。プラクの規則を守るなら、最古参であるという資格によって、チエルノ・スレイマンが選ばれるべきであった。ただ、勇敢さ、政治感覚、信心、そして広大な学識から、カラモコ・アルファが最初から、同宗者たちの皆のうちで相当な優位性があった。チエルノ・スレイマンかカラモコ・アルファか？　ジレンマは甚だしく、誰も長い間、手をつけたがらなかった。カラモコ・アルファに甘かったラベのアルファ・セルは対決という暗礁を避けるために、火急の策略を見つけた。選挙の前日、カラモコ・アルファは接客の主人の小屋にいた。「明日、皆が集まるのを待ってから、会合場所に入ってください」そして彼はチエルノ・

スレイマンのところに行き、言った。「明日、そこに預言者モハメッドの伴侶たちが座れるように、真ん中に特別席を残して、招待者たちを後陣の形に座らせるのが適当です」カラモコ・アルファが来ると、あたかもすでに彼が王であるかのように、アルファ・セルは急いで空いている席を示し、座るように勧めた。公共の場ではいささかいを表さないというプルの高貴な不文律によって窮地に陥り、皆は口を開かないよう気を配った。したがってカラモコ・アルファが、対立もなく、論争もなく、裏取引もない状態で、アルマミに任命された。何も恨みを持っていないことを示すため、チエルノ・スレイマンはマラブたちそれぞれに牛一頭を贈った。カラモコ・アルファは彼の牛の喉を切り、いつでも気前が良く簡素な彼のイメージを確認させながら、職を割り当てた。

公認の手続きのため皆は直ちにフグムバに赴いた。戴冠式は、およそ九〇年前、セリイとセイディが、異教徒たちは二晩しか労を惜しまないことがわからずに、自らの手で建てたモスクの中庭で執り行われた。それぞれの地方は二メートルの長さの白い綿のターバンを提供した。フグムバの長、アルファ・ママドゥ・サディオは新たに選ばれた者たちの頭にそれを巻く役割で、チムボの地方から贈られたターバンから始めた。「ママドゥがその預言者である至高の唯一の神の意思により、私たちはあなたを、七つの地方から成るフタ・ジャロンの最高長に任命し、聖別する。私たちは皆、私たちの家族と住民は、あなたを敬い、あなたに従う。これらの新しいターバンはあなたに委ねられた権力を象徴する。あたかもそれらが、頭の上に乗せられた、貴重な種で満たされた、新しい壊れやすい瓶であるかのように見守れ。私たちのイスラム教の共同体においては、皆が公正で率直である。そうであり得ないとするなら、王たちだけが例外である」アルファ・ママドゥ・サディオが宣言した。カラモコ・アルファは以下の言葉を言ってから、その他の地方の長たちを座らせ、それぞれの頭に白いターバンを巻いた。「神の名とその意思のもとに、あなたを……のアルファ（あるいはチエルノ）とする。皆は、あなたに従い、あなたを敬い、師とみなさなくてはならない。私たちのイスラム教の共同体では皆、忍従し、我慢強くなくてはならない。皆がそうであり得ないとしても、人民たちだけはそうである」

続いて、イスラムの規定に反することなく、プルのあらゆる伝統を尊重し保つことを推奨しながら、コーランと住民たちの霊感を受けた憲法の適用にとりかかった。チムボを首都に、フグムバを、王たちを選挙しアルマミの提案の元に戦争を宣告する元老院の本拠と指定した。各地方の特権を定め、通商、農業、裁判、教育、重量、容積、それに長さの計測の規則を決めた。カーストを塗り替えることになる危険を冒してまで、すべての自由人に読み書きの義務を課した（当時としては意外な処置である。高貴なプル！）。王国のふたりの偉大な将官に報いるため、新たにふたつの地方が創られた。チムボとソリマナ河に挟まれた大部分がマリンケ族であるフォデ・アジアをイブライマ・ソリイ・マウドに、ケバリをアルファ・ムサに託した。そしてさらに、いくらかの地方の長たちに特別待遇を承知した。

カラモコ・アルファのかつての師、ブリアのチエルノ・サムバには、アルマミの面前で杖を持ち馬に乗りディアロレ（王に対する賛歌の独唱）することを許可した。フグムバの王には、王たちの王であるアルマミと同じ絨毯の上に座ることを許可した。ラベ地方はチムボの宮廷に知らせずに死刑囚の処刑をすることを許可した。チムビ・トゥニの王に関しては、ただ一人アルマミの前でターバンを着けることを許した。アルファ・

ムサの、ジハードの諸段階での優れた手柄に対し、ケバリはすべての戦いに直接に加わらないこととし、アルファ・ムサを特別な軍事管理を行なう職に任命した。

カンカラベ地方は避難と恩赦の場となった。そこの王は特赦の申請を自由に調査する特権を得た。そのために殺人者は、何とかそこの領地に達し、その保護下に入れば十分であった。街に入って、そのために指定されているフロマジェの樹の高いところから、祈祷時報係に呼びかけなくてはならない。カンカラベの王は陳情を聞く。このインタビューの後、アルマミと有罪者が所属するところの地方の長にメッセージを送る。そして調査し、意見をチムボに送る。通常は好意的なアルマミの決定が関係者に告げられ、家に戻り、自由となる……

その後は、フタ・ジャロンは、動物の群れで覆われた小さな谷々に力を及ぼし、多くの流水があり、多くの博学者たちがいる平原の砦を法律の力によって発展させればよかった。しかし、以降、地方は、おまえの悲惨な種族の支配のもとに生きた結果、長い期間に渡って、ふたつの大きな欠陥に苦しみ、最後はぐらついて終わった。海岸に入植したヨーロッパ人たちの軍事行動による連盟組織の弱体化と、各地方間の経済的、人口的な大きな格差である。

チムボは行政を行うが、アルマミを戴冠させ、法律を議決し、戦争を宣言する特権を持つのはフグムバである。ただ、ラベが、民衆の半分、軍隊の半分、家畜総数の、金の、そして領土の半分を統合した。

このほかにも、過大な自尊心、羨望、陰謀などが渦巻き、そして羊飼いの小部族であることを正視しないことなどの要素が加わって、この地方の歴史は、フタ・トロにならって、地方分離の示威行動と後継者争いで、血塗られた悲劇だらけとなった。

すでに察しの通り、カラモコ・アルファの死によって、発端は切り開かれた。

＊

フタ・ジャロンでアルマミが最後の偶像崇拝者たちの中核を潰し、新たな王国の制度を定めることに時を費やしている間、フタ・トロでは、皆はまだジハードの考えには程遠かった。数の上では優越していたにもかかわらず、イスラム教徒たちは軽蔑されいつも騙されていて、来るべき将来にこそ希望を託して生活していた。王子たち、サムバ・グエラディオとコンコ・ブブ・ムサの悪意に深く心を傷つけられた多くのプルたちは、ブンドゥかフタ・ジャロンへの移住を求めた。飢餓と不安全性が無秩序を生み、皆に不幸なマラブ戦争の最悪の時を思い出させた。

恥を知れ、プル、浮浪するおまえの人種が生み出した惨禍を少し見てみろ！

父の暗殺の後、それにもかかわらずコンコ・ブブ・ムサは、王座の後継に指名された。サムバ・グエラディオは彼を追い出し、力ずくで王座に就いた。フタ・トロは再び暗転した。一八年間続く内戦となり、家族のなかにも軍隊のなかにも、あちこちに不信と憎悪をもたらした。逆説的なことだが、グリオたちはこの暗いエピソードに創作意欲をかきたてられ、プルの叙事詩で最も美しい賛歌を創りあげた。戦いと彷徨、血で汚された井戸、そして空っぽの穀物倉庫の一八年！

サムバ・グエラディオは、伝統的なプルのヒーローとして完全な象徴となった。立派で、堂々とし、勇敢で、専制的。しかし君臨は短かった。彼は一生の大部分を戦争の渦中で過ごした。少なくとも四五以上の戦いをした。彼の馬はウムラトゥといい、彼の銃はブセ・ラルワイェといった。今日でもまだ、セネガル河の谷の東屋で単一コードのギターが、彼の有名なグリオ、セウィ・マラル・ラヤヌが作曲した讃歌、ラギアを快く奏でる。優雅な、高貴な者たちの頬のうえをミルクのように泪が流れる。そしてコーラスは、好戦的な反復句を繰り返す。

それは、男が言ったこと
母の祈りの名にかけて
父の祈りの名にかけて
神よ、恥の死の元では、私を殺すなかれ
自分のベッドのなかで
子供たちが泣くなかで
そして、老人たちの嘆きのなかで死ぬことは

恐怖に震え、血のタムタム、血の声とも呼ばれた。敵の隊列が、戦争の太鼓と歌が、二〇年近くの間に渡って恐怖と苦悩をセネガル河の谷に撒いた。一七二五年、サムバ・グエラディオは権力を奪い取り、オルマン

たちとその許容しがたい税、モウド・オルマと戦うことから始めた。最初に君臨したのは、一七二五年から一七三五年にかけてであった。しかしコンコ・ブブ・ムサはガディアガとディアラのソニンケの伯父たちに支えられ、サムバ・グエラディオを追い出すことに成功した。サムバ・グエラディオは、同盟していたモーリタニアのエル・エイバというアラブの戦士の長のところに避難した。意志の強いプルとアラブの外人傭兵の軍事力を備え、サムバ・グエラディオは王座の征服のために砂漠から巻き返しを図った。これを知ってコンコ・ブブ・ムサは対戦のため首都、ドンドゥを離れた。当時、イディリ・サリュゲエという、明らかに変形された名が伝えられているイギリス人が、銃を奴隷と金で交換するため地区をうろついていた。彼はある村に着いて質問した。「この地方の王はだれだ?」「コンコ」次の村で聞いた。「この地方の王はだれだ?」「サムバ」取引の卓越した才能に恵まれた彼は、どちらにも決めてしまわないよう気をつけて、彼の武器弾薬をふたつに分け、それぞれ半分ずつにして言った。「それでは、戦いなさい! 勝ったほうが河を航行する白人から税を徴収する」

戦いはディヲワルのビルバシの砂地で起きた。負けたコンコはマキにたどり着き、数ヵ月後、力強い軍隊を立ち上げるのに成功した。サムバを追い払い、代わって五年間君臨した。税を徴収し自らの取り分を取り、弟、継承権のある王子、スレ・ンジャイ一世に与え、残りを戦士たちにその階級と地位に従って分配した。

新たに避難した砂漠から、サムバはさらに強いプルとアラブの軍隊を徴兵し、コンコを攻撃した。彼は勝ち、敗者をトロの地方に国外追放した。サムバは血気盛んで、あまりに独裁的だった。英雄的な王ではあったが、愛されるには強硬すぎ、気難しすぎ、恐ろしすぎた。非正規兵たちは、サムバの専制主義を見限って、コンコの軍に加わった。コンコはフタの大きな軍とトゥラルザのムーア人の外人傭兵を回収し、サムバ・グエラディオを王座から追った。サムバ・グエラディオはブンドゥに逃れディアムワリに定住した。

コンコは、サムバがディアムワリへ引退しても、変わることなく危険であることを知っていた。王子たちと将校たちを集めて言った。「新たな知らせでは、サムバはフタに戻って増水を待ち、騒乱を起こそうとしている。私たちはそれを防がなくてはならない。ダムンガの地方で待ち伏せよう」

異父兄弟のスレ・ンジャイ一世は、オレ・カディエレのタマリンドの樹、ガシムビリの岩場、そしてバレルの峡谷を含む三角地に兵を配置した。二番目の異父兄弟、シレ・ブブはロバリに位置を占めた。コンコ自身は、ソリンケの伯父たちの地方、ガディアガ内のディウブルムの平原内に軍を展開した。

彼らは数ヵ月間、地平線を監視したが、キジバトの渡りと牧童たちの移牧の様子を目にしただけだった。

そして、白馬に乗った男が空気を裂く声で歌いながらコンコの軍隊のほうに進んできた。それはラギアを朗誦するグリオ、セウィ・マラル・ラヤヌであった。だが偉大なる日々の叙事詩のラギアではなかった。強いルラードと嗚咽を伴う苦悩と哀悼のラギア、サムバ・グエラディオの死の詳細を報じる、心を引き裂くような哀歌であった。

ここで、この馬と槍の偉大な師、勝利を生み、気高さとミルクに育まれたプル族の息子の悲しい物語の詳細を話さなくてはならない。この恐ろしい喧騒と脅威の時期に愛がひそかに神秘の布を織ったとは、想像するのも難しい。その父の心臓が憎悪で黒く汚れていた間、ディイェ・コンコの心は、《騎士たちのなかで最もまばゆい、プルたちのなかの最高のプル》に傾き、動転していた。おそらく、おまえたちのとっぴなことわざを信じるほうがましだろう。《神が何かを為すとき、理解させようとは思っていない》これは嘘ではない。サムバ・グエラディオとその敵の娘の間に結ばれた最も美しい田園恋愛詩である。秘密は、すべての秘密がそうであるように、暴かれ、ディイェの兄たちの耳に入った。

彼らは激高し、若い娘を脅した。

「おまえ自身を失うために、奴と組むなんて！　頭がおかしくなったのじゃないかい、可愛いふしだらな妹？　私たちの父の娘、正面を向いて言ってごらん、その怪物のベッドで転げまわった後で、お前の目が羞恥に焼かれずに、真昼の明りを見ることができるのか？　今すぐにおまえの大罪の跡を消しに行け！」

「私の愛に貢献するにはどうしたらいいのでしょう？」

「彼を殺せ！」

「彼を殺す？　それよりはむしろ、私が河に身を投げることを許してください」

「恥をもたらしたのはおまえだ。私たちに彼を引き渡すのはおまえだ。おまえたちふたりのうちのひとりは運命が決まった。おまえが彼を殺すか、私たちがおまえを殺すかだ！」

「そんなことはあなたたちがやったら。結局のところ、男はあなたたちでしょう！」

「その男には武器では勝てない。彼に道理を詰められるのは婦人のみ。彼を誘惑するのに使った悪徳を今、彼を消滅させるために使え！」

ディイェはその悪辣な計画を頭に描いて七夜、夜更かしした。そしてふたりの若い恋人がそこに愛を隠したツムベレ・ジンゲのゴナキエの樹の下に行き、情夫のもとで時を過ごした。

「すべてを忘れるのに、おまえの近くにいさえすれば事足りる。蜂蜜の味、果物の匂い」琥珀と金で華やかに飾られ、ミルテ〔銀梅花〕とエンネの良いかおりがするディウバデ〔プルの婦人特有の、頭の頂で髪の毛をまとめる髪型〕を嗅ぎながら、サムバがささやいた。「かくも深く私に入り込んだ愛はかつてなかった」

「ラロを作ったわ、サムバ」

「作るべきではなかった、愛する人よ、私がラロが嫌いなのは知っているだろう」

「心から愛している男は、愛人が作ったラロを食べるわ。あなたは私をだますのね、サムバ、私を愛していないのでしょう。少し前、ディエリ・ロムビリの村で、偶然、女たちのうわさ話を聞いたの。『どうしてサムバは他の女たちのラロを大いに楽しんでいるのに、決してディイェのはそうしないのはなぜだと思う？もちろん、愛していないからだわ！』」

彼女はほこりの中で転げ、悲しみに泣き、胸をひっかいた。

「グエノ、我が創造主！　恥と嫉妬の小さな明りで死なせるよりは、直ちに命を取り上げてください」

「その毒蛇の言葉を聞くなかれ。気高い牝牛、私の草地の妖精！　彼女らは、自分では得ることのなかった他人の幸せを破壊するためにだけ口を開いているのだ。起き上がって私の胸に触われ！　それが偽りならば、愛はそれほどには私を焼かないだろう。おまえの存在は、私を見た最初の見知らぬ者がこう言ったまでに強い。『夢が彼に運んだディイェ・コンコの顔。彼を勇気づける息使い、それはディイェ・コンコの笑顔！』」

「それではこのラロを食べて。あなたの愛の証に！」

「おお、女よ、なんと難しい選択をさせるのだ。承知するならつらいことだ。また、承知しなくてもつらいことだ。どちらの場合も泪が流れる。このまずい料理のせいか、あるいはおまえを蝕む悲しみのせいか。選ばなくてはならないなら、おまえの泪を乾かすほうを選ぼう。そのラロをよこせ！」

不快感に顔をしかめながら木の皿を空にし、愛する人に別れを言ってディアムワリへの帰途についた。馬が早足で進む間、少しずつ毒が利きはじめた。ツムベレ・ジンゲの出口に並ぶ蟻塚で最初の吐き気が来た。腹痛と眩暈が早足の速度を落とした。ディアムワリへの途中、バオバブの下で出血と嘔吐が彼の息を止めた。

かくして《プルたちのなかの最高のプル》、《王たちと軍馬たちの調教師》の最後となった。彼がいつも望んでいた弾でも槍でもなく！　愛の毒、裏切りの毒液によって……！

翌日、彼の体を嗅いでいた馬を見て、ある見知らぬ者がバオバブの樹の下に穴を掘り大急ぎで埋葬した。

数年後、そこを通りかかった牧童が水の流れで土掘られた骨を見つけた。

「皆が言うように、勇者が頑丈であったか見てみよう！」

刀を抜き、一撃で骨を砕いた。破片がひとつ跳ね返って、額に穴をあけた。牧童は倒れ、即死した。そのシーンを目撃した老婆が両手を天に掲げて息切れして言った。

「まさにサムバ・グエラディオ。生きて殺し、死んでもまだ殺す！」

＊

《目的を果たし喜ぶ。それはセレル族。雌鹿を撃ち、殺したことに泣く。それはプル族！》どのようにおまえたちをこしらえたのかは神のみぞ知る！　絨毯を織る技芸は複雑だが、おまえたちはさらに複雑だ。どんな感情がおまえたちをかりたてるのか、おまえたちの反応がどうなのか、誰もわからない。憂鬱と疑念に苦しめられた彷徨える魂！

最悪の敵の死を知ってコンコ・ブブ・ムサは勝利に大喜びしたのではなく、苦しみ、わめいたことを思い描け。「王座から、国から遠くでその勇敢な王子が捨て犬のように死んだのは、私のせいだ」継承権のある王子、スレ・ンジャイ一世を後継に指名し、その後、モスクに入り、彼の《犯罪》を悔い、アラーの宗教に口づけし、かつてからの彼の主題であった忠実で謙虚なミュエザンとして最後の日まで身を捧げることを誓った。食べるため、義務付けられた謙虚な良きイスラム教徒として、門から門へ物乞いをした。だが、乞食になり下がったのではあるが、君主の反射神経を失ってはいなかった。いつでも要求するのは、牛一頭あるいは奴隷ひとり以上だった。フタ・トロの市場では売り子たちが今でもこう叫ぶ。《おまえが望んでいるのは王の施し物だよ、乞食。ミュエザン、コンコが要求した施し物！》

＊

デニャンコベ族は誰もがそうであるように、スレ・ンジャイ一世は立派で勇敢でいて、同時に不実でけちであった。シャイ・カマラによれば、大いなる奇人である。少なくとも彼の三つの気まぐれが同時代人たちの笑いの種であった。彼はひとつの銃を決して離さなかった。入浴するときにも、またセックスするときにも離さなかった。忠実だとみなされたふたりの友人たちをフタ・トロの人たちはこう言った。《あなたたちふたりは、スレ・ンジャイ一世と彼の銃みたいに離れられない》

そして兵士や奴隷が美しい女といるのを見ると、以下のようにぞんざいに呼びかけた。《そこで何をしているのだ、愚か者？　この女はおまえのようなやつのために創られたのではない。早く離縁しておまえの王に与えろ！》彼のハーレムをいっぱいにした多くの愛人たちの中に（家族や近親の承諾なしにあちこちから奪った）習慣に違反するのを何とか免れようと、秘密裡に結婚した姉妹がいた。この思いもつかない奇妙なことは次のように起こった。

ある日、奴隷のひとりがブンドゥのフェダンデからファチマタ・マディウルという若くて美しい娘を連れてきた。

「おまえはよく連れてくるが、その度により華美だ。そしてこの娘は我が父、母にかけて、彼女ひとりで今までの皆と同じ価値がある！」スレ・ンジャイ一世が有頂天になった。

「我が師、まだあなたは何も見てはいません。彼女の妹は一〇〇倍きれいです！」奴隷は不幸にも、不注意に先走って言ってしまった。

スレ・ンジャイ一世は怒りに息を詰まらせて、銃を振りかざした。

「彼女を連れて来るのに何をぐずぐずしているのだ、不吉な奴隷？」

ビンタ・マディウルが来て、彼女とも（秘密裡に）結婚した。多くの妾たちと広大な宮殿のおかげで、誰も秘密をかぎつけることはなかった。

しかしこの気まぐれな彼の性格が、皆に知れ渡った。王座獲得後に首都を置いたオレ・カディエレから馬で一時間ほどのところにアアリ・サムバという名の無人の小島があった。スレ・ンジャイ一世はその小島をトイレに使い、他では排便しなかった。バレルに着くと馬から降り、侍従にそこで待つように言った。数人の大臣を従えアアリ・サムバまで船で行き、ひとりきりになって、気楽に排便した。

オレ・カディエレでは城壁と堀で囲まれた彼の広大な邸宅は奪取できないと評判であった。《毎日一〇〇〇人以上の兵士が交代で夜を過ごした。彼らの順番は、人数が多いので、半年、あるいは一年後にしか回ってこなかった》このことは後世の知識人たちが確認している。彼は独裁主義的に君臨し、国は五年に渡って内戦のなかに再度沈んだ。王国は飢餓と無秩序で乱れた。コリ・テンゲラ以来初めて、父が君臨していた者たちのみが権力を主張できるという神聖な原則を犯して、ふたりの暗い王子、ブブ・ガイシリとディアイェ・オラが王座に達した。フランスとアラブの奴隷主義者たちは以降、王国に直接介入した。勝手な暴力と独断的裁量が増し、サムバ・グエラディオの時代よりも多くの集団移動を促した。皆は、かつて獲物狩りに出かけたように奴隷狩りに出かけた。動揺して、多くのプルはイスラムに改宗し、イスラム教の仲間たちを売ることに暴力的に反対していたマラブたちの保護を得た。興奮は回教徒の内陸部の飛び地にまで及び、パルチザンの数は次第に増え、武器が集められた。パルチザンは足を踏み鳴らし、デニャンコベと、フランスとアラブのその同盟をほころびさせた。皆は、ナスル・エル・ディヌの好敵手、フタ・ジャロンでは疑いなく敬服されていたカラモコ・アルファの再来を夢見た。だが、ある痛ましい悲劇が生じようとしていた。

一七五〇年、取り巻きの勧告をものともせず、カラモコ・アルファはマンディングの地方の中心に二〇回目の遠征を企てた。征服、断食、そして祈りの長い夜に疲れ、老いたマラブは、神が彼に託した企てを継続するのにまだ十分な力があると思った。ばかげた魔法を信じ、聖なる洞窟で不安を抱いている一般大衆にはイスラムは評判が悪く、宮殿の中ではイスラムが迫害されている聖地、カンカンの飛び領土はそのままにして、東のほうに戦火を運ぶ彼の夢を明らかにした。そのうち三〇〇〇がラッパ銃とムスクトン〔短銃〕で武装した一万の兵士から成る軍を起こすことを、彼はフクムバの元老院に納得させた。ニジェール河を渡り、粟のワインの革袋を空にし、偶像を破壊しあるいは差し出させた後で、偶像崇拝主義者たちを改宗させるのが目的であった。不幸にも聖者はニジェール河を渡る折に正気を失った。パニックとなり、将軍たちは遠征を取り止めチムボに連れ戻り、権力の代理人、従兄弟、イブライマ・ソリイ・マウドに託した。十分な治療が為されたが、状態は悪化するばかりだった。フタ・ジャロンの創始者は長い断末魔の果てに一七五一年末、亡くなった。

憲法の記述に従って、長老会は後継者を選ぶためフグムバの元老院を招集した。イブライマ・ソリイ・マウドと正当な後継者、故人の長男、アルファ・サリウとの間で長い間決まらなかった。最終的に、まだ一六歳であった後者は押しのけられ、イブライマ・ソリイ・マウドが伝説的な人格を云々するまでもなく、困難な代理をきちんと果たすにふさわしいとされた。多くの侵略の企てにさらされた国境の危機と、奴隷たちの反乱と偶像崇拝主義者たちの反逆によって興奮状態にあった内部状態からみて、フタ・ジャロンには鍛えられた性格の男が必要であった。当然、イブライマ・ソリイ・マウドがその男であった。敬虔なイスラム教徒で故カラモコ・アルファの忠実な協力者、王座に就く以前にフタ・ジャロン一帯に名声を馳せた大胆不敵な戦士でもあった。一一年の君臨の間、三〇回以上の勝利の遠征を行い、国境をタムバ、カルタ、そしてガンビアのほうに広げ、巨大な富を集めた。このことは当然にも、後述のように、敵を嫉妬させた。

ラベのアルファ・セルは、その指導者で友人であったカラモコ・アルファと同じ年に亡くなった。イブライマ・ソリイ・マウドはラベの頭を継ぐのに七人の息子のうちの次男（不明瞭な理由で長男、チエルノ・シゴンが辞退したため）、ママドゥ・ディアンを指名した。年代記は彼が勇敢で正直で寛大であったとしている。即位するとすぐに、空位期間を利用してかつての地位を取りもどそうとした、多数の非妥協的な偶像崇拝主義者たちの侵略に立ち向かわなくてはならなかった。

先ず、ディアロンケ、サンガラに対するトルの戦いから始まった。そこでディアバリは、ママドゥ・ディアンがその厩舎の守衛とし腹心としたほどに輝かしくとびぬけて優れていた。彼の勇気ある活躍で、一〇〇〇頭の動物とドンゴラの谷の洪水の起こらない一〇〇〇フィートの畑が与えられた。その日から新王子は、陰気なドヤ・マラルの子孫に全的な信頼と深い敬意を抱いた。数年後、ディアロンケのもうひとりの長、コムボロがクルンヤから降り、サヌンの住民を虐殺したとき、苦しんだママドゥ・ディアンは軍の指揮を弟、スレイマンに任せ、ディアバリを補佐に命じた。サヌンから簡単に追い出されたコムボロは、逃亡先まで追われ捕らえられた。財産は押収され家族と兵士たちは虐殺された。スレイマンが恐怖に動転し命を助けた一〇歳の少女、ナンテナン以外は。ナンテナンは教育され、ディアバリの長男、ママドゥ・ガルガと結婚した。

*

一七六〇年初頭の金曜日、チムボでは皆、大祈祷に参加し、続いて新アルマミによる週に一度の定期裁判に出席するためにモスクに行く準備をしていた。ルピ〔白と青の縞の厚手の綿織〕製の大きなブーブーを着てポウト〔碧玉工芸刺繍の円錐帽〕を被った男が街の西の門に現れた。どちらの方向に行ったらよいのかわからずに、包みとござを乗せた荷運び用の牛をマンゴの樹に繋ぎ、背負い皮で持ったやかん[5]を背負い直して、一撃で牧童の棒を湿った大地に打ち込んだ。彼は額を拭い、らせん状の角の大きな雄羊を引いた連れの子供のほうに振り向いて言った。

「今度はどちらの道を行ったら良いのだ？　右か左か？」

「一昨日ブリアでは東が幸運をもたらしました。今日は右のほうに賭けるべきです」

「おまえの直感力に従う他はない。こちらで慈悲深い住民に出会うならおまえにアカサの団子をあげよう。さもなくばおまえの耳をつねる。どうだ、良いか？」

「幸運は確かにこちらだから、承知します」

羊歯とシトロンの樹の生垣に沿って進み、住人のいない二、三の屋敷を通り過ぎ、にわとりたちとヤギたちの間をすり抜け、彷徨う犬の群れに噛まれそうになって、菜園に除草に来ていた老婦人のところに行き着いた。若者は喉を三回擦ってから話しかけた。

「私たちが渇きを癒し、眠ることができる場所を知っておられますか？」

「カラモコ・アルファの君臨のときから、配達係りと宮廷人の家に短期滞在の見知らぬ人を案内していました。イブライマ・ソリイ・マウドの即位で変わったとは思いませんが。そのまままっすぐに進みなさい。アルマミの小要塞のところを右に曲がって大きなバオバブの下まで行きなさい。そこに、大きな厩舎とムーア風の図書館がある、他より僅かに大きな屋敷があります。そこでママドゥ・トリという人を尋ねれば教えてくれるでしょう」

そこで中庭を掃いている娘を見つけた。

「若い娘よ、ここは尊敬すべきママドゥ・トリの家に間違いありませんか？」

「確かに私の父の住居です」家の中から聞こえる騒音が大きいため、大きな声で娘が答えた。「父は今、ウルゴ〔菜園内の藁で囲まれたトイレと風呂場に使う空間〕にいます」

中庭の真ん中に立っているオレンジの樹の下にござを敷いて、娘が続けた。

「お客様、ここで、金曜日の祈りのために身を清め終るのを待ってください」

華々しいブーブーを着てお香と橙花油の匂いがするトリが、ほとんど同時に現れた。

「私の娘、ジバ、この見知らぬ人たちがどこから来て私になにを望んでいるのかは知らない。モスクの後で食事をし話す時間を作ろう。今はお湯と石鹸をその人たちに用意しなさい。大きな祈りが私たち抜きで始

5 道中で清めをするためにやかんを持って移動したのは良い作法とされた。

まってしまう恐れがある。婦人たち、早く私の数珠、バブーシュ、そして帽子をとってくれ。そして怠け者のサブ、随員たちが騒ぎ出す前に三頭の馬を用意しなさい。アルマミの最も近い廷臣がモスクへの随行に行かなかったら、フタではなんと言われることか？」

彼は訪問者に束の間握手して家のなかに消えた。

小道と中庭にいっぱいになった群集の中を、少年の奴隷、サブが前を走って道を開き、その間、馬を無理でも急がせて時間に間に合った。

トリは王家に流れ込み、アルマミがバヌースを着、ターバンを巻き、優雅に馬具が付けられた白馬に跨るのを手伝った。追従者たち、衛兵たち、グリオたち、マラブたち、そして名の知れぬ人々の数え切れない群集が皆歩いて続き、王と聖預言者の名誉を称える詩を朗読しながらモスクに向かった。

祈りと際限のない裁判の審議の後で、――この日アルマミは魔術一件、姦通罪一件、牛泥棒一件、そして背教の嫌疑一件を裁いた――トリは見知らぬ人に関心を寄せた。

「今度はあなたです！（そしてトリはアルマミの弁士に言った）私の横にいるこの男が何か言いたいそうです」

「それでは話しなさい！　アルマミは承知し、チムボは聞く準備ができている」

「信者の方々、お許しください。心配をかけ、アルマミの貴重な時間を減らす見知らぬ者を」

「我々の認可はすでに与えた、プル！　すぐにおまえの名を名乗り、ここにいる理由を述べよ！」

「私の名はチエルノ・スレイマン・バアルで、フタ・トロの生まれです。数年前からラベに滞在し、尊ぶべきその街の偉大なるマラブたちのもとで知識を広げ神の真っ直ぐな声に誤りなくついていけるよう助けてもらっています。今、私は良きメッセージを広め、私の目が閉じる前にイスラム教徒の王の即位が見られるように祈るため、我が家に戻ろうと支度しています。知識と信心のこの地を離れる前に、この聖地チムボを訪ね、住民の皆様のご支持とアルマミの祝福を嘆願しに参りました。こうして話している今、デニャンコベの新王、スレ・ンジャイ一世はモスクを蹂躙し、その先祖もそこまではしなかったほどに信者たちを迫害しています。今回はイスラム教徒たちは反発せずにいることはないと断言できます。王朝の最後が近づいていきます。おそらくそれがパニックを起こし粗暴にさせたのでしょう。彼の支配は私たちの信者たち、親族を窒息させています。お願いいたします、私たちに援助を！」

弁士はしばしアルマミのほうに身をかがめ、そして起き直って言った。

「信徳の高貴な子孫であるプル、あなたたちをチムボとアルマミは歓迎する！　あなたたちの不都合は私たちのそれでもあり、あちらでもこちらと同じに私たちの共通の大義が勝利するまで、私たちは弾丸と火薬を、希望と屈辱を分け合わなくてはならないとあなたに伝えるように、アルマミ、イブライマ・ソリイ・マウドは私に託した。より具体的な話のために急ぎ会見室で応じられるように計らう。その間、飲食、保護、そして敬意を受けられるであろうママドゥ・トリの家に泊まりなさい」

「もうすでにそうしている、グリオ！」トリが遮った。「供の少年とともに私たちの客が降りたったのは私の家だ」

金曜日の祈りの後でモスクを離れ、アルマミが臣民たちに振舞う習慣になっている食事に加わった。

夕方トリは客に四人の夫人と一二人の子供を紹介した。

「長男のママドゥ・ビラヌは後で、コーラン学校から戻ったときに会えるでしょう。あなたの子と同じ年齢でしょう」

「いや、違います。この子はむしろあなたの子です。ここに来なさい、トリ、おまえと同名の叔父さんを紹介する！　この子は私の子ではなく、あなたの兄、ドンゴル・ランゲのディアバリの子であることを誓います！」

「生前、もうひとりの男の子をもうけていたとは知りませんでした。それで、どんな風だったのでしょう？」

「彼は収穫の最後の季節に牛に腹をえぐられて死にました。私の親友でした。死ぬ前に言いました。『私に何か起こった場合は私の末っ子をおまえに託す。おまえ自身の子として世話してくれ！　チムボの弟が反対しない限りは』」

「死人の意思に反することはすべきでありません。その子はあなたの子です。今、あなたの血から生じたかのように」

チエルノ・スレイマンはチムボに一年滞在し、祝福され、多くの贈り物を受けて、フタ・トロに出発した。

＊

チエルノ・スレイマン・バアルについてすでに話しただろうか？　イスラムの兵士となった長い三つ編み

のこのプルの並外れた経緯を聞きなさい。チエルノ・スレイマン・バアルは、その昔マシナのフィトベに住んでいたヲダベ部族、バリイ氏、バカルナベ家に属する。後の教権政治家で神秘主義のカイク・アマドゥの父、アマディ・ロボ・アイサタの縁続きであった。当初、その部族の皆と同様に、牛にこだわるプル、グエノを敬うドロを飲むイスラムの敵であった。若い頃フタ・トロに移民しボデに定着した。ある日、原野で牛たちに牧草を食べさせていた時、サンザシの藪から声が聞こえた。《おまえのグリグリを捨てろ、プル!》藪の周りを探ってみたがイチジクの樹にとまっているキジバト以外は何もなかった。単に疲れで頭がぼうっとしたのだろうと自ら言って先に進んだ。翌日、沼の辺で同じ声が聞こえた。《おまえのグリグリを捨てろ、プル! モスクに与せよ、神の呼びかけに答えよ!》彼は目を上げ、フロマジェの樹にとまっていたキジバトを見た。彼はグリグリを捨て、イスラムに改宗しモーリタニアのアサエに行き、平穏を得て多くの教えを請うた。そして予想に反してイスラムが勝利したばかりのフタ・ジャロンへの長い巡礼に出発した。

戻ってから、デニャンコベの邪教徒たちと、洞窟の崇拝者にまだ留まっているプルの有力者たちに挑んで、率直で単純に、《私たちの国を離れるか、私たちの宗教に入るか!》と絶えず繰り返して、敵意を削ぎながらフタ・トロを走り回った。彼は信者たちにコーランを教え、スレ・ンジャイ一世の専制主義に対して、またボカ・サワ・ラムのもとでオルマンの戦士たちによって課せられた不評の税、モウド・オルマに対して、そしてとりわけ手中にしたすべての黒人をイスラム教徒であろうとなかろうと売ってしまうアラブの卑劣な傾向に対して、厳しく諫めた。

ある日、ある村に入り、ムーア人の一団が呪われた税を徴収に来たのを見つけた。

「邪教徒たち、どうして伝統的な計量であるサの代わりに乳鉢を使うのだ？」

「私たちはそれが気に入っているからだ！　プル、そんな調子で私たちに話すおまえは誰だ？」彼らは答えた。

怒り狂った長老は乳鉢を取り上げ、彼らのうちのひとりの頭を打ち砕いた。凶暴な乱闘となった。ムーア人の生き残りは国に逃げ、少しして強力な軍隊とともに戻って来、チロヌで長老を襲った。しかし、数の上で勝っていたにかかわらず、ムーア人はまた負けた。トリとその生徒たちのひとり、アアリ・マイラムという頑強な少年を伴っていた別な日、船の中で白人たちのグループのまん中で縛られてコーランを読んでいた男を見つけた。

「どうしたのだ、神の使いよ？　どんな悪魔が厚かましくもそのように繋ぐことができるのだ、聖典に親しむ者を、聖なる使者の競争相手を！」

「私はこれら呪われた白人たちが砦を建てたばかりのバケルに仕事に行っていました。そこで、当地の王子たち、ウンダイガンコベ部族のプルたちが私を捕え、この船の持ち主にありきたりのトウガラシの袋のように売ったのです。今、サン・ルイに連れて行かれるところで、私は海の果てで売られます」

「その男を解放しろ！」チエルノ・スレイマンが命令した。「彼はイスラム教徒だ。誰にもイスラム教徒を売る権利はない」

「私のためにトラブルを起こすには及びません、プル！　私の運命はすでに封じられたのがお解かりでしょう。あなたは何もできません。そもそも、私はすでに神に身を委ねました」

「私がプルの慎み深さを放棄しないうちに、彼を解放しろ！」チエルノ・スレイマンがふたたび怒鳴った。「プル、おまえが言っていることを、私たちにはほとんど受け入れられない」白人があざ笑った。「この男を私たちは私たちの金で買った。彼は今は私たちのものだ。おまえの道を行け。この話はおまえには関係ない！」

「この男が鎖から解放させるまではおまえたちを放ってはおかぬ」

「この男は、言ったように私たちの財産だ。私たちは規則に従って買った。私たちには河を縦横に走り、望むものを売買する権利がある。私たちはこの国の王子たち、デニャンコベにきちんと税金〔coutume　通商のため、白人がアフリカ人の王に支払った税〕を払っている。それに不都合を言うならおまえは気違いだ」

「それではおまえたちと戦争しよう！」

「言っておくが、私たちは武装しているぞ」

白人たちは一〇人だった。チエルノ・スレイマン・バアルと従者たちは三人で、棒と哀れな石の銃を持っているだけだった。象を持ち上げる力があったと言われたアアリ・マイラムは白人たちを、彼らが武器一式を取る時間もない間に打ちのめした。チエルノ・スレイマン・バアルは見知らぬ者の鎖を断ち切り、立ち去るよう指示した。

数ヵ月後、トロの地方で一〇人の父なし子を持つ哀れな未亡人が彼に訴えた。ンジアディェの市場で、プルの婦人たちにとても好まれているクンというムーアの布を買ったところ、ラム・トロの衛兵たちが急いで来てそれを奪い取った。チエルノ・スレイマン・バアルはラム・トロに不幸な未亡人の財産を返すよう執拗に要求した。ラム・トロはそれに応じず、衛兵たちを長老に差し向け、生死を問わないから連れて来いと命じた。長老は奇跡的に免れ、ディアウベ・ディアムボ部族のところに逃げた。この部族は長老に軍隊を捧げた。コレ・グエディアイとチエルノ・スレイマン・バアルの間に避けがたい戦闘が起り、チエルノ・スレイマン・バアルが勝った。ラム・トロはトゥラルザのエミル〔将軍〕、ムアマド・アル・アビブに援助を頼み、大きな軍隊を送ってもらった。だがそのときもまた負けた。しかしながらチエルノ・スレイマン・バアルとディアウベ・ディアムボ部族は、トロを離れコビロに向かわかくてはならなかった。

ジョロフのピルへとフタ・ジャロンへの長旅をした者の多くは敬虔主義者たちである、旅と聖典釈義に熱中しジハードを渇望する若者たちを、是非はともかく大いに感嘆させた。彼の学識の深さ、実直さ、そして無謀さは敵の野営地にまで伝わった。《彼の前では猛獣たちはエネルギーを失い、蛇たちは咬む力を失うと誰もが言った。敵は彼を見ると感情を和らげ、あるものは彼に対して抱いた悪意を進んで放棄しさえした》そしてこれら三つの行為が各地で語られるや、彼の人気は神話の域に達した。そしてプル族の最も信じ難い伝説のひとつとなった。誰もが、数々の武勲と奇跡の回復を認めた。多くが彼を新たな預言者、不正を終らせプル族の苦悩を軽減するために神が送った男であると看做した。アラブ人とフランス人の黒人奴隷売買に抵抗し、デニャンコベの暴政に終止を打てる唯一の男である、と。

チエルノ・スレイマン・バアルは、アラブの軍を恐れデニャンコベを危惧する大衆に崇められたマラブとなった。一七六五年ころ新たな首都、オレ・カディエレに住むことを決め、多くの彼の信奉者たちと次第に大きくなっていった彼の名声は、スレ・ンジャイ一世の不安を募らせるばかりであった。スレ・ンジャイ一世は彼に街を出るように命じた。

「私の土地から遠ざかるのに二日与える、不吉なマラブ！　心の底では、おまえはイスラムを説くためではなく、私の軍隊と私の間に不和の種を撒き権力を奪い取るためにここに来たのであろう」

誰もが知っている彼の性格からすれば当然だが、チエルノ・スレイマン・バアルは信奉者たちを集め抵抗しようとした。

「蒸留酒を飲み、貧民たちを飢えさせ、さらにはフランス人奴隷主義者と残虐非道なアラブ人と同盟することしか考えないデニャンコベのけだものの意思には従わない。土地は神のものだ。誰でも望むところに行く権利がある！」

しかしながら、彼には可能性がないことがわかっていた。オレ・カディエレでは、ラム・トロが過酷に力を発揮しており、さらに、イスラム教徒の飛び領土が多く集ったトロとラアウの地方から遠かった。トリとアアリは苦労して説得し、対決を避けさせた。

「怒りを抑えてください、長老！」彼らは願った。「私たちはこのまむしの巣を離れ、より穏やかな場所に移らなくてはなりません。例えばンジギロヌに！　あなたの善行を前にして純粋に称賛するであろう敬神のダラ・ディアがいる街に！　ダラ・ディアは私たちに笑顔と、牛を放牧し家を建て芋と粟の種を撒く土地を拒否することはないでしょう」

彼らは従って、ンジギロヌに行った。そこで、年ごろを過ぎたトリは第一夫人を娶った。

しかし、ンジギロヌへの移動を知るや、スレ・ンジャイ一世は怒りに燃えて、ダラ・ディアを召喚した。

「臣民すべてにその長老を泊めることを禁止した。なぜおまえは泊めたのだ？」

「ただ彼の忠告を聞くためです。ねたみや悪口を信じてはなりません、我が王！　その男は穏和で賢明です。訳もなく警戒しないで、むしろ耳を傾けるべきです」

スレ・ンジャイ一世は長いこと躊躇していたが、最後に納得した。

「それではおまえの客人を連れてきなさい。彼の話しと説教を聞こう」

チエルノ・スレイマン・バアルがやって来た。長い説教の後、王に訊ねた。

「夫人を何人持っていますか？」

「一〇〇人！」誇って答えた。「だが、そのなかの三人だけが高貴で自由な生まれだ。サボヤベ、ヤラルベ、そしてラニアベの子孫だ」

この言葉は、コリ・テンゲラの時代からデニャンコベの軍隊の大部分を構成していたコリヤベを傷つけた。

「何だって？」グエラディオ・ジェギ[6]という彼らの長が憤慨した。「私たちの家族から娶ったすべての婦人は奴隷だとあえて言うのか？」

「そうだ、彼女らは皆、奴隷だ！　おまえたち、コリヤベは皆、私たちの奴隷だ！　おまえたちの祖先が仕えたように、おまえたちはデニャンコベに仕える。おまえ、サテナンはベレドゥグの出身だ！　おまえ、ツマニはクナドゥグの出身だ！　おまえ、ディアシはバガドゥの出身だ！　おまえ、イェロはバディアの出身だ……！（同様にそれぞれの士官を挙げ続け、その祖先が捕えられた地方を示した）私たちは戦利品の一部としておまえたちを得た！」

「あえてそこまで言うのか、スレ？」

「そうだ。すでに言った」

「繰り返すのは怖くないのか？」

「おまえの長い刀と赤い目は私は怖くはない。なぜ繰り返すのを怖がることがあろうか？」

「ならば、自分をしっかり守ることだ、デニャンコベの息子。いつか、かつて人の目が見ることのなかった何かを見ることになる」

やがて、乱闘となった。スレ・ンジャイ一世はグエラディオ・ジェギを殺した。

激怒したコリヤベはディアンディオリに移民し、そこで叛徒に加わった。忠誠を保った軍の一部、ウランコベは戻ろうとしたが追い払われた。この離脱によりデニャンコベは非常に衰えた。

ある日、スレ・ンジャイ一世はトイレに行くため、ビテルから船に乗り、アアリ・サムバ島に行った。

「一体何なのだ？」突然、目をはばたいて手を額の上に庇にして言った。

「どうしました？」家来たちが答えた。

「おまえたちは確かに何も見えないのか？」

「水の渦と泥のなかでつっついている白鳥以外は見えませんが」

「おまえたちはめくらか？　私たちに突き進んで来る怪物が見えないのか？」

6　Guéládio Djêgui　サムバ・グエラディオの父であるサルティギと混同しないよう。ここでは単なる同名異人。

彼は銃を取り出し蜃気楼に向けて撃った。手のなかで銃身が破裂し、死んだ。

＊

スレ・ンジャイ一世は男女三三人の子供を残した。彼の死で、軍隊は後継に同名の従兄弟を押しつけた。スレ・ンジャイ二世は大男であった。とても酷い肥満体で、どんな馬でも彼の重みで息を詰まらせたので、彼は一生歩いて移動しなくてはならなかった。ある日、畑で息を詰まらせたロバにいらだって、杖の一打ちでふたつに割ったと皆は言う。

この傾いた王朝では今、王座が空席になるたびに刀を持ち出し引き裂きあうのが習慣となった。スレ・ンジャイ一世の兄弟たちと子供たちは新たな王に対して立ち上がり、離反してサネ・ディエリに行き、そこで彼らのうちのひとり、サボイェ・コンコを父の後継者として指名した。一七六五年、スレ・ンジャイ一世の死で、デニャンコベは、コリ・テンゲラが一五一二年に懸命に創設した王朝を最終的に吹き飛ばすこととなる、最後の危機を迎えた。フランスとアラブの同盟の破棄でかつてなかったほどに分断され、衰え、ソリンケとマンディングの国のはずれの東の地方の境に追いやられ、彼らはプルたちにとって、もはやたいしたものを象徴しなくなった。実際、国のうえに事実上の影響力はなくなった。今ではほとんどの地方が、河の上流と中央に位置する地方を完全に管理したチエルノ・スレイマン・バアルの信奉者たちの支配下にあった。サボイェ・コンコとスレ・ンジャイ二世との長い紛争の間、それに乗じてチエルノ・スレイマン・バアルはンジギロヌを離れコビロに移り、そこから王国の四隅を縦横に走り、デニャンコベのくびきとオルマンのモウド・オルマに、かつてなかったほどに強く対抗した。トリは四人の子を持ち、その長男、ギテルは最初のコーランの章の学習に努めていた。

十分すぎるほどに武装したムーア人たちとサン・ルイのイギリス人総督、オハラが、並行して、奴隷を仕入れに国を縦横に荒らしたのはこの時代であった。

長老は信奉者たちを集めて言った。

「デニャンコベは白人たちとムーア人たちに仕えている。私たちの恥ずべき王子たちはプル族が恐れる最悪な悪魔たちと同盟している。だが神のおかげで私たちは遅かれ早かれ彼らを倒すだろう。彼らの多くの武器はそこでは役にたたぬ。勝利は忍耐の先にある。私がこの戦いで死ぬなら、この世に興味がない、賢く敬虔で苦行者であるイマムを私の代わりに指名せよ。そして彼の財産が増加するなら、解職し財産を取り上げよ。権利放棄を拒否するなら、その息子たちが後を継いで専制政治を敷かないように、戦い追放せよ。どこの氏族にかかわらず、賢く行動力のある者たちのなかから交代者を選べ。世襲とならないように、決してひとつだけの氏族に権力を委ねるな。兵士たちに、力のない子供たちと老人たちを殺させず、婦人たちを裸にさせない、さらには殺させない、それに値する者を権力に置け」

彼はウラド・アダラのアラブの部族に宣戦布告し、ムボヤで勝利し、モウド・オルマを最終的に廃止した。待望久しい行動を行なった結果、彼の野営地は無数の人々でごった返した。イスラム教徒たちは、彼こそ待ち望まれていた救世主だとし、改宗した大勢の元グエノの信者たちは、彼を税と奴隷制度に対する盾にした。ムボヤでの勝利の後は、真のフタ・トロの師は彼であった。一七七六年、二六四年間のデニャンコの君臨を終らせ、イスラム教徒の国の創始を宣言するのにちょっとしたきっかけが必要なだけであった。彼はガラムにおけるあらゆるヨーロッパ人の通商を禁止することから始めた。これはオハラの過去の権力乱用を罰するためであった。世界を深く悲しませたすべての不正を修復するために、命は決して長すぎることはない……

彼は数多くの軍事遠征を行なったが、そんなある日、河の辺で体を洗っていた裸の女性を見てしまった。ショックを受けた聖人は頭を回し、嘆いた。

「アラーよ、」彼は哀願した。「この日、私を戒めよ！」

たそがれ時、アラブ人たちがフォリの尖峰で攻撃してきた。彼は矢を受けた。皆は彼をツムベレ・ジンゲまで連れて行ったが、そこで彼は息を引き取った。

＊

彼の信奉者たちはスレ・ンジャイ二世に会いに行き、言った。

「私たちの長老は死んだ。私たちはあなたの人格を支持することを表しにきた。なぜなら、私たちはすべてのデニャンコのうちであなたが最も賢明で高徳であることを確認したからだ。しかしながら、私たちの真の王になるためにはアルコールとグリグリを放棄し、真のイスラム教徒になり、フランス人たちとムーア人たちに対し、またサボイェ・コンコの臣民たちに対して私たちを保護することを誓わなくてはならない」

彼は快く承諾し彼らについてチロヌに行き、そこを首都にした。しかし、多くのイスラム教徒たちの意見は違った。「親類よ、私たちはうまくやったのだろうか？　私たちの運命を、疑わしい、血に染まった手のデニャンコの王子に委ねたのは、ほんとうにプルの見識だろうか？　私たちは確かに、神によって引かれた道の上にいるのだろうか？　私たちが強情を張って、その悪魔を偽りの神の使いの衣装を纏って進むままにさせるなら、私たちは地獄の炎の中に落ちるだろう。フタ・トロに敬虔な精神は不足しないのは皆が知っていること！　その敬虔な精神のひとりのほうに向きを変え、私たちを導かせ私たちを救わせよう！」かくして皆は、とても純粋な故人がフタ・ジャロンから連れて来た若者のことを思った。数人の証人によれば、彼もまた成熟しアフィズ、コーランを端から端まで、新生児が泣いたりげっぷをしたりするような容易さで、暗唱できる者になったということだ。皆は小トリの家に密使を出した。「お願いする！　私たちの聖なる故人のライバルとなる信者を、東方を捜し、西方を捜し、左の草原を探査し、右の荒野を捜索し、私たちが必要なその人を見つけ、私たちの《新月の王子》となるその人を崇めよう！　地球上のあらゆる喧騒に善意と祈りしか求めない、信仰心で新鮮な手の男。きっと存在するだろう、そうではないか？」

小トリは皆が言った通りにした。村と街を、不毛の荒地と遠くの道を捜索した。グエデに通りかかり、彼と同名者の良き思い出を思い起こし、タル家に投宿した。老ジェンネ・タルはずっと以前に、穏やかに慈悲に召され、亡くなっていた。その孫、チエルノ・サイドゥ・タルが言った。「ボミの村に行きなさい。あなたが捜している人はボミの村で見つけられるでしょう」彼はボミの村に行き、アブデル・カデ・カヌという名のマラブを見つけた。「あなたが教え導くよう、プル族が私をあなたのもとに送りました！　チエルノ・スレイマン・バアルが残した信者たちの王国を引き継いでください、偉大なるムフティ！」彼は拒んだ。トリは執拗に頼み、彼はまた拒んだが、最後には肯いた。「彼らが決して私を裏切らないことを条件に。私が彼らを裏切った場合、あるいは私が神から遠ざかった場合は、彼らが私に石を投げることを条件に！」最終的に、トリについて行き、フタ・トロのアルマミの称号を受け入れることを承諾した。

アルマミ、アブデル・カデ・カヌは、デニャンコベの迫害から逃れサルムに避難したトロ地方出身のマラブの古い家系に属していた。そこはサルムのディアマと呼ばれるところで、父が亡くなる直前に生まれ、ブンドゥに移動し、続いて母も亡くなった。有名なジョロフのピルの学校に通い、そしてモーリタニアのザウィアに通い、すべてスレイマン・バアルのように、フタ・ジャロンを巡礼し、三〇年間の君臨の間、そこから多くの着想を得た。彼は、アンスタニ・カリル、イスラム教が定義するところの《完全なる人間》に到達した。これはムーアの最尊最敬のマラブ、シャー、モアメッド・アブドゥル・ラアビが彼のことを言ったものだ。《理解が早く、聡明にして、寛容かつ高潔な知識人だった。微笑んであざ笑わず、善良だが愚かさはなく、立派だが飾らず、気前はよいが無駄遣いはせず、うわべだけでない学識を持ち、そして実直で不正のないことなどが、彼の美点として挙げられる》

アルマミ、アブデル・カデ・カヌの最初の行動は、バイチ、渇望されていた空き地の再分配だった。すぐに大地主たちとぶつかった。とりわけ、ランディアウのアク、ボセヤのアリ・ドンドゥ、それにイルラベのアリ・シディと。この三家族は新たな国の立法審議会、ディアゴルデの大選挙人を構成していたので、新アルマミの状況は非常にデリケートであった。
アブデル・カデ・カヌはチロヌに居を定めようとしたが、当時プルの部族リドゥベが住んでおり、彼らの土地の上への割り込みに対し、最初の日々からこれを快く思わぬ目があった。彼らの長、チエルノ・モレ・リイとその手下、エリマヌ・チオダイ・カヌは死ぬまでアルマミに対して特別な憎悪を育み続けた。たまたま、移住の折、チオダイ・カヌの親戚が殺人を犯した。チエルノ・モレ・リイはアルマミに事を隠した。《殺人者と殺された者の家族は出血覚悟で和解させろ。アルマミに知られないように。もし知ったなら有罪者は処刑されるだろう》アルマミはそれを知って、直ちにシャリア〔イスラム法〕の適用を要求した。有罪者の斬首とエリマヌ・チオダイ・カヌの公開鞭打ち。《では、その判決を実施するものを殺そう》チオダイの信奉者たちは約束した。かつてなかったほどに原則に忠実なアルマミはチオダイを鞭打ちさせた。鞭を持つのに指名されたものが少し後で殺され、戦争となった。リドゥベはアルマミをバイ・タラーで攻撃し、多くのその信奉者たちを殺しながらアニャム・バルガまで追った。

このような狂気の喧騒を見て、スレ・ンジャイ二世は軍隊と家族とともにダムンガの地方に戻った。彼らは、河の反対側、マタムの正面、フォンデ・スレ・ブブ、つまりスレ・ブブの小島とかねてから呼ばれていたところを通った。次にワリ・ディアンタンという村に着き、その住民たち、プルの部族ディアウベがもろこしの収穫の準備をしているのを見た。彼は住民たちを恐怖に陥れ、収穫物を奪い取った。憤慨した住民たちはアルマミ、アブデル・カデ・カヌの信奉者たちの側に加わった。スレ・ンジャイ二世は一時ギディマカに逃れ、それからダムンガに戻り、ワリに定住した。

しかし、スレ・ンジャイ二世は衰え、地方の片隅に孤立したが、残忍で優柔不断なデニャンコとして留まった。アルマミ、アブデルはその地方のアイレの村のチエルノ・バイラ・ソウという名のマラブに手紙を書き、スレ・ンジャイ二世と戦うよう命じた。マラブは軍を動かしグマルに砦を建てた。しかしスレ・ンジャイ二世はチエルノ・バイラ・ソウを殺し、砦を壊した。続いて彼はその伯父、サムバ・ビラマ・サワ・ラムに軍と、七人の奴隷に相当する力の馬一頭を付け、サボイェ・コンコの反逆に終止を打つようサネ・ディエリに向かわせた。伯父はサボイェ・コンコの信奉者たちに大敗し、ワリまで逃げなくてはならなかった。

「何だって、」甥がうなった。「七人の奴隷に相当する力の馬の上で、打ち負かすことも殺すこともできずに、敗北したのか！　敵の前で逃亡するしかできなかったのか！　私の伯父としては恥ずべきだ！」

屈辱を受けたサムバ・ビラマ・サワ・ラムは馬を返しアルマミ、アブデル・カデ・カヌのもとに赴き、忠誠を誓った。アルマミ、アブデル・カデは以降、最も強力な軍と、デニャンコベの行き過ぎおよびムーア人の闖入にうんざりした人々の支持を得た。彼はスレ・ンジャイ二世を殺す決心をした。凄い戦いとなり、パダラルの戦いと呼ばれた。さらにもう一度、スレ・ンジャイ二世は自軍が数の上での劣勢だったにもかかわらず、大勝利した。

「正面きってはその怪物を決して追い込めない！」アルマミ、アブデル・カデ・カヌは毒づいた。「罠を張ろう！」

彼はスレ・ンジャイ二世が勝利を祝おうとしていたワリの道の途上のベデンケで待ち伏せした。現れるやすぐに撃った。スレ・ンジャイ二世は溝に落ち、馬がその上に崩れ落ちて重みで即死した。その息子、ボカ・

スレが交代し、サルティギの称号を持つ最後のデニャンコとなった。衰退したデニャンコベは最も後退した東の地方だけに君臨した。

その間、フランス人たちはイギリス人たちからサン・ルイを取り戻すのに成功した。アブデル・カデ・カヌは彼らに、年間の税九〇〇ポンド・ステリングと船舶通過税と引き換えに、いかなるイスラム教徒も売買できないという厳格な条件のもとに、河の通商を許可した。

*

その頃、チムボで、ある兵士が大トリの戸を叩いた。

「帽子を被り革紐を巻きなさい、プル、フタの所持者があなたに再度会いたがっています！」

「それはまたどうして、《見えないたてがみの男》が、夜が終ろうとし、日がまだ登らない、まだ物がはっきり見えない時刻に私に会いたいとは？」

「私にそのように答えるとは、眠気に耐え難いに違いない。アルマミの意思は神のみが知ることは、あなたが最もよくわかっているはず。厩舎で時間を取られないよう、あなたに馬を連れてきました」

王たち、とりわけ軽蔑すべきプルの王たち！　誰も拒否できない教権政治者の気まぐれを試すためにだけ、そのような時刻に召喚したとおまえは疑った。明け方の祈りの後、内奥に通される前に、中庭で廷臣たち、兵士たち、奴隷たちのなかで長いこと待たされるとおまえは疑った。

「挨拶は抜きで。明日、キャラバンをシエラ・レオネまで連れて行き、収穫前に武器を私に持ってきてくれ！」

ライオンがふたたび吠えたとき、彼は引き下がる準備をしていた。

「別に、おまえの息子をここに残せ、今度は！　彼にほかの仕事がある。ボウレに行って、哀れな私、アブデル・カデ・カヌに渡す金を少し持ってきてもらいたい。何たる信心、何たる勇気、しかし何たる不利な情勢！　デニャンコベ、フランス人たち、そしてムーア人たちは、彼らと同盟したディアゴルデより敵意が少ないのではないかと私は時に思う……ほんとうのところ、ソコトロのばか者の田んぼをおまえは好むのか？」

「それ以外に何を夢見ましょう、アルマミ。そうでなければ死んですぐに天国に行きます」

「それでは、先回のようにススとテメネの強盗に攻撃されたままにしない限り、おまえが戻ったとき、それはおまえのものだ！　蝋と牛をずる賢いイギリス人たちに売ってからどうするか。三分の二を武器に使え。残りを塩、布、そしてやし油に。雨の跡、埃と虫の汚れを付けずにすべてをここまで持ってこなくてはならないことを忘れないように」

アルマミはカアルタとガンビアで勝利したばかりだった。新たなどの戦いを考えているのか？　そしていつ？　トリはそれ以上考えるのを止めて旅の支度に没頭した。道を遮るのに好都合な深い森のせいで、シエラ・レオネの道は特に危険であることを彼は知っていた。そこを通るプルは悪魔の罠と、途上の住民の密かな攻撃に晒される。フタが企てている、イギリス人との商取引が増加して、人々の欲望が刺激されていた。

略奪が営利を生み、村全体がそれのみで暮らせるところもあった。野うさぎとイボイノシシを除き、地方は極度に肉が不足していた。それで動物の群れを攻撃しに行き、帰りに塩と備蓄、とりわけ海岸の婦人たちに好まれたパールの首飾りを奪った。誰もが経験に学んで、大移動は避けて、一〇〇〇ないし二〇〇〇人のキャラバンで完全武装して、そこに冒険に出かけた。フタ・トロの冒険物語以降、トリは、金、武器、象牙、あるいは奴隷を買うために、また、アルマミのメッセージをマラブたちや王たちに伝えるために、任務が増えた（シギリ、ビサオ、セグウ、カカンディ、トムブクトゥ、あるいはジェンネに）。今までどんな距離にも脅えず、どんな努力も意気をくじかず、どんな危険も心配しなかった。間もなく彼の息子、ビラヌが後を継ぐだろう。昨年、初めてキャラバンをキッシの地方に導き、コラの実ひとつ失わず、ひとりの負傷者も出さなかった。誰の意見も請わずにアルマミ自身が彼に任務を任せるのを望んでいるなら、王子たちの気まぐれと廷臣たちの術策で、簡単に出世が止められてしまうチムボの宮廷では、むしろ良い兆しであるだろう。今回のような遠征をあと一、二回し、そして、コーランを読み、動物たちと土地に従事し、フグムバやラベへのときどきの巡回にアルマミに御伴するだけにして、息子に場を譲るだろう。

アルマミ、イブライマ・ソリイ・マウドは一一年間君臨して後、輝かしい勝利で句読点が打たれた。アルマミはそれ以降も先頭に立ったが、戦争における秘密の軍事行動の何がそうさせるのか、トリにはわからなかった。シオラ・レオネから戻ると、チムボは動揺し、狂気のさなかにあった。カラモコ・アルファの息子、アルファ・サリウが成年に達した。アルファ・サリウの親戚と信奉者たちは、イブライマ・ソリイ・マウドが為した好結果に対して嫉妬と不満を持つ者たちをまとめるのに成功し、カラモコ・アルファの唯一の正統な後継者であるという理由から権力に就くことを主張した。軍の主要部はイブライマ・ソリイ・マウドの後に並んでいるが、フグムバのアルファ・ママドゥ・サディウに率いられた有力者たちはアルファ・サリウに傾いていた。イブライマ・ソリイ・マウドは力もあり人気も高いのに、屈服しなくてはならなかった。長老会はアルファ・サリウをフタ・ジャロンの三代目アルマミに就け、国が経験したばかりの分裂状態を塞ぐことを考えた。《この選挙に続き、以降権力はカラモコ・アルファの子孫と、イブライマ・ソリイ・マウドの子孫によって交代で執行され、他の死亡もしくは失踪に際し、他に代わって国の指揮を取ると定めた、憲法の付随規則が適用された》と年代記が示している。

《この決定はアルマミの絶対権力と過剰な力に対するブレーキであった。直ちにふたつの政党が創られた。アルファヤ党とソルヤ党。審議会は同時に、その権力の交代は各地方においても同じ条件で適用されることを決めた》

アルファ・サリウは、その威信を回復し名声を高めるため、急ぎ、軍の遠征を決めた。マンディングの国、サンカラニを彼は選んだ。父がその地を力ずくで改宗させようとしたが、途上で狂気に捕えられて挫折していた。アルファ・サリウは首府を攻囲したが王、ブラマ・コンデは不在だった。金を押収し、八〇歳代のブラマ・コンデの父を無分別にも激しく打った。

「警告する、若者よ、私の息子が戻ってこないうちに消えよ！」老人が言った。

父が侮辱されたことを知ってブラマ・コンデは強い軍を起こし、チムボに進撃し、モスクを焼きカラモコ・アルファの遺体を掘り出しその右手を切り、トロフィーとしてカラモコ・アルファの息子に送った。パニックに襲われ若きアルマミは、侵略者に領域を自由にさせたままバンタンゲルに逃れ、チムボは二ヵ月以上占領された。いかなる抵抗も見られず、フグムバを行進して、フタ・ジャロンを最終的に征服しようと企てた。切迫した大惨事を前にして長老会は思い直してイブライマ・ソリイ・マウドを呼んだ。彼は遅滞なく軍を興し、マンディングの道を遮るため、シラグレ河の辺に配置した。戦闘は激しく、水は多くの犠牲者の血で赤くなった。ブラマ・コンデは右、左を捜したが、彼の妻が見当たらなかった。火薬の煙と悲しみに泪して、彼の補佐のほうに振り向いた。

「シラはどこだ?」

マンディング語では《シラ　レ》と言う。

「河の底に〔ア　ナ　クレ〕!」

そこから現在の河の名となった。シラグレ河は《シラとクレ》のプル語の変形である。

ブラマ・コンデと彼の戦士たちのすべては虐殺された。イスラムに改宗した後、ケバリの近くにディアムブルヤという村を建てプルの環境に恒久的に溶け込んだひとりを除いて。

*

神はイブライマ・ソリイ・マウドを、生誕から特別待遇したようだ。すべてのアルマミのうち、彼の君臨は最も長く、輝かしかった。代理期間三年、最初の君臨一一年、そして、一七九一年の彼の死で終った二回目。しかし、もうひとつの悲劇がシラグレの戦いの後に控えていた。

一七八八年のある夜、彼自ら、大トリの戸を叩いた。

「起きろ、プル、その足でラベに行って、ママドゥ・ディアンにサンカレラで軍と共に私に加われと伝えてくれ。ディアロンケのタクバ・イエロがフクムバを攻撃したとの連絡があった」

また一度、《見えないたてがみの男》は全力で敵に飛びかかり、勝利して多くの捕虜を連れ帰った。この戦闘の後で、賢明なママドゥ・ディアンは次の奇妙な質問をした。

「どこであなたは死にたいですか、アルマミ?」

「何と不吉な話題だ、ラベの王子! 神が新たな勝利を私に与えてくれたというのに、どうして無益に悩む必要があろう?」

「ただの冗談です、アルマミ。同じ調子で答えて欲しいのです。すでにあなたの墓の場所を選んでいますか?」

「もちろん、一定の年齢に達したらプルなら誰でもそうするように! ミュエザンだけが知っている秘密の場所だ。チムボの墓地のどこか、私の祖先、セイディ・バリイの地だ」

「私を評価してくださってラベの王子に指名頂いたのですね。それでは将来の墓の場所を交換しましょう。私たちの永遠の友情のあかしとして」

この奇妙な協定を結んだ印に、彼らはコラの実を分け合ってから、それぞれの護衛に加わり、領地に戻った。

＊

チムボに戻って、アルマミはラマダン月の終わりを待ってトリと極秘の話をした。

「王家の財産が減ってきた。穀物は空っぽになり、お金とコーリはなかなか入って来ず、金は昨年の三分の一しか残っていない。地方の長たちは財布を開くのを渋っている。自分たちの利得しか考えておらず、皆に関わることだとなると聞こえないふりをする。プル族全体をひとりで守るのを引き受けるにはチムボは小さすぎる。チムビ・トゥニは海岸との通商しか頭になく、フグムバは昼夜アルマミの権力を弱めようと、考えを巡らすだけで、そしてラベは……ラベは、誓って言うが、自らを国の中の国だとみなしている。税を徴収するため、あるいは軍を起こすためにこれらの王子たちに乞い願う権利が私にないのとほとんど同じだ。私を信じてくれ、勇敢なトリ、アルマミは負担が多く、気楽な地位に居るわけではない！　フグムバの従兄弟たちは私の専制的意思を削いだだけでは満足せず、すべての行動手段を奪った。ああ、もし少なくとも十分な財があるなら、彼らの、それら地方の偉大なしみったれどものジェスチャーや優柔不断は大目に見るのだが！」

「アルマミは国庫財政の救済のため次の軍事遠征を検討しているのだと思いますが、違いますか？」

「私にそれ以外に何ができるというのだ、忠実なトリ？」

「なにも！　二年連続の洪水とアフタ性熱病の流行の後では新たな税を徴収すると、プル族は良く思わないでしょう。どこの国に目をつけたのですか、カアルタ、ソリマナ、キシ、ナル？」

「それらは全部違う。ガブだ！」

「しかし、アルマミ……！」

「わかっている！　数ヵ月の準備が必要だろう。そしてガブを追い詰めるにはフタのすべての軍が必要だろう！　今回だけは、アラーは私を許すに違いない！　占領するためでなく改宗させるためでもない、ただ少しの金、奴隷、そしてコーリを拾い集めるだけだ。少し前にフグムバの承諾を得たばかりだ。チムボから、チムビ・トゥニから、そしてラベからそれぞれ一連隊で十分だろう」

「準備するため、出発の日をお教えください」

「今回はおまえは隊列に加わるな。私もだ」

「それはどうしてですか？」

「私の息子、アブドゥラアマヌだ！　私の後に君臨することを切望しているなら、困難に慣れるのは今でなくてはならぬ。そして困難に慣れるにはガブのマンディングの畜生に勝るものはない！」

「二六歳で、ひとりで軍をガブまで導けるとお考えですか？」

「おまえの息子、ビラヌが付き添うだろう。私はフグムバで注目した。タクバ・イェロをライオンのように打ち負かした。彼らの力は私たちふたりに余裕を持たせるだろう、トリ。後裔たちがそのあかしを立てるのだ！」

「それでは、アルマミ、神は私たちに、過ぎ行く時を計る能力ではなく、見聞きする能力を与えたということですね！　ウウム、そうすると、他の戦場であなたのそばで喜ぶ機会はもうないということでしょうか？」

「最も大きな戦いでおまえは私のそばで刀をつぶした。この世のすべての種族に対し厳格にやった。スス、ナル、バガ、キシ、バムバラ、その他。三〇以上の勝利だ。もう十分だろう。ただ、私の村々を荒らし、カアルタとソリマナに巧みに入り込んでいるサンガラリの邪教徒たちに体罰をくらわすことは不快なことではない。今度フタに入り込んだら、アブドゥラアマヌには委ねず、私自身で立ち向かおう。おまえも私と一緒に来てくれるだろう、トリ、約束だ！」

ガブへの遠征はアイ・デル・ケビの二ヵ月前に起こされた。乾季の真っ最中であった。アルマミは息子を街の西の門まで送った。長い間手を握ってから背を向けた。そして立ち止まり、しばし躊躇してから引き返した。

「これを受け取りなさい、息子よ！」首に下げていた護符を外しながら言った。「これを架けて、離さないように！　これは多くの戦いで私の命を救った。おまえを同じに保護するだろう。どこに居てもおまえを守るだろう！」

チムボは大喝采と祈りのもとで若者たちの出発を見守り、その後は季節特有の仕事に専念した。屋根の修理、綿梳き、バレヌルとコンクレの湿った谷への移牧、物語、歌、踊りの長い集い、そしてもちろんコーランの朗読とマラブたちの威圧的な説教。

そして雨季の初めの雷、ミュエザンがドーの祈りを呼びかけた時、修道の歌と馬の騒音がサムン河のほうから聞こえた。祈りの進行と共にこだまが強くなった。祈りの終わり、「ア・サラム・アライクム」とアルマミが言った時、やせこけた馬の上で今にも落ちそうな、粗末なぼさぼさ頭の兵士たちの一連隊が歌うのを止め、ためらわずに西の門を通りモスクへの道を取った。大衆は、数珠を鳴らしながら、アルマミの説教を聴きながら、口をぽかんと開いて、暗い様子の彼らが入ってくるのを見つめた。すべての宗教儀式が終って、弁士が気持ちを静めてから、悲しい声で訊ねた。

「戻られましたな、フタが敵の目を切り刻むために放った若き鷲たち！　王子、アブドゥラアマヌを捜しましたが、あなたたちの衰弱した様子と哀悼で釘付けになった顔しか見出せません……おお、苦しみよ、おお、運命よ……ビラヌ、これ以上私たちの心を血を流すままにしないでくれ！　私たちがまだはっきりとわかっていないことをすぐに言ってくれれば、私たちの痛みも減るだろう。話しなさい、チムボを見舞った不幸の詳細を！」

ビラヌは、祈りの時間を中断しただけで明け方まで話した。どのようにプルの軍が打ち負かされたか、どのようにマンディングが王子、アブドゥラアマヌを捕えたか、そして兵隊たち二〇〇〇人が奴隷としてイギリス人に売られたことを。

イブライマ・ソリイ・マウドは、悲劇にむしばまれた心を和らげるため、祈り、断食し、そして、地方巡回と遠征のうちに逃避した。

正気に戻ったとき、ビラヌを来させて、ガブで拾った戦利品を指し示して言った。

「これには触らない、私の息子の血だ！　彼がどこに居ようと、私にとって彼は死んだのと同じだ。チムボの王子が白人の奴隷。創造主はあらゆる良識を捨てたということではないか……？　ああ、正におまえは神で、私たちは哀れな被創造物！　王座の上か粗末なベッドの上か、どちらも同じだ……！　この琥珀と金を持ってアルマミ、アブデル・カデ・カヌのところに行ってくれ！　そして言ってくれ、メッセージは確かに受け取ったと！　健勝で信義に揺るぎがないことを知って、フタは喜ばしく思うと伝えてくれ！　彼のデニャンコベに対する勝利を、かつてタ・ラン・サンの勝利を祝ったように私たちは祝ったと伝えてくれ！悪魔のようなフランス人、陰険で残忍なアラブ人に関しては彼が正しいことを確信していると、なぜなら高貴で純粋なのは彼で、神は純粋なほうに居るからだと伝えてくれ！　南の粗雑な異教徒たちを罰し、無実の人々とイスラム教徒たちを解放する彼の夢を、私たちは祈りと奉げ物で祝福すると伝えてくれ！　信者たちに、そして彼の家族に、誰一人も漏らさずに、プルとしての私たちの儀礼を伝え、その後、この安価な贈り物を渡せ。私の子の体が彼の君臨の炎をかき立てイスラムの勝利を保証するだろうから！　そしてあちこちで一〇〇〇もの恩寵の行動が奉げられるであろうから！」

ビラヌはグエデからフタ・トロに入った。あまり歓迎していないグエデの人々を訪ねまわってから、やっとチエルノ・サイドゥ・ウスマン・タル（父、トリを治めた博学の老人、アリ・ジェンネ・タルの孫）に会えた。祖先同様に苦行者で敬虔なチエルノ・サイドゥ・ウスマン・タルは、モスクに来て外見だけ取り繕い、神の掟を満たすのを喜びとしない熱意のない偽善者に加わっても、煩わされずに平安に祈れるよう、家の中に小さなモスクを建てていた。グエデの人々はそれを虚栄心と軽蔑の行為だと曲解していた。彼らはチエルノ・サイドゥ・ウスマン・タルを叩き、頭を剃り、イマムの前に連れて行った。イマムは罪のある者に対してとても好意的であったが、街に平和を導くために聖堂を壊させた。そのとき彼は、数十年後に真の預言であったことが明らかになるこの言葉を宣告した。

「おお、グエデの人々、今日、私はあなたたちの喜びのため、チエルノ・サイドゥ・ウスマン・タルのモスクを破壊する。しかし覚えておかれよ、明日、その血管の中を流れる血のおかげで、フタ・トロより一〇倍広い領域で一〇〇〇もの他のモスクに替わるだろう。なぜならば、あなたたちの前にいる男は、何よりも神を称え、神に仕えるために生まれてきたのだからだ」

これは、気持ちを和らげる言葉ではあったが、チエルノ・サイドゥ・ウスマン・タルの悔しさを消しはしなかった。ビラヌが別れの挨拶をしたとき、最終的に街を去る決心を彼に打ち明けた。

ビラヌはグエデを離れ、ンジギロヌに着いた。小トリがメッカに巡礼に出、若きギテルは、有名なムーア人の街、チンゲッチに行き、博学な者たちのもとで信心と教育を磨いていることを知った。アルマミ、アブデル・カデ・カヌにおいては、モーリタニアの大学の学友であった最も学識のあるディアカニ・ウルド・バナの同意を得て、共謀して、ムーア人に対し激しい軍事行動を始めたばかりだった。ある日、砂漠から来たキャラバンがオレ・ウェンドゥの住民たちを襲い、家々を焼き、財産を奪った。プル族は反撃して大敗させ、財産と奴隷たちを押収した。翌週、同じことがギライエでも起った。そしてガオル・ゴレレで、バレルで、ウロ・ディエリで、その他のところでも起った。かくしてアルマミはボカ・サワ・ラムのもとで失ったフタ・トロのムーアの国々を服従させようと決心した。

アルマミ、アブデル・カデ・カヌはブラクナを制圧することから始めた。そして新たな領主の援助で、トゥラルザの強力なエミル〔将軍〕、アリ・アル・カウリを攻撃し、首を切り、勝利のうちに財産と戦争の太鼓をトロフィーとして持ち帰った。続いてさらに東のほうに進み、永遠の叛徒であったアイレ・ンガルを砕き、カソを、ギディマカを、ブンドゥを、そしてニアニを征服した。

これら輝く勝利にほろ酔いかげんになったアルマミは、イェロ・ディアムやサムバ・サワ・ラムの時代のように、ウオロフの国を攻囲し、プル族のトロフィーのもとに彼らを連れてこようという、昔の夢を実現しようと思い巡らした。出発の挨拶に来たビラヌに驚くべき量の布、塩の棒、ムーアの絨毯、そして大砲の火薬を渡した。

「おまえの思うままに、若き勇士よ。フタ・ジャロンを守り化身させるライオンたちの中のライオンに、それらすべてをおまえ自らの手で渡すなり、あるいはおまえのガイドたちのひとりに託して私についてくるなり。イブライマ・ソリイ・マウドへの愛にかけて、そしておまえの戦士と旅人としての偉業への共感にかけて、私の将軍たちに告げる前におまえに言う。明日、明けがたの祈りから、私の軍をヲロとカヨールに投じる。それらウオロフの王たちの偶像崇拝者たちは矯正に値する。フランス人の策士たちは彼らを武装させ私たちに対抗するようかき立て、モスクが焼かれたりイマムが叩かれたりするのを聞かない日はない」

実際、ウオロフの君主たちに対する彼の執着はそのとき始まったわけではなかった。ウオルフの国には閉め込まれたイスラム教徒の奴隷たちを救いに来るよう願うコッキのマラブたちの差し迫ったメッセージをしょっちゅう受けていた。「ワロでは、ブラクの兵士たちは私たちが神に祈祷するために平伏したのを見ると背中を鞭打つ。そして私たちを鎖で繋がないときは間違いなくサン・ルイのフランス人に売るためだ。カヨールでは、イスラム化したレブ族は彼らの賢明なマラブ、ディアル・ディオプの指導の下に、カプ・ヴェールに逃げなくてはならなかったほどに状況はひどい」その後、ワロの新たなブラク〔ワロ族の王の称号〕、アマリ・ンゴネは彼の前任者のフタ・トロへの帰順を棄却した。そして今、その同じアマリ・ンゴネが、沈静化を保障するために急ぎ送った大使、タフシー・アマディ・イブラを殺したと、ビラヌは知らされた。

ビラヌは長い間アルマミの話を聞いてから言った。

「フタ・ジャロンが私の父ならば、フタ・トロは私の叔父です。最初に着物を着た者も二番目に靴を履いた者も私には同じことです。私が義務を果たすところはどこでも同じに祝福されるでしょう。直ちにチムボの大君主に手紙を書きます。ひとたびガイドが私の手紙を渡せば、私の選択を喜んでくれるに違いありません……どこにでも、あなたが暴君と異教徒に対して刀を向けようと決めたところに付いて回る準備ができました」

続いて彼はあざやかな西部の征服を企てた。ワロを滅ぼすことから始めた。その国の王、ブラクは逃げ、カヨールの王、アマリ・ンゴネのところに避難した。アルマミは財産とふたりの娘（アラム・バカーとファッ・ディウリ）とふたりの姪（マリアム・モジとアナ・モジ）を奪い取った。彼はマリアム・モジを妾にし、その他をマラブたちに分けた。続いてブラクをカヨールまで追いかけ、その国もまた征服した。ブラクとダメルは首都を脱出し国の境で参事たちを集め、侵略者たちを押し返す最良の手段を話し合った。そしてカヨールに住んでいたヲダべ部族のプルが進み出てダメルに言った。「私はその卑劣なビスミライを打ち負かすための策略を知っています。あなたの軍をブンゴウィに集め、そこで私を待ってください！」その後でアルマミのところに行き、イスラム教徒として自己紹介し、味方として支援すると思わせた。「あなたの軍はお腹がすき、喉が渇いています。どうしてブンゴウィに行かないのですか？　そこには大きな沼があり、芋と野生の果物がたくさんあります。そこで彼らは飽き飽きするまで飲み食いできます」水源も食料も見つけられない遠回りの道を行かせた。彼らは疲れ切ってブンゴウィに着いた。ダメルの軍は銃で攻撃し、多くが死に、アルマミは捕まり、二年に渡って捕虜となった。ダメルは何人かの参謀の勧めにかかわらず、アルマミの処刑は拒否した。三つの河の地方のすべてに及んでいたアルマミの威光から、また、今ではカヨールからワロまで、強いイスラム共同体が定着していたからでもあった。二年後に釈放し、二〇〇頭の馬のキャラバンを与え、エスコートをひとり付け、フタ・トロに到着できるようにした。

チロヌへの途上で、アルワルで予定外の休息を取った。彼は村の広場に行き、唖然とした従者たちの前で、そこに集った野次馬たちに命じた。

「すぐに、生まれたばかりの子が居る家に私を連れて行け！」

「しかしアルマミ、アルワルではここもう四ヵ月ほど、新生児は居ません」

「いや、居る！」どこからともなくロバに乗って出てきた少年がはっきりと言った。「チエルノ・サイドゥ・ウスマン・タルの妻、アダマが男の子を産んだ！」

アルマミはタル家に急ぎ、子供を腕に抱き感動に高ぶって飛び跳ねながらはっきりと言った。

「神よ、私が死ぬ前に、最も偉大な神の奉仕人の顔を見させて頂き、感謝する！」

そのあかんぼうは、未来の征服者、エル・アジ・オマーである。

*

ふたりで馬に乗ってチムボの平原を遊歩していたある日、アルマミ、イブライマ・ソリイ・マウドは大トリに言った。

「明日、ラベに行って、ママドゥ・ディアンに二〇〇〇の兵とともに私に加われと伝えてくれ。サンガラリがふたたび動き回っている。今、彼は村を焼き私たちの牛を捕まえ、私たちの若い婦人たちを裸にしている。今度は、彼の王国を破壊し、畜生を打ちのめさなくてはならない！」

かくして三人の最後の戦いとなった。ママドゥ・ディアンは、矢が貫通してチムボに運ばれ、すさまじい苦しみのなかで死んだ。アルマミ自身が選んだ墓地の一角に埋葬された。フタ・ジャロンの大きな損失となり、最も遠く離れた地方まで、悲しみに沈んだ。イブライマ・ソリイ・マウドは自らラベ地方に弔意を表すために急いだ。不思議なことにイブライマ・ソリイ・マウドはその友人の土地で死に、彼が封印した協定書に従って、そこに埋葬された。それだけではなかった。

まだその遺体が温かいうちに、供をしていた彼の次男、サドゥが王冠を取って頭に被った。

「どうだ、似合うか？」

「あなたにぴったりです」追従者たちが言った。

「それでは、もらっておこう」落ち着いて彼は結論した。

王冠を被り王の杖を振りかざして群集を墓地に誘導することで、王位についたことを既成事実とした。抗議しようとしたフクムバの新たな王子、アルファ・ウスマンに、以来かなり有名になったこの文句をくらわせた。

「バオ・ソリイ・コ・サドゥ！　モ・イェディ・コ・ピンチン・エ・パタ！〔ソリイの後はサドゥ！　反対する者には足かせに鞭！〕」

悪辣な策略で知られるラベの名士たちは窮地を脱するため彼を罠にかけようとした。

「金曜日の祈りを指揮し説教をするのはアルマミだと伝統が要求している。その若いうぬぼれをやりこめて、ふさわしい者、カラモコ・アルファの子、アルファ・サリウに戴冠させるにはテキストの数ページを逆にするだけで十分だ」

サドゥは若かったが博学であった。サドゥは罠がわかり、すばらしい説教を信者たちに聞かせると、群集は熱狂した。皆は彼をフクムバに連れて行き、チムボの王子たちを無視し、国中で何が起こったか全くわからないうちに、フタ・ジャロンの四番目のアルマミに任命した。

その後サドゥは、膨大な数の兵士たち、マラブたち、そしてグリオたちを従えて、装飾に贅を尽くしてチムボに入った。

「そのターバンを脱げ！」アルファ・サリウが命じた。「誰もおまえにそれを与えてはいない。おまえはそれを盗んだのだ。それは私の相続品だ。フタの相続人は私だ。おまえの父が君臨したのは私が若すぎたからだ」

「おまえの父の権利は、おまえの信じ難い無気力のせいで溶けてなくなった！」アルマミ、サドゥが怒号をあげた。「孤児たち、貧窮者たちを、蛮族に思うままにさせてチムボから逃げた日、おまえはアルマミであることをやめたのだ」

「あなたたちはふたりとも、その王座の継承に値するセイディアべの王子だ！」トリが仲介を試みた。

「黙れ、偽善者！」アルファ・サリウが唾をかけた。「おまえは対抗せず、私に知らせもせず、その欺瞞に追従した。誰がおまえをそれまでにしたのだ？　私の父だ！　おまえの父の死後、おまえを教育したのは私の父だ。おまえを成長させた気高い行為に報わなくてはならないのは彼にだ。それなのに今、その成果を奪おうと望む者のやかん持ちか、おまえは！」

「私の父はおまえの父と同じほどフタのために成果をあげた！　そして私たちの間にいるこの勇敢なトリは、おまえの悪口には当てはまらない。カラモコ・アルファは確かに彼を教育した。しかしイブライマ・ソリイ・マウドが彼を男にしたのだ」

「そんな風に私に言われるのは心外です！」トリがかっとなった。「あなたはアルマミではありません。もはやチムボの目にはあなたは無です。名誉は本人の価値によるのであって、その父が行ったことではありません」

気分を害したアルファ・サリウは、空威張りを続けたまま、首都を離れダラの彼のマルガ（休暇村、睡眠の村とも言う）に行った。

「今言ったことを、トリ、将来私が王国を取り戻したときにもう一度聞きたい」

＊

しかしそれは単なるプルの脅しだった。おまえたちの種族は吠えてうるさい子犬の群にすぎない。吠えるが噛みつく心配のない。なぜなら、サドゥは、礼賛者たちの息づきと部下たちの存在以外は何も頭をかすめることなく五年間君臨したのだから。

その間ダラでは、親族たちと陰謀の愛好家たちがサリウの思い上がりを増長させた。「王座を回復すべきです。それなしではあなたはフタ・ジャロンのどこでも頭を上げられません。対応しないままならば、皆があなたのことを言っていることを肯定することになります。《ブラマ・コンデの前で逃げ、サドゥに平伏した力も気骨もない王子》それは皆がその父の名声を称えていないということです。とりわけあなたに関しては」

フクムバで、サドゥから蒙った侮辱を忘れていないアルファ・ウスマンは、取巻きたちの憎悪をかき立て、さらに陰険な陰謀を思い描いていた。

＊

ふたつの急進派が同盟し、攻撃を決めた。祈っているところを襲われ、アルマミ、サドゥは、マルディウグという奴隷に首を切られた。労役を果たした後でマルディウグは犠牲者の右腕をトロフィーとして主人であるアルファ・サリウに届けた。彼の反応は、サムバ・グエラディオの死を前にしたコンコ・ブブ・ムサよりもさらに戸惑わされるものだった。おおプルよ、おまえたちほどにひねくれた精神は神のみぞ知るだ！アルファ・サリウは血に染まった腕を取って、モスクの中庭でニュースを待っていたアルファ・ウスマンとその共謀者たちのところに行った。

「おまえたちの卑怯な参謀たち、陰謀家たち、外見は美しいが心が汚い老いぼれどもの成果を見ろ。……このアルマミ、サドゥの切られた腕、この腕を見ろ。常にきちんと清められていた、頭に入った七つのコーランをコピーした、他人の夫人のうえに決して置かれることのなかった腕だ。老いぼれども、おまえたちが『アルマミ』と言って握手した腕だ。私の死をたくらむように私の兄弟の死をたくらんだのはおまえたちだ。この高貴な王子が正しいとしたのは権力の悪魔たちだ。彼の子孫に、また私の子孫にも同様に、神の摂理はこの呪われた王座に寛大であれ！」

彼はダラに戻り、二度とチムボに足を踏み入れなかった。

しかし悪は為された。初めてプルがプルの血を流したのだ。恐怖と恥辱が長い間チムボの空を陰らせた。すべての炭火がまだ消えない時期に、ソルヤ党とアルファヤ党の間に敵意が生まれた。アルファヤ党もソルヤ党も同じ土地から同じ祖先から生じた。チムボができる前に多くの河と地方を越えたマシナの神秘、セイディから。しかしなぜ、神はかくも異なり、敵対し、和解できなくしたのか！　一方は立派で悪賢しい、他方は威信があって強い。一方は控えめで不信、他方は挑発的で激怒した。一方は知識を渇望し、他方は勝利を望む。一方は奥深い分別、他方は行動の喜び。一方は気高く平穏、他方は高慢で熱情的……

アルファヤ党の過激主義者たちは混乱に乗じてトリからすべての財産を剥奪し、彼とその家族を首都から追放した。彼らはエラヤという小集落に避難し、食物を得るために、昼は牧童に、夜はマラブになった。それは正にプルの家族だ。ひそひそ話と斜めの視線、怨恨と誤解、ロー・ブローと足払いで汚染された風紀。気取り屋たちの遊牧民！　えせ信者たちと偽善者たちの軽蔑すべき連中！　なぜならば、彼方、山々の後、フタ・トロの粘土質の谷の中でも、同じ挑発と陰謀の精神が支配しているのだから。

ワロとカヨールへの遠征の大失敗はアブデル・カデ・カヌの威信をかなり下げさせたとおまえは思ったに違いない。彼が戻ったとき、長老会、ディアゴルデはスレイマン・バアルの親戚、アマ・バアルを彼の替わりに指名した。チロヌでは皆は彼の家を略奪し財産を持ち去りさえした。幸運にも、重きを成すために十分なカリスマはまだ残っていた。恥じ入ったアマ・バアルは王位を辞し、カヌの足下で忠誠を誓い許しを願った。

ただ、彼の道徳的実直さ、信仰の正確さ、イスラム法の適用における極度な厳格さは多くの怨恨と嫉妬を起こさせるに至った。

王座に戻ってから少し後、盗みを犯したアリ・ドンドゥの従兄弟ふたりの手を切らせた。アリ・ドンドゥは彼の敗北を目指して協力することを誓い、悪魔の援助を要請に出かけた。アブデル・カデ・カヌは今回は、諸状況がその黒いもくろみに特別に有利に働くことがわかっていた。アルマミの位置はいかなる視点からもデリケートであった。長老会の選挙人たちとの不和は、修復不能な地点に達していた。サン・ルイとの関係は最悪の状態になった。彼らに課した税が高くなりすぎ、河の航行が制限されすぎると判断したフランス人たちは一二の船を派遣して懲罰した（一二の村が焼かれ、六〇〇人がアンティーユに送られた。そのほとんどがトロブレの指導者階級であった）。

アリ・ドンドゥの親戚を懲らしめてから少し後に、アブデル・カデ・カヌはブンドゥを攻囲し、その王、アルマミ、セガを処刑し、きまぐれと権力乱用にしばしば犠牲になっていたその国の大マラブたちの名誉を回復した。その後、人気のあったアマディ・アイサタを妨げ、自らの候補者、アマディ・パテを王座に据えた。アマディ・アイサタは反発してカルタのバムバラの王との連盟を急いだ。

アリ・ドンドゥはカルタのバムバラ族とアマディ・アイサタの信奉者たちと連盟するのに何の心痛もなかった。戦闘はルゲリ・ポリ・ボジェジで起った。アブデル・カデ・カヌは負けた。連盟は戦闘中に放棄し、モーリタニアに避難した。アブデル・カデ・カヌはツレルに逃げたがすぐに追い出された。数人の信者を従えてあちこち彷徨うしかなかった。ある日、明け方の祈りの直後、バムバラ族はゴウリキで、アブデル・カデ・カヌがコーランを読んでいるところを捕まえた。彼はそれを中断せず読み続けた。

震え声だが、熱い、彼の声が続いた。その声が高まるのと、斬首された瞬間とは同じだった。

チムボで、アルファ・サリウが嫌悪して即位を辞退してから、アルファヤ党はその次弟、アブドゥライ・バデムバに押し付け、各地方の頭にアルファヤたちを指名して司法再建を急がせ、国内の政治危機とまでになっていた多くの犯罪と違反を罰した。アブドゥライ・バデムバはふたつの陣営のなかの信用回復を図ったが成功しなかった。ラベではママドウ・ディアンの息子、アブドゥライを解任し、サヌンでディアバリとともに戦った叔父のスレイマンを替りに指名した。憤激した敗者は地方のすべての財産（金、銀、家畜、奴隷たち、その他）を持ってヲラに引きこもった。そのために、ディアバリの長男は図らずも、フタ・ジャロンの歴史でもっとも下劣でもっとも反響を呼ぶ事柄に関わることになった。確かに彼の前任者の息子、カリム・チアゲはスレイマンの選任に激しく反抗した。激しい恨みを抱いたスレイマンは、ある夜、古くからの軍の仲間であるディアバリの息子、ガルガの住居に現れた。

「ガルガ、出てきてくれ、おまえの妻に気づかれないよう、そして隣人たちに聞かれないようにして外で私と会ってくれ！」

「火事でしょうか、あるいは誰かが死んだのでしょうか？」ガルガは心配した。

「そうではない、息子！　細心の注意を要する秘密をおまえにうちあけたい」

ガルガはスレイマンと中庭のオレンジの樹の下で会った。炭火が赤くなった小さな釜を持った、どっしりしてずんぐりした若い男を連れていた。すぐに奴隷のカメだと判った。

「火事でも高名な人の死でもないなら、嵐か地震だと想像しますが。黙っていないで、私が間違っていないか言ってください、ラベの王子！」

「静かに私たちについて来て。あとで判る！」

彼らはラベの王子の砦の前を、そしてモスクの前、大メデルサ、処刑場を通った。

「私たちはカリムの家のほうに向かっているではありませんか！」緊張し大いに不安になってガルガは指摘した。「強盗の、悪しき精神に満ちたこの時刻に、彼に言うどんな重要なことがあるのですか？」

「おまえがすべてを知りたいなら、私は彼を消してしまうことを決めたということだ。耳にした多くのうわさのうちに、この地方を占領するため私を暗殺しようとしているというのがあった。喜んで彼を殺すわけではない。信じてくれ、今の時点では、彼か私かなのだ」

「どうして私を選んだのですか？　どうしてあなたの戦士たちやスパイたちではないのですか？　またどうして火付けなのですか？　溺死や毒殺でなく？」

「戦士たちは機転がきかない。スパイたちは信用しきれない。幼年の遊びを、割礼の儀式を、そして戦場の陶酔を分かち合った友人の息子の場合とは異なる。違うかい……？　溺死、毒殺はいつかは秘密が暴かれる。あちこちの野焼きのせいで乾季には火災が日常事。誰も災害ではないとは考えない」

よく考え抜いたものだ。命を失ったカリムの体が灰の下に見つかった時、皆は自然に事故だと思った。秘密に光が当てられたのは二年後に過ぎなかった。奴隷たちには良く起こるように、カメはある日、軽い過失だったのに厳しい罰を受けた。主人に仕返しするために彼はチムボの裁判所に行ってすべてを話した。事の重大性に唖然とした裁判所は、直ちに通告した。

この状況は、王子たちの取巻きの中にいた味方の耳に達したので、トリから知らされたガルガは逃げ去る時間を得、カンカラベの王子の保護下に入った。ガルガはそのおかげで特赦を得ることができた。しかし大罪で心が傷つき、被害者の子孫による敵討ちにおびえ、メッカへの巡礼のキャラバンに加わった。エラヤの彼の故郷で老衰し貧窮して死ぬ直前、彼が最終的に聖地を打ち建てたことを示す手紙をトリが受け取った。それはこう結論していた。「あなたたちは私を必要としていないでしょう。私の大罪を償うのに、ここ以上の場所がありましょうか?」

スレイマンはさらに運が悪かった。彼は拘束されラベの王子の資格を剥奪され、弟、モディ・ビロがそれを享受した。そしてチムボに連れられ鉄鎖に繋がれた。一年後、裁判所は彼がコーランの全体を暗記し、最も丁寧に転記したことを確認した。アブドゥライ・バデムバは感動し、直ちに彼に恩赦を与えラベの王座に再び据えた。

スレイマンは、領土に戻る前のある金曜日に動物を生贄に奉げ、モスクに行き、謙虚にアルマミに感謝し神とフタの許しを嘆願した。ひとりの若い騎士がチムボの東の門に騒々しく行き着き、モスクの前に馬を繋ぎ中庭に入り、扉をそっと肘で押して祈りの部屋に入った時、彼はまだ罪を悔いるときの流儀で床に横たわったままだった。

若い騎士は片隅に座り目立たないよう努めたが、額は汗にまみれ、呼吸も喘いでいたので、列席者の注意を引き寄せた。予期せぬ混乱に陥ったことに気づいたアルマミの代弁者は、地面に横たわったままの悔悛者のほうに駆け寄って起き上がるのを助け、人々の関心を若い見知らぬ男から引き離そうとした。

「身を起しなさい、スレイマン、ラベの王子！　チムボの人々はそう望み、またアルマミも同様です。あなたのような身分の男は、冒涜や背教の罪を下されたようにひざまずいたり額を下げたりはしません。あなたは心の底からアラーに、信者たちに、王に許しを請いました。聖カラモコ・アルファの友人で軍人仲間である高徳なアルファ・セルの跡取りにはそれで十分です。起き上がりなさい、王子、あなたの場所はさもしい埃まみれの絨毯の上ではなく、最も高い王座の上、最も立派な軍馬の鞍の上です！」

スレイマンは起き上がり長い間アルマミの手に口づけし、虚脱状態のラベの高貴な人々の中にあって抑えるのが難しい感情に突き動かされるように、高官たちの列に加わった。少しの間、冷やかな沈黙が続いた。列席者の動揺が止んだ。皆は額を拭い、アルマタンの激しい火にいらだった乾いた空気を和らげるためブーブーのすそで扇いだ。そして代弁者は見知らぬ者が座っていたほうを一瞥し、さりげない調子で言った。

「それでは、今日のところはこれまでで、アルマミが慣例の金曜日の昼食に招待しますので、小要塞のほうに行きましょう！」

見知らぬ男はようやく立ち上がる決心をした。彼は三回喉を撫で、東部のプル族の性格を引きずる旋律的なななまりで話した。

「フタ・ジャロンの人々にご挨拶申し上げます。あの世の調和に向けて、永遠の救済に向けて神がこの世に使わした敬虔で高潔なアブドゥライ・バデムバにご挨拶申し上げます。私はアブディ・ソウと申します。ソコトから参りました。その地方の新たな称えるべき君主、ウスマン・ダン・フォディオのメッセージを君主閣下にお渡しするために馬に跨ってから間もなくふた月になります。そうです、フタ・ジャロンの親戚、東の地方もまた神が選んだプル族で、正義とイスラムが勝利しています。聖なるウスマン・ダン・フォディオはアルカラワの戦いで偶像崇拝者たちに勝ち、ソコトのカリフ領を興しました。今日、ハウサ、ヌペ、カヌリ、あるいはヨルバ族の専制の制裁を寄せつけず、皆はそこで祈り断食をすることができます。皆、牡牛一頭を支払うことなく、自由に牛を遊歩させ、河川を渡ることができ、望む限りの高い声で神の賛辞を歌うことができます」

彼はポケットから手紙を出し、それは代弁者のところまで次々に手渡され、アルマミの足元にそっと置かれた。

かくしてフタ・ジャロンはソコト王国の誕生を知った。それまでは、東の親戚に関しては、距離が長く、道中は危難が多かったために、疎らな漠然としたニュースしか届いていなかった。限られた一部の領域でウスマン・ダン・フォディオのことが、情熱的な宣教が、ハウサ族とカヌリ族の王たちとの紛争が語られた。冷静な苦行者であるそのプルは、ヨルバ族とハウサ族の街々に、強いカヌリの国々にイスラムとプルの君主権を押し付けるようになるだろうと想像していた……！

これらすべてはウスマン・ダン・フォディオとは誰なのかを話せばより良く理解できるだろう。その名はウスマン・デム・フォドゥイェのハウサ語の変化である。デムは承知の通りバの亜氏族である。ウスマン・ダン・フォディオは三世紀前、フタ・トロから移住し、ゴビとソコトのハウサ族の地方に定着したバ氏の一家族である。彼は一八世紀中頃デゲルで、プル族イスラム教徒の一内陸地の筆耕で宗教上の長であった父、モハメッド・フォディオから生まれた。その幼年期はカラモコ・アルファに似て孤独で敬神であった。一二歳でシャー・ジブリル・タルギという名のトゥアレグの偉大なマラブに偶然出会い、高度の知能を認められ、その指導の下、文法、法律、それにコーランの釈義を授かった。二〇歳で、ハウサの族長支配体制の残酷さとイスラム教上の不熱意に対する激しい攻撃文であるキタブ・エル・ファルクを書いた。二三歳で地方のすべてを駆け回り、その情熱的な宣教は多くの熱心な大衆を引きつけた。奇妙なことにハウサ族の王たちに対する激しい誹謗文にかかわらず、ゴビの王子、ユムファァの家庭教師となった。ユムファァは、その父、王、ブヌ・ナファァタの近い死を予測していた。これを知ってナファァタはウスマン・ダン・フォディオの影響力を制限し、暗殺を準備したが、わずかなところで失敗した。ユムファァが王座を継いだときでさえも師弟の関係は改善されなかった。怒りが爆発した若い王は、税金の支払いを急がないイスラム教共同体に対し懲罰の遠征を送った。お返しにウスマン・ダン・フォディオはすべての奴隷を解放した。激怒したユムファァは旧師にムスクトン短銃を向けたが弾は出なかった。「これは奇跡だ!」ウスマン・ダン・フォディオはつぶやいた。「これは奇跡だ!」大衆が、イスラム教徒の大衆と新たな改宗者たちが同意した。

ヒジュラ〔イスラム教紀元、西暦六二二年〕の頃の預言者モハメッドのように、ウスマン・ダン・フォディオはグドゥに向けて大いなる大移動を起した。軍を活気づけ、この街から、西アフリカの全歴史のうちで最も巨大なジハードを開始した。彼はハウサ族とヨルバ族の強力な王国を崩し、トゥアレグ族とボルヌのカヌリ族まで戦争に巻き込んだ。神聖なる《イスラム教徒たちの指揮官》は、東のすべての信者たちのため、軍旗を最良の将軍たちに配り、将軍たちは信義のシンボルを掲げて、神に仕える彼らの熱情を遠くまで届けた。一八〇七年、彼の帝国は東西一五〇〇キロメートル、南北六〇〇キロメートルの大きさになった。だが病気と戦争の疲れから、スルタンは早急にその力量を自らのお気に入りの活動に、すなわち詩の創作とコーランの読解に費やすことに方向転換した。

息子、アマドゥ・ベロと弟、アブドゥラが帝国の行政を分かち合った。ベロはゴビ、ザムフラ、カノ、カチナ、ザリア、ボチ、アダマワ、ダウラ、アデイジャ、アイル、そしてグワリに君臨した。アブドゥラは南の主な都市のすべて、アレワ、デンディ、カムバ、ヤウリ、グルマ、ヌレ、そしてイロランを管理した。

ウスマン・ダン・フォディオは明らかに三つの河の地方で相次いだ神権政治家たちのうちで最も威信があった。彼は偉大な碩学としての記録を残し、思慮深い改革者ですばらしい行政官であった。その名声はアルカラワの勝利以前に宮殿とモスクの内で確立していた。彼のメッセージを受けてからアルマミ、アブドゥライェ・バデムバは、若い騎士たち一〇〇人を派遣して、レバノンのござ、絹、牛数千頭、膨大な量の金と蝋を届けた。強烈かつ律儀な信義で低ニジェールとベヌエの暗い谷を明るくすることを神が承諾したこの預言者モハメッドの好敵手に、フタ・ジャロンは敬意を表し祝福した。それは、疑いなく、ウスマン・ダン・フォディオがすでに名声を確立していたからである。

＊

新アルマミ、アブドゥライイエ・バデムバは、君臨している間ずっと、固い心を、復讐心を、妥協しない禁欲主義を、そして祖先譲りの短気な高慢さを持ち続けた。それを除けば彼は良き王であった。彼の成功はあらゆる分野で輝き、今日の編年史家さえ善良で、敬虔で、公正な手本として挙げている。この正義の寛大な人は、しかしながら一三年の良き誠実な奉仕の後、暗殺された。

それは、次のようにして起こった。長老会によって不当だとされたソルヤ党は軍の支持と実際の信頼を、とりわけ若者たちの信頼を少しも得ることができなかった。ソルヤ党の皆はアルマミ、サドゥの野蛮な暗殺にも、権力からののけ者扱いにも我慢ならなかった。そしてアブドゥライイエ・バデムバを退けて、同陣営のひとりを強引にでも地位に就けることを決めた。そしてアブドゥライイエ・バデムバが隣国への軍の派遣を準備するためにフグムバに行く途上を奇襲した。アルマミは逃亡したがテネ河のケティギアで捕まり、そこで多くの信奉者たちとともに虐殺された。息子、ブバカ・バデムバは腹に七箇所の刀傷を受けた後、蟻塚のなかに残された。意識を取り戻してから一老婆の家まで這って行き、匿われ、介抱された。その後アブデル・カデ・カヌが斬首された後に最終的に、アマディィ・アイサタが王座に就いていたフタ・ブンドゥに行った。そこでアマディィ・アイサタの息子で同年輩のボカ・サダと友好を結んだ。

イブライマ・ソリイ・マウドの死以来、冷酷にもセイディィヤベを分裂させられた恨みにうちひしがれた、無力なフグムバの老人たちは、ソルヤ党の意向に従うしかなかった。かくしてイブライマ・ソリイ・マウドのもうひとりの息子、アブドゥル・ガディリはフタ・ジャロンの第六代のアルマミとなった。彼は悲惨なビラヌをチムボに戻すことから始め、アルファヤ党がその父から没収した牛たち、馬たち、屋敷、そして土地を復元した。

アルマミ、アブドゥル・ガディリが、遠くの地方で戦争している留守中、ビラヌは、厩舎と火薬倉庫の監視と、異邦人たちの接待を任された。王の腹心として諸事が積み重なり、ビラヌは、動物の群れとフォニオと米の土地のすべてに従事するための十分な時間はなかった。彼はチムボの最も重要な人物一〇ないし一二人のうちの一人であった。アルマミの狩りに呼ばれ、また、アルマミが目に懸けている、最近モーリタニアから来た声価の高いマラブ、ママドゥ・ディウエの宗教上の集いに招待されたごく僅かな選ばれた人たちのひとりとなった。バッタの襲来によるすさまじい飢饉のある日、ブカリという名のフタ・トロ出身の通訳を伴った、老いたロバに跨ったおかしな訪問者が彼の屋敷の入り口の前に現れた。そのときビラヌはほとんどのチムボの名士たちとモスクにいて、サンガラリの偶像崇拝主義者たちに対する輝く勝利を知らせるアルマミの長い手紙を読んでいた。皆は訪問者を雨の中、道に沿って並ぶバナナの木の下で待たせた。それは白人であった。白人を、ビラヌは生涯、一度しか見たことがなかった。まだ若い頃、プルの婦人と結婚したイギリス人がチムボに住んでいた。いっぱい生まれた真っ赤な子供たちは、アルビノスたちや犬たちが遠ざけられるのと同様に、軽蔑されて遊戯や祭りから追い出された。ある晴れた日、イギリス人は家族を放棄してシエラ・レオネに逃げ、そこから船に乗って最終的に自国に戻った。それら《他の世界の子供たち》に与える教育に関して長い間考察された後に、チムボは、彼らがきちんと割礼の儀式をして、良き宗教に改宗することを受け入れた。彼らは、コーラン学校と枯れ木の雑役の時間を除き、子供の時期のほとんどを、蝋の肌の上を太陽が焼くのを防ぐため、またなぜかは良くわからないまま、彼らに投げられる雷鳴のような罵りや石を防ぐため、母の家の中に引きこもって過ごした。最終的には皆それぞれ成長し、立派なイスラム教徒で良き家族の父として崇められた。とはいえビラヌは最後まで警戒した。それでも彼らはここの人間だと言えた。だが、息切れし原野の大きな爪跡が頭から足まで刻まれた亀裂があるロバを連れたそいつは……!

「その白人を私の家に受け入れることはできない!」深い興奮を隠せず、ビラヌはブカリに言った。「邪教徒が私の屋根の下になど想像できるか？　チムボの皆が私を鼻でせせら笑うだろう。先ず、彼は何をしにここへ来たのだ？」

「あなたのアルマミに銃を贈り、通商を勧めるために、サン・ルイの総督が彼を送りました。結局のところ、あなたたちのヌネズ河との通商は花咲かず、シエラ・レオネへの道は不確かで、姻戚関係にあるブンドゥを通って、あなたたちのキャラバンがサン・ルイに着くのに二ヵ月は掛かるでしょう」

「それは戦争から戻って、アルマミと話せばいいだろう。私が言えるのは私は彼を泊められないということだ」

「それで、他の宿舎を見つけるために琥珀の玉を一〇個支払うと白人は提案していますが」

ビラヌは少したためらったが、街の反対側に住む布織の奴隷、ディウマ・マボのことを思いついた。

「いいだろう。玉一〇個をよこしなさい!」

翌日、驚いたことに、両手いっぱいの紙を届けてきた。何のお礼？　もてなしに対して!　彼は少し恥じ、荒っぽく当たったことを後悔した。彼はご飯とミルクを用意し召使のサラを連れて布織の家まで食事を運んだ。白人は感謝し、さらに一〇個の琥珀玉を与えた。

雨季が告げられたため、白人は出発を急ぎ、アルマミの帰りを待てなくなった。ビラヌはサムン河まで送っていったが別れ際の握手をかたくなに拒否した。手を上げてこう言うだけに留めた。

「さようなら、白人。道中気をつけて！」

反対側の土手に着くのを待ってから、最初からむずむずしていた質問をするため、ブカリに遠くから呼びかけた。

「おまえの随伴者は何というのだ？　そちらでもその火の色の存在にも名前を与えるのだろう？」

「ガスパー！　彼はガスパー・テオドール・モリアン[7]という名だ！」

＊

サンガラリから戻ってアブドゥル・ガディリはビラヌを特使と顧問に引き上げた。また、新王、シャイク・アマドゥの戴冠のため、フタ・ジャロンの特使たちをハムダライエに連れて行く名誉を授かったのもビラヌ

7　Gaspard Théodore Molien　フランス人開拓者（1796—1872）、セネガル河、ガンビア河、およびファレメ河の源を発見した。

だった。ちっぽけな赤猿、聖なる洞窟でのミルクの儀式が行われ、三ないし五シーズン毎に新たなカリフたちと聖者たちが生まれることでよく知られたさもしい種族が、あちこちに居座っていた。マリック・シイ、カラモコ・アルファ、チエルノ・スレイマン・バアル、アブデル・カデ・カヌ、そしてウスマン・ダン・フォディオの快挙に刺激されて、マシナの無名の牧者がプル族の熱烈なアルベたちとセグウのバムバラ族の強力な王たちの鼻と髭の先でイスラム教の国を興した。

シャイク・アマドゥの幸運は生まれる前に起ったふたつの奇妙な出来事による。ここで、三世紀遡り、オリエントの聖地に移ることを承知されたい。一四九五年頃、ソンガイの帝王、アスキャ・モハメッドは豪華な巡礼を行い、その途上でメッカの総督、シエリフ・ハサニド・ムライエ・アル・アバが彼に衝撃的な天啓を下した。

「預言者によって告げられた一二のうちの一一人目のイスラム教正統派のカリフはおまえ、テクル[8]の君主、モハメッドだ。そうだ、おまえだ！　最も純粋で最も祝福された預言者セイディナ・モハメッドが言ったのはこうだ。『私の後に一二人のイマムがイスラムの指導者である。つまり一二人の正統派カリフたちだ。五人はメディンに、ふたりはエジプトに、ひとりがサムに、イラクにふたり、そしてテクルにふたり』さて、最初の一〇人はすでに君臨している。テクルのふたりが残っているだけだ」

「聖徳が最も高いと思われる一二人目は誰ですか？」

「占い師たちはそれを私に言わなかった」

大きな好奇心が満たされなかったために、アスキャは苦しみ、激しく動揺して、暇を乞うた。帰り道、初心者にも、ユーフラテス河からニジェール河までの、アトラス山脈から紅海までの偉大なターバンたちにも強い印象を与えた、信仰心と学識が豊かで神秘的なアブドゥラマヌ・サユチユにカイロで出会った。

「非常に尊ぶべきメッカの総督が、占いによれば私がイスラムの一一人目のカリフになるだろうと、名誉にも告げられました。私を継ぐことを神が予定している栄光を称えられた者の名を、シャーよ、教えてください」

「その人は未だ生まれていない。その父も未だだ。曾祖母の祖父の父までだ。その星が輝くときおまえと私は地球の小さなくぼみの中の灰か埃に過ぎず、私たちの名は人々のはかない記憶のなかの白い霞の筋となっていよう」

「せめてその名を言ってください」

「預言者と同じだ」

「私、モハメッドがもはやこの世にいなくなって三つの河の国にイスラムの炎を維持するもうひとりのアーメッド[9]を神が称える！」

彼はすぐに秘書たちを招集し次の手紙を書かせた。

8　アラブ人は西アフリカのすべての国を不当にテクルと呼んだ。

9　アラビア語のモハメッド、あるいはアーメッド、プル語のママドゥあるいはアマドゥは預言者の名の変化。

アラーの否定者たちを滅ぼす勇敢な戦士、信者たちの王子、アブバカリの息子であるアスキャ・モハメッドから、賞賛に値する天分のあるその後継者へ、アラーの法の積極的な執行のため信者たちの指揮者の威厳が備わった、アラーが援助を惜しまないアーメッドに謹んでご挨拶申し上げる。

貴殿の堂々たる意向に、私が貴殿を認め《サインした》ことの証しとして、存在する最も輝き最も価値あるもののすべてを貴殿に与える。貴殿が正統派の代理たちのシンボルとなるように、私は貴殿に告げる。アラーは貴殿の敵たちに対し貴殿を勝利させるだろう。貴殿は神に選ばれた者たちの支えとなろう。私は貴殿に天恩を願う。それは、審判の日が来るようにアラーに要求するグループの長が貴殿であることを、私が認めることである。神の栄光を称え、完全な人間である私たちの模範、預言者モハメッドを称える、貴殿のすべての行為に敬意を表する。アラーが私の願いを適え、その意向に沿えるよう、この手紙を貴殿に認める。

ほとんど同時に、ひどく惑わされるような事件がバムバラ族の国の家々のなかで起った。ある朝、王の呪術師がこの恐ろしいニュースを主に告げた。

「子安貝とお面に聞きました。霊が私に啓示したため、どんなに私が驚いて飛び上がっているかをご覧ください。不幸の雲があなたの上に、あなたの王国に、そしてあなたの子孫に、漂っています。おお、偉大なるファマ！　おかしな稲妻が、あなたの王座を倒し、収穫を燃やし、あなたの子孫を大量に殺し、あなたの魔術書とグリグリを破壊するため準備されています」

「それで、水牛たち、黒犬たち、それにアルビノスたちを生贄に奉げるのに、なにを待っているのだ、呪われた呪術師?」

「それを妨げられるものはなにもありません。不幸の旋風が確実にあなたの子孫を持ち去ります。しかしながら神々はひとつ特別の好意を承知しました。災害が生じるときあなたはもう地上にはいないであろうことです」

「誰がそれをあえてするのだ、バムバラ族の王座を損なうことを、誰が?」

「呪われたプル族。王様、不運があなたの穀倉地帯と王座を絶滅させるのはそれら醜い赤い猿の手によってです。それらひょろながい足の牧童たち、粗野なボヘミヤンたち、クラムクラムを食べミルクを飲むやつら! 犯罪者となるのは彼らです。犯人はまだ生まれていませんが、その先祖たちはすでにいます。あなたの投石器の投擲距離に。それは少し前フタ・トロから移民しウロ・ンギィアの地、ドゴとバンギタの間、フォイナの野営地に住みついたバリイ家です。彼らの子孫のひとりが《あなたの宮殿》を倒し、あなたの人々は《広く毛深い胸の誇り高きゴリラたち》に征服されます」

「そいつらを私のところに連れてくるのになにを待っているのだ、ばか者? すべてのバリイ家の者を、背中を鞭打って亀裂をつくり、尻を火で赤くして、柴の束のようにそれぞれを縛ってここに連れて来い」

女、子供、老人、そして手足が不自由な者たちを獲物のように追い詰め、ひもをかけ、棒で連打し、宮殿の中まで馬で引いてくるよう指示した。

「遅滞なく、容赦なく斬首するように!」王が命令した。

戦士たちは槍、投槍、締め棒、それに毒矢を持ち出し、不幸なプル族に葬送の歌を歌いながら飛びかかった。その間、王の視線は、ざわめき、泪する人々のまんなかの、冷静であきらめた雰囲気のアマディというひとりの若者に引かれた。それはバムバラ族の残酷な版画にきまって描かれるようなプルであった。内気で虚弱、肌にアカネが滲み込んだように赤い。ただ痩せぐあいが想像を上回っていた。顔の輪郭、血管、内臓がはっきりわかるほどにやせ細っていた。

「そいつは皆が触れなくともたそがれ時までには死ぬだろう。その病弱者を宮殿から出せ！　かような幽霊が私の王国を崩すのを想像するのはむずかしい。私の領地から遠くで死ぬよう、ここから出せ！」

皆はアマディ・ダディ・フォイナ〔フォイナの生き残りのアマディ〕と異名を付けた。シャイク・アマドゥの遠い先祖である。

預言者のように、聖者、カラモコ・アルファのように、シャイク・アマドゥはみなしごであった。その父、アマディ・ブブは彼がまだ二歳の時亡くなった。母方の祖父、アルファ・グロが教育しコーランの手ほどきをした。青年期を過ぎた頃、アブデル・カデ・エル・ジラニを知った。この一一世紀の偉大な神秘主義のバグダッドの人に文学的に夢中になって、社会改革を、宗教生活の中により厳格さを導入することを、そして信者たちを、ジェンネの保守的偽善者たちと文盲たちをも、プル族のアルベの支配から、またバムバラの偶像崇拝主義の支配から解放することを彼は夢見た。おそらく、これら神秘の科学の、傷跡とお面の地に、ディナ――純粋さと信仰のすべてで、完全に神の掟に従った、光に照らされ神聖さに霊感を受けた理想の国――を打ち建てようという気違いじみた計画がすでに頭にあった。

評判のマラブとなってこの輝く思考の扇動者はすぐに、とりわけ若者たちと国の最も高い学識者たちのうちで認められた。当初から、偶像崇拝主義者たちは冷酷な憎悪を抱き、ジェンネのモスクは彼を警戒した。そもそも、彼とジェンネのモスクとの関係が偶像崇拝者たちの憎悪を悪化させたのだろう。また、アマドゥがかねてからこの村落の名士たちに軽蔑感を育み続けていたのも事実だ。知識と信仰心からでなく、彼らの疑わしい祖先を鼻にかけて、威光と特権を羞恥心なく引き出していた名士たちに。文章にはなっていないが、伝統的な習慣として、祈りのときには三列に分けることになっている。先ず、アフリカはモロッコの混血たち、そしてマラブたちと商人たち、その後にその他。ある日、アマドゥは最後の列を離れて二番目に行った。そして次に最初の列の最も地位の高い人たちのまん中に座った。このあつかましい行為は貴族階級を激怒させた。彼とその信奉者たちは、ジェンネでの説教とモスクへの立ち入りが禁じられた。彼はルンデ・シレに引きこもり、そこでモスクとコーラン学校を建てた。数週間後、立派な羊毛の毛布に身を包んだ彼の生徒たちがシマイェの市場にミルクを穀物と蜂蜜と交換しに行った。彼らを見つけたマシナの王子、アルド、ギダドは怒りに膨らみ兵士たちに言った。

「グエノの道を外れた、小板を黒く汚す惨めな学生たちだ。今では私の父の権力に異議を唱えている。こづきまわしてやれ。その上に唾を吐き足で踏みつけて、彼らより優位であることをきちんと示すから、彼らの毛布を一枚持って来い」

アマドゥは王子を殺させた。傷ついたマシナの王、アルド、アマドゥはセグウの王、ダ・モンゾンに、クナリのアルド、グエラディィオ・アムボデディオに、ボボの王、ファラモソに、そしてモニムペの王、ムサ・

クリバリイに援助を要請した。このプル族、ボボ族、そしてバムバラ族の強力な同盟は、しかしながら、ヌクマの戦いで惨敗した。敵は一〇万人の兵士たちを並べたが、アマドゥの信奉者たちは全員で三一三人に過ぎなかった。三一三、ベドゥの戦いの預言者の軍と同じ！　それを神の奇跡と見て、三つ編みのプル族とドロを飲むバムバラ族は一万人毎に改宗しシャイク・アマドゥの軍に加わり、簡単に異教徒の長たちとジェンネの保守主義者たちを権力下に置いた。彼はマシナのイスラム教帝国を創設し、新たな首都をクナリの岩場の急斜面のまん中に建てた。すべてを瞑想と祈りのために奉げ、そこをアムダライエと名付けた。《神への讃辞》という意味である。

ヌクマの勝利の翌日、ソコトから伝令たちが来て述べた。

「貴殿に栄光を、おお、シャイク・アマドゥ！　その通り、シャイク、これからは皆が貴殿をそう呼ばなくてはならない称号です。それは信者たちの指揮者、聖ウスマン・ダン・フォディオが死ぬ前に貴殿に授与したものです。三ヵ月前、彼は手紙を私たちに渡して言いました。『西のほうに、マシナの地方まで行け。この瞬間にもあなたたちと私と同じプルのひとりが、神の後光に包まれ預言者の印を示しながら、慈愛と信仰の街を創るためにそこで戦っている。神が彼のため、懐疑主義者たちと邪教の徒たちの力を弱めることは疑いない。その預言者の軍旗とシャイクの称号を私は認める、と彼に伝えよ。そしてまた、あるトゥアレグのマラブが、私宛てだと勘違いして私に渡したこの手紙を手渡すよう。そのメッセージが書かれたのは私にではなく、彼に対してであることを伝えよ。謎を見抜けるのは彼のみであると伝えよ』」

「あなたによれば、すでに死んでいる人が、どのようにしてあなたにそれを託せたのですか？」アマドゥが尋ねた。

「それは、私たちのひとりが病気だったために滞在を延ばしていたサイエででした。ひとりの騎士が追いついて、悲しいニュースを伝えたのは。純粋な人でも、らい病で死にます！　神には、その永遠の神秘によって、人間の精神を乱す才能があるのですね、そうではありませんか、シャイク？」

＊

ビラヌがアムダライエから戻り、アルマミ、アブドゥル・ガディリは彼を呼んで言った。

「私の亡き父、アルマミ、イブライマ・ソリイ・マウドに対しておまえの父がそうであったように、私にとっておまえがそのようであることを望む。私には戦士と旅人としてのおまえの長い経験が必要だ。この危険な時に慎重な年長の友人がいるということは私の心を安らかにする。おまえを私の密使に、そして私の顧問にする。そしておまえの息子、ドヤには王家の厩舎と若い騎士たちの指揮を任せる。事物を明確に見ることができるように私を助けてくれ。おまえの思うままに金、称号、家畜たち、それに奴隷たちを集めよ。私たちソルヤ党が王座に戻ったのだから、もうそこから離れることはないと思わないか」

このように話したのは確かにナイーブであった。八年後、彼は頭に弾を受けてファラナのスス族のところに逃亡しなくてはならなかった。忠実なビラヌは当然、逃亡先の寛大な主の加護の下、彼を看病しモラルの維持に努めた。それはもちろん長い間精力的に復帰を準備していたアルファヤ党の企みであった。

瀕死の状態で蟻塚に放られ、ブンドゥに逃げることに成功したブバカ・バデムバを憶えているであろう。アルマミ、アマディ・アイサタの宮殿内に長く滞在している間、デニャンコベとそのバムバラの同盟はブンドゥを攻撃した。王子、ボカ・サダが反撃を組織し、当然その友人で客人のフタ・ジャロンの王子、ブバカ・バデムバは反撃に加わるよう誘われた。あちこちから執拗に攻撃された敵は退却しはじめ、ふたりは同時にある逃亡者を狙い、ブバカ・バデムバが先に撃ち、倒した。

「おまえは私より巧みだと思っているのだろう、違うかい？」先に撃たなかったことを非常に残念に思ってボカ・サダが言った。「どうしておまえは卑劣な脱走兵のように、おまえの国を逃げて私たちのところに来たのか教えてくれ？」

「戦いから逃げたのではない。不実から逃れたのだ！」ブバカ・バデムバは彼に理解させようとした。戦争が終るとすぐにアルマミ、アマディ・アイサタに会いに行った。

「父殿、お暇を願います。フタ・ジャロンに戻ります」

アマディ・アイサタは彼を贈り物で覆い、エスコートを付けた。街の出口まで送り、お守りと雄鶏を差し出した。

「このお守りの魔法の力で、敵を撃つ前におまえのからだの一部を触るだけで十分だ。おまえの弾がその部分に達することを確信しなさい。この雄鶏に関しては、おまえが通る村々でただ一羽鳴くことがおまえ自身でわかるだろう。その間他のすべては黙るだろう。それはおまえの運命に奉げられる、すべてにおまえが正しいことの印だ。息子よ、望まれようと望まれなかろうと、おまえが君臨するのは確かだ！」

彼はチムボに夜更けに着いた。街の周りの平原を渡っているとき、雌ライオンを見つけ、一発でしとめた。家で夕食を準備していた彼の母は神に感謝し、大いなる安堵感にため息して召使に言った。

「息子のブバカが戻った！」

「どうしてそんなことが言えるのでしょう、ご主人?!　息子さんはケティギアの戦いで亡くなったことはよくご存知ではありませんか」

「これを発砲したは私の息子です。誰もこの世でそのように銃を撃ちません」

＊

ブバカ・バデムバはすぐに信奉者たちを集め、今日まで一句違わず伝えられてきた、学識者たちとグリオたちがよく取り上げるこの暗い言葉を告げた。

「私の父を殺した者たちを私は殺す。裏切った者たちを私は殺す。裏切った者たちを助けた者たちを私は殺す。それを助けた者たちを助けた者たちを私は殺す！」

それは虚言ではなかった。アブドゥ・ガディリを負傷させ権力から追い出したのだから。その後、エリコの別荘で死を待つ老いた伯父、ブバカ・ジクルに会いに行き言った。

「それが私の頭を押しつぶさないで被れる年になるまで、父、アブドゥライエ・バデムバが残した王冠を渡しに来ました」

「運命はいたずら。私たちに関しては。王座に登るには、甥よ、おまえは若すぎ、私は老い過ぎた。今日私が望むのは神に祈り平穏に死ぬことだ」

「伯父さん、あなたが逃げるのはアルファヤ党全部にとって不名誉なことです。あなたは、フタ・ジャロンがあなたの父、カラモコ・アルファに授けた王冠を被らなければなりません。私の全的な誠実と私の信奉者たちの支えはあなたのものです」

ブバカ・ジクルは意に反して承諾した。しかしすぐに攻囲され、ファラナから、米粒二つ、炭のかけら、弾、それに一つまみの火薬の入った包みを受け取った。

「この謎めいたものは何を意味するのだ?」顧問の長老に尋ねた。「アブドゥ・ガディリは何を言いたいのだ?」

「彼が言いたいのは、米が刈りいれられるとサバンナは野焼きで荒廃され、あなたを裁決するためにチムボで弾と火薬がものをいうだろうということです」

三ヵ月後、アブドゥ・ガディリは老いた王を追い出し、王はやっとのことでエリコに着くことができたがすぐに死んだ。さらに三ヵ月経って、今度は傷の後遺症でアブドゥ・ガディリが死んだ。ビラヌは激しく抵抗したが、アルファヤ党では、思いがけない数々の出来事の後に、ブバカ・バデムバがついに父の後を継いで権力の座に就いた。彼は、かつてその産みの親同様に、アルファヤ党のチムボの組織にも、地方の小さな階級にも——保護しつつではあったが——課税し、なぜかはいずれわかるが、首都を追い出されたビラヌを彼の別荘に隠遁させた。彼の財産を享受させ、行動も自由にさせ、当時ビラヌが寄宿させていた若い客の面倒までも見た。若い客は、宿と住居と引き換えに、ビラヌの息子、ディアバリのコーラン教育を請け負っていた。それはフタ・トロ出身の知能の高い若者で、ラベ・サチナの有名な学識者たちから教育を受けた後に、チジャニアの道をアブドゥ・カリムに手ほどきしてもらうためにチムボに来ていた。アブドゥ・カリムは、モーリタニアに長いこと滞在していた折にチジャニアの理念に強く心をひかれ、それを深めた、偉大なる師である。若者はオマー・サイドゥ・タルといった。チエルノ・サイドゥ・ウスマン・タルの息子、アルマミ、アブデル・カデ・カヌがブンゴウィで敗れた帰りに急ぎ栄光を称え挨拶したアルワルの非凡な赤ん坊である。

この少し後、リベリアから来たマンディングの商人たちのキャラバンが要塞に着き、アルマミとの面談を要求した。代弁者は尋問してのちすぐに会見室に通した。

「ではあなたたちが誰で、誰がここにあなたたちを遣したのか言ってください」

「私はモリイ・ウレン・カバの息子でファンタ・マフィング・カバといいます。そしてこれらは私の道中の連れです。私たちは、リベリアから参りました。毎年、金と米を、コラと武器に交換しに行っています。このあと速やかに、父母、妻、子供たちが待っている生地のカンカンへの道を取ります。今年だけはチムボを通って迂回しなくてはなりませんでした」

「チムボに何をしに？　私たちのご機嫌伺い、それとも悪事を企てに？」

「この街の人々に帰するあるものを届けに来ました。ライオンのたてがみの中に迷っていても葉っぱは樹のものです」

「何ですか？」

男は光るものを取り出していねいにアルマミの足元に置いた。

代弁者は、怒って非難のこもった目で見つめたまま、屈んだ。背を正し、怒りに息を詰まらせ、歯の間でもぐもぐ言った。

「どういう意味だ？」

「お守りです（他のものでもあり得るかのような、物言いだった）……！　単なるお守りというのではありません。アルマミ、イブライマ・ソリイ・マウドのです！　近づいてご自分でご覧ください、チムボのご老人方……！　そこに書いてあることを読んで、私が嘘を言っていないことを確認してください。『アラー・ミ・ウリミ・ウラ・マイデ！　ミン・アルマミ・イブライマ・ソリイ・マウドギド・ディウルベ・エ・ジョム・フタ！〈私は神を恐れる。死は恐れない。私、アルマミ、イブライマ・ソリイ・マウド信者たちの友、フタの師！〉』見えないたてがみのライオンのお守りとその琥珀玉とその子安貝でしょう？　ガブの悲惨な遠征の前にその息子、アブドゥラマヌに渡したものではありませんか？」

「ラ・イラ・イララウ、彼だ、疑いなく、それは彼だ！」

皆、一斉にため息をついた。陰鬱などよめきが起こった。

「確かに彼だ！」ほんの少し前の、唖然とさせるような怒りと非難の態度を改めて、アルマミの代弁者が同意した。「この羊の皮のうえに座りなさい、マンディング！　坐って楽にして、私たちの精神を攪乱する好奇心を取り除いてください。では早くお願いします。フタは、その王子がどうなったのか急ぎ知りたく思います」

ニュースはチムボの小道に、後宮内に、急速に広まった。皆（老人たちと子供たち、小部落の人たち、通過の旅人たちまで）、中庭やモスクの垣根の周りに集って聞いた。異邦人は明け方まで話し、それは皆の心を奪い、その日、雄鶏は鳴くのを忘れ、ミュエザンは祈りの告辞を忘れた。彼は下手なプル語に、身ぶり手ぶりを混ぜ、デッサンや漫画風の絵を描いて説明した。フタは泪にくれ、その王子に何が起ったかを理解した。


ひどく荒れた海を横断してのち、アブドゥラマヌはミシシッピの奴隷市場の競売に連れられていった。ナチエズ伯爵家の農夫でトマス・フォスターという者が火薬一樽で手に入れた。三九年間、彼は鞭の傷と飢えにも、屈辱の責め苦にも、畑の重労働にも耐えた。それでも、彼の血の高貴さと甘い国、フタ・ジャロンを忘れることはなかった。敬虔なイスラム教徒で繊細な学識者（プル語とアラブ語を完全に修得していた）はある日、モロッコのスルタンに手紙を書いた（彼の頭の中では憂鬱しのぎに海に投じる瓶に過ぎなかった）。それは王を大きく感動させ、予想外にも、王は合衆国大統領に解放を要求した。それは直ちに実現した。しかしアブドゥラマヌはそれほど満足ではなかった。夫人たち、子供たち、孫たちは奴隷として残った。彼は北部の慈善組織「アメリカン・コロニゼーション・ソサイエティ」に行き、解放を実現しようとした。しかし、その《うぬぼれたネグロ》の周りのあらゆる騒ぎを意地悪く観察していた南部の奴隷主義者たちに脅され、急ぎ合衆国を出てリベリアに行った。

「そこで彼は乾季を、チムボに向かう最初のキャラバンの到着を待ちました」異邦人は泪を拭いながら結論した。「三ヵ月前、亡くなりました……老衰で！　六五歳でした。そしてリベリアのプル族会はこのお守りを私たちに渡して言いました。『おお、マンディング、カンカンへの帰りにチムボまで迂回してこれをフタのアルマミに渡してください！　プル族はあなたたちに感謝し、神もまた感謝するでしょう』」

翌日アルマミは喪の太鼓を打ち響かせ、亡き人への祈りを執り行い、角が高い立派な黒牛一〇〇〇頭を生贄にし、霊に付き添わせた。

*

ビラヌは長い間アブドゥ・ガディリの死に泪し、以下を息子、ディアバリに託し、エラヤに引きこもり、コーランを読み刺繍をした。

「私は、ブバカ・バデムバの後は、他の王を知ることはないだろう。おまえはまだ王たちと隣り合って進むだろう。さてふたつ忠告する、息子よ。ソルヤ党に留まれ。野獣たちのまん中での風見鶏は危険だ。おまえの場を選択し、そして精神状態を問わずに従え、さもなくば逃げよ。もうひとつ、首に細心の注意をしろ。セイディヤベの街の中ではその器官はマニオク芋のありふれた塊よりも価値が低い！」

エラヤで彼は、オマー・サイドゥ・タルの訪問を受けた。

「わが師、アブドゥ・カリムはフェスのシャー・チジャヌの墓への巡礼にお供するよう私に言いました。しかしその前に私たちはシャイク・アマドゥが勇気と信義の人々に奉げたアムダライエの新しい街を訪問します。明日、両親に別れを告げにアルワルに行きます。不幸にも、その巡礼の許可を得に、わが師が一緒に来て仲立ちするのは少しきついことです。従って私はひとりでフタ・トロに行き、戻ってきてから一緒にマシナに行きます」

ビラヌは牛と金を与えた。彼は長い間泪をこらえて鼻で息をして、言った。

「向こう、フェスでは私のために祈るのも忘れないでくれ。私は老いた、わかるだろう。もはや神の慈悲に値するとは思えない。グリオたち、王たちと関わり過ぎた！　フェスに行きなさい、オマー、おそらく神は、おまえの純粋さによって、私の背中を曲げさせるような多くの罪を軽減することを承諾するだろう！」

＊

ブバカ・バデムバは全部で約一七年間王座に就いた。その長期の君臨は、ソルヤ党とアルファヤ党をときどき血に染めた難局のせいで数回転落し中断されたこともあった。長い日食もあったことが知られていて、最後の審判の日が来たと思って動転した人々は墓地とモスクに殺到した。そして激しい地震が来た。ベッドで不意をつかれたビラヌはエラヤのあばら家の下に埋まった。瓦礫から彼の遺体を出すのに奴隷たちは三日かかった。その後花咲く植物ときのこで埋まった一角に運ばれた。チムボの創始者セイディがガルガに、彼とその子孫の霊を休ませるために用意したところである。

フタ・トロから戻ってオマー・サイドゥ・タルは一〇〇人ほどの信者を集め、ビラヌの霊に付き添うよう牡牛の首を切って、彼の墓の周りでコーランを読んだ。その後、待ちくたびれて既に先に出発した師、アブドゥ・カリムにアムダライエで加わる意向を後援者、アルマミ、ブバカ・バデムバに告げた。彼と、すべての西アフリカの運命が揺れたのはそこ、アムダライエであった。そこでフェスを取りやめ有名なメッカへの巡礼を決めた。その予期せぬ出来事とその結果としてのメッカへの巡礼は、多くの信者たちと人々の生活を一変させた。

アムダライエに着くと、師、アブドゥ・カリムが亡くなったばかりであることを知った。彼はそこでシャイク・アマドゥの孫、アマドゥ・アマドゥの誕生に立ち会った。アブドゥ・カリムがその門弟の功徳を誉めそやしていたので、マシナの王は、祝福してもらうため赤ん坊をオマー・タルに引き合わせた。新生児の頭を撫でようと、手を進めた。赤ん坊は火にでも触ったかのように激しく後ずさりした。激しく泣き出し、心配したシャイク・アマドゥは言った。

「私の孫をおまえに託す、オマー・タル、フタ・トロの息子。決して悪事はしないと私に誓え！」

「私は、見ることを教えてくれた人の目を潰す顔をしていますか？　つまり、私に施してくれた善に、悪ほど卑劣な贈り物を返すような？　あなたの孫に対して私が何か悪しき思惑を温めるならば、神は私がここを離れてからバボイェの村を越させてはくれないでしょう」

「わかった。神がそれを聞きますよう、オマー。神がそれを聞きますよう！」

特別な予見能力が備わっていて、知能も高く野心的なふたりの偉大なプルの学識者のあいだでなされた、この予言的で神秘的な会話は、すでに、言外に、マシナを血に染めることになる過酷な悲劇が起こることを告知していた。僅か一〇年後、エル・ハジ・オマーはセグウのバムバラの王国を破壊してからマシナに攻め込み、その若き王、アマドゥ・アマドゥを処刑した。それからどうなったのだろう？　彼はジギムベレの洞窟内に消えた。このジギムベレの洞窟はどこにあるか？　バボイェの入り口にある。

その誓いによれば、シャイク・アマドゥの孫に悪を為したなら、彼が越えられない村だ！　何たる神秘！

*

この奇妙な会話の後、オマーはフェスを断念し、オリエントへの魔力の道に精神のすべてを注いだ。力がないので、シャー・チジャヌの墓に思いを凝らした。おそらくそこで、偉大な師の死後、イスラムの中心にある信心会のすべてのニュースのメッセージを送ると誓った最も優れた門弟、シャー・アル・ガリに会える機会があったであろう。オマーは、コンに行く行商人たちのキャラバンに加わった。そこからハウサ族の国々を通ってソコトに七ヵ月滞在し、そこでさらにめざましい多くの富を集める機会を得た。十分に金を持ち、エスコートを雇い、障害なしにトゥアレグ族の国々、フェザン、それにエジプト・スーダンを通り、紅海をドゥグゥナブから越え、ジェッダからアラビアに入った。この最初の段階から彼は、アラブ人が投げかけるからかいに晒された。《コールタールの顔》は皆、たとえ卓越しているにしても無知と隷属に身を奉げており、当然、空気のような精緻な宗教と科学には入り込めないのではないか。長い間路上で迷った後、一イスラム大学であるフォンドクに入学が許され、知識を疑い信仰への誠実さを否定するまでして彼を狙うぬぼれ屋たちの軽蔑に立ち向かわなくてはならなかった。

「君はその名、オマーにかくも誇りを持っているが、例えばハルツームやアブ・ハメッドへの道には君は侵略しなかったではないか？」

「君が生まれた暗闇のはるか遠い地方に神の光がすでにかすめたと、私たちを納得させるのはむずかしい」

「今、そこから多くの巡礼が来て、私たちの街に現れるが、ハジのコートを着て勝利と富を集めてから、自然宗教の太鼓とお面に戻る、手際の良い文盲たちであることを私たちは知っている」

「誰だってたどたどしくファチアを学ぶことはできる。真のイスラム教徒になるのはどこからだ……」

「この《コールタールの顔》は自信満々だが、できることを示してみろ！　黙ってないで、オマー！　カアバを訪問したいのだろう、コーランの《巡礼》の章を暗唱してくれ！」

「《巡礼》はテクルの学識者には難しい。《覆い包む》か《夜の星》、もっとも初歩の《繊維》が良いだろう？」

「神の道を、挑発するための子供っぽい遊びに使ったり、その挑発に乗って競争したりしてはいけないと考えて、今まであなたたちの挑戦にこたえるのを拒否してきたが、あなたたちが執拗に求めるので、ひとつの遊びを提案しよう。あなたたちのそれぞれは自分が選んだテーマで私に質問する。私がその質問に正確に答えたなら、その質問者はあなたたちが不当に割り当てた長いすから離れて、あなたたちが私に用意した質素なござの上の私に加わらなくてはならない。続いて私の番であなたたちに質問し、誰も私の質問に答えられない場合は私はひとりでそのすばらしい長いすを使う」

試験は夜中じゅう続き、あらゆる分野に及んだ。文法、神学、イスラム法、医学、そして天文学。彼らは自分の部屋に上って寝る時間はなかった。明け方、同じ部屋で若いアラブ人たちはござの上でもつれて深い眠りの中でいびきをかいていた。そしてオマーは長いすに横たわって静かに数珠を手繰っていた。

これが聖地での最初の勝利となった。皆は彼の知識の広さに敬意を表し、詩篇と挨拶礼法の力と信仰への情熱を認めた。皆は彼をお土産で包み、メッカへの巡礼に向かう大キャラバンを構成した。しかしこの勝利は仮のものに過ぎなかった。さらに荒々しい陰険な困難が待っていた。メッカの後に、シャー・アル・ガリが住むメディンに行った。シャー・アル・ガリは、若者の極度の配慮に感動し、多くの黙説法を彼に展開した。それはオマーの勇気をくじくことはなかった。一年間、つつましく師に仕えた。フタ・トロ、フタ・ジャロン、マシナ、そしてソコトの宮殿とモスクから拾い集めた多くの品々を渡した。一年間、筆耕として、侍従として仕えた。《シャー・モハメッド・アル・ガリの馬のため草を刈り、料理のために枯れ木を拾いに行くまでに謙虚になった。控え室で眠り皿の残りを食べた……年の終り頃、シャー・アル・ガリはメッカへの巡礼を企画した。エル・ハジ・オマーは同伴する許可を得た……》この最初の特別待遇の後、師は、シャー・チジャヌが死ぬ前にその教義の要点を書きとめた本、ジャワイラルマ・アニを一冊贈った。その延長で、彼の忍耐と極度な献身を考慮して、学識者たちの集りで考えを述べるよう招待した。オマーは見事にテストをやり遂げた。アル・ガリはモカデムの称号を授与した。だが、その儀式がチジャヌの道を授かった聖人とすることになるバラカの承諾はかたくなに拒否した。この簡素な好意の印がシャーの周囲で激しい敵意を起させるきっかけとなった。ある日、良く招かれていた学識者たちの会合のひとつで、ある門弟が陰険に明言した。

「おお、学問。おまえのすべての輝き、おまえを暗闇が包むとき、私の心はおまえを嫌悪する。アビシニア人がおまえに教示するときおまえは悪臭を放つ」

これは長い間参列者たちを笑わせた。オマーは怒りを抑え、プルが示し得る冷静さのすべてをもって答えた。

「閉じられているなら、梱包は決して宝物の価値を下げない。おお、無定見な詩人、アラーの聖なる家、カアバの周りを回ることなかれ。それは暗闇が包んでいるのだから。おお、不注意な詩人、もうコーランを読むなかれ。唱句は黒で書かれているのだから。祈りの告辞に答えることなかれ。最初の語は師範、モハメッドの指示のもと、アビシン・ビラルによって与えられたのだから。黒を嫌うなら、おまえの頭を黒髪で覆うのを、急ぎやめよ。おお、昼の白さに疲れたおまえの力を回復させる休息を、毎日暗黒の夜を待つ詩人、良識ある白人たちは私を許されよ。私はおまえだけに訴える。私を笑いものにしようとするために皮肉ったのだから、競争は拒否しよう。私たちのところでは、私たちがそうであるように黒いテクルでは、不作法の芸は奴隷たちか道化たちによってしか育まれない」

この不愉快な出来事を忘れ、精神に風を入れるため、オマーはエルサレムへ巡礼に出た。そこからダマスカスまで冒険を展ばした。その街のスルタンの息子が、オリエントのすべてでどの医者もマラブも治せなかった狂気に犯されているのを知った。彼はスルタンに機会を与えてくれるよう頼んだ。皆は彼を病人のもとに連れて行った。

「私のことを知っていますね？」

「もちろん！」気違いが答えた。「あなたはフタ・トロの息子、オマーだ」

「どうしてあなたはここに閉じ込められているのですか？」

「皆は私が気違いだと言っていますが、あなたはそれが事実でないことがわかっていますね。そうでしょう？」

「そうです。あなたは気違いではありません。決してそうでなく、過去もそうであったことはなく、将来もそうならないでしょう」

彼は唱句をつぶやき若者の頭に三回唾をかけた。

「鎖を解きなさい」

皆は鎖を解き、すぐに彼は正気に戻った。

この奇跡の知らせはオリエントを駆け巡り、師の弟子に対する感情を一変させた。アル・ガリはバラカを承知しテクルの国々のチジャニア派のカリフに任命し、長い間口づけして言った。「国々を掃除に行きなさい！」

エル・ハジ・オマーは合計二年半中東に滞在した。捜しに来たものを手に入れて幸せな彼は、家に戻る前に三回目の、最後のメッカへの巡礼をした。

カイロのモスクと大学で彼は際立ってすぐれていることを示し、スーダンの街々を結ぶ路上のすべてで追従者を増やし、長い間待たれたメシアの威光と華美を備えてボルヌに着いた。その国に数ヵ月滞在し、新たな教義を説き、王国の最も優れた王子たちのひとりを含む多くの信者たちを引きつけた。ボルヌの君主はそれを非常に悪く受け取った。すでに激烈な批判に怖気づいていたボルヌの君主は、批判が高まり、あふれる巡礼者が道徳の乱れと権力の乱用を声高く指摘したとき、最初は単純に暴力的に対応した。その客人、エル・ハジ・オマーに対しいくつかのテロを企てたが、奇跡的に逃げられてしまった。しかし、その信奉者たちを鎮め、次第に大きくなっていく影響力を抑えようとして、その後は、より愛想のいい企てをした。エル・ハジ・オマーを贈り物で包み、マリアトゥという名の娘たちのひとりを嫁にやった（息子、マキを生んだ）。ともあれ、遠い《従兄弟》の地、ソコトに向かったのを見て、とても安心した。エル・ハジ・オマーはそこで八年近くの長きに渡って滞在した。有名な彼の作品、「スユフ・アル・サイド」を書き、プル族がハウサ族、トゥアレグ族、そしてカヌリ族の強力な同盟軍を粉砕したガワクレの戦いに参加し、多くの奇跡を起こし、ソコトを訪ねたトムブクトゥのムフティ、アル・ベッカイの敵意と嫉妬を引き寄せた。アル・ベッカイは、ソコトとアムダライエの宮殿内で非常に強い道徳的影響力を及ぼしていたモロッコの家系で、クアドリア派だった。極めて稀なハジの称号に包まれ、別の信心会の追加を要求する、より学識の深いその若者の礼拝堂に入ることを、彼は侮辱とした。そしてより陰険な挑発を倍増し、モスクの人々と宮廷の常連たちを仲たがいさせた。ムフティ、アル・ベッカイはエル・ハジ・オマーに自分の弟子であるかのように質問し、ついには彼の知識を疑問視した。しかし、エル・ハジ・オマーは老ムフティを容易にやり込め、ムフティは滞在を短くしてトムブクトゥの宮殿に戻った。かくしてエル・ハジ・オマーは、モスクの人々に対抗していたソコトの宮廷の意見を手際よく彼に有利なように取り戻した。アマドゥ・ベロはチジャニア派に改宗するに至った。結局、ふたりは親密になり、ある夜、アマドゥ・ベロはエル・ハジ・オマーを起こし、持っていた手紙を開き、こう言った。「神に仕える信者たちの友、私の王国をおまえに贈る。この遺書を取っておきなさい！私が死ぬ時、元老院に見せなさい。おまえを私の唯一の後継者とした決定を支持するしかないだろう」

本気で誠実であることのあかしにアマドゥ・ベロはエル・ハジ・オマーにふたりの妻を贈った。ひとりは息子、アマドゥを生んだソコトの貴婦人、アイサタ・ディアロ。もうひとりは息子たち、アビブとモクターを生んだ自らの娘、マリアマ。一八三七年、その死のときエル・ハジ・オマーは、かの遺書を振りかざして王座を要求した。しかし故人の弟、アチクは元老会の多数の支持を得、書類に異議を申し立てた。「この王国はアマドゥ・ベロの所有物ではなく、私たちの父、ウスマン・ダン・フォディオのだ。おまえはウスマン・ダン・フォディオの遺言状を持っているのか？」エル・ハジ・オマーは認めるしかなかった。「それでは私の国から出て行け。それはおまえに心配事を起こさせるのを防げるだろう」新王が続けた。

そこでソコトを離れ、アムダライエに行った。シャイク・アマドゥは以前と同じに歓喜して迎えた。しかしその取巻きたちの間では軽蔑と不信感が揺れ動いた。先ず、エル・ハジ・オマーは到着すると、アル・ベッカイからの手紙を見つけた。外見は称賛の長い詩であったが、次のように陰険に終っていた。《おまえは今までに出会った最も学識が深い、奴隷の息子である》これがすべてではなかった。トムブクトゥのムフティは、手先をあちこちに潜入させて、オマーの人柄とチジャニアの教義の信用を失わせようとした。エル・ハジ・オマーは賛助者シャイク・アマドゥの屋根の下での対決は望まなかった。そして先に進むことを望んだ。だが、マシナの敵意は単独ではなかった。騒がしい追従者たち、熱心な勧誘、それにチジャニア派の全く新しい教義の侵入をどこのモスクも宮廷も妨害した。セグウでは（一〇年後、王国は火と血にまみれた）当然、プルのすべてを、とりわけイスラム教徒を警戒し、バムバラ族の王は彼を投獄した。しかし、王の妹がエル・ハジ・オマーに夢中になり、数ヵ月後、釈放されることになった。その期間、後継者である王子、トコロ・マリを改宗させる壮挙に成功した。当時セグウでは、宮廷の者がイスラム教を実践すると、死刑に処せられることを意味した。王と聖職者たちの警戒を欺くため、新たに改宗した者の剃った頭をごまかすため、帽子に三つ編みを縫い、献酒の儀式の折、ドロと思わせて蜂蜜を飲むよう勧めた。

とはいえ、すべての君主たちが彼に敵対したわけではなかった。カンガバでは、カンカンの王、アルファ・カバは彼に会いに来て、自ら進んでチジャニア派に改宗し、街に来てどこでも望むままに教示し説教するよう勧めた。

カンカンから、長い冒険を物語るとともに、フタ・ジャロンへも間もなく到着することを告げる手紙をチムボのアルマミ宛てに書いた。交代の規則によって二年間ブバカ・バデムバは、ヤヤ（最後まで敵対した氏族）という名のアルファヤ党員に引き継がれていたため、返事は来なかった。ブバカ・バデムバは運良く雨季になるとすぐに王座に返り咲き、宮廷に戻る前に、ラマダンの月をディエグンコの村で従者たちと共に過ごすようエル・ハジ・オマーを招待した。エル・ハジ・オマーが彼の最も完全な作品、「アル・リマ」を完成させたのはそこでであった。またおそらく、一〇年に渡ってセネガルのサン・ルイからトムブクトゥまで剣を振るった彼の名高いジハードを開始するのを考えたのもそこであっただろう。実際そこに早くから、フタ・ジャロンから、フタ・トロから、そしてブンドゥからの多くのプル族のみならず、カンカンのマリンケ族も、そしてシオラ・レオネのイスラム化したヨルバ族まで加わった。それまでひとつの銃弾をも撃つ機会がなかったにかかわらず、軍を構成し、戦争を準備できた。

＊

ディアバリは亡き父の忠告に従い、アマドゥという、ソルヤ党の感情にあふれた若き王子に付いた。病気に、会議に、最も大きな秘密に際し彼を補佐し、戦士たちと信奉者たちを再結集するために国の四隅を縦横に走った。その間も当然、ソルヤ党とアルファヤ党の陰険な敵対意識は止むことはなかった。一八三八年、権力から追われたブバカ・バデムバはダラに避難しなくてはならなかった。ディアバリは彼の秘蔵っ子、アマドゥを候補として支持した。だが長老会はソルヤ党の正当な復帰を称えながらも、その父が君臨した王子たちのみが権力に就けるという、不可侵の原則に従っていないという理由で候補を無効とした。皆はその伯父、ヤヤを選んだ。彼は僅か二年君臨し、激怒したアルファヤ党はブバカ・バデムバを再度君臨させるのに成功した。ヤヤは別荘に引きこもり一年後に死亡した。チムボの路地を血に染めたそのひどい戦いでディアバリは膝にけがをした。鍛冶屋が弾を取り出し、傷の焼灼を試みた。傷は化膿し、すぐに片足全体が壊疽を起した。長男ビロムは家族の必要を満たすため、ウマーという名のもうひとりのソルヤ党で、アマドゥよりもさらに騒がしい若き王子の一団に加わるしかなかった。村々に出没し、フォニオ、宝石、動物の群れ、それに奴隷たち、手に落とせるすべてを強奪した。一年間のこの怪しげな活動の後、屋敷を大きくし家畜たちを倍増し二、三の地方で耕作地を買い、チムボで、アルマミの次に立派な厩舎を自慢できるだけの小さな富を蓄えられた。その後最も大きなコーラン学校を建て、マラブとなって、甘やかされた子たちと王家の血を引く子供たちに神の言葉を教えた。

前述したように、王子ウマーは若いときから騒がしく放埒な、暴力的で野心的な男であった。彼は多くの罪と違反を犯したが、王子ということで罰せられずにすんだ。年若いときからある日王座に就く野心を現していた。占い師に尋ねたところ、先ず人を生贄に奉げなくてはならない、この場合はボリイという名の従兄弟のひとりであると言われた。ある夕、乗馬に誘い、途上、弾を頭に撃ち込んだ。その父、アルマミ、アブドゥ・ガディリは犠牲者の仇を討つため斬首を命じた。しかしその母、アルマミの妹はそうしないよう願った。「彼の命は助けてください。あなたが彼を殺せば、私は一度にふたりの子供を失うことになります。我が子と我が甥を。ウマーがボリイを図らずも殺してしまったのならば、この世でもあの世でも何も咎められないでしょう。そうでない場合は、神によって、子孫が彼の犯罪の代償を払うことになるでしょう！」セレル族は正しい。《神は呪われた母には何かしてやれるが、呪われた叔母には何もしてやれない》後にわかるように、ウマーのほとんどの子孫は暗殺で死んだ。

父の死後に起った多くの騒乱の後、隠棲したほうがいいとウマーは判断した。フタ・ブンドゥの、アルマミ、アマディ・アイサタを継いだその息子、ボカ・サダのもとに避難した。そこで学問と軍事の確固とした教育を受けた。人を知り、王宮の機能の精緻さを学んだ。

アルマミ、ブバカ・バデムバの信奉者たちとその反対者たちとの間で仲裁された合意に基づき、ソルヤ党の陣営はブンドゥに使節を急ぎ派遣し、ブバカ・バデムバに、その父が残した膨大な富を取り戻し、場合によっては権力の手綱を掴むように伝えた。ブバカ・バデムバは、戻るとすぐに氏族の休眠の村、ソコトロに住んだ。彼の寛容さと気前の良さはフタのすべてを、グリオたち、追従者たち、冒険家たち、陰謀家たち、野心家たち、その他を引きつけるようになった。一八四五年にアルマミに任命される以前にすでに彼は、チムボのみならず地方の内奥までが危踏み恐れた徒党の力強い長となっていた。

そしてアルマミ、ブバカ・バデムバは国の北のバドンに対し軍事遠征を決めた。一時休息したラベで、ソルヤ党の一中隊が待っていた。街の名士たちは惨事を避けるよう説得した。アルマミはバドンへの遠征計画を取りやめ、チムボに向けUターンした。数で勝るソルヤ党は弓矢と火で迎えた。その勇敢さがすべてに知れ渡ったアルマミは全力で反撃した。彼は負傷し、弟、イブライマは殺された。戦いは数日続き、大殺戮となった。全くの壊滅状態となり、一般人に悲嘆の種を蒔き散らし、騎士たちと知識人たちは大いに憤慨した。かくして、ふたつの陣営は和解し憲法に記されている交代の原則を適用することを決めた。ラベ地方の権威あるマラブ、チエルノ・サドゥ・イブライムはふたつの戦闘派に《和解の覚書》を出すのをためらわなかった。ディエグンコの砦でエル・ハジ・オマーが急ぎサインした覚書である。

今日、分団はそれぞれの目的を達し、政治の知識に欠けるそれぞれの軍隊が領主旗を掲げている。誠実は失われ、腐敗が政府と宗教にまで達した。行政官たちとその補佐たちは恐怖に陥り、判事たちと知識人たちは不安に駆られ……それぞれは特定人にしか携わらず……私たちが和解しなくてはこの風潮を変えることはできない。そのため、あなたたちに接触し、合意に達することを急ぐ。私たちが救われ、成功し、善の道を再び取り戻すにはそれしかない。あなたたちはある一人の子孫たちである。あなたたちのグループの一方と他方は、異議を挟む余地なく、尊敬に値する。神は寛大にもフタにおける権力をあなたたちに承諾した。責任ある方法でそれを行使しつつ、感謝の意を示されよ。それなくしては権力を失う危険は大きい。

にもかかわらず、さらに殺戮が続くのを見てエル・ハジ・オマーはチムボに来て、長い仲裁の労を執り、二人のアルマミは和解に達した。二人のオマーが会った最初であった。この最初の出会いは、皆が予想したように、非常に騒然としたものになった。プルの歴史上に現われた大旋風とでもいうべきふたりの人物には、権力への情熱と名前以外にも共通点があった。厳格主義、性格の強さ、計り知れない高慢さ。後でわかるように、同様な激動の運命であった。かくも似た性格のふたりの間には、当然にも、紛争と不和の傾向があった。このふたつの存在は炎を散らすことなく同じ空気を吸うことはできなかった。以下の奇妙な出来事から、ふたりはすぐに仲違いした。

エル・ハジ・オマーの訪問の数日前、偉大な詩人、チエルノ・サムバ・マムバヤがチムボに来てアルマミに話したい旨、表明した。

「アルマミ、私が私の村、マムバヤに戻るとすぐにディエグンコの巡礼者があなたに会いに来ます。彼はあなたに手を延べ、あなたを《同名異人》と呼ぶでしょう。握手と彼の誘いを拒否しなさい。そうでなければ、フタ・ジャロン全体が彼の財布の中に落ちてしまいます。その男は、無碍の力を持って、そしてあなたの国に対するあらゆる理解を超える欲望をもって、メッカから来ました。アルマミ、忘れないように。あなたが握手するなら、あなたが《同名異人》と呼ぶなら、フタ・ジャロンはすぐにグリグリによる保護と軍隊の力を失うでしょう。地面に落ちた果実を拾うように、彼はそれを集めるだけとなってしまいます」

続いて起ったことはチエルノ・サムバが予言した通りだった。エル・ハジ・オマーはたいそうな行列を伴ってチムボに入った。宮廷に突進しアルマミ、ウマーに手を差し出した。

「おお、同名異人、セイディヤベの息子でフタの所持者、あなたにご挨拶いたす！」

アルマミは横を向いて横柄に答えた。

「フタ・ジャロンのアルマミには同名異人はいない。友人も対等の者も地上にはいない。マラブたち、王たちを越え、神のみが私を越える」

アルマミがその客人に魔法の扇子を贈ったことを、迷信家たちは肯定している。その日、東の風が吹いていた。そしてエル・ハジ・オマーはフタ・ジャロンから進路を変え、高セネガルとニジェールの王国に目をつけた。とはいえ、アルマミ、ウマーの接待はエル・ハジ・オマーを失望させなかったことは記憶にとどめるべしである。エル・ハジ・オマーは、ボルヌで、ソコトで、そしてマシナで積み重ねた経験と、一般人と聖職者たちに影響を与えた大きな名声とを、ソルヤ党とアルファヤ党の仲裁のために用いた。

交代の原則がふたつの党に新たに受け入れられた。場を譲る前に、さらに一年間の君臨がブバカ・バデムバに与えられた。二年後再度王座に就いたが傷の後遺症で三ヵ月後に死んだ。ウマーは合法的に権力に戻った。一八四五年の終り、正式に第九代目のフタ・ジャロンのアルマミを授かった。

おまえは、一方では略奪者、永遠の侵略者、他方では神話、ファラオ、解けない謎。私たちセレル族には、おまえは悲惨な放浪者、なんでもない自由奔放者に過ぎない。グリオたちはおまえの勇気と策略を歌う。私たちは、おまえを称えない。おまえはライオンを恐怖させ、王たちに決して従わない、と言われる。だが私たちには、おまえは埃にまみれ悪臭を放つ奴隷でしかない。最も卑しい奴隷。牛のような。ぼろ着の王子、飢えた戦士、牛が唯一の師。牛、それはおまえの宇宙、それはおまえの存在理由のすべて。それにおまえは生命をささげ奉じる。それにおまえはありがとうと叫ぶ。おまえの未来は星影のなかでなく、ひづめの爪の半月のなかにある。

おお、孤独よ！　おお憂鬱よ！

＊

ヤサム・セイタネ・ア・キソム。プルよ、悪魔がおまえを連れ去るように！　皆がおまえなしに住んでいた昔の祝福された時代……！　否、神はおまえを私たちに送らなくてはならなかった。おまえ、ファラオの偽者の雰囲気。おまえの粘土の臭い。私たちの村を混乱させたコブウシの群。私たちの種用の果実まで破壊した数えきれない盗み。ロ・オ・ヤアル〔ああ、神よ〕！　かような罰に値する何を天に対して私たちがしたというのだ？　おまえが進みはじめてから、気体であるかのように、あちこちに繁殖し、あたかもすべての土地がおまえのもののようだ。誰がおまえをそんなに不安定に、捕えにくくしたのだ？　今日は牛科の番人、明日は帝国の建造者！　あるときは無名のマラブ、一瞬後はカリフ！　朝は客人、夜は主人！　おまえの狂気はどこまで行くのだ、森のけだもの、有害なアブラムシ？

至高の神秘な神は、おまえ以上に気違いじみた、より虚言症の、より残酷な、より冒険好きな、より高慢な、そしてよりほら吹きな者の創造を考えていただろうと、おまえは疑わない。白人は眠っているふりをして、海岸から、おまえの救世主待望論的な愚かな願望と、熱に浮かされた行動を注意深く観察した。白人は何も知らなかった。おまえの兄弟殺しの戦争も、隣人たちとの争いも。白人は賢明にも、おまえが自らの罠に落ち、自ら力が尽きるのを待った。白人はその他の小部族も同様にした。ムーア人、ウオロフ族、フォン族、マンディング族、ズル族とホッテントット、カンゴとアサンティ族……。[10] 白人はおまえの跡を追い、枯れ木を拾うようにおまえの帝国をひとつひとつ拾っていけばよかった。

上出来だ、ほら吹き！　不確かなアブライマの息子！

そうだ、セレルは正しい。《暗い夜に、婦人がその美しさを自慢する時、称賛する前に昼が来るのを待て》

10　アメリカの植民地を失ってから、（イギリスは合衆国を、ポルトガルはブラジルを、フランスはサン・ドミニクを）ヨーロッパの強国はアフリカを分割するため一八八五年、ベルリンに集まった。それらの王たちの激しい抵抗にかかわらず、大陸の植民地の運命はそのときからすでに決定していた。

海の激怒

1845–1870

ウマーは乱暴だが尊ばれ、貪欲だが気前が良く、孤独だが勇敢で、憎まれもし恐れられもしたアルマミの思い出を残した。君臨の当初はむしろ穏やかだった。従兄弟を殺害することで強く損なわれた、波乱に満ちた青年期を世間に忘れさせようと、先ず彼は良心的な、少なくとも道徳と法律の視点からはふさわしい君主として現れた。ブバカ・バデムバの死後、二年間の任期を務めてから王座をブバカ・バデムバの息子、イブライマ・ソリイ・ダラに自発的に譲った。非常に貪欲な男で、権力に執着した王子であるとの評判を良く知っていた地方の名士たちとフクムバの長老たちにとって、それ以上の担保はなかった。数年に渡る攻撃と殺戮を経た後、フタ・ジャロンは、この度量の大きい振る舞いを高く評価し、お守りと数珠が彼を支え、動乱も飢餓も暴動も殺人もない新たな世紀が来るよう祈った。悲しいかな、安息はこの気違いじみたセイディヤベの家では、宣誓にかかる時間しか続かなかった。ただ今回の爪跡は、偉大な野獣によってではなく全く穏やかな子羊によってつけられた。イブライマ・ソリイ・ダラはすぐにその休眠の村、ソコトロに隠居していたアルマミ、ウマーを急襲した。ウマーはそこで多くの信奉者たちを失い、彼自身、死を危うく免れた。彼は六ヵ月の長期に渡る地下運動に入り、兵士と若者たちを彼の大義のもとに結集し反撃した。アルファヤ党は激しい攻撃を受け、仕返しにチムボのすべてのソルヤ党を追放した。紛争は、規模と期間から内乱と言えるほどの惨劇となった。銃撃、乱闘、刀の試合、それに火災が数週間続いて、ようやく鎮まった。チムボには垣根と収穫品、それに半分の住居と半分の居住者が残った。混乱の挙句、チムボは首都ではなくなった。暴力から逃げるため、それぞれの氏族は自分の休眠の村でバリケードを張った。ソルヤ党はソコトロで、アルファヤ党はダラで。さらに今一度エル・ハジ・オマーは役目を果たしにディエグンコの防塞を出た。交代の原則があらためて承認された。ウマーは権力を取り戻し、しかし今度は復権を保ち続けた。一八五六年、後述される理由で、ライバルに譲って引き下がったその年まで、連続して君臨した。

エル・ハジ・オマーの方はチムボを離れるや、ジハードを発する必要を確信した。フタ・トロ訪問を急ぎ準備し、新兵たちを動員し、祝福した。そのとき、生地を離れてからすでに二〇年過ぎていた。ディエグンコの街をプル族、マンディング族、ハウサ族、そしてヨルバ族の彼の信者たちの監視下に置いて、数人の騎士とともにフタ・トロに向かった。奇妙にも三世紀前コリ・テンゲラの遊牧民たちが通ったのと同じ道である。

最初の経由地はトゥバであった。ソニンケ族のあるマラブの氏族によって数十年前にフタ・ジャロンの北に建てられたこの街は、三つの河の地方のすべてで評判の宗教の中心になっていた。フタ・ジャロンのプル族、カンカンのマリンケ族、そしてシエラ・レオネのヨルバ族にすでに強く支えられたエル・ハジ・オマーは、ソニンケ族のマラブたちが大きな影響力を持つカソやカアルタの地方に基地を多様化しようと考えた。街の創立者、カルモコバがすでに亡くなっているのを知った。後を継いだ息子、タシリマにチジャニア派に改宗して聖戦に加わるよう要請した。

「私はディアカンケです。ディアカンケは戦士ではなく平和主義者です。ディアカンケはむしろ自身を自制することを追及し、誘惑と戦い、純粋に神の近くに留まります……」

散々やりこめてから次のように結論した。

「神に従うのに戦争をするのは全然役立たず、単に祈れば足ります。あなたたちプル族がどうしてそんなに動き回るのか私にはわかりません」

＊

フタ・トロの歓待ぶりは、チムボのソルヤ党同様に冷やかだった。彼の巡礼者としての貫禄はマラブ階級とその控えめな祖先には多くの嫉妬を、（伝統を重んじ、生まれた家柄がその他のことより重要視される国の）顧問たちと王子たちの間にはさげずみを引き起こした。逆に大衆にはどこでも（ブンドゥで、ジョロフで、そしてシネ・サルムでも）両腕を広げて歓待された。数千のプル族、セレル族、ウオロフ族、そしてマリンケ族を引き寄せ、改宗するのみならず、彼が試みようと夢見ている狂気の冒険に付いて来たがりもした。

フタ・トロはアブデル・カデ・カヌの暗殺以来、慢性的に不安定な状態にあった。特徴のないぱっとしないアルマミたちが、ディアゴルデの術策に対抗し、フランス人たちとムーア人たちに操られ、秩序のないまま継承した。《白人たちには水の王国を、黒人たちには陸の王国を》という格言は多くを意味しなくなった。

フランス人たちは蝋人形のように大筒を砲尾に固定したカラベル船で国を縦横に走り、港々を壊滅させるだけでは満足しなくなった。火縄銃とマスケット銃で武装した恐ろしい騎兵隊を創設して高地にまで冒険し、反乱を鎮圧し、キャラバンを略奪し、奴隷たちを捕えた。ムーア人の方はより活動的でなかったわけではない。エル・ハジ・オマーの到来以来、ふたつの同盟が王座を競った。ブムバのワン氏とディアバのリイ氏である。誰がワン氏を支えたか？　シディ・アル・ムクター・アル・クンチという名のムーア人のマラブである。[1]

指導者集団の警戒と敵意の中でエル・ハジ・オマーは、国の中央と東の名士たちを周りに集めることに成功した。エル・ハジ・オマーは、直ちに、あるいは少し後、ジハードを開始するときに、彼らに加わるよう要求した。チエルノ・ウマー・バイラ同様に影響力のある人たちが、快適な生活と特権を放棄して改宗し冒険に加わった。だがそれはむしろ注意深い耳を持った一般人に於いてであった。彼らの支持は王座にいたアルマミ、イブライマ・ババ・リイの廃位を導いた。数年後激しく戦ったフランス人たちは、奇妙にも、その時はまだ、エル・ハジ・オマーが戦いの相手となることがわかっていなかった。彼はフランス人たちと二度、ポドールとバケルで会っていた。《通商と平和に有利な》大きなイスラム国を設立する意向を、彼は隠さなかった。フランス人たちは非常に丁重に多くの贈り物で歓待したらしい。

1　数年後、フタ・ジャロンを血に染めた有名な蜂起、「ウブ派の革命」の組織者、ママドゥ・ディウエの教師となった。

捕えるべき獲物が全くいないとき、猛獣たちもまた爪で脅すことなく共存できるということだ。

*

フタ・ジャロンへの帰り道、追従者と多くの馬たちの列は村々をパニックに陥れ、三つの河の国のすべての君主たちの怒りを招いた。このまがまがしい力の誇示は何なのか？　昨日隣人に知られたばかりなのに突然預言者の右腕となったこの巡礼者はいったいどこまで行きたいのか？　それが国境に押し寄せてきたことを配下の者から通報され、アルマミ、ウマーは、最初、その精力的な同名の異人が王国に入ることを拒否した。「神の道を捜す者は、そんなに多くの戦士たちでいっぱいにする必要はない。おまえの宗教は口実で、オマー・サイドゥ・タル、おまえが望んでいるのはフタ・ジャロンであろう。フタ・ジャロンは改宗しなくてもきちんとおまえ以上にイスラム教徒だ」数ヵ月経ち、宮廷の占い師がアルマミを見つけ、適切だとは思えないエル・ハジ・オマーに対する警戒心を咎めた。「あなたの決定は賢明ではありません。そのハジに立ち向かうのは私たちに良いことを何ももたらしません。その数珠は恐るべきで、その妖術は、抵抗のそぶりをしたものすべてに不運を招くと言われています。彼が私たちのところで享受した大衆的な人気を考えてみてください。私たちの道のひとつを彼が行くとき、祝福と奇跡的な治癒を願う、少なくとも一〇万人の大衆が彼の後にはひしめき合います。わが陣営のなかに持っていたい類の男です。丁重に扱えば、おそらくあなたの王国を奪うことは躊躇するでしょう。そうでなければ、宣戦布告をする理由を彼に与えることになります。その場合、一〇分の九の確率であなたの人民は彼のほうに傾くでありましょう」ウマーはためらいつつも、国境を開いた。接待し、アルマミとフタの敬意を伝えるためエル・ハジ・オマーと豪華な追従者たちに会いに行くよう、ラベの王に要請した。ディウントゥで壮大に歓迎され、ふたりの従者が加わった。エル・ハジ・オマーを称え歓迎の演説をする名誉は大マラブ、チエルノ・ガシムに与えられた。エル・ハジ・オマーは感激した。泪を目に浮かべ、彼を歓迎しに来たそのフタ・ジャロンの立派なエリートを見た。絹のボンネット、円錐形の帽子、サテンと金で刺繍されたインディゴのブーブー、繊細に彫刻された長い先細の槍。周辺には、とうもろこしと粟の穂が隠れる畑、輝く銀色の河川が続く平原、絵のような、もやがかかった高い頂に傾いて建つ小集落、青々と茂った急斜面の草地、平原の全長に円形闘技場のように並んだ花壇、小さな谷々、滝、クラ、テリ、マンゴ、ユーカリプスの樹の並木の坂道。彼は泪をこらえて言った。「神はあなたたちに知識を与えた、おお、フタ・ジャロンのプル族！　英知と良き方法で信仰を形成した。あなたたちのイスラムは三つの河の地方で最も確かである。ここで私は三三人のマラブに会った。三〇人は目下、ふたりは同等、そしてひとりは目上であった。あなたたちのミュエザンは献身的で、あなたたちの祈りは誠実である。見よ、イスラム教徒たち、神が褒美にあなたたちに与えた国を！　見よ、これら渓流と草原を。ここが天国ではないとしても、それは遠くではない！」

ラベへの途上、大喝采をうけながら、奇跡を成した。参加者と改宗者は倍増した。約二世紀前、セリイとセイディが先に渡ったゴンゴラ河を渡るときに水を汲んでいた少女がいたが、彼女は大勢が河を渡る印象的な場面を脅えた目でちらっと見たのに気づいた。

「少女よ、近づきなさい。飲み水をください」

彼は差し出された水を飲み、儀式的に額に振りかけ、短い祈りをし、両手を天にかざしてつぶやいた。

「神よ、感謝する。詩と信仰の源に、まみえさせて頂いて」

「あなたの言葉は唐突で、私たちには謎めいて聞こえます。おお、エル・ハジ、よくわかるように説明してください」

「お辞儀しなさい、ばか者たち！　この子の足元で悔悛し、祝福を願いなさい！　彼女はお腹の中に、ある偉大なる聖人の芽を宿している」

誰のことだろうか？　ラベの聖者、チエルノ・アリウ・ブバ・ンディヤンの、来るべき未来の母である。二〇世紀初めに、すぐにフタ・ジャロンを越え三つの河の地方の全土に広がって波及したその作品、「プル族の詩」、あるいは「マクアアリイダ・アス・サディィ」と共に有名な、偉大なる神秘の大詩人である。

＊

皆は彼をサチナに泊めた。彼はそこを良く知っていた。青春期、教育の一部をそこで受けた。ある日、散歩しているとき、アマドゥという少年に会った。彼が馬から降りて後を追って走りだしたので、追従者たちは茫然としていた。

「少年よ、私と一緒に来なさい！　シャー・アーメッド・チジャヌからおまえに渡したいものがある」

彼は邸宅内に入れ、数珠を差し出した。

「これで私の任務を果たした。今度はおまえがそれを行う番だ、若者、なぜなら、フタ・ジャロンでチジャニア派に最も良く仕えられるのは他の誰でもない、おまえだと書かれているから」

この少年、チエルノ・アマドゥ・ドンデはチジャニア派の偉大な布教者となった。

ダラ・ラベでは、本人、その家族、その召使たち、そしてその財産を新たなセクトに差し出した、モディ・サリウ・ダラと知り合った。チムビ・トゥニでは、アルファ・ウスマンという者と知り合った。後に、セグウの城塞の、アムダライエの城砦の、そしてトムブクトゥの聖堂の門を引き開く最初の軍を指揮することになる者である。チムボに行く途上に神が与えた思し召しだったのか。その後チムボに着いた。アルマミは彼を三、四キロメートル離れたディオラケに泊めた。かつての弟子、ディアバリが脱疽で亡くなったのを知った。すぐに墓地に行って彼の墓の前で長い間瞑想した。それからアルマミ、ウマーに会見を求め、ディエグンコを離れ、他のより人口が少なく、山岳ではないどこかに行く意向を明らかにした。

「私にはもっと広く、もっと解放された何かが必要です。私はあなたに対して、また誰に対しても、好戦的な意図を持ってはいません。私の信者たちを接待できる大きな街を建設すること、それが唯一の目的です。私の定めは良き神を称えそのメッセージを広めることで、武装して憎悪と動揺を撒き散らすことではありません」

「私もまた、この狭いディエグンコではあなたは安楽ではあるまいと思っていたところです。あなたのような偉大な学者の尊大さに見合う、より良いところが必要です。もっと東に進むことを勧めます。そこ、セネガル河とチンキソ河の間に、私たちがリンゲイと呼んでいる大きな樹をあなたは見つけるでしょう。その樹の下にアンチロープの群が、糞のピラミッドの下でうずくまっているのを見るでしょう。そこにあなたの人民たちを連れて行って、あなたの王国を築くのです！」

それはもちろんいんちきな取引だった。猫のような、度外れの種族にあっては、約束には明日がない。誓いは酒飲みの誓いで、承諾はいんちきな取引。

これらふたりのオマーは、それぞれ頭の後にもうひとつの考えを持っていただろうことは疑いない。フタ・トロ生まれのオマーは、チムボを離れてソルヤ党の陰険な敵意から距離をおき、王国を築く夢を維持するときが来たと。彼はよく考え抜いて、もはやフタ・ジャロンにはたいして得るものはないと思った。その援助者、ブバカ・バデムバが死んでから三年になる。引き続いて保護すべきその息子、イブライマ・ソリイ・ダラは権力から離れ、このがさつなウマーはどうやら長く続きそうだ。他方でウマーは、この件の恩恵と利得を見積もって検討した。エル・ハジ・オマーは真の意図を巡礼のターバンと数珠とチジャニアの後にうまく隠し、誰にも気づかれない。とりわけ王の安楽な場に就くことだけにあこがれている、金持ちで知識のある男たち、それら老いた猿たちは気づかない。より東にエル・ハジ・オマーが落ち着けば、彼から離れ、チムボの宮廷に対し大衆が敵対する危険から離れる。平行して、自ら、マンディング族の侵略が頻繁で殺人的な東の国境を安定させられる。実際、カラモコ・アルファ以降、このフタ・ジャロンの隷属者であるマンディングの土地では、サコ氏の一族が、一九世紀の始めに、しばしば税金を着服し、セグウやボウレから来た金のキャラバンを奪った恐るべき小さな王国、タムバを手に入れるのに成功していた。

新たな運命に両手を開く前にエル・ハジ・オマーは再度、ビロムの家を訪ねた。ビロムは、おそらく兵士の一分隊でも引き連れて略奪あるいは反逆の鎮圧に行っていたのであろう、不在だった。彼は馬から降りずに、竹の柵の上からビロムの妻に言った。

「ここに私のものがあるはずだ！　それを探しに穀物置き場に行って来てくれないか？」

「この間、お悔みを述べにいらした時、この家には、シャー、あなたは何もお忘れではありませんでしたよ。それは確かです。あなたの出発のすぐ後に夫が私に命じたことをきちんと憶えていますから。『中庭と家の中を確認しなさい。シャーが何も忘れていないことを確かめなさい。やかん、数珠、あるいは祈りの皮をよく忘れていくから！』」

そのとき、未だ二歳にならない、口にマニヨク芋の塊をくわえた末っ子のドヤ・マラルが母のパーニュを引っ張って言った。

「お母さん、心配しないで。僕ならマラブが望むものを知っているから」

皆の驚いた目の前で、子供は、シミに食われ埃で厚くなった古い織物を抱えて穀物置場から降りてきた。エル・ハジ・オマーはそれを両手で受け取り、子供の髪の房を撫でてつぶやいた。

「なんと不可思議な子だ！　神は彼に、示していないものを見、言っていないことを聞くことを教えた。間もなくプル族が見聞きしなくてはならないであろう、あらゆる前代未聞のことを彼が見聞きするのを、天は免じますように！」

それは、過ぎし時代、フタ・ジャロンの誕生の一年七ヵ月と七日前に、アリ・ジェンネ・タルが大トリに贈った神秘のチュニックであった。

＊

エル・ハジ・オマーはコリ・テンゲラから四世紀後に、馬、ロバ、穀物の瓶、金とインディゴの包み、百人ほどの奴隷、それに千人ほどの兵士とともに、フタ・ジャロンの山脈を離れて東の河川の平原に向かった。コレンの断崖とセネガル河の峡谷を通った。チンキソ河の滝に沿って進み、ビシクリマの潅木密生地で数週間野営した。続いて勇気をさらに得て行進を再開した。一日、三日、七日、……ふたつの河の河床の間を彷徨い、一五日目、斥候班が一〇頭ほどのアンチロープがリンゲイの大木の下で涼んでいるのを見つけた。その右横には、まるで人間の作品のように綿密に、ピラミッドの形に並べられた糞の大きな堆積があった。

彼はタムバの王、ギムバに会いに行き、家畜を奉げ物とし、金で支払って定住する許可を得た。リンゲイの樹の下にモスクを建てることから始め、そして屋敷、イスラム学校を建てた。その後、マラブたち、名士たち、兵士たち、商人たち、そして農奴たちの家を建てた。そこで神の摂理のもとにうずくまり、彼の教義を仕上げた。チムボの蜂の巣から離れて安堵した彼は、歴史が彼のダ・エス・サラムをきちんと認めるのをそこで静かに待った。土地と被創造物たる人間の哀れな存在を犠牲にして造ることを神が決めたその信義の宮殿が、ヴォルベルきのこが土から出るように容易に突然現れ、そして、菌傘を全開にして撒くように異教徒たちへの深い恐怖がばら撒かれ、信者たちが喝采するのを待った。しかし、神への祈りにもかかわらず、厚い雲で覆われ、死んだ犬の目のように色褪せ、悪意と恥辱が滴り落ち、現実には何も起こらないままだった。

　彼は注意深く街を要塞化し、ディンギライエと名付け、大きな武器製造所を造った。ディンギライエは、セグウの強さとアムダライエの神秘的な建設物の威厳を兼ね備えていた。ギムバは心配し、グリオを使いに送った。エル・ハジ・オマーの人格と、取巻きの知識人たち、貴人たちに心を打たれたディエリ・ムッサという名のその男は、偶像とドロを捨て、自らイスラムを信奉した。彼の同伴者たちは思いとどまるよう長い間試みたが、聞く耳持たずで、彼らと共にタムバに戻ることを拒否した。彼はエル・ハジ・オマーに住居を建てるための土地、生活を変えるのを助ける若き処女、そして畑を耕すための洪水を起す土地を頼んだ。怒ったギムバは、不幸のうちにも不運のうちにも供に連れた、何が起ころうとも彼の名誉と栄光を維持するために占い師たちが慣例に則して選んだその財産と奉仕者を取り返すため、密使を送った。エル・ハジ・オマーは大砲と銃で脅して追い返した。

「存在を預言者に奉げる私が、律儀で正直なイスラム教徒を、イボイノシシといも虫を食う粗雑な異教徒たちに渡すと思うのか？　そうすれば神は私の目を引き抜くだろう！」

「私にそんな口のきき方をするなんて、おまえは何様だ？」ギムバが言った。

「神が世界を一新するためにこの世に遣わした男だ！」冗談ではなく言い返した。

　ギムバは怒りを抑えて言った。

「うぬぼれたマラブよ、私はおまえに、乞食の宗教を実践できるよう、広くて豊穣な土地を承知した。おまえはそれにこうして報いるのか！　今日、私のグリオを返せ。さもなくば明日、私がどう答えるかはわからない。特に、武器を入手するのは止めろ！　おまえはばかげた唱句を朗読するためにそこにいるのか？　それとも私と戦争するためなのか？　もしそうならば私は立ち向かうだろうことを憶えておけ！　そしてまた、今から、おまえが払うべき税を倍にすることも憶えておけ、強いられなくても吠える疥癬持ちの犬！　これは、目上の者をもてなす時はもっと敬意を払うべきことを学ぶためだ！」

「私の立派な弟子であるアラーの加護者をおまえに渡すのは拒否する。そして良く聞け、愚かな異教徒、今からおまえに税を支払うのを止める！」

ギムバはこれに応えて、懲罰の遠征隊を送った。遠征軍は情容赦なく潰された。そしてタムバの王は自ら全軍の指揮を執った。さらにまた一度負け、彼の首都まで追われ、三ヵ月間包囲された。飢餓と病気で疲れ果てたが、太鼓によって隣人のメニエン王、バンディウグに通報することに成功した。バンディウグはすぐに軍を動員し、戦いの雄たけびをあげながら、包囲している軍に突っ込んだ。エル・ハジ・オマーは全力で反撃し、勝利した。だが混乱のうちにギムバとバンディウグは逃亡し、メニエンでバリケードに立て籠もった。エル・ハジ・オマーはギムバの土地と奴隷たちを獲得したが、逃亡者によって持ち去られた多量の金は独り占めできなかった。雨季になって、バンディウグは、ギムバの膨大な富の存在に気づき、被保護者、ギムバを殺し、その妻たちと財産を占有した。エル・ハジ・オマーは極悪人に返還を強く要求した。「その金は私の戦利品だ。ギムバに勝ったのは私だ。彼の妻たちと財産は私に帰属する。あらゆる伝統がそれを認めている」バンディウグは答えもしなかった。エル・ハジ・オマーは進撃するのに、乾季が来るのを待った。

彼はその首都を踏み荒らし、その場でバンディウグの首を刎ね、同時に、かつてマリ帝国が想像を絶する富と威光を為した、金を含むこの上なく貴重なボウレの土地を得た。そしてふたつの王国をディンギライエに併合した。

これが、祈りと熱狂によって、悪夢と血によって、堕落の企みによって手に入れた、広大だがはかない帝国の最初の核となった。

フタ・ジャロンでアルマミ、ウマーは、膨大な数の戦争、反逆、そして陰謀に面と向かわなくてはならなかった。その都度、ソルヤ党において、特にその祖父、アルマミ、イブライマ・ソリイ・マウドにおいて知られた冷静で断固とした態度で応えた。確かに、税を倍増し、また血塗られた鎮圧で、急速に人気はなくなった。しかし辛抱強い、勇敢な、威厳ある偉大なアルマミであった。行政と軍を再編し、衛兵、哨兵、射撃兵の戦闘部隊を設立し、きわどい戦略的な部署内に側近を配備し警戒した。彼はビロムを判事に指名し、ビロムの子供、ドヤ・マラルをお気に入りの自分の息子、ボカ・ビロと同じに、寛大な関心をもって待遇した。

体面を重んじるすべてのソルヤ党がそうであるように、根っから戦士であるアルマミ、ウマーは、ソリマナに、フィリアに、キッシに、サンガンに……、多くの戦争を仕掛けた。だが、貧しい者たちは十二の税に対して反抗し、また、強欲な廷臣と王子たちが、残酷な兵士を使って財産を取り上げたために多くの反乱が起こり、彼にはそれらを食い止める困難のほうが大きかった。チムビ・トゥニでは、イリヤス・ニンギランデという名のマラブが地方の王の首を刎ね、チムボの専制君主たち、不当な王子たち、あくどい行政官たちに対して立ち上がるよう大衆を扇動した。反乱は数人を殺害し、数ヵ月間、とりわけラベとチムビ・トゥニの地方で権威に挑戦したが、逆に大量虐殺された。ほとんど同じ頃、おなじ筋書きの現実がラベの郊外のガダ・ウンドゥでも起こった。チエルノ・アリウ・テゲニェンという名の別のマラブが自分の領地の一部を整え、不満を持つ者たちを、不正およびアルマミ体制を象徴する小暴君を倒すために、そこに集るよう呼び掛けた。しかし、ラベとチムビ・トゥニの暴動、激しい攻撃、血塗られた扇動だけが心配の種だというわけではなかった。セネガンビアとシオラ・レオネに目を向けていた白人たちは今や、舌なめずりしてそれらの先祖の王国を虎視眈々と狙っていた。陽気な民俗学者たち、華やかな博愛の地学者たち、勤勉な言語学者たち、思慮深い武器の売人たち、世間知らずの水路学者たち、馬の調教師たち、梅毒と性的不能の医者たち、羅針盤と絨毯の代理人たち、陽気な領事たち、慇懃無礼でもったいぶった大使たちの群団が、タムゲとバディア山の頂を急襲し、ファレメとテネの谷々を浄化し、彼らの、自称、よき信義と平和の意思を、聞きたい者に向けて強く指し示しながら、プルの婦人の美をほめそやし、グリオたちと貴族たちに共感し、地方の長たちを絹織物と香水でいっぱいにし、乞食たちの前でおじぎし、アルマミたちにお世辞を言う。

一八五一年、アルマミ、ウマーは熱狂的にヘッカーの使節団を受け入れた。同僚、イブライマ・ソリイ・ダラは公に激しく非難し、サン・ルイからの使節団を彼のダラの屋敷で接待することを拒んで、ことさらの敵意を示した。それでも、はじめてフランスがフタ・ジャロンで通商の正式な許可を得たことに変わりはない。

しかしこれらの、地方民族統一主義的反抗と、白人たちの観光を装った疑わしい行動は、アルマミ、ウマーのコーランの師、彼の父の友人、ママドゥ・ディウエが準備していたことに比べれば無に等しい。彼を教育し割礼した男である。アルマミ、アブドゥ・ガディリの死後、未亡人となったウマーの母を娶った男。ディウエの学習の才能と、若い時から目立っていた著しい勇気は高く評価されていた。だが、ウマーが王子の地位を利用して地方で無茶な行動をしようとしてビロムを誘ったとき、師、ママドゥ・ディウエは、ふたりに改めるよう注意した。また、ウマーの戴冠に際し、若さからくる一時的な熱狂を馬鹿正直にも彼の本当の性格だと捉え、戴冠自体は到底妨げられないことから、考えられぬほどの懸念を抱いて立ち会った。若き君主の誤った状況判断を改めさせ、品行を穏やかにするためできるだけのことを試みた。忠告から非難に、懲戒に、書面での抗議に、そして最後には火を吹くような説教になった。だが、それは空しく、何の役にも立たなかった。彼は悔しい思いを抱きながら、家族と弟子たちとフォデ・アジアの地方のラミニャに移り住んだ。これは、新たな危険を招くことでしかなかった。もうひとつの危険、エル・ハジ・オマーの危険が遠ざかるとすぐに、ラミニャの住民が中央権威に反逆し、そこに、真面目で高徳な人の評判に引かれ、アルマミの卑劣な行為からの保護を願って、奴隷だけでなくプル族とディアロンケの多くの自由人たちも駆けつけているという話が伝わった。ラミニャは強く連帯した共同体となり、集った狂信的行動をとる者たちは、アルマミの追放と風紀向上を、一七二七年に驚くべき大変革に没頭したカラモコ・アルファの原則に戻ることを要求した。彼らは夜々を、大きな焚き火の周りで神と預言者を称える唱句を声を限りに歌って過ごした。その歌が繰り返す反復句は、大体このようであった。《ウイブ・ラスルライ・ム・ワイディ……》ここからフタ・ジャロンの歴史の中に組み込まれたあだ名が出た。ウブ派！《ウブ派の革命》は約三〇年間続いた。二度に渡ってチムボから君主を逃亡させ、サモリイとフタ・ジャロンの連合軍を敗走させた。この敗走で、イブライマ・ソリイ・マウドの死以降広がり続けたプル族と彼らの君主との間の溝が決定的に深まった
それでも、伝説の一徹者であるにもかかわらず、ウマーはすぐには力を行使しなかった。ディウエはどう

でもいい人間ではなかった。フタ・ジャロンすべてで尊敬されたマラブである。そして前述の通り、彼のコーランの師であり、さらにはそのとき彼の母の夫であった！　少し経って、ウブ派とラミニャの隣人の争いで死者がひとり出たのを知った。アルマミはその反抗的なマラブと接触する好機であると考えた。ビロムを呼んで言った。

「馬と部下を選んですぐにラミニャに行き、ディウエの老ラバに会え。ラミニャを放棄しチムボに加わるなら、彼の犯罪を許し、さらには王たちとこの国を導くために生まれた者たちに反抗したことを忘れることに私はやぶさかでないことを理解させろ。彼の将来を容易にするための準備もできていると伝えよ。ジェンネあるいはトムブクトゥのそれより大きなメデュルサ、金、奴隷たち、果樹園、牛の群、彼が頭のなかで考えている程の数の馬たち、視界の届かないほどの野原を」

ビロムはチムボの最も尊敬される老人たちと最も威信ある学者たちを連れて、そこに行った。しかしディウエはきっぱりと言った。

「盗難、放埒、そして腐敗が止んだときにしか、チムボには加わらない！　アルマミにそう言え！　私を殺したければ殺せ！　私はイスラム教徒だ！　イスラム教徒は人間を恐れない。神を恐れるのみだ！　私の弟子たちと私は神のものであり、アルマミのものではない！」

彼はビロムの懇願に最後まで固く耳を塞いだ。ビロムが帰る時に、こう断言した。

「ひとりでは鼻もかめないようなその子供に支配権を委ねた不幸をよく考えることだ！　私が彼を敬うことを望むなら、彼のほうから体面を重んじることから始めるべきだ。その先祖の徳を崇めよ！」

ウマーは選択の余地がなかった。フグムバの元老院を召集しウブ派に対する戦争に入る許可を要請した。

「彼らは私たちと同じイスラム教徒だ！　私たちの法に従えば、イスラム教徒は他のイスラム教徒に対し武器を向けない。実際には、彼らは叛徒ではない。彼らをラミニャに追いやったのはあなた自身の行き過ぎからだ！」元老院が答えた。

彼は嫌気がさしたが堂々と額を拭った。地方がウブ派攻撃のために援助することを望まないならば、それではチムボに要求するだけで我慢しよう。再度ビロムを送った。今度は五年以上前から彼の休眠の村、ダラで待ちくたびれたアルファヤ党の同僚、イブライマ・ソリイ・ダラのところに。

「ウブ派は次第に強くなっている。毎日武器を買い、私たちの行政官たちと兵隊たちに対し襲撃を仕掛け、チムボを公然と脅している。セリヤベはそこを一掃できない。結局、脅かされているのはフクムバではない。あなたはセイディヤベの一人だ。私もだ。私たちの血管には同じ血が流れている。私たちの共通の先祖の髭にかけて、ウブ派を追いやるために私たちの力を合わせることを提案する！　私の誠意を証明するため、今日、王座から引き下がり、あなたの番が終る二年後、戻って来よう」

彼は約束を守った。少なくともそう見えた。彼は二年間、彼の休眠の村、ソコトロに引き下がった。結局、ソルヤ党とアルファヤ党の間の合意！　当然それは、すべてのプル族の約束のように、作為的で状況次第なものだ。特に、それは何もきちんと決めていない。歴戦の、強固に武装され非常に悪賢い狂信者たち、ウブ派は、チムボが出したすべての軍を小片に砕いた。白人たちの侵入の危険がほとんど副次的なものになるほどに、ウブ派はその脅威を誇示した。そしてまた一八六〇年、これもまたサン・ルイからラムベールの使節団が、たいした難儀もなく、フタ・トロとブンドゥを通って来た。アルマミ、イブライマ・ソリイ・ダラの任期中のことであった。ソコトロの家でウマーは心を込めて訪問者を受け、チムボの君主の話としては特別に模範的なこの讃辞を発し、参席者たちを呆然とさせた。

「日が昇るところから沈むところまで、右側から左側まで、私は毎日使節者を受けています。しかし、サン・ルイの行政府からの使節ほど私を喜ばすものはありません。なぜなら、サン・ルイの長もまた、偉大な長、力ある君主だからです。私のように、オリエントから日の沈むところまで、北から南部にまで知られており、しかも彼は正義しか望まないのでどこでも皆に愛されています。私はアラーに、私たちの間の密な友情と良い通商関係が保たれるように祈ります……アラーが私の願いをかなえられますよう期待します」

ウブ派の厄介な問題はセイディヤベの精神を深く揺るがしていたと考えられる。なぜなら、その頃、彼らの取るに足りない臣下に過ぎない長、ナルがボケの国をフランスに譲渡し、それを批准するようラムベールが申し出たとき、ふたりのアルマミは大罪を罰せられて腕を切られることもなく、良心の呵責に小さなため息さえもしないで、サインしたのだから。

＊

ほんとうにそう考えたのだろうか、それとも新たに王座に就くための策略だったのか？　ウマーは、ウブ派が長期に渡って無敵を誇っているのは、イブライマ・ソリイ・ダラの弱さのせいだ、とした。ソコトロに下がるや否や、突然、チムボと地方に、《ひとつのアルファヤ党は九人の王子に匹敵し、ひとつのソルヤ党はふたつのアルファヤ党に匹敵する》という伝説の真実性を証明したくなった。どのようにして？　それらすさまじいウブ派の背中を砕くことで！

権力に戻るとすぐに、すべての力でラミニャの城砦に飛びかかった。見張り番とスパイによる知らせが間に合って、抜け目ないマラブはタリケレンで対戦した。ウマーの軍はイブライマ・ソリイ・ダラのときよりも簡単に大敗し、追われた。奪回に来たイブライマ・ソリイ・ダラはエリコで襲撃者と交わり、すぐに負けた。ブラマ・コンデの悲惨な侵略以来誰も見なかった状態となった。長のいないチムボとふたりのアルマミの逃走。

ウマーはコインに、ソリイ・ダラはバンチンゲルに避難した。ウブ派は数ヵ月間一切の抵抗に会わなかった。思いがけなくも解放したというよりは、運命の気まぐれによってチムボを占有した。ママドゥ・ディウエは、ある証人によれば心臓麻痺で、迷信家たちによればセイディヤベの神秘術によって、突然死を遂げた。以降、長もおらず目的も持たないウブ派は、自ら街から退出した。偶然のことではあったが、そのときイブライマ・ソリイ・ダラの弟、バデムバがガブの遠征から戻ってきて、出て行く者たちに襲いかかった。ウブ派は敗退し、散りぢりになった。バデムバは誇り高くもふたりのアルマミに会いに行き、チムボに戻れることを伝えた。彼らは、すべてが終ったと思った。ところがそれは、あまりに素朴に過ぎる考え方だった。ウブ派がはじめてチムボの軍隊に屈服したことは確かだ。だが反逆の精神を持つ頑固な頭のすべてのしたたかな者たちのように、生存者たちは故人の息子、アバルの周りに集り、マンディングの国との国境、フィタバ山内にバリケードを張った。サモリイ・トゥレの名が聞かれ始めた頃だった。そこに、アルマミの兵士たちも、後に援軍に召集されたサモリイの兵士たちにも奪い取ることはできなかった要塞を築いた。ふたりのアルマミは交代で、叛徒たちを立ち退かすため何度も襲撃し、罠を仕掛けた。そのたびに、より痛烈な敗北を喫したのだった。

*

アルマミ、ウマーは、危険な同名の異人、エル・ハジ・オマーがメニエンとタムバを取得した後も、顔をしかめることはなかった。逆に増援軍、戦士たちと結婚するための女性たちやあらゆる種類の贈り物を送った。その援助はタムバの攻囲を成功させた決定的な要因だった。当然、彼はもはや同名の異人に対して敵意を表す理由はなかった。エル・ハジ・オマーがチムボから離れ、東の地方に帝国を手に入れる力を確立し、もはやわずかな危険もなくなった。エル・ハジ・オマーのほうもすべてを手に入れて、喜んでいた。彼の勝利は新たなヒジュラとして鳴り響いた。いたる所で、彼の側で説教し戦う意向をもつ若者たちが殺到した。彼は皆を陶酔させた。習慣となった、絶対的信念のほとばしりの一つであるが、タムバに《すばらしい》という意味のダバツというあだ名を付けた（ヒジュラの後に預言者がメディナに付けたと同じに！）。《彼の軍隊は巨大な規模でたちまち大きくなった。なぜなら、その勝利の喧騒は、恐怖政治を認めさせながら伝播し、すべての冒険好きの男たちはかような長の命令下に並ぶことをためらわなくなったから》レイ指揮官がサン・ルイの総督に宛てた一八五三年四月二五日付けの手紙は同じことを確認している。《彼、エル・ハジ・オマーはいたる所でイスラム教のメシアとみなされ、おそらく二年以内にセネガル河の両岸の師となるだろう》

だが、セネガル河の谷はエル・ハジ・オマーの度を越した夢にとっては狭すぎた。かくも夢に見たダ・エス・サラム、またの名を《イスラムの家》を建築するのは三つの河の地方全体の上にである。タムバとメニエンを配下に置き、今はその欲張りはカルタに向かった。一九世紀の中頃、この強力なバムバラ族の王国は高セネガルのすべてを制覇していた。フラタガ、《プル族の殺し屋》の異名を持つ、その名の通りの王はカルタを恐怖に陥れ、サン・ルイとセント・ジェームスに向かう金のキャラバンを管理した。前述の通りフタ・トロはアルマミ、アブデル・カデ・カヌの死以来、衰退の一途をたどっていた。王たちは全くの無政府状態のなかで継承し、ムーア人とフランス人たちは思うままにそこで暮らしていた。河に沿って多くの要塞を建ててから、セネデブに居を構え、ブンドゥに興味を持つようになった。それまで、アルマミ、ボカ・サダとカルタの王の娘との結婚によって保護されていたその地方は、一八五二年のアルマミの死後、衰退し内乱が続いた。ボカ・サダの後継者のひとりは、突然三つの河の王国のうちで重要性を証明したエル・ハジ・オマーの軍隊を呼んだ。

ほとんど同時に、カソンケの王子はバムバラの締めつけから逃れる希望を持っていた。カルタを占拠することで同時にフタ・トロ、ブンドゥ、カッソ、そしてガラムを受け取ることになったが、西アフリカで唯一内陸まで通商を広げたフランスの野望にぶつかった。フランスはナポレオン戦争の後、何度目かになるのだが、サン・ルイをイギリスから急いで取り戻そうとした。バケルの要塞の改修を急遽行ない、一八五四年、フランスの艦隊はポドールを占領し、翌月、一艦隊がフタ・トロの最も東の地方、ディマを破壊し、多くの捕虜を獲得した。地方は、サン・ルイの総督、プロテが火器の通商禁止を発令するほどまでに混乱した。プル族とソニンケ族の混血の王朝が二世紀に渡って支配した旧カッソの王国は今や、わずか数個の村にまで減っていた。

エル・ハジ・オマーは、高セネガルにおける彼の大きな可能性に気づいていた。すべての要因は彼に有利だった。とりわけ反対側、ブンドゥとフタ・トロは耐え難い屈辱、すなわちバムバラ族による定期的な略奪を蒙っていた。それは長期に渡る飢饉をもたらし、一部では人民を養うため、彼らの最も壮健な息子たちを売らなくてはならなかった。侵略に疲れきって、彼らを支配する薄い色の顔の強欲ぶりと卑劣な行為に嫌気がさして、プル族は新たなチエルノ・スレイマン・バアル、あるいはアブデル・カデ・カヌを夢見た。その希望は当然、エル・ハジ・オマーに向いた。異教徒マリンケ族に対する彼の輝く勝利は、神の摂理による思いがけない幸運な解放だと皆は感じた。エル・ハジ・オマーとプル族は恥辱と零落が止んで、新たな規律が到来することを熱心に祈った。とりわけ彼らの民族的親族としての姻戚関係が、説明する言葉がないほどの熱烈さで深められ、宗教的にも共謀が企てられた。彼の不在の間もチジャニア派の細胞が活動していたフタ・トロとブンドゥで、不満は倍増し、モスクと貴族階級の共犯者たちは、ディンギライエとの伝令を密かに雇い、連絡を保った。

一八五四年、エル・ハジ・オマーは行動に移す決心をした。彼の軍隊は、特にフタ・トロとブンドゥから来た新兵で大きくなっていたが、カルタの首都ニオロ、あるいはセネデブの要塞の中のフランス人たちに対決するためには十分でなかった。彼はタムボラの稜線から迂回して弱小の部隊、バムブクを攻めるほうを選んだ。バムブクはマリンケ族が住む小さな王国で、隣人の急襲でタムボラの断崖のなかに退却した。山の側面にその住民たちは見張り塔と要塞化した街を築いていた。そこは土地が乏しく、争いが多かった。その代わり、急流と、谷と斜面の全長に自然に掘られた溝のなかで金がきらめいていた。住人はそこで完全な自給自足体制のうちに生き延びることができ、さらには――そこの奇妙な古い伝統で――逃亡中の奴隷たちと失脚した君主たちを受け入れ、保護した。

ゆっくりと時間をかけて――というのも、走っても何の役にも立たない。収穫の季節は三ヵ月後で、時が経てば経つほど彼の伝説はフランス人たちとカルタの王たちの目に美化される――エル・ハジ・オマーはその起伏のある土地に侵入し、途上、シルマンナとファルバンナの砦を略奪し、その後、時期を待った。その間、金とインディゴを手に入れ、穀物と奴隷を自由に使った。ひと月の精神清修に入り、信仰を深め、新たな最終期限日を考えた。

そして、あたかも神がそれを聞き入れたかのようになった。バムブクに滞在していた間に、《アルワルの小マラブ》が、フタ・トロが知らないうちに起った出来事の後、セネガル河の谷のプル王朝の上に最終的に支配力を得た。ママドゥ・アマという者が、サン・ルイの商館から委任されていたマリヴォワヌという名のフランス人の取引人を殺した。フランス人たちは多くの人質を取り、殺人犯を引き渡さない場合は処刑すると脅した。ブムバのアルマミ、ママドゥ・ワンはかたくなにそれを拒否した。何人かは報復を避けるためママドゥ・アマを引き渡すよう提案した。他はアルマミを支持し、プラクの美徳を喚起しつつ、恥辱よりは死のほうがましと確認した。《考えられますか？　髭から胸からプル族である者をそれらフランス人の悪党に！　そうしたなら、私たちの誰ひとりとしてその名に値しない》ふたつの陣営間の論争は悪化し、賢者たちはファルバンナへの旅を提案した。《エル・ハジ・オマーに会いに行こう！　エル・ハジ・オマーは最も思慮深い！　私たちから障害を除いてくれるだろう》そしてこれが予期しない行動を生み、緊張を緩和させた。というのは、アルマミに導かれた三千人のフタ・トロの住人がオマーの判断を得るためにバムブクに入ったから。その行動はエル・ハジ・オマーに威信を与え、交戦中のブンドゥの王子たちが彼に調停を依頼するまでになった。

メッカまで冒険して名を成すのに成功したのは、もはやアルワルの小さな若者ではなかった。それはエミルであり、メシアであった。神の命令しか聞かない男、以降は、臣民たちも君主たちも尊敬と服従を示すためにその足元に身をかがめる枢機卿であった。彼は自らの軍にフタ・トロのアルマミの軍隊とブンドゥの軍隊を統合した。カッソ、ゴイ、そしてギディマカの秘諾を得るのに同じ方法を用いた。これらすべての小さな王国はディンギライエに従属し、カルタに飛びかかるための踏み台となった。彼はフランス人たちに武器を要請した。サン・ルイに住むバムバラ族の石工、アリ・ンダーの働きかけにかかわらず、彼らは通商禁止の名のもとにそれを拒否した。実際には、それによって、たいして困ったわけではない。すでに十分に武装していたし、シオラ・レオネとガンビアのイギリス人たちから楽に供給できた。だからといって、拒否されたこと自体は不快であった。彼にはプルとしての思い上がりがあったから、それは挑発であり、またとない屈辱であるとみなした。彼がフランス人に対して育むことになる嫌悪と、引き続いて彼とその子孫たちが行うことになる長い血塗られた戦争の理由は、疑いなくその日に遡る。その間、敵同士は不遜な態度で相手の出方をうかがっていたが、まだ武器の使用にまでは至らなかった。一八五四年一一月中頃、カルタへの忠誠を捨てるのを拒否したマカの叛徒の街を焼いたとき、フランス人たちは反発しなかった。かつてのフタ・トロの息子にとって、この攻撃は象徴的なものだった。というのは、その王、バルカ・バチリは、半世紀ほど前、アルマミ、アブデル・カデ・カヌの暗殺に加わったサムバ・ヤシンの息子であったから。

一八五五年一月、コルの戦いで、バムバラ族の軍隊を押さえ、人数と火器の力の優勢さで、戦場を死人だらけにし、二千人を捕虜にした。カルタの中心のほう、より遠くに行く前に、友人のアルファ・ウマー・バイラを送り、カッソとガディアガのボルドーの商社の通商倉庫を略奪した。さらには彼は、率先してアフリカ人の商人たちを寛大に扱い、フランスの商品のボイコットを布告し、彼のもとに加わるよう励ますメッセージを送った。

フランスの倉庫の攻撃は入植者たちと聖戦主義者たちとの最初の対決となり、取り返し不能な地点にいってしまった。ふたつの陣営に張られていた糸がそこで切れた。戦争となり、以降火薬と刀がものを言った。フランス人たちはその砦を逃げ場としていた奴隷たちと脱走兵たちの引渡しを拒否した。エル・ハジ・オマーのほうは執拗に攻撃し、サン・ルイのイスラム教徒たちに、フランス人か彼かの選択を迫った。

海岸地方でも彼の影響ははなはだしいものとなった。なぜなら、彼の説教と警告が早急に効果を発揮したから。ゴムと皮の取引のボイコットは、かの武器の通商禁止以上に有効となった。そしてフランス人たちは、高セネガルのオマー主義者たちの考えがウオロフ族の国へ次第に伝播していくのが明らかになって、危惧しはじめた。フェデルブは彼のやり方でそれを抑えようとした。フランスの文明の太陽を輝かせ、キリストの言葉を広めるために暗闇の地に指名された彼であるが、あらゆることをして、宣教師たちの声を掻き消し、聖職者たちの行動を抑えた。望もうが望まなかろうがキリスト教国と西洋の象徴であったサン・ルイの総督は、教会を単なる司祭事務局に縮小し、高位聖職者たちが混血と白人たちに限定されていたサークルを超えて説教することを禁止さえした。さらに好都合なことにチエルノ・スレイマン・バアルとアブデル・カデ・カヌは挫折し、フェデルブは成功した。ウオロフ族の土地の中にも、精神の中にも、深くイスラム教を定着させた。聖戦主義者以外のイスラムに有利になるように、必要なあらゆることを行った。税務所と法廷において従順なマラブを指名し、一〇件ほどのメッカへの巡礼へ奨励金を授与した。当然すべてそれらはエル・ハジ・オマーの進展をせき止める望みからだった。

＊

戦略的なことを除けば、エル・ハジ・オマーはウオロフ族の国々には興味がなかった。そのときの彼の心はこう要約できる。カルタを打ち砕く、それ以外は後でわかるだろう。確かにフランス人たちは彼をいらだたせ続けた。武器の通商禁止の後で、ポドールとセネデブに城砦を築きバケルの城砦を危険なほど大きくした。フタ・トロのアルマミに払うべき年間の税を彼らはもう払わない。遅かれ早かれ、プル族が言うところの、《ふたつの膝蓋骨はこすれる》ことが彼にはわかっていた。すぐに衝突があるとすれば、海岸地方ではなく高セネガルで、セネガル河かファレメ河の河岸であろう。そして一八八五年始め、衝突が起った。

フェデルブに対して募らせてきた多くの不満に仕返しするため、エル・ハジ・オマーはサン・ルイからの使者たちを拘束し、ゴイで、荷物を積んだフランスの船に火を点けた。フェデルブはこれに応酬して、河の辺のオマー配下の野営地を砲艦で一掃した。しかし閉ざされた土地で冒険していたフェデルブの軍隊は大きな損害を蒙った。

フェデルブは新たな攻撃のため、九月、雨季の終りを待った。前線を強化して敵陣への攻撃を増やすことを考えてカルタに専念していたエル・ハジ・オマーは、フェデルブの襲来に気づかなかった。フェデルブは、砲艦六隻、兵士一二五〇人で、聖戦主義者たちが倉庫を守っていた街、グジュルを破壊した。街の師、ディウカ・ディアロの承認のもと、メディンに新たな砦を建て、聖戦主義者たちに情け容赦ないと評判の黒人と白人の混血、ポール・オルに託した。そしてフタ・トロで良く知られた名士、サリフ・ボカという名の聖戦主義者を拘束した。フェデルブは彼をポドールの広場で処刑し、焼いた。この象徴的で粗暴な行為は、河の辺のみならず内陸の人々の頭の中に、フェデルブは決然とした威圧的な男であるとのイメージを定着させた。そして、それはまさしく彼が望んでいたことだった。現地の長たちとは妥協しながら、聖戦主義者たちは恐怖させる。その効果は長期にわたるものとなった。というのは、彼は名高い西アフリカ植民に成功したのだから。フェデルブは二面の戦略を展開して黒人たちに勝てたことを理解した。昼のそれと夜のそれ。暑さと寒さ。愛撫と締め付け。

白人のように言うなら、にんじんと棒！

＊

この間、カルタへの侵攻は進み、季節による変化はありながら、決定的なものとなった。バムバラ族は、ひとつひとつ負け続け、まだ力が強かった中部に後退した。それぞれの氏族はそれぞれの街を守った。デニバレン氏はイエリマネを、モンシレ氏はニオロを、等々。《四月初め、ニオロに向けた移動の折、エル・ハジ・オマーは行程の段階ごとに忠誠の誓いを得た。タグノの街ではマサシ氏の偉い一王子の帰順を記した。バカリ族のマサシ氏の支部の中心であるディオカでは、放棄された家があるだけであった。そして首都に間近いところでバムバラ族王家の生き残りのほとんどが帰順した。ママドゥ・カンディア〔カルタの君主〕は忠誠を誓い、イスラム教徒になるための必要な手続きに従った》《ママドゥ・カンディアはオマーに服従を誓い、皆は彼の頭を剃り、ボンネットを渡した。信仰を表明した異教徒は皆、頭を剃りボンネットを受け取った》

後は、公の広場で偶像を焼き、アルコールとカルタ遊びを禁じ、祈りと施しものを確立し、妻たちを四人に制限するだけである。

しかしそのバムバラ族、赤いひ弱な猿は、非現実なヤギの番人ではなかった。彼らは洒落ていた。前カンブリア紀の伝説から、あるいは地平線の霞から来たのではなかった。彼らは陸から来た。彼らは具体的で明白だ。彼らはゴリラとカバと縁続きで、ダチョウや牛科とではなかった。彼らは預言も禁欲生活も理解しなかった。彼らは、十分に飲めず、食べられず、姦淫できないときは冒涜的な言葉を吐いた。思うままにドロを飲み、偽善者たちと神々にすべてを任せず、好きなときに好きなだけ婦人たちに飛びかかった。先祖の土地を失い、忍従し、ダンスと献酒の儀式に助けられながら、苦しい粗末な生活に従うことになる。
「否、妻の数を五〇人以下とするのを強いるのは、真の宗教ではない！　私たちはイスラム教徒になるつもりは全くないし、ましてやプル族には。額の上にカラバスを乗せて、『ミルクあります。ミルクあります』と叫びながら村から村へ行く下品なプルの女にならないように、神は私たちの健全な娘たちを守られますことを！」武器をつかみながら彼らは叫んだ。狂信的でいつでも新たな征服を渇望しているオマー主義者たちは領地全体に散らばっていたが、バムバラ族は完全に土地を知り尽くしている利点があった。彼らはニオロとコロミナを攻撃し、プル族を人質に取った。バムバラ族が陣取った期間に、何人かの敵に対するスパイ行為を疑って、マラブたちは四〇〇人のプル族を虐殺した。コロミナでは、バムバラ族の王子、グエラディオ・デッセは街に膨大な被害を与えてからアルファ・ウマー・バイラを囚人とした。アルファ・ウマー・バイラは、突然、友人の植民者が現われて、臨終前に釈放された。彼の牢番が言ったことは、聖戦主義者たちが彼に投げつけた呪いのすべてよりも多くを語っている。《不浄は殺され、引きずられ、粘土岩の石切り場に捨てられた。決してきれいになり得ない不浄》
中部で勝利したバムバラ族は、南部に戦いを移すという、周到な考えを持っていた。彼らは、そこが雨の多いことを知っていた。それは大砲と火薬を湿らせ、増水は騎士たちの通過をはなはだしく妨げた。彼らはギムバネでプル族に抗戦し、カバンディアリで手荒く圧倒した。カレガでは、バムバラ族の勝利寸前だったが、エル・ハジ・オマーは最後の最後に状況を逆転させた。《戦いの獲物は膨大だった。マジュ〔祭司〕によれば、タリベたちはそれぞれ一〇ないし一二人の捕虜を得た》逃亡できたバムバラ族の一部はフラドゥに逃げ、その他はフランス人たちが守っていた城砦に逃げて、フェデルブの保護を依頼した。

エル・ハジ・オマーはニオロに、ディンギライエと同じ型の石の宮殿を築き定住した。そこで新たに告げるであろう戦争のために備蓄した。

＊

カルタを全面的に占有して再度強固になったエル・ハジ・オマーは、今度は彼のジハードをセグウに向けることができた。しかし彼はその前に西の地方を一度巡回することを決めた。事態がすっかり変わっていることがわかった。単なる無知なガラス細工の商人たちの反撃に対し、あるいは時々原住民の問題に介入して発砲していたフランス人たちの軍隊は、今では真の占領軍に変わっていた。今ではメディンの要塞は、セネデブ、ポドール、そしてバケルの要塞よりも強大になった。フェデルブの古狐はその場所を偶然に選んだのではない。それは彼の所有する西側と東側の間の防塞として急遽建てられた。ディウカ・ディアロの屋敷のすぐ傍に造られており、ふたつの高い塀が取り囲む狭い通路で結ばれた、難攻不落の要塞であった。エル・ハジ・オマーはこの異常な事態を放っておくわけにはいかなかった。ほんとうに通商のためならば、ポドールとバケルでフェデルブには十分であっただろう。否、メディンは単なる露天商たちの避難所ではなく、フタ・トロとブンドゥとの連絡を妨げ、カルタとフタ・ジャロンへのエル・ハジ・オマーの陰謀を監視し、セグウとマシナに関する彼の関心を見抜くための、まぎれもないスパイたちの巣であった。

彼はその差し錠を、その傲慢さと挑発性を表わした有害な象徴物を吹き飛ばす必要があった。名誉の問題であり、また死活問題でもあった。

＊

エル・ハジ・オマーは一年で最も暑い月、戦艦の動きを妨げる、河の水位が十分に低いときを選んだ。一八五七年四月二〇日、モスクの武装した聖戦主義者たち一万五千人は、メディンとそこの一万人の住人たちを包囲した。一回、二回、三回、……追い出しに掛かった。うまくいきそうだったが、結局、暗い呪詛をわめき散らしながら元の位置に戻った。《アル・ハジはニオロ、フタ、ブンドゥ、そしてギディマカスから の味方を呼んだ。神は偉大なり。神は私たちの側にいる。マホメットは神の真の預言者だ。最後に来たのはマホメットだ。彼が私たちに勝利をもたらす！》

聖戦主義者たちに答えるため、黒人と白人の混血、ポール・オルは要塞の門のひとつに貼り出した。《キリスト、万歳！　帝王、ナポレオン三世、万歳！　その神と帝王のためには、勝利か死だ！》しかし聖戦主義者たちは、キリスト教徒で豚を食べるその混血にしかめ面を返しただけだった。実際に心を裂いたのは、エル・ハジ・オマーたちを裏切って、豚を食べるフランス人たちに加わった親族、ディウカ・ディアロであった。《おお、カッソの王の子孫、白人たちが保護を哀願した長、デムバの息子、どれ程までの低さにあなたは堕ちたのか。あなたは捕虜でしかない。あなたはあなたの家族の名誉を傷つけた》大胆で嘲笑的な調子に対し、ディウカ・ディアロは答えた。《もし私が白人たちの捕虜であるならば、しめたものだ。彼らの捕虜であることを私は望む。白人たちは寛大だ。彼らは善良だ。不幸なものたちに同情的だ。弱者を守る。決して夫から夫人を奪わない。子供を母からも。あなたたちの盗賊、アル・ハジとは違って》《なぜあなたたちの偽の預言者アル・ハジは、私を嫌悪し、つきまとうのか？ 攻撃される前、私はサラムを行なった〔自らに罰を課した〕。アワ・デムバの子供たちのうちでただひとり、私は発酵した飲み物を一切飲まないというのに。だが、アル・ハジに伝えろ。これからは、アル・ハジの人物と教義は無視して、ワインだけでなくサンガラ〔蒸留酒、ブランデー〕も飲むと》そして、火の点いた矢と人殺しの蜜蜂を投じて、付け加えた。《その宗教が本物なら、地獄に最初に足を入れるのはアル・ハジであろうと、本人に伝えろ！》

攻撃者たちは、驚くべき大胆さで、水位が上がるまで包囲を維持した。そしてフェデルブが二艘の砲艦と八〇〇人の兵とともに来た。塹壕を解体し攻撃者たちを逃走させた。

《四つ目の男》の伝説が生まれた。野次馬とグリオたちは、勇者に味方する神がフェデルブに全く非凡な視界の器官を授けたことをいたる所で話した。彼のめがねは、彼が彷徨える魂とその他の夢々を、海底の国々と月にうごめく暗い被造物を見分けることを可能にした。《その霊薬は私たちのイマムとその魔術の力を超え、私たちの呪術師よりも恐るべしだ。そもそもフェデルブは他のカトリック教徒たちとは違う。彼はフランス人の父とアラブ人の母とのあいだにメッカで生まれた。エル・ハジ・オマーのはなたれと口論したのはそこ、メッカでだ。だから、エル・ハジ・オマーにはなをかませ、尊敬することを学ばせにフェデルブはここに来たのだ》

これらの背信は、おそらく大砲より有効に、エル・ハジ・オマーのセネガル河の谷における欲望を最終的に一掃した。それでも彼はディンギライエとカルタに留まり、弟子たちをかき立て武器を磨いた。以降、彼には選択の余地はなかった。東の風に従ってセグウとマシナを打ち破ることを彼に命じるダ・エス・サラム。

フェデルブのほうは、まだそのような狙いはなかった。彼の心配は河の辺の地位を強め、大衆の尊敬を周到に整えることで、後はそれからだと考えていた。メディンの勝利の帰りにマタムで止まって、言った。「望もうが望むまいと、私はここに身を置くために来た！」住人たちは彼に発砲し、彼は逃げた。数日後に戻って繰り返した。「望もうが望むまいと、私はここに身を置くために来た！」今度はマタムの人々は地方中を集めて大きな軍隊を構成し、フランス人たちをモゴ・アイレまで退けた。フェデルブは船に乗り、バケルのほうに逃げるそぶりをした。「白人は逃げた！　白人は逃げた！　白人は臆病だ！」安堵した皆は叫んだ。そして船は突然Uターンしてめくら滅法に砲撃した。彼は頑強な若者たちと名士の息子たちを人質として乗船させ、死体を埋葬するよう皆に命じた。そして新たな長を指名し、街の要塞を建てた。おそらくそこで、小ブロット〔トランプ遊び〕と長い追撃の間に、八〇年以上も彼の頭の中に住むことになる突拍子もない考えが芽生えた。プル族、セレル族、ディオラ族とマンディング族、ソニンケ族とウオロフ族、コニアギ族、バサリ族、ペペ族、バイウム族、バラント族、マンディアク族を一つ屋根の下に集め、セネガルフランス植民地を墨糸で線を引く。

＊

エル・ハジ・オマーは、ずる賢くて熱狂的で、怒りっぽくて逆上しやすい、執念深くて疑り深い、ラバのように頑固で、まったく我慢ならない、牛飼いの種族のあらゆる欠点を持っていた。一般的な尾長猿の顔とマラリア患者のようなプル族の顔にもかかわらず、だれもが彼の資質を認めたということは、おそらく彼の容姿が立派だったおかげだろう。以下は、フランス人の開拓者、ポール・ソレイレが言ったことだ。《彼に会ったすべての者の証言として、彼は傑出した美貌をしていた。あごひげは黒く、長く、絹のようで、顎を分けていた。下唇の下の小髭も口ひげもなかった》存在のすべてをメシアの暗い目的に差し出した、並外れた信念の男であった。必要なら恐怖と死を蒔き、神を愛し仕えるために自らの生命を最も極度な犠牲に奉げる。おそらくは瞑想と断食の力で、単なる被造物である人間には達することが不可能な規律に、彼の欲動を服させることができたのだろう。また、顔のしわを、イスラムの神秘主義的教理、完全な公平無私に服させることができたのだろう。《彼は三〇歳以上には見えなかった。誰も彼がはなをかむのを、つばを吐くのを、汗をかくのを、暑がったり寒がったりするのも見たことがなかった。いつまでも食べず飲まずで済ますことができた。歩き続けても、あるいは馬の上でも、またはゴザの上で不動にしていても、決して疲れることはなかった。彼の優しい声は、遠くても近くてもはっきり聞こえた。彼は決して笑わず、泣かず、怒らなかっ

た。彼の顔はいつも静かに微笑んでいた》
打倒され得ないその男は、メディンの血塗られた戦いで方向転換した。彼は北と南の占有地を繋ぐため、クンディアンに防塞を建てることから始めた。彼はファトワー〔法的決定〕と説教を倍増し、弟子たちのモラルを高め、また、情熱を示し、地上における彼の使命が必然的であることを納得させた。《私は王座を所有する神に、七つの空と七つの陸を創った神にかけて、私の軍隊は神自身からもたされたものであることを、私が要求することなく神自ら私に送ったものであることを誓う。さらに、その軍隊は、異教徒、支離滅裂な人々、悪しきイスラム教徒の誰も、マフディ〔救世主〕、イマム、ムアマディイヤとの邂逅の日までは、解体できない》

*

セグウ、その金、尽きることなく貯蔵された穀物！　マシナ、大平原の、綿織物と貴石を積んだ大型船の、ハウサとモシの国への最後の辺境の地、トムブクトゥの入り口！　世界の征服者たちは皆、夢見た。伝説と叙事詩、動物の群と金銀細工品が豊富な、この神話のニジェール河の湾曲部で軍隊の行進を行うことを。マンディング族もソンガイ族も、プル族もモロッコのスルタンたちも。一八五八年の初め、エル・ハジ・オマーは、考えているだけでは我慢できなくなって、欲望を露骨に表し、いらいらして足を踏み鳴らした。ディンギライエとカルタは彼の拡大主義的目的のためにはすばらしい防塞ではあったが、狭く、肥沃でなく、とりわけ海岸や豊かな河川の地域から遠く、広大な帝国の心臓を建設することはできなかった。彼は既に、セグウを倒すための人、武器、場所と日を選択していた。しかし彼のプル族の誇りは、その抜け目ないフランス人から、敗走の苦い味から、離れるのを許さなかった。東に行く前に戻って、さらにプル族たちを彼のジハードに加えながら、フランス人たちに挑戦した。

ともあれ彼はフランス人の砦を避けるよう注意しながら、西の占領地を縦横に走った。先回以来今では、兵士たちと信頼とを得て、威信を回復していた。ブンドゥではアルマミは彼を見るや否や逃げて、白人たちのもとに避難した。フタ・トロでは、アルマミ、ワンとディアゴルデの長老会に支持されたフランス人たちは、あらゆる手を尽くして、敵意を煽った。それにもかかわらず彼は、アルマミ、ワンを解任した。そしてアルワルの息子はプルの病んだ頭から出た最も狂気的なフェルゴを思い描いた。次第にチエルノ・スレイマン・バアルの後継者であることを主張し、通過するいたる所で人々を説得した。「おまえに千回、要求する、小プル！ 率直に祖先の土地を捨てることを。出て行け！ この国はおまえたちのものではなくなった。ここはヨーロッパ人の国だ。彼らと一緒にいるのは決して良くない」笑わずに頭のうえのボンネットを落とさずに言った。

「私たちのところには大きな麻痺患者がいます。そのため、あなたと一緒に出て行くことはできません」ワンが答えた。

「その麻痺患者とは何だ、イスラム教徒たちか？」

「氾濫する平原です！ どうやってそれを私たちの背に乗せて私たちがあなたに付いて世界の果てまで行け

るのか言ってください」

「私が行こうと決めたところでは、平原はより広くより湿っている」

「私たちを放っておいて下さい、今は。望む者はあなたに付いていくでしょう。承知しない者はここに残るでしょう。出発を決めた者でも、戻ってくるなら、それは自由です」

これらの言葉はシャーの感情を害した。対抗して、横柄にも次のように言った。

「父が立派で本人も立派な者は、来る。父は悪くても本人が立派な者は、来る。父が立派で本人が悪い者は、来ない」

四月の終りに一万人がブンドゥを離れニオロに向かった。雨季の初め、当初ためらっていたラム・トロ、アメ・アリがフタ・トロの四万人の住民の先頭にいた。この大移動はフタ・トロの生活をことごとく混乱させた。死を避けるために五千余人がカザマンスとガンビアにいやいや行くことになり、飢饉が起った。

フェデルブはママドゥ・ワンにアルマミの資格を復元し、離脱者たちを説得させたが効果はなかった。移住民とフランス人の間で、数多くの小競り合いが起きた。一八五九年一〇月、オマー主義者たちの新しい砦の街、グエムで、ゴムの取引を停止させ、新兵たちの離脱を妨げたのを見て、《四つ目の男》は街を砲撃し要塞を瓦礫化した。

＊

一八五六年、セグウに押し寄せる前、エル・ハジ・オマーは、用心して、バムバラ王国の南東の国境に位置するディアンギルデのマリンケの小国を征服し、そこに、忠臣、アルファ・ウスマンの指揮の下に一五〇〇人の連隊を置いた。この熟練の外交官は、数年前秘密裏に改宗していた若き王子、バムバラの新王、トコロ・マリを表敬訪問し、公文書を確認した。王は何も不都合を見出さず、かなり愛想良く友好の意思を確認した。逆に、マシナのアマドゥ三世の態度は明確に敵対していた。

数ヵ月後、悲劇的な出来事がセグウの王座を血に染め、セグウでジハードを展開するには十分な理由がなかったエル・ハジ・オマーに、格好な口実を与えた。

トコロ・マリは前述のごとく、秘密裏にイスラム教に改宗していた。剃った頭を被うとき、牧童の種族を軽蔑しビスミライの顔のうえに唾を吐く真のバムバラ族の外観になるように、彼は三つ編みをボンネットの中に縫い込んでいた。献酒の儀式の場合はドロだと思わせるように蜂蜜を注がせた。当然ここでも、フタ・ジャロンのように、フタ・トロのように、地球上のすべての宮廷と同様に、野心的な名士たちと君臨を急ぐ王子たちは早く権力にたどり着くため、舞台裏で活発に動き回っていた。

その弟、ビナ・アリは、彼のグリオが知らせに来たとき、河の辺で、小船が通るのを見ながらウナギを釣って時間を潰していた。

「そこで何をしているのだ、偉大な王子、泥の中で手を汚しているのか？　そのくだらない釣り針を捨てなさい。あなたの父たちの王座を継ぎに行きなさい！」

「何だって、兄のトコロが死んだのか？」

「そのようなものです」

「ビナ・アリがおまえをこの世から連れ去るのを望まないなら、グリオ、おまえの頭をはっきりとさせろ！」

「トコロはバムバラ族ではありません！」

「何だって？」

「危険なビスミライがあなたの祖先が君臨した聖なる椅子に香を奉げているのです。彼が体を清めているのを風呂場の小幅板のあいだから私が見たのは、野うさぎを追っているときでした。彼の頭は剃ってあり、恥丘はむき出しです。聖なる儀式の折には彼は蜂蜜を飲んでいるのだと思います」

事は非常に速く進んだ。トコロは長老たちの前で告発された。夜、彼を拘束して言った。「おまえは国と人々を騙した。私たちは生贄を奉げたがおまえは国の後で同盟し、改宗までした。おまえはおまえだけのための幸福を望んだのか？」

トコロは首を刎ねられ、生存者たちの記憶から決して消えないように、遺体を臼で重くして、セグウの城壁から河に捨てられた。弟、ビナ・アリは直ちに後継者に指名された。以降、エル・ハジ・オマーにとって事象は明らかだった。コーリとお面を誇りにしている完全な偶像崇拝者が、偶像崇拝者たちの国に君臨している。

隠してジハードは理由を得て、イスラムの刀がビナ・アリの上に襲いかかった。

＊

一八五九年九月、シャー、エル・ハジ・オマーは、ニオロから、二万五千の兵士と一万の婦人たちと子供たちをニジェール河の堤のほうに押し進めた。その展開は非常に速く、基地は難攻不落だった。武器に勝り、特に信仰が優越していたのか？　彼はフランス人たちから奪ったふたつの曲射砲と四つの大砲を持っていた。砲丸、砲弾、多くのムスクトン銃、火薬があり、膨大な数のらくだたち、鍛冶たちと大工たちがいた。望むだけの機材を運ぶことができ、望むままに部品を修理し弾を作れた。ディアンギルデの彼の基地からニャミナへ、そしてシンサニへ、多くの抵抗に会わずに進んだ。そしてディアバルの要塞に突き進み、破壊した。行軍は容易だった。しかしシャーは、軍の自慢癖に冷水を浴びせ、規律の乱れを正さなくてはならなかった。「これまではおまえたちにとって遊びに過ぎない。おまえたちは未だ戦争を見ていない。長の息子たちは未だ来ず、セグウの大貴族たちがおまえたちに用意しているものに関し、おまえたちは少しの考えも浮かばない」

彼はその土地を知っていた。彼はいい加減なことを言ったのではなかった。メッカに行くのにそこを通った。帰りにそこで捕虜になった。そこの敵が最も激しかった。九月五日と九日の間、二万五千のプル族と、王子、タタに導かれた三万五千のバムバラ族がヲイタラの平原で衝突した。数日間、城砦の中のバムバラ族と、茂みと付近の沼地のプル族はじろじろ見合い、罵り合うだけにとどめた。一方は聖なる太鼓とお面をひけらかせ、他方は、樹のてっぺんにこうもりのようにぶら下がって、悪寒を与える姿勢で数珠を手繰りするシャーの指揮下で、熱心に祈った。

プル族によって放たれた最初の襲撃は激しい抵抗の末、阻止された。引き馬車は台無しにされ、多くが逃亡した。エル・ハジ・オマーは留まらせるために叱り飛ばした。「その後どこに行きたいのだ、ニオロに帰るのか？　皆、飢餓によって、あるは追跡するセグウの攻撃によって途上で命を落とすのがわからないのか？　おまえたちに言う、ここで死ぬか、勝利するかしかない！」

この状況においてこそ、シャーはもっとも説得力を発揮した。軍を励まし鍛冶の村に行き、引き馬車と砲兵隊を臨戦態勢に戻した。今度は幸運は彼の側に来た。「神は私たちとともに！　異教徒たちを全滅させよう！」の叫びではしごを並べ、城壁を登った。偶像崇拝主義者たちの陣営で三千の死者を数えた。バムバラ族の貴人、タタは火薬庫とともに吹っ飛んだ。セグウの果実を摘むため、手を伸ばすのみだった。

エル・ハジ・オマーは将軍たちの降伏の後、平原の真ん中に身を置き、名士たちは下層階級人として、非信者は入門指導を受けた者として、忠誠の誓いを受けた。

＊

ニャミナの後で、驚くべきことが起った。ビナ・アリはマシナに忠誠を誓った。ニジェール河の伝統的な敵たちは、セネガル河から来た場違いの恐ろしい敵に対抗するため、意見の違いを乗り越えた。そのためセグウは皆が望み得る最も高い犠牲を果たした。モスクを建造し、マシナのプル族の教官たちを受け入れ、住民たちの頭を剃り、偶像を破壊し、偽りの宣誓とアルコールを止めることを約束した。

哀れなセグウの王国！　扉から追い出すのに苦労したのが今度は窓から首を絞める、かくも忌み嫌ったイスラム！

＊

マシナのアマドゥ三世とビナ・アリとの間の、吸血鬼と子羊の間で結ばれたような容認しがたい協定にエル・ハジ・オマーは激怒し、プル族の冷静さも、苦行者の自制心も失った。たぶん彼はメッカから戻って以来、マシナを狙っていた。上質の計算機である彼は、まばゆい門、豊かな牧草、そしてトムブクトゥとセグウのすぐ近くで、ソコトとフタ・ジャロンからは少し離れた唯一の場所を絶対逃さなかっただろう。皆は彼の宗教のうちに祈り、彼の言語で話した。もう猿たちとヤモリたちしか住んでいないアテステ同様、アムダライエは知らない師に奉げられていた。曙のプル族と太陽が沈む所との何と良き中継地！　偉大なるシャイク・アマドゥの後はこの土地は彼のものであるしかない。彼のみが、この土地を感じ、愛し、敬うべき創始者に替わって熱烈な推進力を長く続かせることができる。アマドゥ三世が限界を超え、修正不能となった今、彼は目を開き、心に隠して育み続けた本能的な狙いをはっきり現した。それまで、フタ・ジャロンを、フタ・ブンドゥを、あるいはフタ・トロを攻撃できなかったように、マシナを攻撃できなかった。それらの国は彼と同じプル族が住んでいた。そしてそれらのプル族は彼と同じイスラム教徒であった。アリとアマドゥの間の悪魔のような協約はかようなやましさを引き出した。横柄なアムダライエの若者、ビナ・アリは、年齢の割には無味で敬意に欠ける書簡を、ヲイタラの戦いの後シンサニに休息を取りに行ったときのエル・ハジ・オマーに宛てた。これはその三流文書が言ったことである。

私たちが知らぬ間に、無許可であなたがシンサニに侵入したのを知った。私たちは不満である。とりわけ、どこでもあなたの賢明さを尊敬しているというのに……シャイク・アマドゥの君臨以来、私たちはセグウと戦ったこと、勝ち続けたこと、長老たちと長たちを殺し、権力を砕き、街を取り壊し、婦人たちと息子たちの奴隷状態を減じたことを知るべし。彼らの力は今日まで傾き、埃にまで減じた。今、真の宗教に改宗し私たちの支配下に置かれている。

シャーは同じような不快な形式と調子で返答した。しかし、以下はその返信ではなく、数日後、トムブクトゥのムフティ、アル・ベッカイがアリ宛てに密書としてスパイに手渡したものである。

アリ、おまえは問題が重要であることを理解しなくてはならない。なぜなら、おまえとおまえたちは異教徒であり、おまえたちの敵はイスラム教徒だから。私がおまえたちに与え得る援助の結果を私は懸念する。おまえたちの身を守り、おまえたちを弁護し、そして神におまえたちを見捨てないように要請することに。たとえ私がおまえたちの有利になるように介入しないと仮定したとしても……アリ、私は私が有するあらゆる手段でおまえを助けよう……そうすれば、おまえの君臨がおまえの命の続く限り存続するだろう……

したがって、エル・ハジ・オマーの確信は得られた。アムダライエのちっぽけな無礼者アリ、トムブクトゥの偽善者アル・ベッカイ、そしてセグウのカフルが、人間の当然の成り行きに反して団結したのは、神がエル・ハジ・オマーに注文したダ・エス・サラムの建設を妨害するためであった。以降、不幸とその雷が三人を追い求めるのを、何も妨害しなかった。

＊

それは神が、この方向に事態を故意に操作したかのようであった。一八六〇年一二月、シャー、エル・ハジ・オマーはアマドゥ・アマドゥから最後通牒を受け取った。「ニジェール河の湾曲部は私のものだ。私の土地から出て行け、さもなくば戦え！」それは牧草地で皆が懸念していたことだ。プル族とプル族の兄弟殺しの戦争、モスクのなかで危惧されていた、今では不可避となったイスラム教徒たちとイスラム教徒たちの対決。マシナの若き王子は最後通牒を出すだけに留めなかった。ほとんどすぐに一万五千の騎士と歩兵をシンサニの正面の堤に集めた。最初、二ヵ月間、見合ったまま罵り言葉を投げ合うだけに留めた。しかし二月、単なる訓練だったのだが、オマー主義者の分遣隊が発砲の音を聞いた。彼らは河を渡り、すぐに排除された。シャーは部下たちを長くは引き留められなかった。翌日、異なる二箇所から河の流れを渡るよう軍隊に指示した。意表をついた結果と大砲の威力で、有名なチオの戦いの勝利となった。プル族は東北に、バムバラ族は南西に逃げた。
三月九日、エル・ハジ・オマーは快い散歩の後に家に戻ったかのように、平静でまっすぐに立って、セグウの宮殿に入った。これは年代記が言うところのものである。《シャーがアリの建物に入ったとき、まだ終っていない食事が残されていた。椀は金製で、石鹸置きも金製で、絨毯は金で織られており、彼の杖も金製であった。誰もその価値を数えるに至っていない量の金の蓄えを見つけた》
セグウの奪取は西アフリカのひとつの区切り、世界的に重要な一事件となった。パリでは、『世界一周誌』が《西スーダンでイスラム教に未だに対抗する最も強力な偶像崇拝仏神主義の抵抗センター》に対する勝利を称えた。モロッコでは、チジャニア派のカリフは際限ない喜びをむき出しにした。《セグウの奪取は異教の終りを記し、これからはイスラムの明りが鮮やかに輝く。イスラム教徒それぞれの心は喜びと幸せに満たされ、異教徒それぞれの心は心配と苦悩の餌食となる》
翌月シャーはマシナの三万の兵士を楽々と押し返した。その後、《決して清潔になりえない不浄な異教徒の宮殿を取り崩し、小塔と庭で飾られた、とくに神の祝福の聖油を塗られた、ふたつの宮殿に取り替えた。彼と、彼の息子、アマドゥの。彼は国の端から端までモスクと要塞を建立し、支障なく一八六二年まで君臨した。
彼は税金を徴収する必要はなかった。アリの金は、軍と行政を維持しグリオの追従者と廷臣の下人たちを養うにゆうに十分であった。

反逆と天啓の感覚によってそんなに悩まされていなければ、運命にそんなに揺り動かされなければ、さらに長く君臨できていただろう。一八六二年の乾季の始め、シャイク・アマドゥの不吉な預言を自らの手でやり遂げなくてはならないかのように、マシナへの侵略を決心した。彼は最初、数人の参事に任せた。そこで皆は、常軌を逸している状態を見た。ほとんどは、恐怖から、あるいは相手に同情して、あるいは単に習慣から自殺した。その他はラム・トロ、アマ・アリのように、夜の闇を利用してセグウの城壁を乗り越え、マシナのプル族の親戚の陣営に加わった。

彼は息子、アマドゥに一五〇〇の兵士を残し、セグウの管理を託した。そして残りの三万の兵士をバニ河とニジェール河の河沿いに展開した。マシナは五万人の軍を配置して対処した。アマドゥ三世はジェンネで、その将軍、バ・ロボがポロマンで。今回は悲劇がさく裂するはずだ。何もそれを抑えられない。有名なチアヤワルの戦い、その五日間の地獄である。これは、炎と砲弾の止まない豪雨から逃れられた幸運の者たちのひとりが言ったことだ。《……戦いの激しさは、地面が揺れ、馬たちの汗で河が増水したほどだった》マシナンコベの陣営では三万人の死者を数え上げ、エル・ハジ・オマー側は一万人だけと言われた。セグウの王、アリはマシナに逃げ、簡単に捕まり処刑された。深く傷を負ったアマドゥ三世はトムブクトゥに向けた小船のなかに避難した。エル・ハジ・オマーはアルファ・バイラに後を追うように命じた。モプチで捕まり処刑され、大急ぎで埋葬された。ラム・トロ、アマ・アリは、その離脱を忘れてはいなかったエル・ハジ・オマー自らの手で殺された。

チエルノ・ウスマン・サイドゥ・タルの息子はついに夢を実現できた。おそらく、メッカから戻る途上、祖父の心配した目のもとで未来が予言された、小アマドゥ三世との神秘な遭遇のときから育み続けた夢、マシナを殴りつけ所有することを。

五月一七日、彼の立派な馬に乗り、右手にコーラン、左手に剣を持って、祈りと大喝采のもとアムダライエに入った。

彼の腕は情け容赦なく名士たちと王家の家族を倒し、ほとんどが処刑された。彼はアマドゥ三世の未亡人、アジャの命は救ったが、厳しく扱い、アル・ベッカイは胸を一杯にして手紙を書いた。

あなたの部下たちは彼女〔アジャ〕に、異教徒であると主張して行動を正当化し、奴隷に対する扱いを課していると聞いた。セクウ・アマドゥの家族は別にしても、すべてのプル族の中には、奴隷にする異教徒はいるではないか！

財産と古文書を没収し、マラブたちと連隊の忠誠を確かめた。住居として大きな石の砦を建てた。その後、息子、アマドゥ・シャイクを、軍事行動中に集めたすべての領土、トムブクトゥからフタ・トロまでのカリフに正式に任じた。長男のマキにはマシナの評判の書庫を、甥、チジャヌにはチアヤワルの戦いを事細かく詳述する恐るべき仕事を任せた。そして、世界の全方向に軍団と密使たちを倍増し、彼の腕力で立ち上げ、体と霊を真新しい彼のカリフ、アマドゥの権威に捧げたばかりのダ・エス・サラムに加わる命令を人々に読み上げた。シエラ・レオネに、モシ族に、コンの人々に、多くのムーア人とトゥアレグ族がいるワラタのサハラの街まで。実際、皆は彼の大義を支持した。良き神が彼に任せた作品を完成するために、行うべき最後の行為が残るのみとなった。黒人たちの背中の上で生きながら、海岸を気どって歩き、豚を食べる者、すなわち白人たちを海の彼方に追い払うこと。彼はウスマン・ダン・フォディオを真似たかった。つまり、神の耳に届く事だけに、祈りと瞑想に没頭するため、世俗の仕事は後継者に任せる。なぜならば、彼の頭の中では神の意思は為され、信者たちの大きな家は承認され、彼の最終的な勝利は得られたから。頭の神経繊維のすべてが頂に向けて、そして信じ難い運命の深淵に向けてぴんと張ったこの聡明で神秘主義の男は、現実を気にとめない狂気の才能があった。彼は意志と信仰だけを考慮に入れた。あるときは思想家で比類のない戦士であり、その反対にいいかげんな行政官でもあった。勇敢でエネルギーが溢れ、常に正面の最も危険な前哨にいて、彼のユーモアのままに、反対する聞く耳持たない敵対者をなだめて、征服した領土を、準備なし、予告なしで、息子たちと甥たちに任せた。

彼が失うのはそれらである。

*

一八六四年、セグウで、カルタ同様、荒々しい反乱が勃発した。新たな支配者たちの権力乱用が加わった。敗れた屈辱は、プル族、バムバラ族同様にトムブクトゥのアラブ人のところでも、恨みと憎しみを増長させた。アムダライエでは、バ・ロボ、アル・ベッカイ、そしてトゥアレグ族が一万人の戦闘軍を再結集し、気づかれないうちにアムダライイエの城壁に達し、一八六三年六月から一八六四年二月に至る包囲の開始となった。穀物と肉が尽き、皆は馬、そして犬、ねずみ、やがては死体をむさぼり食った。疲れ、意気消沈し、しかしエル・ハジ・オマーの厳しい鉄の掟に従い、包囲された者たちは降伏を拒否した。不可能と思われていたが、一月、チジャヌは、抜け出すことに成功し、バリイ氏に特別に敵対しているとみなされていたアムダライエのドゴン族、トムボ族そしてマシナの東のプル族に援助を求めに行った。彼が戻る前に、包囲者たちは行動に移ることを決めた。二月初め、ある者によれば祈りの力で、他の者によれば秘密の門から、街の門を突破し宮殿に進んだ。エル・ハジ・オマーと百人ほどの信奉者たちは逃れて、チジャヌの軍に合流した。そして、ボイロから数錬〔れん＝二〇〇メートル〕のデゲムベレの断崖のほうに走り寄った。

彼らは一息入れる暇もなかった。追撃者たちの到着を見ながら、洞窟の中に急いだ。そこに急ぎ火が点けられた。一八六四年、二月六日、ヒジュラ一二八〇年、ラマダン月のある水曜日であった。

かくしてエル・ハジ・オマーは死んだ。マシナの人々によれば、火薬の樽とともに吹っ飛んで。フタ・トロの人々によれば、天に昇って。

＊

この悲劇的な出来事がタル氏族の並外れた行動を終わりにしたとまでは考えてはいけない。絶えず激情し、突然ひらめいたりして頭が熱くなった彼らは、信じ難いほど歴史の流れを遡って出来事を縛り、運命を従わせる。そうだ、彼らは、ヒーローたちと神々にふさわしく奮起した後、アムダライエの廃墟に戻り、説教と銃の一撃で陣営の幸運を直ちに回復する。エル・ハジ・オマーの甥、チジャヌは、バ・ロボとアル・ベッカイの軍が攻撃する前にそっと抜け出して、救援を捜しに行ったことを思い出そう。ドゴン族、トムボ族、そしてマシナの東のプル族は、マシナのバリイ氏に古くからの復讐心があったことを思い出そう。チジャヌが要請したことに彼らは熱狂で答えた。一万ないし一万五千の兵士の軍とともにアムダライエに逆戻りし、非常に長く非常に激しい戦闘の末、アル・ベッカイと、バ・ロボの将軍のひとり、イルコイェ・タルフィを殺した後、マシナにタル氏の権力を回復した。続いて首都をバンディアガラに移し、その死まで君臨した。息子、ムニーが後を継いだ。

セグウにアマドゥ、バンディアガラにムニー、ニジェール河の湾曲部におけるタル氏の権力は、混沌の中に行使された。王朝内の争い、分離の企て、民衆の反乱、そして血塗られた鎮圧。しかしそれでも、一八九八年のフランス人の到来まで生き続けた。

同名のタルが各種族や東の王国と奮闘している間、アルマミ、ウマーは祖先のフタ・ジャロンを持ち前の鉄腕で保った。ダラの領地内に集まって、アルファヤ党は常に、影で陰謀を企てることができた。チムボとその他の地方に住む、多くの不満分子たちは税の重さと、彼らを引っ掻き回す衛兵たちの残酷さを内心では呪っていた。アルマミの権力は十分強かった。その権威は国の端から端まで――もちろん、軍団に対抗し、岩に立ち向かって荒れ狂う海の波のようにひとつひとつ砕けていった、大胆不敵なフィタバの呪われた要塞内を除いては――完全に行使されていた。

ウブ派〔正統回教統一派〕の熱烈な決意の前で何度も挫折してひどく衰えた知名度と威信の回復を望んで、アルマミ、ウマーは、一八七〇年、金、穀物、そして家畜が豊富なことが評判のガブへ遠征する決心をした。その恐るべき王、ディアンケ・ワリは力強い軍隊を有し、かつていかなる敵も進入できなかった要塞化した街カンサラに住んでいた。

これを知って、戴冠を待つ間、その眠れる首都で待ちくたびれた王位継承権主張者であるアルファヤ党、イブライマ・ソリイ・ダラは、笑い飛ばして言った。「強欲なやつだ、ソルヤ党がガブに行く。栄光のためにではなくその地方の富に引かれて。生きては帰れない危険を冒すことになる。腹のことばかり考えていると炭火を飲み込む」「それは嫉妬からだ」ウマーがその忠臣たちの前で答えた。「イブライマ・ソリイ・ダラはアルファヤ党の典型だ。うぬぼれで、傲慢で、気取った頑固者。私がここを出発するなり彼はウブ派を攻撃しようとするだろう。だが、私がそれら熱狂者たちに対する唯一の砦で、彼よりもさらに頑固だ。私がいない間にウブ派に対して進撃するような誤りを犯すなら、確かな一撃で殺してやる」

これらの言葉は後になって彼らの子孫の耳に、ふたりの不吉な予言者が打つ手がなくなったときの声として響くことになるだろう。ウマーはガブから生きては帰れず、イブライマ・ソリイ・ダラはウブ派を攻撃しようとして命を失う。

＊

カンサラの戦いは、疑いなく、三つの河の地方で知られたすべてより、さらに激烈で、さらに凶暴であった。要塞は瓦礫と化し、プルとマンディングの最も勇敢な兵士たちがそこで生命を絶った。だが、このあまりに悲劇的な波乱万丈の出来事を話す前に、二〇年程前に遡ることにしよう。

一八五〇年頃、エル・ハジ・オマーがディンギライエに要塞を築いていたとき、ラベの王、アルファ・イブライマはその将軍、アルファ・モロと六千人の兵士たちに支えられ、フタ・ジャロンの名のもとに、ガブの王国で最も強い要塞だったブルコロンを攻撃し、その国の王女、クマンチョ・サネの心を奪った。のちに彼女は妻となるのだが、男の子を生み、その子は後に名高いアルファ・ヤヤ・ディアロとなる。一八五八年、ラベとブンドゥの連合軍はガブのもうひとつの要塞、タバディアンを包囲し、その領主、シサン・ファランダンを殺し、フタ・ジャロンの欲望の手が届く範囲にあるカンサラを王国の首都とした。そしてチムボのアルマミは、四世紀近くガンビアの谷で思うままに課税してきた（フタ・トロの独占支配の意思とフタ・ジャロンの多くの侵略によって数回中断されたのは事実だが）ケイタの支配から解放されたそのマンディングの砦を攻囲することができた。偶然が最もうまい具合に助けたというわけだ。

フタ・ジャロン同様にガブでも、ふたつの王国の支流が二年ごとに権力交代した。パカナのマネ氏とサマのサネ氏である。この年、サネ氏は権力を不当に維持することを目的に、王、マンサ・シボが死んだことを秘密にした。パカナで順番を待っていたマシナンコベの跡継ぎの王子は、ついにはその事実を知り、権利を回復するために暴力をもって対した。危機に陥ったサネ氏はラベの《傍系親族》を召集したが、チムボとブンドゥに通報された。これがカンサラの戦いにまつわる背景である。

*

アルマミ、ウマーは、三千人の兵を組織した。そのうち千二百人が騎士であった。彼は戦闘計画を中断し、ラベの王、アルファ・イブライマに遠征軍の指揮を執るよう命令した。アルファ・イブライマはその地方の最良の聖者たちの助言を求めたが、誰もが、勝てると結論した。なかに熟慮した者がいて、言うには「それはそうだが、あなたたちふたりのうちひとりだけが生きて戻る。それがあなたかアルマミかはわからない」

槍騎兵、射手、騎手、遊撃兵、そして戦争の歌とアラーの勝利の詩編を歌うグリオとともに、ガンビア河の河口に向けて遠征が始動した。ディアンケ・ワリは衛兵に命じバディア山のクレタに斥候を急がせた。斥候はプルの軍隊を見つけ、あわてて主人のほうに走った。彼はひとにぎりの砂を主人の前にぶちまけた。そしてふたつめ、そして三つめ。

「そのくだらない手管はなんなのだ?」ディアンケ・ワリが聞いた。

「主人、この砂粒を数えられますか?」

「いや、数えられない」

「それでは逃げましょう。プル族はこれ以上の数です!」

「そうならば、死ぬまでのことだ。逃亡するなんてことは、角のある動物たちの後でちぢこまったり、ライオンが体をぶるっと震わすとあばら家の中に早々に逃げ出したりする、滑稽なヒヒ科たるプル族に譲ろう……ライオンはだれだ、グリオ?」

「それはあなたです。おお、昼の王、夜の王! 狐は残酷さと策略に満ち溢れる。狐はあなたを恐れます。おお、明白なものと大いなる神秘の主人! 天と地の間を跳ねる豹は、イボイノシシとまだらのハイエナを追い出すが、その豹もあなたを恐れます。水牛も、怒りを角に秘めたあの水牛さえも、あなたを恐れるのです」

「臆病者はだれだ?」

「それはプルとその棍棒！　プルだけではなんでもありません。棍棒がその力を成すのです。プルは悲惨な昆虫。か細い足、あしながが蜂の胸、腕はバッタのあごと同じ大きさ！　お許しを。雷が私を脱線させました。彼らは世界の砂粒となるしかなく、あなたが口を開きさえすれば、すぐにも急いで退散するでしょう。それら情けない者ひとりひとりに、弾を無駄に使うまでもないでしょう」

「私の名を歌え、グリオ。だが、その前に飲み物を出すんだ！」

プル族はガブの街に電撃的に殺到した。彼らは数千の男と女を服従させた。偶像と森林を踏みにじり、要塞と溶鉱炉を取り崩し、兵士たちを逃亡させ、火薬樽を爆発させ、井戸に毒を投じた。三つの河の地方で、かつてこれほどの惨禍を見たことはなかった。この悲しみのなかで、この泪と血に浸った、煙と灰だらけの光景のなかで、聖者たちがののしり合い、勇ましい兵士たちが正気を失い自分の武器を自らに向けたのが見られた。ディアンケ・ワリは、廃墟と化した家々と焼かれた穀物倉庫を眺め、グリオのほうに振り向いた。

「見たか、グリオ？」

「見ました」

「なにを見たのだ、グリオ？」

「プル族がやったことを見ました。彼らとバッタたちとではバッタたちのほうがましです。確かに、彼らの数はより少ないでしょうが、より有害です」

「ディアンケ・ワリが負けたとおまえも思うか？　それはほんとうか？」

「ディアンケ・ワリを打ち負かすものは、やっと自分の足で立ったばかりの貧相な、さすらいのプル族以下の死すべき人種ではあり得ません。そいつらはフォニオを食べミルクを飲みます。イニヤム芋をたっぷり食べ、ドロで渇きを癒すあなたのような大きなゴリラの前まで、どうして来られましょうか。ともあれ、土器は鉄に及ばないでしょう！」

「私はどうしたらいいのだ、グリオ？」

「彼らが地上をまだ気どって歩くなら、あなたの父が、あなたの祖父がしたように！」

ディアンケ・ワリは家族と最後の忠臣たちを集め、カンサラ内にバリケードを張った。成人五人の高さの石の城壁を巡らせたシテを奪うのは非常に困難に思われた。銃、石弓、投弾機、松明遠投器、それに熱した樹脂を入れた鍋で、ディアンケ・ワリは一回一回、ののしりと呪いの言葉をわめきながら、プル族の襲撃を押し返した。

「おまえたちの痩せっぽちとしらみたちのほうを継承しろ！　ガブは私の遺産だ。ガブはおまえたち、私生児の種族、父なし家なしのためにあるのではない！」

反対側の城壁では、砲撃と石と火のついた矢が飛ぶ真っ只中で、アルマミのグリオたちが同じように激しい横柄さで答えた。

「おまえの叫びは、おまえの汚いお面か、おまえがいけにえにする習慣の蛇、白子、それに黒い犬にしか衝撃を与えない。高貴なプルには無理だ！　我々はおまえの種族がほら吹きなのを知っているぞ！　おまえたちが自慢の軍用弁当は魚の頭だけ。城壁を取り壊し契約文に接吻しなくてはならないようにしてやる、粗暴な異教徒！」

「おまえの赤貧で物乞いの宗教に入るくらいなら死んだほうがましだ！　我々の土地から離れろ、小板を黒くさせる卑しいやつ！」

「おまえの哀れな霊を鈍らせる罵りと罪の煤を掃う機会を与えてやったのに、どうしてそうしないのだ？　では、おまえのシテを燃してからおまえを繋いで、我々の畑を耕すため、我々を背負わせてチムボまで行かせてやる」

「世界を創った神々は、ディアンケ・ワリがひと働きして、ぼろ着の牛飼いの遊牧民たちに、堆肥の匂いと、熱いタロ芋で腐ったぼろいその歯の匂いを嗅がせるこの日を予定していなかったようだな！」

「もう長くはほらを吹けないぞ、マンディング！　悪魔と臭い爬虫類の種族！　もうじき、天罰が下ったおまえの淀んだ精神を抜き取ってやる！　おまえとおまえたちの忌まわしい偶像たちに死を！」

「おまえたちは牝牛たちの番人。私はマンディングの領主だ！」

「おまえは不浄な異教徒だ！　我々は高貴な大義をもつ、穏やかな殉教者だ！」

「彷徨える犬ども！　神々がおまえたちの街とモスクのうえに流行病と雷を降らす！」

セレル族は正しい。《マンディング族とプル族の間は、水と火のよう。一方のいたずらは他方の災難に匹敵する》カンサラの戦闘ではどちらの陣営も血まみれになった。惨禍はガブの首都の名を後世の口において、マンディング語で《種族の絶滅》を意味する、トゥラバンと変えさせた。サムバ・グエラディオ同様に、フタ・ジャロンの筆耕たちとマンディングのグリオたちはそこできれいな叙事詩に身を捧げた。耳を傾ければ、今の時代にコラの奏者たちがこの哀歌を口ずさむのが聞こえる。

それは此処だった。長い黒い剣が
終ったのは。人々は、
数珠を手繰る人々と
酒のひょうたんをいじくる人々とが
此処で死と組み合った
それは此処だ、絶滅のカンサラ……

三日間の包囲の後、プル族は戦闘の決着をつけようと決めた。彼らはバディア山のふもとに予備軍を残して、縦隊になって攻撃を開始した。銃弾と熱した樹脂での反撃にかかわらず、予想外の凶暴さで相手を銃で撃ち、刀で斬りつけながら城砦を越え、シテの中に入った。敗北を覚悟したディアンケ・ワリは、シテで一番高い屋根に上がり叫んだ。

「呪われたプル族！　おまえたちはカンサラを負かしたが、支配はできない！　私はグリグリとお面におまえたちを呪うよう頼んだ。おまえたちは皆、夕暮れ前に死ぬ！」

そして爆薬を彼の妻たちと兵隊たちのまん中で爆発させた。宮殿に入り込んだり、あるいは城壁にしがみついたりしたプルの軍隊の花形が数名、彼と一緒に非業の死を遂げた。

おかしな呪いは、その通りにはならなかった。皆はたそがれ時に死にはしなかった。しかし一週間後、帰り道、金の戦利品と一万五千の奴隷たちとともにバディア山を乗越えているとき、黄熱病が電撃的に流行して、ほとんどが命を落とした。皆はビロムにアルマミ、ウマーのすぐ近くに埋葬する特権を与えた。ドヤ・マラルとボカ・ビロは何日も泣いた。アルマミの長男、モディ・パテは泪を涸らして言った。「彼らは近くで生を生きた。今、死んでも近くに居る……おまえの父は私の父に完全に忠誠だった。ドヤ・マラル、やがて私に交代するとき、おまえも同様にしてくれることを望む」

「将来ほど不確かなものはない」ボカ・ビロが、暗い調子で抗弁した。「チムボの城壁が常に存在し続け、私たちがずっと生きているなどと、誰が知り得ようか」

*

神は、その極限的な寛大さをもって、無実の者たちの救済に当たった。生存者は、ドヤ・マラル、モディ・パテとボカ・ビロのふたりの王子、そしてラベのアルファ・イブライマとその将軍、アルファ・モロ――と、わずかな者に過ぎなかった。ラベの王は、ウブ派との疲れる戦いのなかで、チムボをさらに援護する下心を持って新たに征服した地の総司令官を任命した。熱狂的なウブ派の修道士たちは、詩篇を怒鳴り、激してアルマミの軍隊を押しやるだけでは満足しなくなった。以降彼らは祈りから離れ、ボケトの要塞から頻繁に出ては、シエラ・レオネへの道を遮断する大通りの、まぎれもない強盗に変化して、フィリアとソリマナのスス族の地方を掃討し、チムボとフォデ・アジャの地方を恐怖に陥れた。これは、サモリイ・トゥレの軍隊の動きと英国人の通商を非常に妨げた。フタ・ジャロンとの関係を保っていたイギリス人は心配を隠せなくなった。一八七二年、そして新たに一八七三年、ブリデンという者をチムボに送り、武器を供給し、ウブ派の暴動に対してチムボを支持すると、はっきり表明した。次第に強くなったウブ派の圧力とウマーの死は、チムボで合意と和解の環境を作るのにに有利に働き、ブリデンは好意的に受け入れられた。ラベ地方の援助で、イブライマ・ソリイ・ダラは、アルファヤ党もソルヤ党も納得させ、苦労せず軍を興した。そのなかに、忠臣ドヤ・マラルを従えた、ウマーの実子、ボカ・ビロがいた。一八七三年の初めの数日、ウブ派の首都、ボケトに向けて進軍した。その軍が今にも到着することを知らされたウブ派は、フィタバの山と森林に散り、奥深く進んだ軍はモンゲディの沼の辺で包囲された。アルマミは捕まり、その兵士たちは狼狽した。カラモコ・アバルがアルマミの兵士たちを武装解除し、アルマミに冠を捨てさせ、囚人となって彼についてこいと厳命した。ヤンケの王子は拒否した。魔法で保護されている体は鉄を通さないとみなされていたアルマミは、その場で棒を使って叩き殺された。忠実な彼のグリオ、カルファにこれを知らされて四人の息子は隠れ家を出たが、アルマミの死体の上で虐殺された。

ウマーの弟、イブライマ・ソリイ・ドンゴル・フェラがイブライマ・ソリイ・ダラを継ぎ、フタ・ジャロンの第一二代アルマミとなった。子供のドンゴル・フェラは、兄のアルマミ、ウマー同様にママドウ・ディウエに育てられたことを思い出すように。また、ウブ派の創設者は、父、アルマミ、アブドゥ・ダディリの死後に母を娶ったのだから、その伯父である。そしておまえは牛飼いたちのおかしな習慣を神聖な状態に転化するあらゆる迷信を知っている。伯父が父と同じに愛され尊敬される。だれもコーランの師の意思には逆らえない。逆らえば、どんな場合もたちまち神の呪いがやって来る。あるいは……。あらゆる悪しき呪いを予防するためイブライマ・ソリイ・ドンゴル・フェラは、ふたりの先任者の頭にこびりついたウブ派から離れ、外部の征服に興味を集中させた。彼はとりわけモレイヤのスス族に対し大規模な遠征を企てた。これを知ってモレイヤのスス族は街を捨て原野の奥に散り、イブライマ・ソリイ・ドンゴル・フェラがその地方にいる間、その状態が続いた。このばかげた話は彼の威信を失わせ、有力者たちの目に多くの不信感を与えた。悔しさで深く傷ついて、彼のソルヤ党としての慢心はさらに高ぶり、過度に衝動的で融通のきかない性格を現した。彼とフグムバの元老院との関係は危険なまでに複雑化した。近臣たちはひとりひとり彼から遠ざかっていった。彼の周辺を空っぽにした手始めは甥のモディ・パテとボカ・ビロで、それが親族と友人に広がっていった。すべてを修復しようとした長老会の長、チエルノ・アブドゥイ・ワアビは、ソルヤ党をアルファヤ党に交代させたが、彼を傷つけるだけだった。

ラベでは、事は平凡に進んだが、少し後になって劇的な出来事が起こり、アルファァ・イブライマの君臨の周囲に有害な雰囲気を加えた。

年取って、過度な軍事行動に疲れ、ラベの王子、アルファァ・イブライマは新たなアルマミに辞職を願い出、傲慢で粗暴な次男、はつらつとした騎士であるアルファァ・ヤヤと対照的な、博学で敬虔な若者、礼儀正しく分別ある長男、モディ・アギブを後任に指名するように願った。しかし信任は得られず、数ヵ月後の死の原因となった。

すでに話したようにアルファァ・ヤヤは、アルファァ・イブライマと——ひとりで、あるいはフタ・ジャロンやブンドゥのアルマミたちと一緒に数多くの遠征に行なううちにガブで捕えた――マンディングの王女、クマンチョ・サネとの子である。ある日、アルファ・イブライマが奴隷と金を探して手間取っていた間に、アルファ・ヤヤとその母は奴隷として囚われ、七年の長きに渡って戻って来れなかった。一一歳の頃、父の宮廷に戻ったとき、プルの言葉をほとんど忘れていたと皆は話している。そのせいか、あるいは子供の頃を彼以外の兄弟たちにくらべて多くその周りで過ごした他国出身の母のせいだったのか? アルファ・イブライマが地方の長に行き着いたとき、それを割り当てられたのはラベの最も末端の地、カデ地区であった。アルファ・ヤヤは、すでに孤独で無口な、学問には不器用だがスポーツマンでとても優雅な青年だった。銃と槍を見事に使い、馬の上に一日中乗っていられた。短気で衝動的で、友人は少なく、ほとんどの時間を兵士たちと過ごし、村から村へ喧嘩して臣民をゆすり、隊商を襲った。彼は生涯で三回だけしか笑わなかったと伝説が言っている。兄を殺した日。チムボでアルファ・ガシム(後述するが、反徒に加わったラベの旧王子)の処刑を命令した日。そして彼の手先が、闇に送られたもうひとりの兄弟、モディ・サリウ・ガダ・ウンドゥを殺害した日。アルファ・ヤヤにかくもがさつな生活を引き起こした父は、聖者たちや占い師たちに意中を打ち明けた。「私の子供のうち将来が心配なただひとりの子だ。正しい道に戻すのに私がしなくてはならないことを言ってくれ!」「心配には及びません」彼らは答えた。「彼の名声はあなたよりさらに高いでしょうから!」実際、後で説明する理由から、フタ・ジャロンの歴史的人物のうち、ラベの地方の最も普通な王子のひとりに過ぎなかったアルファ・ヤヤ・ディアロははるかに、最大に有名である。セレル族は正しい。《神は多くの無名のライオンと、多くの、自分をライオンだと思うか細いキツネザルを創った!》変造された賭けで、歴史の吐き気を催す舞台裏で自分を試すよりは、おまえの厄介な伝説を我慢したほうが得ではないか、プル。

芽の形では、棘が鋭いかどうかはわからない……アルファ・ヤヤは早くから、豪華絢爛さと権力の陰謀に確かな関心を示した。カデの領地で、父が跡継ぎに選んだのは彼の腹違いの兄、アギブであるのを知ったとき、取り巻きたちの前で横柄に言った。「立てるようになったばかりのその無気力なやつがペンを片手に？そやつが指揮する槍で、そやつと共地方のにすべてが崩壊する！」カデではラベ同様、父によって空席となったその王座を彼が物欲しげに見ていることは、誰もが知っていた。ただ、彼はそれにたどり着く運が僅かしかないことを誰よりも良く知っていた。彼の継承権が第三位あるいは四位でしかなく、うす暗いカデの地域の長の名声は、母の家屋の周囲を越えてはいなかった。だがある日、彼の遠方領土の藪とサルの周りを巡回するのに疲れ、彼は兄を殺し権力を奪い取ることを決めた。兄の若い妻、タイブを誘惑することから始めた。金で包み、大罪が成った後で結婚することを約束した。続いて屋敷の入り口でうずくまっていたアギブのふたりの衛兵を買収し、マグレブの祈りを終えてモスクから戻ってきた兄を打ち殺させた。しかしながら、この秘密は、チムボまで、アルマミ、イブライマ・ソリイ・ドンゴル・フェラまで漏れた。多くの仲間たちが事前に知らせてくれたので、アルファ・ヤヤはカンカラべ地方の隠れ家に急いだ。慣習に従って、地方は彼の避難を受け入れた。支持者たちが、裏取引と袖の下で特赦をイブライマ・ソリイ・ドンゴル・フェラに納得させるのに成功するまで、そこに長く滞在した。そしてカデの領地に引きこもり、名声を取り戻すのに一〇年待った。

それに先立ってタイプが来て、権利を主張した。

「望んだものを手に入れたのだから、私と結婚して！」

「来週月曜日に来い！」

次の月曜日、曲がり角で待ち伏せし、紐で絞殺した。

＊

一八七三年頃、アルマミ、イブライイマ・ソリイ・ドンゴル・フェラはアルファァヤ党の候補者としてアマドゥを届け出た。

アマドゥはイブライイマ・ソリイ・ダラの弟であった。貧乏な、若き王子であった。父、ブバカ・バデムバが非常に多くの跡取りを残したため、彼には奴隷ひとりと牛数頭しか権利がなかった。しかしながら、カラモコ・アバルが彼の兄、イブライイマ・ソリイ・ダラを殺害した後、王座に就くことを願う自分の意思をラベの若き王子、アルファァ・ガシムに託した。《おまえがフタ・ジャロンのアルマミ？》信じられない横柄さでやり返された。《おまえにブーブーを買ってやることから始めよう！》この事件の後、ふたりはずっと、恨みを抱き続けた。今、偶然が権力に持ち上げ、アマドゥはアルファァ・ガシム（アギブの殺害の後、ラベの王子になっていた）から受けた信じがたい軽蔑に対して仕返しすることを誓った。ただ、彼同様、アルファァヤ党だったので、新たなアルマミが執り行う地方の長たちの伝統的なたらい回しに関わることは避けて、待つほうを望んだ。復讐の偉大なる日を堪能する機会は、遅くはならなかった。ガシムは、師として君臨し、その地方の対抗するすべての意思と批判を抑えようと望んで、腹違いの弟、アブライを殺害するに至った。その母はアルマミの従姉妹であった。アマドゥはガシムを直ちに更迭し、アルファ・スレイマンに替わらせた。そして彼を拘束し、刑を宣告した。アマドゥは王座に就いたばかりであり、他方その名声が地方の境界を遥かに越えていたガシムは、権力の舞台裏でも、恐るべき存在として留まっていた。込み入った動きのいくらかの大波乱の後に、ガシムはふたたびラベの王座を取り戻した。そしてアマドゥはコリソコのスス族の国を侵略する考えを持った。公式的には邪教徒たちを改宗させるため、実際には財宝を再浮上させ、場合によっては敵を排除する機会をとらえるために。伝統的にこのような遠征では、軍の総指揮はラベの王子が執った。従って、ガシムは軍を統一し戦士たちを導くことを任された。プルの軍隊が今にもやってくることを、行商人から知らされたスス族は、いつものように、財産を隠し、老人たちと不具者たちを村に残して逃げた。アルマミは森と洞窟を捜したが、無為に終わった。アルマミが意気消沈したのに乗じて、ガシムが、予想される自分の運命から逃れようと、軍隊を離脱した。それを知ってアルマミの悔しさはさらに深まった。《逃げたか、呪われたやつ！》アルマミが非難した。《よしそうなら、彼が死ななくてはならない場所まで走り続けるだけだ》

ガシムはコンクレ河を渡り、逃亡を容易にするためすぐにその大きな河に架かっていた橋を壊した。急いで追いつこうとしたアルマミは泳いで渡ったが、水の中央で軍隊の大部分を失った。バンチンゲルに着いたとき、ソルヤ党が彼の不在に乗じて権力を取ろうとしているのを知って、道を戻らざるを得なかった。ラベへの道を放棄し、直ちにチムボに向かった。

解任されてからすぐに、イブライマ・ソリイ・ドンゴル・フェラは復帰準備の意思を持って休養の地に戻った。回りに十分な力を集めて勝利し王座に就いたママドゥに会いに行った。そして、長老たちの圧力で数回目の和解をし、二年間隔の交代規則を再度確認した。彼の権力復帰はゴールドスバリーの派遣隊のチムボ到着に重なった。イギリス人たちはすでにアルマミ、イブライマ・ソリイ・マウドのときからフタ・ジャロンに接触してきていた。彼らが所有していたフリータウンにほぼ接する最南の地方に、フランスが突如として関心を持ち始めていることを、彼らは心配していた。ガンビアの司令官、ゴールドスバリー博士はチムボとの接触を託され、外交官たちが言うように、《それら主権者たちの意向を探った》。一八八一年一月二一日、次席のドゥムブルトン中尉と一〇〇人ほどの遊撃兵とともにガンビアを離れ、バディア山を越え、ラベの王子を表敬訪問し、三月二三日にチムボに着いた。同月三〇日、イブライマ・ソリイ・ドンゴル・フェラは訪問を受けつけた。彼は前任者がフランスと結んだ契約に構うこともなく、ごく簡単にその要求を、つまりイギリスとの友好条約と通商条約にサインすることを承知した。しかしプルの世界の謎めいた精神とよこしまな巧妙さに不慣れなイギリス人は、大きなへまを犯した。得たばかりの予期しない成功に興奮してゴールドスバリーは、アルマミに敬意を表してイギリスの軍隊を行進させた。アルマミはそれを威嚇行為と取って、ただちに客の滞在を短縮させた。それは、それまで実り多かったチムボと英国人たちとの関係に深い困難を引き起こした。ごろつきのフランス人たちはより有利になって、アルマミたち、とりわけアルファヤ党がイギリスの魅力に動かされていたフタ・ジャロンは新たな植民地、フランス・ギニアの財布の中に落ちて終った。

＊

そしてチムボに、或る人物が来た。フタ・ジャロンの領地内で一〇〇年に渡って展開された白人の長い歴史の中でも、それは疑いもなく、最も奇妙で、最も狂信的で、最も頑固な人物だった。それは、フランスの警察といざこざを起こしてから、どのようにしてかは誰もよく知らないが、貴族の称号を得て、ポルトガルにふたたび現れた詐欺師で野心家の、オーヴェルニュ地方の若者であった。その名は、オリヴィエ・ドゥ・サンデルヴァル。一八七七年から一八八〇年、オリヴィエ・ドゥ・サンデルヴァルはポルトガル人たちが管理していた河に商館を設置した。そこで彼は、三つの河の地方で聞いたこともないような、信じ難い思いつきに手を染めた。黒人の長たちから土地を買い、私設の広い植民地とする。この途方もない計画においてすでに、彼の計略、図面、予算、そして日程ができていた。それはフタ・ジャロンの山々を横切って海岸からトムブクトゥまでを結ぶ鉄道を敷き、こちらでは金巾織物と安物ブランデーを、あちらでは象牙と金と革製品と蝋を運ぶことだった。このような男の頭のなかで起り得たことすべてを知るために、プルよ、これを読みなさい。

恐ろしい物語によって、私たちの好奇心から真の歴史の伝説を守っているこれらの闇の中に入り込むために、この良く知られていない地にフランスのセンターを創るために、私は〔一八七七年に〕、人間性に導く進歩の力の認識を持たないが好奇心が強い、指導者たちがきちんと人々の生活を治めている、私たちの文明の案内を受けるにふさわしい、力強い部族の原始的な帝国をアフリカのどこかに探し出すつもりだった。数世紀間に渡って私たちに努力を強いた、発見と対話の結果完成した法規をためらわずに履行するであろう、私たちの失敗に汚されていない人々を見つけることを私の目的とした。海岸地方で集めた知識によれば、フタ・ジャロンは居住可能な地方で、私がそこに入り、私の権力の基盤に使えるであろう秩序ある帝国である。

ゴールドスバリーの訪問を風の便りに知ったサンデルヴァルは、通行証を得るために動き回り、すぐにチムボへの隊列を組織した。諜報員に欠くことのないイギリス人たちも、その卑劣なフランス人冒険家に対抗して、彼の重大な問題がある過去と疑わしい意向を急ぎアルマミたちに知らせた。イブライマ・ソリイ・ドンゴル・フェラは彼を到着次第迎え、二ヵ月に渡って力づくで拘留した。この能天気なサンデルヴァルは名士たちと王子たちと気が合っていたのを巧みに利用して、フランスに通報した。海岸地方に戻る前に手帳に記したものが以下である。

黒人たちのなかへの最初の一歩から、得た情報によって私が構築していたように、人々と事物が私の前に現れた。開拓の時が過ぎ、黒人の実体をもはや目を凝らして見ることはなく、黒人の長たちが私たちの力の原因に興味を持っていることがはっきりと示された、という考えに私は確信を持った。私が彼らを理解するだけで、私を彼らに理解させることができた。気候に合わせて形作られた、私たちの忠告に従う準備が整っている部族を、勤勉な蟻の巣あるいはスズメバチの巣のように組織するのに、一瞬の猶予もない。彼らにしてみれば、この大陸により大きな価値を付加できるのである。私たちの将来が準備されたこの豊かな大陸に。

フタは遠方の国が持つあらゆる長所があり、さらに私たちの手中にあるという貴重な利点がある。

彼の鉄道の考えは長老たちを脅えさせたが、若者たちには、同時に魅了させ脅えさせる、夢の婦人の前にいるような、気がかりな、熱に浮かれた興味を抱かせた。王子たち、モディ・パテとボカ・ビロは彼らの伯父の秘匿を得るのに成功した。彼らは不幸なフランス人を釈放し、彼の要求を承諾した。白人の機関車にフタ・ジャロンの扉を開いた。

＊

オリヴィエ・ドゥ・サンデルヴァルの成功はパリの最も並外れた期待を呼び起こした。オーヴェルニュの冒険家が自分の利得のために働いているのではないかと疑って、それはポルトガルに加担するものだとしたフランスは、事態を自らの手中に握ることにした。一八八一年初め、海軍大臣はバヨル博士にアルマミたちに接近するよう指示した。彼はすぐにパリを出発した。一八八一年五月にボケに接岸し、チムボに六月二三日に着いた。交代規則によって、イブライマ・ソリイ・ドンゴル・フェラはアルファヤ党のアマドゥに地位を譲って、退任したところだった。

大臣は、フランス共和国大統領の手紙を、ふたつめはセネガル総督府の手紙を、三つめは、フタ・ジャロンの友人であり、フタ・ジャロンの権威に熱い忠告を与えていた有名なムーア人の聖者、シャー、サア・ブの手紙を利用した。バヨル博士は、確固とした年間の歳入を保証し、その他のヨーロッパの権力の欲望に対抗するフタ・ジャロンをフランス海軍が援助することと引き換えに、フタ・ジャロンが、配下のすべての海岸地方を譲渡し、フタ・ジャロンの王国自体をフランスの保護領として差し出すことを提案するため、はるばる来た。それだけのために！

アルマミ、アマドゥは受入を拒否して言った。《それぞれに家がある。フタ・ジャロンはプル族のもので、フランスはフランス人のものだ！》だが、ゴールドスバリーの軍事パレードを忘れていないイブライマ・ソリイ・ドンゴル・フェラはイギリス人のねらいにフランスが均整を取ることになる条約にサインしたのみならず、宮廷の傑出した参事、ママドゥ・サイドゥ・シイをパリに大使として送った。

これで、ふたつの保護領条約がフタ・ジャロンを縛ることになった。ひとつはイギリスとの、もうひとつはその先祖代々敵であるフランスとの。何年もアルマミたちは双方から年金を受け取り、フリータウンの、サン・ルイのあるいはボケの道に彼らの隊商を走らすままにした。権謀術数的で悪賢い狐と評判の強者たち、チムボの政治貴族たちは、彼らの有利な瞬間に、フランス人たちとイギリス人たちが対立している激しいライバル意識から利益を引き出す術を心得ていた。《白人たちは私たちを喜ばすためだけに激しく非難し合っている。それではフタの胸はそちらのほうに高鳴っているとふたつのそれぞれに思わせてやろう。事物はあるがままでうまくいっている。一方で古い君主権を守り、他方で白人の年金を受け取ろう。そうすればウブ派の悪魔たちを潰すための武器を買うことができる》ボケトの要塞のウブ派の最初の蜂起から三〇年程経ったが、ウブ派は、白人たちの脅威と奴隷たちの恒常的な暴動以前に、アルマミの主要な心配事として残っていた。ボケトは見張る街であったが見える街ではなかった。断層、起伏、沼地、それに急流に囲まれたドーム状の地に建てられていた。要塞は蔦、竹、柳、モチノキ、背の高い樹林の豊かな緑の下で崩れかかっていた。この、通り越すのは困難なジャングルのなかで、比類のないウブ派は、柱、梁、それに綱で作られた悪魔の罠の迷路を描いた。チムボの軍隊はここに来て、梁《やな》のなかに捕らわれた鯉の群れのようにひとりひとり落ちていった。フタ・ジャロンがこの動きを絶滅させるに成功したのは、一八八三年のことに過ぎない。三〇年間に経済的に弱くなり、機構がむしばまれ、彼らのアルマミの威信が顕著に衰えた。また、そのために、数回にわたってサモリイ・トゥレに助けを求めなくてはならなかった。

アバルは父の死後、サモリイ・トゥレという名が噂に上り始めた頃、マンディングの国の境にボケトの建造を始めたことは少し前に話した。アルマミ、ウマーがガブからの帰り、バディアで非業の死を遂げたとき、そのマンディングの行商人サモリイ・トゥレは、ニジェール河とサンカラニ河の間で、マリ帝国の残骸の上に強力な王国を獲得するのに成功した。彼の新しい国の発祥地、ウアスルからボウレの金鉱のほうに向かい、そこで早くも、セグウ、アムダライエ、そしてトムブクトゥに向かって行進していたガリエニとアルシナーのフランス軍と衝突した。それは彼の野心を南のほうへ進路変更することを余儀なくさせた。すぐに彼はフタ・ジャロンの配下にあったふたつの小さなマンディングの国家、バレアとウラドゥを侵略した。イブライマ・ソリイ・ドンゴル・フェラは空しく抗議した。サモリイは道を続けフタの郊外フォデ・アジアを簡単に侵略し、そこに、チムボから数錬のところに、要塞を建てた。今回はビラマ・コンデのときに比べ脅威ははるかに重大だった。サモリイ・トゥレの軍隊は大きくて強力であった。エル・ハジ・オマーの死後、三つの河の地方で最大の軍隊であったことは議論の余地はない。そしてそれは勇気と残忍さで評判だった。通り道のすべてを破壊し、村々を踏み荒らし、収穫物を焼き、若い処女たちを強姦し、子供たちと老人たちを不具にし、抵抗する者たちを閉じ込め、妊婦たちの腹を裂き、乳児たちを殴打した。王朝の果てしない争いのなかに落ち込み、ウブ派との一〇年の戦いで衰弱したセイディヤベは交渉しなくてはならないことをじきに悟った。アルマミ、アマドゥは大使の派遣を提案した。イマムたちとマラブたちのグリグリと数珠なしでは何も起こらないおまえたちの社会同様、参事たちがアルマミに答えた。「承知しました。でも、細心の注意を払って、帽子と、良く働く白い軍馬を贈って試してみましょう。もし帽子を被るなら、私たちに対するあらゆる悪意を捨てたしるしでしょう。そして馬に乗ったときに馬が向いた方向に進むでしょう」

「パキ！〔サモリイ・トゥレが頻繁に使った擬音語〕」贈り物を見せたときサモリイは叫んだ。

そして帽子を被り軍馬にはい上がった。軍馬は三度いななき、東を向いた。かくしてフタ・ジャロンは征服と破壊から免れた。サモリイは地方を退去しトマとマンディングの国々のほうに向かった。彼はフタ・ジャロンの平和的な意図を考慮し、彼の隊列が奴隷を牛に換えられるよう、その後にシエラ・レオネのイギリス人たちと武器に交換できるよう、条約にサインした。奥底ではチムボと彼は同じ関心があった。二者とも、メディンとニオロに続いてバマコを取ったばかりのフランス人たちが次々に王国を包囲することを危惧していた。二者は皆イスラム教徒であり、意見の一致は利点であった。一方、サモリイの聖者、政治参事はフタ・ジャロン出身のプルで、名をアルファ・ウスマンといった。その日、ふたつの王国は奴隷たち、牛たち、食料品、そして大使たちを交換し、お互いに肩入れし、最後の崩壊まで、フランス人に空しく抵抗を試みることとなった。

自然に、ふたつの同盟は先ずウブ派に対して向けられた。この問題でもまた、双方の利得は共通であった。なぜなら、叛徒がチムボに挑むならシオラ・レオネへの道が閉ざされ、サモリイの物資補給を明らかに邪魔するから。何回かの試行錯誤の後、サモリイの将軍たちのひとり、ケモコ・ビラリはボケトを包囲した。しかしアバルの家臣たちは一年間の包囲にかかわらず、服従を拒否した。最終的に策略が労に報いた。彼は軍をふたつに分けた。ひとつは、包囲を保ったままで、彼の同僚、ランカン・ンファリに援助を求めに行かせた。ふたつめは、ボケトの門の前に出て、率直に避難所を嘆願した。《アバル、開けてくれ！　これ以上この残酷なサモリイとチムボのあくどいアルマミたちのためには戦いたくない。おまえの軍に加わって、おまえと一緒に戦いたい！》ランカン・ンファリの救援はボケトを水没させ、一方うまく内部に入り込んだケモコ・ビラリは翻って、彼の軍を城主、アバルに向けた。

かくしてウブ派は終った。

《カラモコ・アバルは、その将軍たちと弟たち、そして成人した子供たちと一緒に処刑された。サモリイは、以降、道を行き来する隊商がもうウブ派の略奪を心配する必要がないことを証明するため、カラモコ・アバルの元部下たちをシエラ・レオネまで晒し者にして行進させた。この折、シオラ・レオネの週刊誌は、ウブ派の退廃にけりをつけた、週刊誌の用語では、通商と文明の発展を保証する、サモリイの勝利を報じた》
アバルの死は期待したほどの平和をもたらさなかった。一八八〇年代の終り、ふたりの威信ある聖者が、アルマミたちの独裁的な権力を倒しヨーロッパの侵入に抵抗するため、変らぬ不満を述べ、民衆を扇動しに来た。現在のキンディア地方にル・ワリ・ドゥ・ガムバ、ラベの北にチエルノ・ンダマ。だが、それは見せかけだけだった。名誉の悲壮な戦い、プル族の情けない道化芝居！　将来が語られ、おまえのうぬぼれた執念深い先史時代の牧童の種族はもうなにもできなかった。ヨーロッパの侵入がもたらす新時代の法律は、間違いなくその世界にも適用されなくてはならなかった。

＊

一八八八年、交代の恩恵で新たに王座に就いたアマドゥの最初の決定は、ラベ地方の長にアルファヤ党のリーダー、アルファ・イブライマ・バサンガを指名したことだった。気がたぎったガシムは軍隊を動かし、バンタンゲルでこれに勝った。アマドゥはラベのソリア党の長、アルファ・チエウィレにバサンガの応援に来るよう命じた。ガシムは今度は狼狽しカッソのメディンに逃げた。そこからカイまで行き、スーダン・フランス軍を指揮していたアルシナー大佐を訪問した。アルシナーは、ガシムがラベで権力復帰するために人と軍を貸す提案をした。この間、アルシナーの軍はニオロでひどい殺戮を犯した。ニジェール河の湾曲部に向けたフランスの並外れた敵陣突破にかかわらず、高セネガルのプル族のほとんどはまだ、常にセグウに君臨していたエル・ハジ・オマーの息子、アマドゥに忠実だった。フランスの支配に我慢できず、ニオロの人々は、植民地時代の最初の大殺戮に痕跡を残したアルシナーに反逆した。

「すべての男を去勢し、子供たちの首を切り、妊婦たちの腹を裂いた暴力行為を見て、もうおまえの援助は欲しくない、大佐」アルファ・ガシムは顔に唾を吐いた。「私はラベに帰る。死ななくてはならないなら、私を殺すのは私たちの誰かであるほうがいい。そのほうが道理にかなっているだろう」

「好きにしなさい、王子！ おまえがどうしたいのか知るのはおまえだから。権力か、誠実か」

「おまえの庇護の下にラベで王子に戻るより、権力なしで生きたほうがいい。おまえは今やったことよりひどいことを私のところでするだろう。おまえたち白人はもはや知らない人ではない。おまえたちの心がいかにうわべだけなのかは、皆が知っている」

「勝手なばか騒ぎはやめなさい、王子！ おまえの地方に君臨するため何人の不幸者の首を切ったのだ？ 私のところまでおまえを走らせたのは誰なのだ？ あるいは、罪を犯すのがおまえたちの生来の性向なのか？ おまえの国のアルマミたちは卑しい肉料理のために人間の頭を取る。おまえたちに裁断を下すためにはおまえたちがアルマミの婦人をちらっと見ただけで十分。おまえは私は知らないと思っているのか……？ セグウのアマドゥ、チエバ、サモリイ、それにウオロフの弱小国の王たちも同じだ。おまえたちは皆、権力と血を渇望する獣だ。だから私たちはここにいるのだ。おまえたち黒人の道化をやめさせるために！」

「おまえたちは誇りも掟もない強盗の一団にすぎない！」

「それではおまえたちは、槍で武装して洞窟に住む原始人だ！」

「私たちは誰も侵略しない！　守るためでなければ人を殺さない！」

「それは嘘だ！　おまえたちは、本能から、悪趣味から、人肉の味のために殺す。私たちは歴史上の立場を守るためにだけそうしているのだ。それは同じことではないということは認めろ、ちっぽけな黒人！」

アルファ・ガシムはアルシナーを呪って、運命に立ち向かってラベに戻った。彼の敵たちはフタ・ジャロンをフランスに売るためにカイの滞在を利用したと吹聴した。この摘発は以前の多くの不品行に加えられ、《イスラムの最悪の敵、赤い耳の異教徒》に内通したとして、死刑の宣告を受けた。すぐに拘束され一八九二年、ボカ・ビロがラベに据えた新たな王子、アルファ・ヤヤによって、騒然とした戴冠式の後に、銃殺された。

＊

ウブ派との戦争およびの王朝のうんざりする争いに没頭して、アルマミたちはすぐには彼らの運命が決定付けられたことに気付かなかった。敗北の広がりを実感したのはアバルの死から数年後のことに過ぎなかった。ボケトの森から出てきたとき、フランス人たちは、アルマミたちに意見を聞くことなく、セネガルに引き続いて、海岸の臣下たちの土地に植民地を創ったばかりだった。コナクリを首都に、バヨル博士を行政官にして。そして白人たちは、ボケ以外に三つの新たな頑強な砦と強力な軍隊を持った。ベンティ、デュブレカ、それにボッファである。交換にアルマミたちに支払われるべき税金は初め間隔が長くなり、その後、理由なく消滅した。その間、コナクリから、サン・ルイから、あるいはスーダンから、使節がチムボに相次いで来て、圧力を維持し威嚇した。フランス人たちは、ウブ派を排除することができるようにした男、サモリイ・トゥレとの同盟を執拗に非難し、アルマミたちの怒りをさらにひどくした。他にも理由はあったが主にこの理由から、プル族の精神のなかで、明確な反フランス人の感情が漂った。報復行動が地方のあちこちで取られた。例えば、一八八六年、ボケから来た大使、フク博士がチムビ・トゥニを横断したとき、何者かに強奪され、捕まり、裸で樹に繋がれ、ひどく叩かれた。フグムバの名士がそこを通りがかり、命が助かった。命だけは助かったものの、いずれにしろ、すでに遅すぎた。かすみ網の中のツグミのように、フタ・ジャロンは多くの罠の中にあったが、まだフタ・ジャロンはそれがわかってなかった……

おまえたちの不潔な祖先たちは、自分たちが他より、白人たちより賢いと考えていた。フランス人とイギリス人を互いに利用して、見返りを渡さずにこちらからとあちらからと金を取り続けようと考えた！　疑いなく、一八八八年以降、パリでイギリスとポルトガルが正式にフタ・ジャロンの王国に関しフランスに不可侵権を認めたことを知らなかったのは彼らだけだっただろう。一八八九年、包囲の政策を続け、クルサに分署を設置し、ニジェール河の左岸すべてを割り当てる条約にサモリイ・トゥレにサインさせ、最終的にふたつの同盟王国を分けた。トマの広大な森林のほうに押され、フタ・ジャロンの動物たちとシエラ・レオネの武器製造所を分断され、サモリイは檻の中の牡牛のように足を踏み鳴らした。アルマミたちはすぐに、老巧な策士たちによって物資供給の非合法回路を見つけた。しかし、フランス人もすぐにマンディングの地、エラマコノとファラナにふたつの新たな分署を建てて防御した。

一八八〇年終り、三つの河の地方の最後の三つの独立国、つまり、アルマミたちのフタ・ジャロン、サモリイ・トゥレのワスル、それにアマドゥのセグウが、フランスの支配のもとに落ちるかどうかを知るのは問題にならず、問題はそれがいつかであった。

一八九〇年の雨季のこの日、ドヤ・マラルは、アルマミ、イブライマ・ソリイ・ドンゴル・フェラの死に際して地方が分担する諸税を集めに、コレンに来ていた。哀悼の太鼓が響き、夕暮れの祈りが終ったところだった。ゆっくりと間を置いた、かすれた音が九回打たれたのを彼ははっきりと聞き、もはや一分の余裕もないことがわかった。すぐに馬に鞍を掛け、先を急いだ。事後のことを予め言っておく余裕などなかった。彼は差し迫った危険が首府で企てられているのを、亡くなった君主を埋葬した後にすぐ、かくも早くチムボに血が流れることを知っていた。彼らの父、アルマミ、ウマーの死の折、モディ・パテとボカ・ビロは、王座を要求する、融通のきかない、うぬぼれ切った年令には達していなかった。今はもうそうではなかった。それぞれ、力量を、気質を、多くの兵隊を、火薬の樽を、偉大な王となる権力への動物的欲望を持っていた。つまり、多少なりとも高潔で、高貴な者たちには恐れられ、民衆からは敬われていた。ふたりともソルヤの王子であった！　ソルヤは王座を放棄しない。それを称えるか、あるいは殺す。一度彼らの叔父が埋葬されれば、刀を研ぎそれで切りあうのを防げるのは神のみである。この呪われた日が来るのは避けられず、ずっと以前から天に刻み込まれていたのを、彼、ドヤ・マラルは知っていた。彼は、三人でドムビヤジの墓地のふたりの父の墓を閉じたあの日、ふたりの異母兄弟の視線をはっきりと感じていた。兄の軽蔑と弟の早熟な野心を、一方の計り知れない高慢さと他方の激情を静める試みは空しかった。そして彼はあきらめ、口を閉じ、宿命に物事を委ねることにした。数世紀前、老コイネもビラヌとビロムの双子を前にそうした。しかしながら彼は、怨恨の、疑惑の、脅威の、尾行の、熱に浮かされた不安な期待のそれらの年の間、隠された武器を集める労を取った。なぜなら、彼の選択はすでに為されていたから。おそらくしばらく前から、アルマミ、ウマーがボカ・ビロと彼を馬の背に乗せ、割礼した時から。《その日、死ぬか君臨するかしなくてはならないから。私は、子供の頃におもちゃを共用し、ナイフが私たちを清潔にした日、彼の血を私のに混ぜた、ボカ・ビロの方に付くだろう》この場合、絶対に選ばなくてはならなかったから、彼はそう言ったのだ。彼はふたりとも好きだった。彼の父、ビロムを保護し爵位を授け、行政官と判事の地位を与え、軍職を学ばせ、実の息子のように扱ったアルマミ、ウマーの息子たちなのだ。

　ふたりとも血色のいい、すべての戦場で彼らの父の供をした、勇敢かつ神経過敏な、熱烈かつ華々しいソルヤだった。自らを曲げることなく、その場所に彼らと彼らの母の命を委ねることができたほどに攻撃的で、意地っ張りで、意固地で、強情だった。ふたりは肉体的にも精神的にも違っていたが、先ずは、指示するだけで気を使わない、気取って服従させるだけのチムボの王子たちだった。モディ・パテは痩せていて、ボカ・ビロは頑強だった。一方は策略と精緻さに満ち、他方は怒りとエネルギーに沸き立っていた。一方は猫の柔軟な運動神経を持ち、他方は水牛の予知できぬ力を持っていた。（フタのライオン、ネネ・ディアリウ（ボカ・ビロの母）の雷鳴、それはボカ・ビロそのものだった）人は言う。ある時彼は彷徨う犬に石を投げた。それが跳ね返ってパパイヤの樹を倒した。おまえに言おう、プルよ、彼は怪物だった。最もたっぷりな食事でも三口で平らげた。チムボで彼が怒るとイムベリングの奥地まで聞こえた！

それはこう書かれた。《二人は理解しあうためには生まれてこなかった。いつの日か戦わなくてはならなかった。ガブに戻ってから事は悪いほうに向かった。長兄権の考えがしみこんだモディ・パテは父が残した莫大な宝を独占し、兄弟たちにも、また異母兄弟たちにも、金、動物、奴隷を分配するのを拒んだ。彼は、ソルヤ党の伝統的領土であったソコトロ、ネネヤ、エラヤに支持者たちと衛兵たちとともに住まわせていた異母兄弟たちを追放した。ボカ・ビロとイブライマという者が他の兄弟姉妹より僅かに強く不満を表した。さらに不満を強めるのを思いとどまらせようと、兵士に棒の一打ちでイブライマを殺させ、ラベに逃亡した。地方の長たち皆の介入でアルマミ、アマドゥは許し、ソコトロに戻ることを認可した。他に比肩できない富を守って、有力者たち、とりわけ沿岸のフランス人に良く見られていた長老会の最古参、チエルノ・アブドゥ・ワアビに支持され、無敵と思ったのも事実だった》

しかしながら、より哀れな、権力の高位な領域であまり評価されなかった——フグムバの王子だけ少しの評価を認めた——ボカ・ビロは恐れられた。皆、彼が精力的で、断固として、野心的なことを知っていた。きちんと武装した五〇〇人の衛兵を伴わなければ決して動かなかった根っからの戦士だった。王冠を望む意思を示した時、ネネ・ディアリウは馬を繋いで、思いとどまらせようとしたが、無駄だった。

「あきらめなさい、息子よ！」彼女はすすり泣いた。「長兄の前では目立たなくしなさい！　彼はフタで最も卓越した富と発言権を持っているのです。立ち向かうのは止しなさい、殺されるだろうから。今回は敬意を表しなさい。待つことを学びなさい。必ずおまえの番が来るから！」

「お母さん、私の首が見えますか？　そこが権力が行き着く場所です。私が君臨するのを妨げるにはそれを切らなくてはなりません。さいころは投げられました。お母さん、あなたの泪は何もすることはできません。私がモディ・パテを殺せば私が王座に就きフタの皆はあなたが良き母で良き妻であったことが解るでしょう。もしパテが私を殺すなら、弟のアリウも息子、モディ・ソリイも殺され、イスラム教徒たちはあなたがこの地で良き指導をしていたことを疑い始めるでしょう」

「王座に就かなくても皆とても幸せに生きていけることを保証しましょう。あきらめなさい、二〇〇頭の乳牛をおまえにあげるから！」

「いやです！」

「二〇〇人の奴隷、一〇〇人の男と一〇〇人の女の！」

「私は王国の王子です。指揮する時が来た今、祖先の血を欺く危険を冒しても、私はそれに答えなくてはなりません」

ドヤ・マラルは明け方まで騎行した。彼はチアチアコの保養地の小集落でボカ・ビロをみつけた。埋葬の翌日、従者が来てモディ・パテは正式な信任を願い出るためすでにブリアにいることを告げた。ボカ・ビロはすぐに部隊を集めて、そこに突き進んだ。だが、村の長老たちは示し合わせていた。ボカ・ビロが門前に来たとき、彼の異母兄弟、モディ・パテがフグムバに行き、王座を得たと思わせた。ボカ・ビロはすぐに一番早い伝令を呼んで言った。「アルファ・イブライマに今行くと伝えろ。王家の太鼓とフグムバのすべての民衆とともに私を迎えるよう望む。その王冠は私に戻る。彼がフクムバの長の地位を保ちたいなら、私の頭にその王冠は置かれなくてはならないと伝えろ」

パテはブリアで、ビロはフグムバで王位に着いた。同じ王座にふたりのアルマミ、同じ獲物に二頭の飢えたライオン！　確実に一方が他方を除去しなくてはならない。わらぶきの家々の中で、フタ・ジャロンの人々は、ふたりの主役が彼らのグリオたちと兵士たちとともにチムボに集中する前に、新たな悲劇の到来を覚悟していた。ふたつの軍隊は街の西門の前に立っているフロマジェの樹の下で衝突した。早くからボカ・ビロが優位に立った。その支持者たちから見放され、パテはやっと納屋に隠れた。ある老女が雌ラバ一頭と銀の腕輪と引き換えに彼を密告した。

「分かった。アルマミとなれ。俺はアルマミの兄ということだ！　少なくとも神を礼賛できるよう、命は助けろ！」

ボカ・ビロは泪を出さんばかりとなって、兄の特赦を承知する決意をした。フグムバのアルファ・イブライマは力を尽くして反対した。「何だって、非常におひとよしな！　彼を特赦するなら私の支持はもうないものとしてくれ」彼を脅した。「豹が傷ついた時には、息の根を止めるか、自らの死を準備させるかだ」

そして軍の長、ガリバは、唯一フタの王子の体に入り込むにふさわしい金の銃弾での、不幸な者の処刑を命じられた。

この殺害に酷く恐怖して、国はかつてない服従とあきらめとともに新たなアルマミに帰順した。しかしながら、権力の領域で、恐れと怨恨がすぐに不健全なうわさと秘密の陰謀に転じ、フタ・ジャロンを蝕み、最終的な王朝の陥没を急がせた。ボカ・ビロの大胆な気性がその不吉な風土に有利に働き、権力の伝統的交替を徐々に遠ざけたのは事実だ。彼の天分は、若者たち、控えめな人たち、解放奴隷たちから支持された。彼の悲劇は、白人の脅威の前ではあまりに不安定でもろい連合の権力を解体し、その代わりに、強い中央集権を建てようとした彼の意思にあった……

妥協しない、粗暴で威圧的な国家主義者、ボカ・ビロは、好意的な地方の長たちにも早くから離反され、彼自身の野営部隊の中にも多くの反感を引き起こしたが、ためらわずに、きわめて不可解な決定を最後までつき進めた。権力に就くとすぐにすべてのアルファヤ党の王子を解任し、最も小さな地方まで、序列も階層も無視して、彼が選んだソルヤ党の候補者たちを就けた。例えばラベに、その街の長老たちの暗黙の意見を無視して友人、アルファ・ヤヤを乱暴に押し付けた。チムボでは、ライバル、アルファヤが当然にも抱く敵意に加えて、彼自身の腹違いの兄弟たちの、とりわけ、モディ・パテの殺害およびいい加減な方法で彼が権力に達した際の長老たちの故意の策略を決して許さないアブライとソリイ・イリリの怨恨に立ち向かわなくてはならなかった。彼の権威は実際はふたつの要素に依存しているだけだった。彼の限界のない勇気とフグムバのアルファ・イブライマの支持だ。しかしこの支持は一八九五年に起こった最も取るに足りない出来事によって崩れ落ちた。

カラの名士、チエルノ・アムジャタはそのガレ〔後宮〕にクムバ・ジワルという美しい妾とフタのすべての良き騎士たちが賛美していた馬を持っていた。地方の長の特権を悪用して、アルファ・イブライマはチエルノ・アムジャタと妾と馬とを引き離した。これはチムボの裁判所に訴えられた。あまりのいい加減さに不快になったビロはフグムバの長に直ちに財産を訴えた被害者に戻すよう命じた。アルファ・イブライマは拒否した。ボカ・ビロは彼を破滅に追い込みフタ・ジャロンから外す決定をした。彼は有罪者を職から解き、カラとダラバ地区をフグムバから離脱させチムボの直轄とした。アルファ・イブライマは復讐を誓い、その日からすべての彼の影響力と威信とを敵の陣営に投じた。

古狐はラベの王、アルファ・ヤヤに加わり長老会の一員となることに成功した。彼はアルマミをバンタンゲルで罠におびき寄せ、すぐに抹殺されるであろう彼の腹違いの弟でライバルのモディ・アブライに即位を行わせるよう決めた。

アルマミはそこで多くの衛兵を失ったが、逃亡し、信義を守っている王、チエルノ・マアディウのチムビ・トゥニの地方にたどりついた。息子モディ・アブライ、顧問ドヤ・マラル、聖者カラモコ・ダレン、それに秘書モディ・サイドゥが軍隊を組織し反撃に加わった。

偶然だったのだろうか？　デュブレカに新任したばかりのフランスの司令官ベックマンが辺りをうろついていた。彼は馬に乗るのが好きで君主の落胆した状態を自ら確認に来た。

「遊撃兵の一隊をあなたに捧げ、チムボで勝利し、あなたが王座に再度就くよう手伝いましょう、閣下殿」

彼は陰険にも提案した。

「これはプル族内の問題だ。白人には関係ない。ひとつのこと――プル族を打ちのめし、国を身内の神父たちが占有すること――しか求めていない見知らぬ人に助けを求めるよりは自らの親戚に殺されたほうがましだ」

しかしながらフランス人は、彼の衛兵の内にふたりの監視員を迎え入れることを納得させた。そしてデュブレカに急ぎ、コナクリの司令官に報告書を出した。

フタは大混乱の縁にいる。われわれにとって唯一の機会である。アルマミがのらりくらりするのを止めさせ、最後通牒に服従させる時である。われわれは新しいアルマミを承認するか、それとも、チムボに部署を設立する許可をわれわれに認めさせるということを唯一の条件にして、前のアルマミの復帰を認めるかである。進行準備を整え、軍事行動に移るべきである。数年来の悩みの種であるフタの問題は私たちを許さないだろう。商業界は、この事件に乗じて、われわれの権威を強くこの国に打ち立てることを望んでいる。

ボカ・ビロは、共謀者たちとの戦いを急いで、すぐにモノマを離れ、プル族、スス族とディアロンケ族の戦士から成る大隊列とともにチムボに向かった。口火を切ったばかりの動きを知らせられ、アルマミ、アブライ、アルファ・ヤヤ、アルファ・イブライマ、それにソリイ・イリリはペテル・ジャガの絶壁で道を塞いだ。戦いは苦しかったがボカ・ビロが大きく勝っていた。アルファ・ヤヤは逃亡した。フグムバのアルファ・イブライマとソリイ・イリリはグリオに仮装して原野に潜り込んだ。

モディ・アブライはヌンコロに避難した。ボカ・ビロは自ら彼を追跡した。彼を捕まえたが、意外にも、深い配慮の下に、護衛してチムボに連れて行った。疑いなく、この国に撒かれたこれらすべての血なまぐさい出来事が生み出している膨大な恐怖を和らげるためであった。

ボカ・ビロはこの輝かしい勝利で威信を引き上げ、チムボで、また、服従を誓い許しを得るために彼のところに来た長たちの各地方で、彼の権威の再建を急いだ。フグムバのアルファ・イブライマ、ソリイ・イリリ、そしてアルファ・ヤヤだけが服従を拒否した。彼らはラベに居て、最終的にフタ・ジャロンの運命を閉ざすことになる決定を願った――ボカ・ビロを終りにするために、フランス人を呼ぶことを。

＊

ソリイ・イリリは、今日なお彼の名を昔の犯罪者の額の恥辱の刻印のように押し付けているこの陰気な金言を声高く言って、フランス・スーダン軍の中隊が留まっていたシギリへの道を取った。《もし私が行おうとしていることを実行すれば、誰ももうフタ・ジャロンのことを話さないだろう》アルファ・イブライマはボカ・ビロに対する組織活動を率いるため、こっそり彼の領地に戻った。ボカ・ビロが王座を回復するのに成功し議論の余地のない権力を再建するなら、この奥深い国は恐怖と不確実の中で生きるだろうから。コナクリでは、もちろんフランス人は、彼らの多くの諜報員たちのおかげで、また、その後、国の隅々から発せられた忠実なる報告によってこの状況を知っていた。

ベックマンはその後、地方の長たちの大きな支持を得た。しかし彼はかつてなかったほど警戒して、ボカ・ビロにフランスの部署の設営を承知させるためチムボに向かう許可をコナクリの司令官に要請した。彼は、オメーという名のフランスの大尉に指揮された遊撃兵の一隊とともにデュブレカを離れた。しかし国境で思い直して、用心して隊をそこに残してオメー大尉と一小隊だけでチムボに進んだ。

一八九六年三月一八日、その少人数は三色旗とラッパを先頭にチムボに入った。君主に出迎えられるや否や、ベックマンは要求を繰り返した。アルマミは答えた。《私の答えは単純だ。フタを北から南まで散歩してみろ。おまえが見出す、身内の神父たちが所有している狭い土地のどこにでも、おまえの部署を建てて開設するがいい。さもなくば他を捜せ》

この返事に激昂したベックマンは、アルマミの口調の厳しさに不満をもらした。アルマミの答はこうだった。《ベックマン、私は多くのフランス人たちがチムボを通ったのを見た。ヘッカー、ランベール、バヨル、ブリクロ、オデウ、プラ、アルビ、等。誰も権威を誇示せず誰も発砲しなかった。私たちはおまえたちと通商条約にサインした。私たちはそれを保とうではないか。プル族は誇り高く最後のエネルギーまで独立を保つために抵抗するだろうことを知れ。プル族は、なぜフランス人はいつも変わるのか理解できない》

チムボの街中で戦争が勃発しそうになった。いらいらした民衆は武器を磨き、罵詈雑言を叫び、外国軍に石を投げ、フランスの国旗を燃した。身を守るためにベックマンはラッパを鳴らし銃を空に向けて撃った。状況は緊迫し、すべてが一瞬のうちにひっくり返る可能性があった。ボカ・ビロは何も得るものはなかった。敵に勝って王座を取り戻しても彼の王国の状況は輝かしいものでないことを知っていた。プル族はかつてなかったほどに分断してしまった。不信感が中央の権威と地方との間に行き渡り、憎悪が王家の間で拡大した。心配になって恐怖した一般人たちはもはやどの聖者に献身すべきか解らない。外国の侵略にとって、これほどまでに好都合になったことはかつてなかった。十分に考えてからボカ・ビロはベックマンを呼び、その書類に進んでサインした。

満足し、派遣隊は一八九六年四月一〇日に引き上げた。ベックマンは勝利者の身振りでデュブレカに戻り、貴重な文書をコナクリの司令官に送った。それを訳させたとき彼は驚いた。アルマミは実際はサインをしたのではなかった。次のような文言をページの下に書き込んだだけにとどめたのだった。

アルアムドゥリライ、唯一の神への賛辞！　アルマミ、ウマーの息子、アルマミ、ボカ・ビロより司令官へ、最敬の挨拶。当書の目的は、われわれはあなたの派遣隊、ベックマン指揮官とオメー大尉を受け入れたことをあなたに伝えることである。彼らが言ったことは良く理解したが、司令官と総督に会い、国のすべての名士たちの承諾を得、決まったことのすべてが実行されてからしか、肯定的な返事は与えられないことを彼らに知らせた。正しい道をたどる者に救いあれ！

五月一八日、総督は、文書の真の中身を知ってから、コナクリでこれを書いた。

それはむしろ断固とした留保、あるいは同意の引き延ばしであることが解るだろう。あなたとともに考え、来る一一月には、これらの引き延ばしと、ボカ・ビロの偽善は終わりにしなくてはならない。ボカ・ビロは、すべての条約のサインを拒否し、われわれにチムボからの撤退を強要したとスーダンとカザマンスのあらゆる場所に公示すると、私は大臣宛に認めた。

アルマミ、アマドゥが亡くなったのはこの加熱した、脅威と不安、激しい憎悪と陰謀の環境のなかであった。大混乱と苦悩の中、地方を揺すぶる途方もない不協和音が加わり、アルファヤ党の陣営は混乱した。彼の息子、アルファ・ウマーと甥、ウマー・バデムバは刀を取り出し、アルファヤ党の頭の跡継ぎについて文句を言い合った。ボカ・ビロは持ち前の、習い性となっている思いつき、無骨な率直さ、成熟していない駆け引きの感覚をもってこの事態に取り組み、アルファ・ウマーにはチムボに住居を与え、彼の廷臣に編入しさえもした。

ウマー・バデムバは、これを途方もない不当行為と見做し深く恨み、敵に加わってボカ・ビロへの復讐を決めた。共謀者たちはこの思いがけない加勢に勢いづき、ケリをつけることを決意し役割分担を決めた。ソリイ・イリリがシギリに到着する間、ウマー・バデムバは、非常に貪婪な、狡猾な、忍耐力のないデュブレカの行政官、ベックマンの方に回った。敵意に満ちた憎悪に興奮し、約束と生ぬるい贈り物に埋もれて、ベックマンは、それほど期待していなかった名士たちとの接触を、彼の誠実な通訳、ダヴィッド・ローレンスを通じて増やした。並行して彼はコナクリの司令官に執拗に催促し、フタを占有するための指令を与えるよう働きかけた。フランス人たちは良心に咎められることもなかった。国の最も威信ある長たちもそれをそそのかした。例えば以下のように。数日前、バライ行政府がアルファ・ヤヤから受け取った手紙である。

最も偉大なる、唯一の、慈悲深い神に、そしてその預言者モハメッドに感謝します。この手紙は、司令官と、私に加わったラベのすべての名士たちにニュースを知らせるために、アルファ・イブライマの息子、アルファ・ヤヤによって書かれました。今私が穏やかに健康を享受できるのはまさにあなたのおかげであります。私は、昼も夜も、すべての私の臣民たちともに、あなたの意のままであります。あなたは私の国の絶対な唯一の主人で、私たちは皆、あなたの手中にあります。先日、アルマミ、ボカ・ビロは伝令を通じ私に復帰命令を送ってきました。しかし私は、今後、私に構わないでくれ、私の今の長はコナクリに居ると返事しました。私はボカ・ビロがラベの権力から私を除去するためにフタで信奉者を集める意思を持っていることを知りました。私は完全に、私の身と私が所有するすべてのものをあなたの手中に置きます。しかしながら、私のものであるすべての地方を指揮するために十分な権威を持てるように、私を援助する必要があります。ラベ、ニコロ・コバ、ヴァレンデ、ヴォヨカディィ、バギセ、カボド、カモロ、ヴァビカ、クラ、サムブラ、カントラ、ディアマ、フィルドゥ、その他。私、アルファ・ヤヤは今私が主人であるこれらすべての地方を、すべての私の家族と臣民たちとともに、あなたに差し上げます。

ボカ・ビロは自分に対するたくらみは知っていたがチムボから動かなかった。背信を激しく非難し、フランス人の傲慢を呪いつつ、檻の中の動物のように宮殿の中に留まった。彼はフランス人に好意的だったすべてのチムボの名士たちを処刑した。また、ベックマンの使者たちを柱に縛り付けた。ぎりぎりのところで彼の弟、アリウが突然現れ、彼らを銃殺するのを思いとどまらせた。

＊

ベックマンはウマー・バデムバの訪問を受け、僅かな費用で評価できないほどの保証を得て、喜びに有頂天になった。チムボに足を踏み入れるためのバライ司令官の正式指令を得るのを忘れなかった。バライ司令官はそのとき、オーヴェルニュへ治療に行った総督の代理としてサン・ルイに行っていたので、少し待たなくてはならなかった。一〇月中頃、ついに待ちに待った許可を得た。二五日、ウマー・バデムバの先導で、オメー大尉に指揮された銃撃隊とともにソンゴヤを出発した。一一月三日、チムボに入った。アルマミは不在だった。同じ時、ピエス大尉に指揮され、ソリイ・イリリに先導された他の銃撃隊がシギリを出発した。チムボに入る前、この部隊はソコトロに寄ってアルマミのすべての財産を押収した。宮殿の前に集まった部隊を前に、ベックマンは三色旗を揚げさせ、チムボの奪取を正式に宣言し、アフリカのフランス植民地リストの上に記載した。直ちにサン・ルイの総督宛にこの喜びの電報をカンカンから発信した。

カンカンより、ベックマン行政官からサン・ルイの総督宛。至急電報。われわれオメーとミュラーの小隊は一一月三日、チムボに到着した。街は空で、抵抗は無し。初めにソコトロに入ったピエス小隊はボカ・ビロのすべての財産を押収した。ボカ・ビロはフグムバ近くに居るとみられ、不確かな情報によれば、チムボへの進行部隊を配置した。ピエスは三日、クルサ、ファラナの道、バフィンの小道を守るためにのみソコトロに分隊を残して、チムボに加わる。ボカ・ビロの対抗者、フグムバのアルファ・イブライマは六日、多くの戦士たちとともにチムボに入る。以上、コナクリ。

予定通り一一月六日、フグムバのアルファ・イブライマは多くの戦士たちとともにチムボに入り、新たな紀元を宣言するために演壇に登った。《神に祈り、新たなわがままを忍従しましょう、親族たち！　誕生の日、神は好みの色を与える。昨日は黒、今日は白！　最初はコニアギ族だった。コニアギ族の次はバガ族、バガ族の次はナル族、ナル族の次はスス族、スス族の次はマンディング族、マンディング族の次はプル族、プル族の次はフランス人、その後は世界の終り！　その他すべてに勝る良き神のラッパが鳴る時、最後の審判の日が来るだろう……》偶然、ちょうどこの時、フランス軍が野営していた平地の方からラッパが聞こえてきた。ベックマンは残忍な視線で列席者を震撼させ、せせら笑った。《ここもそこも、統治するのはわれわれのラッパだ。決まったことにつべこべ言うな！》

＊

ベックマンの電報は事実を言っていた。アルマミはチムボに居なかった。ただ、フグムバにも居なかったが、ラベ地方内のどこかに居た。友人アルファ・ヤヤの裏切りは、他の誰にもまして彼を深く傷つけた。彼を襲撃した多くの問題とは比較にならないほどに、この背信行為はすべてに勝るものだ。アルファ・ヤヤはすべてをボカ・ビロに負うていた。カデの世間知らずから抜け出させ、若き日の多くの犯罪から立ち直らせ、兄弟たちの不利益を顧みず、またほとんどの名士たちの激しい反感にもかかわらず、国の最も力強い地方の頭に据えたのはボカ・ビロだ。裏切り者は除去すべきであった！　よってボカ・ビロは策略をめぐらせた。彼は、ラベを必ず通らなくてはならないバディア内のドムビヤジにある彼の父の墓に巡礼に行く意思を、フタの全域に通告した。この地域の王を通じて、アルファ・ヤヤが彼に随伴するため、チムビ・トゥニで会うようにした。アルマミの意向を疑ったアルファ・ヤヤは、ラベとチムビ・トゥニの境界であるサニオンまで進み、強大な軍隊で攻撃された場合の防御に備えた。一一月八日、ボカ・ビロはチムビ・トゥニの路上、バムベトを夜突然訪れて休息し、彼の計画の実行詳細を丹念に仕上げた。九日朝、彼の母の伝令が来て、チムボの占領を伝えた。彼は直ちに道を逆にし、侵略者たちを追い出しに首府に進む決心をした。

「お父さん、」モディ・ソリイが言った。「白人たちに立ち向かう前に二度考えよう。彼らの武器は真っ直ぐに地獄に向かって出て行くし、その卑劣さは理解力を超えている。最も名高い王たちはそれら悪魔に打ち砕かれている。偉大なエル・ハジ・オマーがどうなったか、その息子、今日、ソコトの私たちの家族のところに逃げなくてはならなかったアマドゥの苦悶を想像してみよう。お父さんの友人のサモリイは、勇気にも天分にも欠けないにかかわらず、話をしている今、断罪され、武器も備蓄もなくジャングルの境に閉じ込められ、罠に落ちた水牛のように怒り狂っている。白人たちは多数だ、お父さん、そして私たちは私たちだけだ。

フタは私たちを見捨てた！」

「もし怖いなら、そう言え」大ライオンが怒号をあげた。「私生児たちや奴隷たちに問うているのではない！」

「私の血管の中にはお父さんの血が流れている。それは恐怖を知らない血だ。少し前、私はベックマンに言った。『フランスがフタに入るであろう日、私は義務の犠牲となるだろう』今日、この意見を変える理由は何もない。私の足をお父さんの足がつけるところにつけよう。私はお父さんの側で戦う。若き日、お父さんが私のお祖父さん、アルマミ、ウマーの側でしたように。もし私が勝てないなら、私は死ぬために戦う。私はフタの王子だ。フタの王子は白人たちの雑役はやらない」

「それが私が聞きたかったことだ……」

彼は少し黙ってから、急に他の仲間たちの方に振り向いた。

「皆は？」

「私たちの義務は、涼しさの下でも、砲弾が鳴る音の下でもアルマミの側にいることだ」長老会の長、チエルノ・アブドゥイ・ワアビが言った。

「私の首を見たか？　これが彼らが欲しがっているものだ。まあいいだろう、彼らにあげよう。今から私の死の翌日の悲しい灯りが見える。その日、不幸の大洋がフタを水没させる。プルの女は裸にされ打たれるだろう。プルの男は白人の重圧を支えるため額を下げるだろう。ああ、モンネ、私の宮殿を苦しめる、アロエの味のように耐えがたいつらさ。仲間に裏切られた残酷なつらさ！　何世紀にも渡って結果を償え。私が巻いているターバンは私が負うている者の物ではない。私は神の意志によるアルマミだ。フタのアルマミは私だ。アルマミは罷免されることはない。アルマミは君臨するか死ぬかだ」

「お父さん、今からチムボに行こう！　立派な生贄を準備し、私たちの父たちの土地のために死のう！　私は今から妻たちに喪のキャミソルを渡そう」

アルマミには、戦いに出発する前に国の名士たちを招集する義務があった。ボカ・ビロは今回は誰も来ないだろうことは解っていた。それにもかかわらずしきたりの生贄を捧げた。あたかも皆が変わらなかったかのように、あたかも生活が以前と同じに感じるかのように……その辺数百メートルを気取って歩いていたアルファ・ヤヤは伝令を受けることをも拒否した。六〇人ほどの支持者と、アルマミ、ボカ・ビロはチムボへ出発した。アルマミがフグムバに居ると考えていたベックマンのほうは、弾みをつけてそちらに部隊を送った。一八九六年一一月一四日の早朝、ポレダカで遭遇した。

フランス軍はソリイ・イリリが護衛していた。ボカ・ビロのまばらな隊列を見て、討つべき首領たちを遠くから示した。最初の砲撃は王子モディ・ソリイを見舞い、倒れて死んだ。手仕事で作られた銃の少人数の軍の生き残った者たちは、それでも、大砲と小銃の射撃に敢然と挑んだ。彼らのうちの五〇人は一瞬も逃げようと考える間もなく倒れた。銃弾はアルマミの体に入り得ないことを知っていたソリイ・イリリは彼の馬を倒すよう勧めた。馬は後足で立ちアルマミの足の上に倒れた。アルマミは骨折したが、戦場を逃れ近くの河の森の道に入り込むことができた。そこで茂みに隠れた。ソリイ・イリリがベックマンに口添えするまで、皆は彼を探した。《時間の無駄です。森は深く、辺りは淵や洞窟が多い。彼の意図はタンキソのナファヤに合流することです。そこに彼は多くの予備の戦士たちと驚くべき量の銃と弾薬を持っています。行うべきことは、ナファヤに向かう道のすべてを遮断することです。彼がそこに私たちより早く着くなら、代償は高くつきます》

夜を利用して、ボカ・ビロは草の根と野生の漿果を食べながら、原野を渡った。足が腫れて化膿しはじめ、疲れ切ってボトレの村の近くで倒れた。サドゥ・ビリマ・カンテという鍛冶に引き取られ、手当てされ穀物倉庫に隠された。翌日、ウマー・バデムバの弟、モディ・アマドゥが兵隊とともに村に乗り込んだ。《逃亡者、ボカ・ビロがここにおまえたちとともに居ることを知っている。ふたつにひとつだ。彼を引き渡すか、あるいはおまえたちをそれぞれの小屋に閉じ込めて下から火を点けるかだ》恐怖して住人たちは白状し鍛冶の小屋を示した。そこの主人が料理したばかりのマニヨク芋を食べているところだったボカ・ビロを皆は見つけた。彼は銃を出して発砲したが、すぐに抑えられ倒された。モディ・アマドゥは彼の首を切ってチムボに運んだ。柴の束のように縛られたアルマミの母、ネネ・ディアリウは、それを彼女の頭の上に乗せてチムボを横断しベックマンに提出するよう強要された。ボカが死に、きちんと最後を遂げたことを示すため、同じことをコナクリで、司令官、バライの前でするよう皆は彼女に強制した。アルマミの支持者たちと近親たちは処刑された。若い三人の彼の息子たちは――最も年上がまだ一五歳になっていなかった――フランス・スーダンに逃げ、そこで、バムバラ族の中に根づいた。

かくしてフタ・ジャロンの王室は終わった。

おまえの神代の種族の混血女は確かな一撃で震え、そして立ち直った。彼女は制圧された取るに足りない大地と占領者のゲートルを濡れた目で見、宿命に加護を祈り、そういうものだとあきらめる決意をした。屈服したのはそれが初めてではなかった。いずれにしろ、反目の激しい攻撃下での不運！　アラーがそれを送ったのならアラーには彼なりの理由があったということだ。彼女は、彼女の暗い足跡に、彼女の埃っぽい神話に、彼女の失った神に、彼女の不確かな出身に、彼女の嘆かわしい征服に、だれもがよりシェークスピア風な宿命となった彼女の王朝に、思い耽った。突然それらすべてがあたかも遠く、くだらなく、無縁で、理解不能に思われた。彼女は目をこすって、歴史の不確実性と存在の混乱について長いあいだ考察した。

季節があるいは主人が替わった以上には悪くはなかっただろうと彼女は自らに言った。同じ太陽、同じ雨がいつでもずっと再生産されるのだから、ずっと以前から、拒絶し忘れようと努めてきた、その疲労と死の味を口の中によみがえらすのは、いつかは止めなくてはならないだろう。今、火事が治まったのだから、消火に携わった人たちの重みの下に続くことを学ぶべきだろう。各時代、それぞれのやり方がある。金がコーリに換わったのを見た。洞窟の中での祈り、三つ編みに結う様式、動物の皮の服、群盗の襲撃、集団大移動、火山の噴火、大地震、派手な彗星の落下が終ったのを、そしてクメーンの出現を皆は見た。そして今、プル族の終りだ。

彼女の世は永久に消えうせたのだから、フランス・ギニアの新たな始まりを準備しなくてはならない、と彼女は自分に言った。聖職者たちと司令官以外に、恐怖に陥ってはおらず、むしろ楽しんでいる、新たな規律に従っているというよりは唖然としている、ほとんどが現地人の兵士たち、混血たち、遊撃兵たちが、コナクリには二〇〇〇人以上が住んでいた。街角の唯一の食料品店が銀行、郵便局、そして船の切符の販売窓口を兼ねている。泥だらけの道が港と司令官官邸を結び、二クーデの小道が、倒れたハゲワシの残骸の山の間を危なげに蛇行し、珍しい植民地風の建物と、黒人たちがひしめきあっている臼の形をした小屋々々とを結んでいる。パン屋が一軒だけあって刑務所はまだなかった。当初、盗人たちと不服従者たちを道に長く続く木々に繋ぐことで満足していたが、後にあちこちに分けて拘留した。一グループは港に、他はらい病院に、あるいは宮殿の付属建物に。そして遊撃隊が湿気のせいで真菌症と弾薬の保管に大いに悩まされている駐留軍の陣地にと考えた。それは廊下全長に並んだ、苔癬で壁が黒ずんだ、下水と海水があちこちに溢れるありきたりの構造の地下の狭い部屋だった。

〈イチジクの樹とオリーブの樹にかけて！　そしてシナイ山にかけて！　そしてこの確かな街にかけて！　われわれは確かに最も完全な形に人間を創った〉夜、守衛の足音、彼らが武器をカチカチ鳴らす音、ハイエナと犬の吠え声、気が狂った囚人たちのぞっとする騒ぎが聞こえた。〈続いて、最も低い位置に戻した。信じ、慈善行為をするものを除いて〉番号がブリキの波板の扉の上に何の秩序もなく青のチョークで大急ぎで書かれていた。〈それらは途絶えることのけっしてない褒美を受けるだろう〉廊下の奥に、壁が直接に岩を削ったものであるその部屋に、一二の番号が見える。〈その後にも、裁きを嘘だというものがいようか？　アラーは裁判官たちのなかで最も賢明であることを知らないのか?〉そこ、一二番の部屋から、祈りは来ていた。狭い採光窓の生気のない明かりで僅かに照らされたその部屋に四人入れられ、最も若い雰囲気の者が頭を振りながら唱句を朗唱していた。そして首に襟巻きをしている者が動きを止めて言った。

「私たちはここから出よう！　家に、フタ・ジャロンに戻ろう！　胸に手を当てて、皆、誓おう！」

彼らは誓い、襟巻きの男が続けた。

〈天と地にあるすべてはアラーをほめたたえる。最も強く、最も賢いのは彼だ〉

守衛たちは粗暴でひねくれ者だったが、外との、そして時代と彼らを結ぶ唯一のつながりだった、ボリイは毎日一粒の米を守衛からもらって、部屋の隅に保っていた。

守衛たちの話と、米粒の数のカレンダーとで、彼らは時の流れに従って出来事を再構築することができた。

ある日、ボリイは彼の米粒の山を長い間目をこらして見てから言った。

「二九七日前から私たちはここに居る。そしてアルマミの母、ネネ・ディアリウが釈放されてからちょうど二〇〇日だ。かわいそうな人、チムボをふたたび見る勇気はなかった。生地であるシラクマに彼女の悲しみをしまい込みに直接行った」

別な機会、看護室から戻ったとき、彼は藁布団の上に倒れ、泪を見せまいと壁の方に向き直った。

「かわいそうに、彼女は先週亡くなった。チムボからコナクリに息子の頭を運んだ。母ならば誰でも、これに耐えて生き長らえるのは難しかっただろう！」

三七八日め、彼は怒りに煮えたぎって告げた。

「アルマミの聖者、チエルノ・イブライマ・ダレンが釈放を獲得した……彼がどうなったのか聞きたくはないのか……？　バライ行政官付きのプル語とアラブ語の通訳だ。ああ、ボカ・ビロがこれを知ったら！」

四六〇日め、真夜中に扉が開かれ、牛泥棒のグループが部屋の中に押し入れられた。守衛はタバコの吸殻に火を点け、二言三言悪い冗談を口にしてから、藁の松明で強盗たちの顔を照らしながら、詫びなくてはならないと思った。

「窮屈になってしまうが、他に場所がないのだ」

「かえるたちとねずみたちに言ってくれ。ここで一番場所を取っているのはそいつらだ」アルファという者が冷笑した。

「われわれはアルマミの随伴者だ。牛泥棒と一緒にするな！」ドヤ・マラルが虚しく抗議した。

翌日、明け方の明かりを利用して新たな到着者たちを注意深く見た。彼らは三人だった。ひとりは右の足首から無くし、最も若いのは頬に傷跡があった。彼らはトルバドゥール〔中世の吟遊詩人〕のようなぼさぼさ髪で、砂蚤と原野の蔦の匂いがし、皆殴られた跡があった。

「守衛たちがやったのか？」世界のどこでもからかうことはできると無邪気に考えたアルファが質問した。

「守衛だろうと海から来た化け物だろうと、あなたたちに関係ないでしょう！」耳輪をし、腕輪をした最も太ったのが愚痴った。

「許せ、親類！　おまえたちの気分を害するためではない。ただ少し話すだけだ。しばらくの間一緒に住むように要求されたのだ。私たちは話さなくてはならないだろう」

三人は心を開かないまま、首を硬直させ、爪を噛み、三人一緒に明り窓のくもの巣を見ていた。だからといって落胆することもなく、そうすればより愛想よくなるだろうと思って、アルファはより優しい声で言った。

「私はアルファという。他は、ボリイ、ディビ、それにドヤ・マラルという。前に言ったように私たちはアルマミの最後の随伴者だ。今、おまえたちは私たちが誰かを知った。おまえたちも名前を言ってくれるか、さもなくば……」

さもなくば別にかまわない、と言いたかったのだが、彼は数分待ったままにした。一番若い、頬に傷跡があるのがつぶやいた。

「私も、ドヤ・マラルといいます」同名異人を見つけるのに地獄の底まで落ちる。こいつはまったく偶然というものだ！

「同名異人、おまえもチムボの出身か？」

「いいえ、私はアルマミとは関係ありません」

「ラベか……？　チムビ・マディナか……？　コインか……？　では私は言い当てられない。それ以上遠くに行ったことがないから」

「彼がどこから来たか言わせられたら私たちも助かります」太ったのが言った。

「おまえたちも知らないのか？」ドヤ・マラルは不思議に思った。

「私たちの仕事にはそれは必要ありません。どこから来たかは。私たちのところでは話さなければ話さないほど、皆は真面目だと思います」

「名前を付けるのはどうするのだ？」

「それぞれ投げ縄と武器と一緒にあだ名を持って来ます」

「でもどこかでおまえたちはめぐり合ったのだろう？」アルファは楽しんだ。

「それはそうです。でもフタ・ジャロンではありません！」

「私たちはフタ・ジャロンを知らないし、一度も足を踏み入れたこともありません！」傷跡の若者が興奮した。

「フタ・ジャロンの出でないとしたら、どこの出であり得るのだ？」ディビがしつこく言った。

「ガンビアの近くを考えてください。私たちは皆同じ村ではありませんが、皆、ガンビアの谷の出身です」

「おまえたちを探しにガンビアまで行ったのか？」

「いいえ、むしろ私たちが彼らの方に来たのです……私たちはボウェの近くをぶらついていたのです。解りますか、それからボケの農場の家畜をねらおうとしました。そこで私たちは捕まったのです、三ヵ月前に」

「先月判決を受けました」傷跡の若者が説明した。

「それでどれだけの期間だった？」

「当然、終身！」片足が高笑いした。

「私たちが私たちの日を終えるのはフォトバ島です」傷跡が続けた。「ここは通過地に過ぎません。そこの岩場に今掘っている地下の牢屋が出来上がるまでの！　あなたたちはもうすぐ自由になると守衛が言いました。当然です。あなたたちは白人に対して戦っているところを捕まったのですから。私たちは牛を盗んでいるところをです」

雨が降り始めたのはその週からだった。動揺と倦怠を加え、瞑想とまどろみを促す、規則的で温和な霧雨が降った。それはたぶん何週間も、何ヵ月も、何年も続くだろう。すぐに溝はいっぱいになり井戸は氾濫した。テラスと壁が崩れ、子供たちと犬たちが溺れ、溢れた水にさらわれた。哀れんだ守衛たちがハンモックと砂袋を配った。それは何も大きく変えなかった。変えられなかった。一二番室ではしばらく前から、暑さに、湿気に、関節硬直に、垢に、追放刑に、ねずみたちに慣れていた。

三九五日め、ボリイが新たなニュースをもたらした。

「アルマミの秘書、モディ・サイドゥが六ヵ月以上前に釈放されている。しかし、白人はフタ・ジャロンに彼が戻るのを禁止した」

生活はその後、雨の恵みにより、雨そのもののメロディの中で、時間を離れて、雨のリズムで流れた。それはまるで狂人の言葉のように、仕切り壁に当たるねずみの音と編み上げ靴と扉の音とともに、竜巻が原因で椰子の樹から屋根からしたたり落ちた雨が、樋と壁に溢れた。

「モディ・サイドゥたちは街の入り口に住居を構えた。その新しい地区を名付けた。ディキシンという」

それは四二〇日めあるいは五〇〇日めだったか。なぜなら、雨のせいで、また、ため息、あくび、家畜のいびき、咳の発作、悪い考え、心の高揚のせいで、さらにはかすかに残った記憶と欲望の抑圧のせいで、日にちも判らなくなったから。

五二〇日め、ボリイは米粒を数えなおして言った。

「白人はソリイ・イリリをソリャのアルマミに、ウマー・バデムバをアルファヤのアルマミに指名した」

船は雨にかかわらず到着した。モーターがうなる音が聞こえた、サイレンの喪を表す音が壁を震わせた。

「アルマミの三人の若い息子たちは殺戮をまぬがれ、カイの方に逃げた。ああ、不幸な。彼らはバムバラ族になるだろう！」

今、炭で物を焼く鼻をつく臭いは廊下の向こう側からではなく、上から来る。火を焚けるように調理台を事務所に上げたのだろう。

「もしアルマミがナファヤまで到着できていたなら、物事はこのようにはならなかっただろう。彼の戦士たちと武器が待っていたのはナファヤだった……今、問題は、来年も白人たちはここに居るかどうか知ることだ」

そしてある晴れた日、傷跡の若者がドヤ・マラルに近づいた。

「ほら、これを受け取ってください、同名異人！」

「何だそれは？」

「自分で見て、私になんだか言ってください！」

「宝石……！　それともグリグリ！」

「受け取ってください！　私が行くところでは、もう必要ありません。フォトバでは、ふたつの足で立ったまま腐り死んでいく体が必要なだけです」

ドヤ・マラルはそれを右手から左手に投げ出して、長い間観察してから尋ねた。

「これがなんだか言いたくないのか？」

「実のところ、私にも解らないのです」

水のせいでひざまずくのは止めて頭で祈るだけにとどめた。こう書かれていた。コニアギ族の次はバガ族、その次はナル族、その次はスス族、その次はマンディング族、その次はプル族、その次はフランス人、フランス人の後は世界の終り……！

「穀物倉庫から盗ってきたのか、あるいはボウェでおまえの犠牲者たちのひとりから取り上げたのか？言ってみろ、同名異人」

「私の父がくれたのです。彼自身もその父から。フタ・トロの私の先祖のひとりの所有物だったものです。グリオが言うことを信じれば、彼は、三つの河の地方で初めてトマトを植えた黒人だそうです。でもこれはなんに使うものでしょう？ 私は知りません。ただ、告白すれば、今までむしろ幸運を運んでくれたということでしょう。結局、三ヵ月前までは……」

「その人はおまえにおかしな財産を残したものだ、同名異人！」

彼は新たにそれを眺めてから首にかけた。

「良く似合うよ、同名異人！」

「では私にはこれは宝石だ。魔よけではなくて！」

「持っていってください。あるいは白人に売って。ガンビアではイギリス人は陶器に一〇〇〇コーリ、お面には三〇〇〇コーリ出します」

それは六角星の赤めのうだった。

ディビ、アルファ、それにボリイはシエラ・レオネに行くことを決めた。ドヤ・マラルがここ、水が溢れる、海で囲まれたスポンジ状の土地、湿気の多い空気のコナクリに残ることをなぜ選んだかはじきに解る。

「ああ、この雨が止むならば、私は平和に死ねるのに！」

彼はディキシンのガイドを見つけ、六角星の赤めのうを手に握ってついて行った。かえるたちと犬の死骸にも構うことなく、溢れる水の中を進んだ。あるところで、いつか舟が来てシエラ・レオネのマングローブの方に連れて行く港への道を取るディビ、アルファ、それにボリイと別れた。

「ああ、この雨が止むならば、私は平和に死ねるのに！」

＊

彼はトムボ島を船で離れた。海に囲まれた、やしの樹とエピニエの樹に覆われた「ノーマンズ・ランド」沿いを通り過ぎた。小さな村落に出、誰かがそこがディキシンだと言った。竹の真ん中に住居が集まった区画。東屋とトタン製の小さな家々は出来たばかりでまだペンキの下塗りもされていないほどだった。小さな子供が挨拶に来て彼のササと衣類道具類を持った。モディ・サイドゥは部屋で、ござの上に座って待っていた。近くのマルセイユの石鹸の空箱に、帽子、革紐、それに毛布が入っていた。モディ・サイドゥは風呂を勧め食事を用意させた。子供がまた現れ、竹の下の離れの、よろい戸の小屋に案内した。二段の階段を上がり両開きの扉を押して、もう外に出ないと決心した。ござの上に横になり、こおろぎの、かえるの、すずめばちの音を聞いた。

翌日、スス族の女がやし油とスムバラとオクラを添えた米の小鉢を差し出した。

「チエルノ・ンダマのところに逃げていたアルファ・ウマー王子が白人に降伏したわ！　でも心配しないで。あなたたちは皆、フタに戻るわ！　道は神の物。白人の物ではない！　聞いているの、プル？」

用心しろ、本当に男は反逆者となる
自身で十分可能だと思うや否や
(彼の富のせいで)
だがおまえのよみがえった主君に向けて

「ああ、この雨が止むならば、私は平和に死ねるのに！」

雨は、ある金曜日に止んだ。

午後、スス族の女が食事を運んできた。

「昨日、あなたのベッドを掃除していたら何か見つけたわ。それを私にくれる……？　どうして答えないの……? 何も言わないなら、私にくれると言うことね。……聞いているの、プル?」プルはもう聞いていないわ。彼女は自分にそう言って、外に滑り出た。

よろい戸を通した夕方の光の斑点と、化膿した傷と、太陽が西の領域に広げる夕焼けを見ながら、彼はおいしく食事を摂った。トタン屋根の上のハゲタカの羽のはばたきを、すずめばちの音楽を、かえるたちの長い鳴き声を聞いた。

祈りを終えた同じ羊の皮の上に、頭をメッカの方に向けて長くなって寝た。

そして、三回くしゃみして、死んだ。

エピローグ

フランスのチムボ常駐となったベックマンは先ず、フタ・ジャロンの憲章を遵守させようと決心した。アルファヤ党はウマー・バデムバ、ソルヤ党はソリイ・イリリ、二年毎に権力交代する。アルファ・ヤヤはラベとガブの王に指名され、アルファ・イブライマはフグムバ地方の長に留まった。

一八九七年の終わり頃、ソリイ・イリリがウマー・バデムバを継いだ時、ベックマンは、ボカ・ビロの家族の最後の生き残りたちとその支持者たちに対して罠を張り、予告なしで血まみれの鎮圧を行った。

ウマー・バデムバは、フランス人たちを呼んだことを痛切に悔やんだ。良心の呵責から、一八九七年から、亡くなった一九二六年までの残りの生涯を断食に充てた。一八九八年、彼はフランス人たちを追い払うための援助を要請する手紙をサモリイ宛に出した。だが同年、逮捕され、フランス人は彼の書類の中にそのとんでもない手紙を見つけた。直ちに職務から外された。保護領条約が取り消されフタ・ジャロンはフランス・ギニア行政府の直轄となった。アルマミの君臨は形式的に続けられたが一九五七年、フランス・ギニアの領土議会が伝統的首長制度を永久的に廃止した。

ボカ・ビロによって残された莫大な家畜と一五キログラムの金を私腹を肥やすために横領して訴えられた

ベックマンは、こんどは自分の番がきて解職され、非常に恥ずべき状況のもとでフランスに強制送還された。

一八九八年にガボンに流刑となったサモリイ・トゥレは一九〇〇年にそこで死んだ。

捕えられ、司令官の指令でコナクリに引き渡されたゴムバのワリは一九一一年死刑判決を受け、一九一二年牢獄の中で衰弱して死んだ。

チエルノ・ンダマは一九〇一年にコンゴのルアンゴに流刑となり、翌年そこで亡くなった。彼の墓は一九九二年、ギニア人の研究家、エル・ハジ・マラド・ディアロによって発見された。遺骸のギニアへの本国送還が問われている。

新たな主人たちの権力乱用に疲れたアルファ・ヤヤは、彼もまた良心の呵責から、叛逆派に入り広範な抵抗運動を組織した。一九〇五年に逮捕され、先ずダホメ（現ベナン）にそれからポーテチエヌ（現在のヌアディブ、モーリタニア）に流刑となり、一九一二年そこで亡くなった。ギニア共和国の国歌となったのは彼の賛歌である。彼とサモリイ・トゥレはふたりとも当国の正式な英雄である。彼らの遺骸は一九六八年に本国送還された。

ボカ・ビロ・バリイは、未だ国家の英雄になっていない！

参考文献

Amadou Hampâté Bâ, «La Genèse de l'homme selon la tradition peule» et «De la culture des Peuls du Mali», revue *Abbia* n°s 14-15, 1966.

Amadou Hampâté Bâ, Jacque Daget, *L'Empire peul du Mâcina*, Les Nouvelles Éditions africaines, Abidjan, 1984.

Abdourrahamane Bâ, *Le Tékrour, des origines à la conquête par le Mali (VIe-XIIIe siècle)*, thèse de doctorat, Paris VII, Jussieu, 1984.

Oumar Bâ, *Le Foûta Tôro au carrefour des cultures*, L'Harmattan, Paris, 1977.

Thierno Mamadou Bah, *Histoire du Fouta-Djallon,* édité en partie par SAEC, BP 555, Conakry, 1998.

Boubacar Barry, *La Sénégambie du XVe au XIXe siècle*, L'Harmattan, Paris, 1988.

Henri Bocquené, *Moi, un Mbororo*, Karthala, Paris, 1986.

Issagha Correra, «Samba Guéládio. Épopée peule du Fouta-Tôro», *Initiatives et études africaines*, n° 36, Université de Dakar, 1992.

Alpha A. Diallo, *Kalevala e Fulbeya*, Alfa Africanus Éditions, Budapest, 1983.

El Hadj Maladho Diallo, *Histoire du Fouta-Djallon*, L'Harmattan, Paris, 2001.

Cheik Anta Diop, *Nations nègres et cultures*, Présence africaine, Paris, 1979.

Marguerite Dupire, *Peuls nomades*, Karthala, Paris, 1996.

Boubou Hama, *Contribution à la connaissance de l'histoire des Peuls*, Publication de la République du Niger, Niamey, 1968.

Shaykh Kamara, *Florilège au jardin de l'histoire Noirs*, CNRS éditions, Paris, 1998.

Shaykh Kamara, *La Vie d'El Hadj Omar*, Éditions Hilal, Dakar, 1975.

Aboubacry Moussa Lam, *De l'origine égyptienne des Peuls*, Présence Africaine-Khepera, Paris, 1993.

Gaspard Mollien, *L'Afrique occidentale en 1818*, Calmann-Lévy, Paris, 1967.

Siré Mamadou Ndongo, *Le Fantang. Poèmes mythiques des bergers peuls*, Karthala-Ifan-Unesco, Dakar-Paris, 1986.

David Robinson, *La Guerre sainte d'al-Hadj Umar. Le Soudan occidental au milieu du XIXe siècle*, Karthala, Paris, 1988.

Christiane Saydou, *Bergers des mots*, Classiques africaines, Paris, 1991.

Christiane Saydou, *Silamaka et Poullôri*, Armand Colin, Paris, 1972.

Alfâ Ibrahîm Sow, *La Femme, la vache, la foi*, Julliard, Paris, 1966.

Studies in the History of the Sokoto Caliphate, The Sokoto Seminars Papers, edited by Y. B. Usman, PO Box 7680, Lagos, 1979.

プルの世界についての研究は数多い。以上は手短な参考書一覧に過ぎない。さらに知りたい人は、
Christiane Saydou, «Bibliographie générale du monde peul», *Études nigériennes*, n° 43, Niamey, 1977.
を参照されたい。

謝辞

ジブリル・タムシー・ニアン、ディウルデ・ラヤ、アブバクリ・ムサ・ラム、ドラマニ・ユスフ、サイドゥ・カヌ、チエルノ・バ各教授に。亡きエレン・ヘックマン夫人に、アンリ・ボクネ、カドゥリ・ヤヤ、アブ・マアマヌ、チエルノ・サイドゥ・トゥレ、アワ、ピエール・ンジャイ、ファトゥ・ディオム、アラサン・セク、ママドゥ・サル、スレイ・バスムに。ガルアとンガウンデレ（カメルーン）のアルカリに。様々な形で物的なあるいは口頭の資料を開示いただいた皆様に。

貴重な援助で私の研究を実現させてくれた「創造のアフリカ」に、「国立文学センター」に、ニアメイのセルトに、「スイス・プロ＝エルヴェチア財団」に。

プル（＝仏語。フルベ＝プル語、フーラまたはフラニ＝英語）族はセネガルからカメルーンまで一五ヵ国程に渡って存在する（とりわけ、ギニア、マリ、セネガルに多い）。総人口は二千三百万人ないし二千五百万人ほど（二〇一二年、www.tlfg.ulaval.ca/ax/afrique）である。数世紀来、イスラムに改宗し都会化してきたプルと、改宗してはいるがイスラムではないしきたりを実践する遊牧の牧人のプルに分化してきた。

西アフリカの歴史において重要な役割を担ったが、もともとはサハラ、サヘルの住人で、不毛化に伴いスーダンのほうに追われたとされる。セネガルの谷には一〇世紀以前に現れ、以降、他の地域に広がった。一八世紀以降、イスラム化した長の指揮のもと、教権政治の国家を建て、土着の農民たちを隷属化した（フタ・ジャャロンの王国、ソコト、マシナの王国等）。

この物語は一四〇〇年頃、テクルとマシナから来てフタ・ジャロンに定着したプルであるテンゲラがマリ帝国に反抗し、その息子、コリ・テンゲラのときにフタ・ジャロン西北からフタ・トロに及ぶデニャンコ朝を興したときから始まる。

第一章「ミルクのために、そして栄光のために」はデニャンコ朝の祖、ディアディエの弟、ドヤ・マラルの家系、ビロムとビラヌ、ガルガ、ビラヌ、ディアバリの五代の二百年ほど、初期のイスラム化を語る。

第二章「槍とインク壷の領主たち」は、フタ・ジャロンのフグムバとチムボの街を建てたセリイとセイディ、その後、ジハード（聖戦）を開始し、最初の教権政治の長となったアルマミ、カラモコ・アルファのタランサンの戦い（一七二七年）、メッカから戻って黒人アフリカの回教一派、チジャニアの長となった、エル・ハジ・オマーのアムダライエの街の建設（一八三九年）などの二百年余りが語られる。

この間、一五世紀から、航海術の発達と羅針盤の発明によってヨーロッパ人たちがアフリカの海岸に沿って進み、一四六〇年、ポルトガル人がギニアの海岸に達した。

ポルトガルに続き、フランス、イギリスが航海を開始し、アフリカの海岸に通商の拠点を築いた。奴隷交易の開始となった。

一九世紀に入って、ヨーロッパは大陸を分割し、植民地征服を企てた。

第三章「海の激怒」は、一方で、エル・ハジ・オマーの聖戦展開とフランス軍との抗戦、そしてその死（一八六四年）を、他方で、アルマミ、ウマーの指揮下、ウブ派（正統回教統一派）との戦いと、ディヤンケ・ワリとのカンサラの戦い（一八七〇年）を語り、続いて、一八八八年、フランスがフタ・ジャロンのアルマミに保護条約を強要し、それに抵抗したアルマミ、ボカ・ビロがポレダカの戦い（一八九六年）で亡くなった、実質的なプル族の王国の滅亡までを語る。

作者、ギニア人のチエルノ・モネネムボは、セク・トゥレの圧政から逃れて亡命し、一九七九年の *Les Crapauds-brousse*（『原野の蛙たち』）、一九八七年の *Les Écailles du ciel*（『空の鱗』）等によってフランスですでに評価を得た作家である。『プル族』は彼が七年に渡って研究を重ね、三年かけて書いた。

モネネムボは言う。

「アフリカの歴史編纂にはふたつの欠陥がある。第一に、異国風で高慢な角度から描写された植民地の民族誌学。そこには民族誌学的で社会学的な客観的配慮がなく、支配者が話し、科学的分析というよりは宣伝活動である。第二に、植民地主義の民族誌学の論理に対して独立主義者たちが取った正反対の行動。その長過ぎる論争。だが、アフリカは非植民地化から生まれたのではなく、私たちの根拠はそこにはない。

かくして、私たちはいまだに植民地主義とそれからの自立のジレンマの中にいる。私たちは過去と将来に向けて扉を開かなくてはならない。過去を後退させ、未来を延長させなくてはならない。植民地主義とそれからの自立は私たちの歴史の小さな括弧に過ぎない」（「チエルノ・モネネムボへの一〇の文学的質問」『リンクス』二〇〇三年一一月二六日）

忘れられつつある歴史を自分たちの目で見直す。独立から四五年以上（原書が刊行された二〇〇四年現在）になるギニアで何も新たなことが起きない現実に、植民地主義・非植民地主義の軸からではなく、植民地主義以前のアフリカの歴史を再構築するところから始めなくてはならないとして、モネネムボはこの作品を書いた。
伝説、歴史的な出来事、そして個々の運命を通じて民族の精神をよみがえらせる、プル族の叙事詩である。

石上健二

【著者紹介】

チエルノ・モネネムボ Tierno Monénembo

1947年、ギニアのポレダカに生まれる。
ギニアは、他のフランス領植民地に先駆けて1958年に独立したが、独立当初から就任したセク・トゥレ大統領の独裁支配を嫌って、1969年に亡命した。その後、象牙海岸（コート・ジボワール）やセネガルで暮らしながら、創作活動を始めた。彼の創作活動を支える根底には、「アフリカの植民地主義に関する西洋との論争は五年も続けば十分だったのではないか。不幸にも、私たちは常にそこにいる。歴史がないと言われていたアジアは、いまはその種の論争はなく、歴史の流れを取り戻したが、アフリカはそうではない」という問題意識がある。ヨーロッパによって書かれてきた歴史を、自らの手で再構築することを志しながら、多岐にわたる創作活動を続けてきているが、現在は、フランスとギニアを行き来する生活をしている。主な作品には、以下のものがある。

1979　*Les Crapauds-brousse*『原野の蛙たち』
1986　*Les Écailles du ciel*『空の鱗』（黒人アフリカ大賞、サンゴール賞受賞）
1991　*Un rêve utile*『役立つ夢』
1993　*Un attiéké pour Elgass*『エルガスにアッチエケを』
1997　*Cinéma*『映画』
2000　*L'Aîné des orphelins*『みなしごたちの長男』（熱帯賞受賞）
2004　*Peuls*『プル族』［本書］
2006　*La tribu des gonzesses*『女たちの種族』
2008　*Le Roi de Kahel*『カヘルの王』（ルノド賞受賞）［現代企画室より既刊］
2012　*Le terroriste noir*『黒いテロリスト』

【訳者紹介】

石上健二（いしがみ　けんじ）

1949 年、東京に生まれる。

高校卒業後、アテネフランセでフランス語を学び、渡仏。パリ大学文学部仏語講座に 2 年間在籍した後、パリ美大で美術を学ぶ。画家として、サロン・ドートンヌ、サロン・ナショナル・デ・ボザールなどに出品。

1979 年以降は、フランス語圏アフリカ諸国（象牙海岸、セネガル、ベナン、マリ、ニジェール、ギニア、モーリタニア、コンゴ民主共和国など）での、織維工場運営、学校・病院建設現場や浄水場改修計画現場で通訳の仕事に携わりながら、アフリカの作家の文学作品に親しむようになって、現在に至る。

プル族

発　行　2014 年 4 月 10 日初版第 1 刷
定　価　3500 円＋税
著　者　チエルノ・モネネムボ
訳　者　石上健二
装　丁　泉沢儒花（Bit Rabbit）
発行者　北川フラム
発行所　現代企画室
東京都渋谷区桜丘町 15-8-204
Tel. 03-3461-5082 Fax 03-3461-5083
e-mail: gendai@jca.apc.org
http://www.jca.apc.org/gendai/
印刷所　中央精版印刷株式会社

ISBN978-4-7738-1407-1 C0097 Y3500E

Cet ouvrage a bénéficié du soutien des Programmes d'aide à la publication de l'Institut français.
この作品は、アンスティチュ・フランセの出版助成プログラムの援助を受けて出版されるものです。